Jenny … …annique auteur … …ies romantiques, et d'autan… …ses recettes de cuisine. Après *La Petite Boulangerie du bout du monde* (2015), Jenny Colgan a publié, chez Prisma, *Une saison à la petite boulangerie* (2016), puis *Noël à la petite boulangerie* (2017). En 2017, elle a entamé une nouvelle série avec la parution de *Rendez-vous au Cupcake Café* chez le même éditeur. En 2018, paraît *Une saison au bord de l'eau*.

**Retrouvez toute l'actualité de l'auteur sur :
www.jennycolgan.com**

# RENDEZ-VOUS
# AU CUPCAKE CAFÉ

DU MÊME AUTEUR
*CHEZ POCKET*

LA PETITE BOULANGERIE DU BOUT
DU MONDE

UNE SAISON À LA PETITE
BOULANGERIE

RENDEZ-VOUS AU CUPCAKE CAFÉ

# JENNY COLGAN

# RENDEZ-VOUS AU CUPCAKE CAFÉ

*Traduit de l'anglais
par Anne Rémond*

ÉDITIONS PRISMA

Titre de l'édition originale :
*MEET ME AT THE CUPCAKE CAFÉ*

Pocket, une marque d'Univers Poche,
est un éditeur qui s'engage pour la préservation
de son environnement et qui utilise du papier fabriqué
à partir de bois provenant de forêts gérées
de manière responsable.

Le Code de la propriété intellectuelle n'autorisant, aux termes de l'article L. 122-5, 2° et 3° a, d'une part, que les « copies ou reproductions strictement réservées à l'usage privé du copiste et non destinées à une utilisation collective » et, d'autre part, que les analyses et les courtes citations dans un but d'exemple et d'illustration, « toute représentation ou reproduction intégrale ou partielle faite sans le consentement de l'auteur ou de ses ayants droit ou ayants cause est illicite » (art. L. 122-4).
Cette représentation ou reproduction, par quelque procédé que ce soit, constituerait donc une contrefaçon, sanctionnée par les articles L. 335-2 et suivants du Code de la propriété intellectuelle.

© 2017 Éditions Prisma / Prisma Media
pour la traduction française
© Jenny Colgan 2011
First published in Great Britain in 2011 by Sphère
'Baking your first cupcake' piece,
© The Caked Crusader 2011.

ISBN : 978-2-266-28116-4

Dépôt légal : juin 2018

*À tous ceux qui ont déjà
léché la cuillère...*

# Avant-propos

J'ai quitté le foyer familial à la veille de mon dix-septième anniversaire et, si l'on m'avait proposé d'apprendre à faire la cuisine ou des gâteaux avant mon départ, j'aurais, comme toute adolescente, rejeté l'idée d'un haussement d'épaules. Enfant, j'étais très difficile concernant la nourriture (je ne mangeais même pas de cheesecake, c'est dire !) et, durant mes études universitaires, j'ai adopté le régime classique composé de chips, pâtes, flageolets et bière.

À vingt et un ans, j'ai eu un petit ami qui fut effaré devant mon incapacité totale à faire la cuisine. Dans un élan d'exaspération, il m'a appris à faire ma première béchamel. Ensuite, ce fut un pas en avant, deux pas en arrière : la soupe à l'oignon où je n'ai pas compris qu'il ne fallait pas plonger tels quels les oignons dans l'eau bouillante ; le cake au citron où la quantité excessive de bicarbonate de soude est entrée en réaction avec l'acidité des citrons, produisant un résultat semblable à la composition chimique de la craie. Autre souci – que je rencontre encore –, j'ai jeté environ neuf mille recettes de scones car, peu importe que j'utilise du Schweppes, du lait fouetté, que je mette tel ou tel ingrédient à température ambiante, mes cercles de pâte durs et insipides finissent toujours au fond de la poubelle. D'après ma mère, pâtissière hors pair et spécialiste des scones, qui me juchait sur le plan de travail de la cuisine et me laissait lécher la cuillère pendant qu'elle confectionnait des cupcakes, je devrais renoncer à préparer des scones et utiliser les mélanges tout prêts du commerce (ce qui lui arrive aussi de faire). Mais je refuse de baisser les bras.

Enfin bref. Lorsque j'ai eu des enfants, éprouvant le désir désespéré qu'ils ne subissent pas l'affront terrible d'être « le gamin qui ne mange rien », j'ai tenu à leur faire goûter le plus large éventail de saveurs possible. Ce qui, bien entendu, impliquait d'apprendre à cuisiner.

Chez certaines personnes, cuisiner est un don inné. Ma belle-sœur est un vrai cordon-bleu. Accordez-lui dix minutes et elle créera un plat divin à partir de rien, en goûtant tout le long sa préparation, en faisant des essais et en rectifiant si nécessaire. Je ne serai jamais aussi douée. Je me fâche tout de même quand mon mari prépare des betteraves[1].

Mais je suis enfin capable de cuisiner des plats bons et sains pour ma famille (si l'on excepte l'incident où j'ai oublié de vider les poissons). En passant du

---

1. Oh, allez, avouez que j'ai raison. La betterave, c'est bon pour le bétail. L'une des pires phrases que j'ai entendues de ma vie remonte à un jour où je rentrais de voyage, fatiguée, et que mon cher mari m'a annoncé joyeusement : « Tu sais combien tu détestes la betterave ? Eh bien, je suis sûr que tu vas changer d'avis quand tu goûteras à ma nouvelle recette ! » Je vous jure que j'ai failli pleurer.

temps dans la cuisine, j'ai découvert que, grâce au robot, concocter un gâteau au chocolat ou des biscuits au beurre de cacahuète ne prenait pas forcément des heures. Je suis une fervente partisane de la devise de Jamie Oliver : « Peu importe ce que vous mangez ; veillez seulement à ce qu'il y ait le moins d'ingrédients possible. » Je m'aperçois que, même lorsque mon emploi du temps me paraît chargé, une demi-heure suffit pour attraper de la farine, du sucre, du beurre et un œuf et préparer une fournée de la recette la plus simple s'il en est : des cupcakes. Ce faisant, j'ai l'impression d'être une vraie Bree van de Kamp (hélas, sans ses mèches soyeuses et son élégance). Bien entendu, mes enfants sont convaincus que de bons petits plats les attendent tous les jours et se disputent pour savoir à qui revient le tour d'utiliser le robot, comme nous le faisions durant notre enfance, mais ce n'est pas un souci. Je cuisine parce que j'aime cela.

Puis soudain, j'ai eu l'impression de ne pas être un cas isolé. Les boutiques de cupcakes ont commencé à fleurir partout et j'ai été absolument captivée par l'émission *Le Meilleur Pâtissier*. Il existe même des festivals de cupcakes (Cupcake Camp). L'histoire d'Izzy a été inspirée par tout cela et, au final, par le désir simple d'offrir une douceur à ceux qu'on aime.

J'espère que cette aventure vous plaira également, que vous fassiez déjà des gâteaux, que vous pensiez vous lancer un jour (vous trouverez les excellents conseils d'une blogueuse à la fin du livre), que vous vous disiez : « Hors de question, je ne m'embarquerai jamais là-dedans » – comme ce fut mon cas à une

époque –, ou que vous soyez simplement un consommateur comblé. Venez, prenez une chaise...
Amicalement,
Jenny

P.-S. : J'ai testé avec succès toutes les recettes de ce roman (notez que, pour les temps de cuisson, j'utilise un four traditionnel) et elles sont toutes délicieuses. À l'exception des cupcakes surprise de Caroline. Libre à vous d'y goûter... ou pas ! Toutes les mesures ont été converties suivant le système métrique.

## Chapitre 1

**Pancakes écossais**

- 225 g de farine avec levure incorporée
- 30 g de sucre semoule (tu peux lécher la cuillère)
- 1 œuf (prévois-en 4 si tu cuisines avec des tout-petits)
- 30 cl de lait entier (plus un verre à boire avec les pancakes)
- 1 pincée de sel (C'est peu, Izzy. C'est beaucoup moins que ton petit doigt. Pas trop ! Non ! Oh. C'est trop. Tant pis.)

Verse la farine, le sucre et le sel dans un saladier et mélange bien.

Creuse un puits au centre (un puits, c'est l'endroit où l'on va chercher de l'eau. Enfin, autrefois, comme dans les contes.) Oui, comme ça. Mets-y l'œuf. Youpi ! C'est bien. Ajoute le lait.

Fouette pour bien tout mélanger. La pâte doit être onctueuse. Ajoute un peu de lait si nécessaire.

Dépose un morceau de beurre dans une poêle à fond épais et mets-la sur le feu (laisse Grampa se charger de sortir

la poêle, c'est trop lourd pour toi). Bien. Maintenant, prends un peu de pâte avec une cuillère et dépose-la sur la poêle. Ne te précipite pas ! Ce n'est pas grave si cela éclabousse un peu à côté. Maintenant, laisse Grampa les retourner, mais tu peux tenir le manche... Comme ça, c'est bien. Super !
Sers les pancakes avec un verre de lait, du beurre, de la confiture, de la crème et tout ce que tu trouveras dans le réfrigérateur, et une petite fille intelligente aura le droit à un énorme bisou sur le front !

*

Izzy Randall replia la feuille de papier et sourit.

— En es-tu absolument certain ? demanda-t-elle à la silhouette calée dans le fauteuil. C'est bien la recette ?

Le vieil homme hocha la tête avec véhémence. Il dressa l'index, Izzy y reconnut immédiatement le signe d'un sermon à venir.

— La vérité, c'est que la pâtisserie, c'est...

— La vie, compléta patiemment Izzy.

Elle avait déjà entendu ce discours à maintes reprises. Son grand-père avait commencé à passer le balai dans la boulangerie-pâtisserie familiale dès l'âge de douze ans ; il avait ensuite repris le commerce et dirigé trois grandes boutiques à Manchester. Le fournil avait été toute sa vie.

— C'est la vie. Le pain est l'aliment de base par excellence.

— Et très antirégime Atkins, soupira Izzy, tout en lissant sa jupe en velours côtelé sur ses hanches.

C'était une chose que son grand-père dise cela. Toute son existence, il avait été maigre comme un clou, grâce à un régime intensif et permanent de labeur physique, qui débutait par l'allumage du four à cinq heures du matin. C'en était une tout autre lorsque la pâtisserie était un passe-temps, une passion, mais que, pour payer les factures, il fallait passer la journée derrière un bureau. C'était difficile de faire preuve de retenue quand on expérimentait des recettes... Izzy s'évada, songeant à la crème à l'ananas qu'elle avait testée ce matin. Le secret consistait à trouver la quantité idéale de pulpe : assez pour apporter une touche acide, mais pas trop pour que cela ne se transforme pas en smoothie. Il fallait qu'elle fasse une autre tentative. Elle passa ses mains dans ses cheveux noirs touffus. S'ils mettaient parfaitement en valeur ses yeux verts, ils étaient un vrai désastre par temps de pluie.

— Du coup, pour décrire ce que l'on fait, il faut décrire la vie. Tu comprends ? Ce ne sont pas de simples recettes... Et puis après, tu me diras que tu utilises le système métrique !

Izzy se mordit la lèvre : elle devrait penser à cacher sa balance métrique lors de la prochaine visite de Grampa. Cela ne ferait que le contrarier.

— Tu m'écoutes ?
— Oui, Grampa !

Ils tournèrent tous les deux la tête pour regarder par la fenêtre de cette maison de retraite située dans la banlieue nord de Londres. Izzy y avait placé Joe lorsqu'il était devenu manifestement trop étourdi pour rester seul chez lui. Elle avait détesté le faire venir dans le sud du pays, lui qui avait passé toute sa vie dans le Nord, mais elle pouvait ainsi lui rendre plus facilement visite. Joe avait protesté bien entendu ; il l'aurait fait dans tous les cas, car, où qu'il aille vivre, on ne le laisserait pas se lever à cinq heures du matin pour aller pétrir la pâte. Alors il valait mieux qu'il soit grincheux à proximité, où elle pouvait veiller sur lui. Après tout, personne d'autre ne s'en préoccuperait. Et les trois boulangeries-pâtisseries, avec leurs fiers boutons de porte en laiton poli et leurs vieilles pancartes vantant le « pétrin électrique », avaient désormais disparu, victimes des supermarchés et des chaînes qui préféraient la mie blanche bon marché aux miches pétries à la main, légèrement plus chères.

Comme il le faisait si souvent, Grampa Joe observait la pluie de janvier s'écouler sur la fenêtre et lisait dans les pensées d'Izzy.

— As-tu eu dernièrement des nouvelles de… ta mère ?

Izzy acquiesça d'un signe de tête, tout en constatant qu'il était comme toujours difficile pour son grand-père de prononcer le nom de sa fille. Marian ne s'était jamais sentie chez elle, fille de boulanger. Et la grand-mère d'Izzy était décédée si jeune qu'elle n'avait pas eu le temps d'exercer sur elle une influence apaisante. Avec Grampa qui travaillait sans cesse, Marian s'était rebellée avant même d'avoir su écrire ce mot. À l'adolescence, elle sortait avec des garçons plus âgés qu'elle et avait de mauvaises fréquentations ; elle était tombée enceinte jeune d'un gitan, qui avait transmis à Izzy ses cheveux de jais et ses sourcils épais, et absolument rien d'autre. Éprouvant une trop grande soif d'aventure pour rester au même endroit, Marian avait souvent délaissé sa fille unique, afin de partir en quête de son identité.

Izzy avait passé la majeure partie de son enfance dans la boulangerie, à observer Grampa pétrir vaillamment la pâte, ou confectionner délicatement les gâteaux et tartes les plus légers et les plus fondants qui soient. Même s'il formait du personnel pour chacune de ses boutiques, il aimait toujours avoir les mains dans la farine – et c'est pourquoi *Chez Randall* était l'une des enseignes les plus réputées de Manchester. Durant d'innombrables heures, Izzy avait fait ses devoirs sous les énormes fours, s'imprégnant du rythme, du savoir-faire et du soin d'un grand artisan. Beaucoup plus conventionnelle que sa mère, elle adorait son grand-père et se sentait à l'aise et en sécurité dans le fournil, même si elle était consciente d'être différente de ses camarades de classe : à la maison, eux retrouvaient leur maman, leur papa employé municipal, et des chiens, et des frères et sœurs, ils mangeaient des galettes de pomme de terre avec du ketchup devant *Santa Barbara* et ne se réveillaient pas avant le lever du soleil, avec une odeur de pain chaud leur chatouillant les narines.

Aujourd'hui, à trente et un ans, Izzy venait seulement de pardonner à sa mère déboussolée ses envies d'ailleurs, même si, mieux que quiconque, elle aurait dû savoir combien pouvait peser l'absence d'une mère. Elle se moquait des kermesses et des excursions scolaires (tout le monde connaissait son grand-père qui, lui, n'en avait jamais manqué aucune). Izzy était assez populaire, car c'était rare qu'elle n'apportât pas de crêpes ou de mignardises lors des fêtes de l'école, et les pâtes à tartiner de ses goûters d'anniversaire étaient légendaires. Elle avait regretté que personne dans son entourage ne se préoccupe pas davantage de la mode : son grand-père lui achetait deux robes en coton et une en laine à chaque Noël, sans prêter attention au style ni à la taille, alors que tous ses amis étaient habillés comme les danseurs de *Fame* ; quant à sa mère, elle revenait régulièrement avec d'étranges vêtements hippies qu'elle vendait lors de festivals, en chanvre ou en laine de lama inconfortable, ou bien d'autres tenues tout aussi difficiles à porter. Néanmoins, Izzy n'avait jamais manqué d'amour, dans l'appartement douillet au-dessus de la boutique où Grampa et elle dégustaient une tarte aux pommes devant *Papa Schultz*. Même Marian qui, à chacune de ses visites éclair, répétait à Izzy de ne pas faire confiance aux hommes, de ne pas toucher au cidre et de toujours suivre son arc-en-ciel, était une mère aimante. Cependant, parfois, quand Izzy apercevait des familles heureuses s'amuser au parc, ou des parents bercer leur bébé, elle ressentait un désir très fort au creux de son ventre, tel un besoin physique d'une vie ordinaire.

Ce ne fut une surprise pour personne parmi les proches de la famille qu'Izzy Randall soit devenue la fille la plus droite et la plus conventionnelle imaginable. De bonnes notes au baccalauréat, une bonne université et, à présent, une bonne place dans une entreprise florissante de la City, spécialisée dans l'immobilier commercial. À l'époque où elle avait fait son entrée dans le monde du travail, les boutiques de Grampa étaient toutes vendues : elles n'avaient pas survécu à son âge vieillissant et aux temps nouveaux. Et puis, Izzy avait fait des études, comme il le disait (avec regret, pensait-elle parfois) ; elle n'avait aucune envie de se lever aux aurores et d'avoir un travail manuel pénible toute sa vie. Un meilleur avenir l'attendait.

Mais, en son for intérieur, elle avait une passion pour les réconforts culinaires : pour les cornets à la crème, harmonie parfaite entre crème et pâte feuilletée, rehaussée par de croquants cristaux de sucre ; pour les brioches du vendredi saint, confectionnées *Chez Randall* strictement et uniquement pendant le carême, avec leur cannelle, leurs raisins secs et leurs zestes d'orange qui exhalaient une odeur alléchante et entêtante dans tout le quartier ; pour le glaçage au beurre qui surmontait à la perfection le cupcake au citron le plus léger et le plus aérien qui fût. Izzy adorait toutes ces gourmandises. D'où son projet avec Grampa : consigner autant de ses recettes que possible, avant – même si aucun des deux n'en parlait jamais – qu'il ne commençât à les oublier.

*

— J'ai reçu un e-mail de Maman, déclara Izzy. Elle est en Floride. Elle a rencontré un homme, un certain Brick. Sérieusement ? Brick… Quel drôle de nom.

— Au moins, c'est un homme cette fois-ci, rétorqua son grand-père avec mépris.

Izzy lui jeta un coup d'œil.

— Pff. Elle a dit qu'elle rentrerait peut-être pour mon anniversaire. Cet été. Mais bon, elle avait dit la même chose pour Noël et elle n'est pas venue.

Izzy avait passé Noël à la maison de retraite avec Grampa. Bien que le personnel eût fait de son mieux, le réveillon n'avait pas été formidable.

— Bref. (Izzy s'efforça de sourire.) Elle paraît heureuse. Elle adore la vie là-bas. Elle a dit que je devrais t'y envoyer pour que tu profites du soleil.

Izzy et Grampa se regardèrent et éclatèrent de rire. Joe traversa la chambre, ce qui l'épuisa.

— Oui ! Justement, je m'apprêtais à prendre le prochain avion pour la Floride. Taxi ! Direction l'aéroport de Londres !

Izzy rangea la recette dans son sac à main et se leva.

— Je dois y aller. Euh, pour continuer à cuisiner tes recettes. Tu sais, tu peux les écrire de manière... normale, si tu veux.

— Normale.

Elle lui déposa un baiser sur le front.

— À la semaine prochaine.

\*

Izzy descendit de l'autobus. Il faisait un froid glacial. Par terre, la neige fondue témoignait encore d'une journée neigeuse peu après le Nouvel An. C'était joli au début, mais cela devenait un peu sale à présent, surtout derrière la clôture en fer forgé de la mairie de quartier de Stoke Newington, le bâtiment colossal qui se dressait au bout de la rue d'Izzy. Cependant, comme toujours, Izzy était ravie lorsqu'elle sortait du car. Elle était chez elle, à Stoke Newington, le quartier bohème qu'elle avait découvert quand elle avait quitté le nord de l'Angleterre.

Le parfum des narguilés des petits cafés turcs sur Stamford Road se mêlait aux bâtons d'encens des boutiques « Tout à une livre », qui jouxtaient des boutiques chic pour bébés où l'on trouvait des bottes de pluie de créateur et des modèles uniques de jouets en bois, examinés sous toutes les coutures par des clients avec une kippa, un voile, un petit top à la autour de la porte, des grille-pain *vintage* à un prix exorbitant et une machine à laver tristounette qui trônait dans la vitrine depuis qu'Izzy fréquentait cet arrêt de bus –, un taxiphone qui était ouvert à des heures insolites et proposait d'envoyer de l'argent dans le monde entier, ainsi qu'un marchand de journaux qui donnait sur la route et où Izzy achetait des magazines et des Bounty.

Niché tout au fond de l'impasse, un bâtiment faisait penser à un ajout après coup, comme pour écouler l'excédent de pierres. Sa façade se terminait d'un côté en un triangle de verre et une porte ouvrait sur une petite cour pavée où poussait un arbre. Cette boutique ne semblait pas à sa place, tel un petit havre de paix au milieu d'une place de village ; quelque chose d'absolument hors du temps. Elle rappelait à Izzy, comme elle s'était un jour fait la réflexion, une illustration de Beatrix Potter. Il manquait uniquement les vitres colorées en cul de bouteille.

Le vent soufflait une fois de plus dans la rue principale, qu'Izzy quitta pour se diriger vers son appartement. Son chez-elle.

\*

Izzy avait acheté son appartement au plus fort de la bulle immobilière. Pour quelqu'un du milieu, ce n'était pas très perspicace. Elle soupçonnait que les prix avaient commencé à baisser une demi-heure environ après qu'elle eut récupéré les clés. C'était avant qu'elle ne fréquente Graeme, qu'elle avait rencontré au travail (comme toutes les autres filles du bureau, elle l'avait remarqué) ; sinon, comme il le lui avait répété à plusieurs occasions, il lui aurait certainement déconseillé cette acquisition.

Quand bien même, elle ne savait pas si elle l'aurait écouté. Après avoir visité tous les biens dans son budget et les avoir tous détestés, elle était sur le point de renoncer lorsqu'elle découvrit la maison de Carmelite Avenue, pour laquelle elle avait eu aussitôt un coup de cœur. Il s'agissait des deux derniers étages d'une de ces jolies maisons grises, avec son entrée privative sur le côté qui donnait sur une volée d'escaliers ; cela ressemblait ainsi davantage à une petite maison qu'à un appartement. Le premier étage se composait quasiment d'un unique grand espace, avec cuisine, salon et salle à manger. Izzy avait fait de son mieux pour le rendre aussi chaleureux que possible, avec d'énormes divans en velours gris clair, une longue table en bois entourée de bancs, et sa cuisine adorée, dont elle avait acheté les éléments au rabais durant les soldes, très certainement en raison de leur couleur rose très prononcée.

— Personne ne veut d'une cuisine rose, lui avait expliqué le vendeur dépité. Les gens n'ont envie que d'Inox. Ou de rustique. Rien d'autre.

— Je n'avais encore jamais vu de machine à laver rose, s'était enthousiasmée Izzy, qui détestait qu'un vendeur soit triste.

— Je sais. Apparemment, certaines personnes ont mal au cœur en voyant leur linge tourner dans une machine comme celle-ci.

— Ce peut être embêtant.

— Elton John en avait quasiment acheté une, déclara-t-il, retrouvant momentanément son entrain. Puis il a décrété que c'était trop rose.

— Elton John a trouvé que c'était trop rose ? s'étonna Izzy, qui ne s'était jamais considérée comme une femme particulièrement « *girly* », appréciant le rose.

Mais là, cependant, il s'agissait d'un fuchsia intense. C'était une cuisine qui ne demandait qu'à être aimée.

— Et elle est vraiment à moins soixante-dix pour cent ? Tout équipée ?

Le vendeur considéra cette jolie fille aux yeux verts et aux cheveux bruns touffus. Il aimait les femmes un peu rondes. Il pensait qu'elles cuisineraient réellement dans les cuisines qu'il vendait. Il avait horreur en revanche de ces femmes anguleuses qui désiraient une cuisine bien carrée pour y conserver leur gin et leur crème de jour. Pour lui, cette pièce devait servir à préparer de délicieux repas et à savourer du bon vin. Parfois, il exécrait son métier, mais son épouse adorait leur modèle annuel au rabais et lui concoctait de merveilleux petits plats ; par conséquent, il persévérait. Et tous deux grossissaient à vue d'œil.

— Oui, à moins soixante-dix pour cent. Ils vont sans doute la bazarder de toute façon. Au rebut... Vous imaginez ?

Oui, Izzy l'imaginait bel et bien. Ce serait regrettable.

— Je détesterais qu'elle finisse à la poubelle, affirma-t-elle d'un ton solennel.

Le vendeur hocha la tête, cherchant mentalement où il avait mis son carnet de commandes.

— Moins soixante-quinze pour cent ? négocia-t-elle. Après tout, je fais pratiquement une bonne action. « Sauvons cette cuisine ! »

Et ce fut ainsi que la cuisine rose était arrivée chez Izzy. Elle avait ajouté un lino à damiers noirs et blancs et des ustensiles. En la découvrant, ses invités plissèrent les yeux et se les frottèrent comme pour vérifier leur vue ; puis, quand ils les rouvrirent timidement, certains furent surpris de constater qu'ils appréciaient cette cuisine et que, sans conteste, ils aimaient ce qui s'en dégageait.

Elle avait même plu à Grampa Joe, lors de l'une de ses visites savamment orchestrée. Il avait hoché la tête en signe d'approbation devant la cuisinière à gaz (pour caraméliser) et le four électrique (pour une répartition uniforme de la chaleur). Izzy et la cuisine rose bonbon semblaient faites l'une pour l'autre.

Dans cette pièce, elle se sentait réellement chez elle. Elle montait le son de la radio et s'affairait à rassembler son sucre vanillé, sa meilleure farine qu'elle achetait à la minuscule épicerie de Smithfield, son chinois et son grand saladier en céramique à rayures bleues et blanches. Elle choisissait, parmi ses fidèles cuillères en bois, celle qu'elle utiliserait pour confectionner sa pâte plus légère que l'air. Elle cassait avec brio deux œufs à la fois, sans même regarder, et mesurait à vue de nez la quantité exacte de beurre crémeux de Guernesey, qui n'allait jamais au réfrigérateur. Izzy était une grande consommatrice de beurre.

Elle se mordit vivement la lèvre pour s'empêcher de battre trop énergiquement la pâte. Trop de bulles d'air et cela retomberait durant la cuisson ; par conséquent, Izzy ralentit immédiatement son geste et vérifia la consistance. Parfait. Elle avait pressé des oranges amères pour tester un nouveau glaçage, qui se révélerait soit délicieux, soit plutôt curieux.

Les cupcakes étaient dans le four et elle en était à sa troisième fournée de glaçage lorsque sa colocataire, Helena, ouvrit la porte. Le secret était de trouver la dose idéale afin que ce ne soit ni trop acidulé, ni trop doux, mais tout simplement parfait… Elle nota avec précision les ingrédients qui garantissaient un goût délicat en bouche.

Helena ne faisait jamais, où que ce fût, une entrée discrète. Elle en était tout simplement incapable. Elle arrivait dans chaque pièce la poitrine en avant, elle ne pouvait s'en empêcher. Elle n'était pas grosse, seulement grande, et très généreusement proportionnée dans le pur style des années 1950, avec des seins opulents, une taille menue, des hanches et des cuisses larges, le tout couronné par une longue chevelure rousse. Elle aurait été perçue comme magnifique dans n'importe quelle période de l'histoire autre que le début du vingt et unième siècle, où l'unique silhouette acceptable pour une belle femme était celle d'une enfant de six ans affamée, avec des seins fermes et ronds apparus inexplicablement entre ses omoplates. Aussi Helena cherchait-elle constamment à perdre du poids, comme si ses larges épaules d'albâtre et ses cuisses galbées et pulpeuses pouvaient disparaître.

— J'ai passé une journée épouvantable, annonça-t-elle avec emphase.

Elle jeta un coup d'œil aux grilles à pâtisserie.

— Je m'en occupe, s'empressa de déclarer Izzy, en posant sa poche à douille.

La minuterie du four tinta. Izzy rêvait d'un piano de cuisson, un gros piano rose Aga – quand bien même il ne passait pas dans l'escalier, ni par les fenêtres ; quand bien même il n'y avait pas assez d'espace pour l'installer ; quand bien même le sol ne supporterait pas son poids ; quand bien même Izzy n'avait pas de place pour conserver le combustible ; quand bien même, ces pianos Aga n'étaient d'aucune utilité pour préparer des gâteaux, étant trop imprévisibles. En outre, elle n'en avait pas les moyens. Néanmoins, elle conservait toujours le catalogue caché dans sa bibliothèque. À défaut, elle avait un Bosch extrêmement performant, qui était toujours à la température indiquée et dont la minuterie était précise à la seconde près, mais il n'inspirait aucune dévotion.

Helena lorgna les deux jolies douzaines de cupcakes qui sortaient du four.

— Pour qui tu cuisines ? L'armée rouge ? Donne-m'en un.

— Ils sont trop chauds.

— Allez, donne !

Izzy leva les yeux au ciel et commença à appliquer le glaçage d'un geste expert du poignet. Bien entendu, elle devrait attendre que les cupcakes aient suffisamment refroidi pour ne pas faire fondre la crème au beurre, mais elle savait qu'Helena serait incapable de patienter aussi longtemps.

— Que s'est-il passé ? demanda-t-elle une fois qu'Helena s'était confortablement installée dans la méridienne, avec un grand mug de thé et deux cupcakes dans son assiette à pois préférée.

Izzy était satisfaite de ses cupcakes ; ils étaient aériens, avec un délicat arôme d'orange et de crème… Délicieux. Et puis, ils ne leur couperaient pas l'appétit pour le dîner. Elle se rendit alors compte qu'elle

avait oublié de faire les courses pour le dîner. Bon, les cupcakes feraient office de repas.
— J'ai reçu un coup de poing.
— Encore ?
— Le gars m'a pris pour un camion de pompiers, il faut croire.
— Pourquoi y aurait-il un camion de pompiers au beau milieu des urgences ?
— Bonne question ! Tu sais, on voit de tout là-bas.
Helena avait su à huit ans qu'elle voulait être infirmière : elle avait pris toutes les taies d'oreiller de la maison pour disposer ses animaux en peluche dans des lits d'hôpital. À dix ans, elle avait insisté pour que ses proches l'appellent Florence, comme la célèbre infirmière britannique Florence Nightingale (ses trois frères cadets, qui avaient très peur d'elle, l'appelaient toujours ainsi). À seize ans, elle avait quitté l'école pour suivre directement une formation « à l'ancienne », auprès d'une infirmière en chef. Malgré un fort contrôle de l'État sur le système, elle était désormais chef de service (« Appelez-moi infirmière-chef », avait-elle dit aux médecins spécialistes acariâtres en fin de carrière, qui avaient obtempéré avec plaisir). Elle dirigeait pratiquement les urgences très sollicitées de Hemel Park, traitant toujours les élèves-infirmières comme si l'on était en 1955. Elle avait failli être citée dans les journaux lorsque l'une d'elles avait dénoncé son inspection des ongles. La plupart des filles sous ses ordres, cependant, l'adoraient, comme les nombreux internes qu'elle avait encouragés et conseillés durant leurs angoissants premiers mois. Ses patients aussi. Quand ils n'étaient pas défoncés et ne la frappaient pas, naturellement.

Même si, grâce à son travail de bureau qui lui garantissait une certaine sécurité, Izzy gagnait plus d'argent, avait le confort d'être assise toute la journée et n'avait pas des horaires ahurissants, elle enviait parfois Helena. Comme c'était agréable d'avoir un métier que l'on aimait et dans lequel on excellait, quand bien même le salaire était misérable et qu'un coup de poing était possible de temps à autre.

— Comment va M. Randall ? s'enquit Helena.

Elle adorait le grand-père d'Izzy, qui lui-même admirait cette « sacrée belle femme », l'accusait de ne cesser de grandir et disait qu'elle aurait toute sa place à la proue d'un navire. Elle avait étudié, avec son formidable regard professionnel, toutes les maisons de retraite de la région, ce pour quoi Izzy lui serait toujours redevable.

— Il va bien ! Sauf que, quand il va bien, il veut aller faire des gâteaux ; du coup, il se fâche et recommence à être désagréable avec cette grosse infirmière.

Helena hocha la tête.

— As-tu déjà emmené Graeme avec toi ?

Izzy se mordit la lèvre. Helena savait pertinemment que la réponse était non.

— Pas encore. Mais je le ferai. Il est trop occupé en ce moment.

Selon Izzy, les hommes qu'attirait Helena lui vouaient un véritable culte. Malheureusement, elle trouvait cela éperdument ennuyeux et craquait la plupart du temps pour de séduisants mâles musclés, qui n'étaient intéressés que par des femmes aussi menues qu'un chihuahua. Néanmoins, tout homme aspirant à une relation normale – ou en apparence normale – ne pouvait espérer rivaliser avec les admirateurs d'Helena, qui lui écrivaient de longs poèmes et lui envoyaient des brassées de fleurs.

— Mmm, fit Helena, du même ton qu'elle employait avec les jeunes skateurs qui arrivaient aux urgences avec une clavicule cassée. (Elle fourra un autre cupcake dans sa bouche.) Tu sais qu'ils sont divins ? Tu pourrais vraiment en faire ton métier. Tu es bien certaine de ne pas y avoir mis l'un de mes cinq fruits et légumes par jour ?

— Certaine.

— Dommage, soupira Helena. L'espoir fait vivre. Vite ! Allume la télé ! Il y a *La Nouvelle Star*. J'ai envie de voir ce gars méchant descendre les candidats.

— C'est d'un mec gentil que tu as besoin, commenta Izzy en attrapant la télécommande.

*Tout comme toi*, pensa Helena, mais elle se retint de le dire.

## Chapitre 2

**Cupcakes à l'orange pour les jours sans**

(Multiplie tous les ingrédients par quatre pour préparer une énorme quantité de cupcakes.)
- 2 oranges non pelées, coupées en deux (ne te laisse pas tenter par les oranges amères. Les oranges sanguines permettent de laisser éclater sa colère.)
- 225 g de beurre, fondu (sers-toi de ta colère légitime pour le faire fondre si tu n'as pas de casserole à disposition)
- 3 œufs entiers (plus 3 autres à lancer contre le mur en guise d'exutoire)
- 225 g de sucre (mets-en plus si tu as besoin d'un peu de douceur dans ta vie)
- 225 g de farine avec levure incorporée (pour faire lever l'estime de soi)
- 3 c. à s. de confiture d'orange
- 3 c. à s. de zeste d'orange

Préchauffe le four à 180 °C (thermostat 6). Beurre des moules à cupcake.

Coupe une orange en gros morceaux (oui, avec la peau et tout). Mets-les dans le robot avec le beurre fondu, les œufs et le sucre. Mélange à forte puissance jusqu'à ce que la préparation soit homogène et que le son agréable du robot te réconforte un peu. Verse la préparation dans un saladier, ajoute la farine et fais-la disparaître en quelques coups de cuillère en bois.

Fais cuire au four 50 minutes. Laisse tiédir 5 minutes, avant de démouler les cupcakes sur une grille et de les laisser refroidir complètement. Étale la confiture d'orange sur chaque cupcake. Essaie de retrouver la banane !

\*

Izzy replia la lettre et la rangea dans son sac, en secouant la tête. Ce n'était pas son intention que Grampa passât une mauvaise journée. Cela était sûrement dû à l'évocation de sa mère. Elle regrettait que… Elle avait essayé d'en parler à Marian : Grampa apprécierait de recevoir une lettre de temps en temps. De toute évidence, c'était un échec. Enfin, elle n'y pouvait pas grand-chose. C'était tellement rassurant de le savoir dans un endroit où on mettait un timbre à ses lettres et les postait pour lui. Les derniers mois, quand il allumait tous les matins le four de l'appartement à cinq heures tapantes mais qu'il en oubliait ensuite la raison, avaient été éprouvants pour tout le monde. Et elle aussi avait ses problèmes, songea-t-elle en jetant un coup d'œil à sa montre. Il y avait des mauvaises journées où l'on n'avait pas envie d'aller travailler, et puis il y avait aujourd'hui, pensa Izzy, en guettant au-delà du petit attroupement l'arrivée de l'autobus articulé à l'angle de Stoke Newington Road. Ce monstre disgracieux s'y reprenait toujours à plusieurs fois pour passer le virage serré, se faisant klaxonner par les camionnettes et rudoyer par les cyclistes. Ces bus seraient bientôt retirés de la circulation. Izzy ne pouvait s'empêcher d'être peinée pour eux, les pauvres.

Le premier lundi après les fêtes de fin d'année figurait assurément parmi les journées les plus déprimantes qui soient. Le vent brûlait le visage d'Izzy et cherchait à lui arracher son nouveau bonnet de Noël, qu'elle avait acheté en soldes, pensant que ses rayures tricotées pourraient être originales, tendance et jolies. À présent, elle craignait qu'il la fît davantage ressembler à Mme Pochon, cette femme qui traînait de multiples sacs dans un caddie et qui rôdait parfois autour de l'arrêt de bus sans jamais monter à bord. Izzy lui offrait en général un demi-sourire, mais veillait à ne pas être dans le sens du vent et à serrer contre elle son énorme boîte de cupcakes.

Pas de Mme Pochon aujourd'hui, remarqua-t-elle en jetant un coup d'œil aux visages autour d'elle – les mêmes visages qu'elle côtoyait sous la pluie, la neige, le vent et les rares éclaircies. Pas même une vieille femme qui transbahutait un caddie n'avait eu le courage de se lever ce matin. À certains de ces visages familiers, elle adressa un signe de tête ; elle en remarqua d'autres qu'elle ne reconnut pas, comme ce jeune homme en colère qui tripotait sans relâche son téléphone d'une main et son oreille de l'autre, ou cet homme plus âgé qui s'acharnait subrepticement sur son crâne squameux, comme si les pellicules le rendaient en quelque sorte invisible. Mais tous venaient là, chaque jour, au même endroit, pour attendre leur bus articulé tout en se demandant s'il serait bondé – ce bus qui les menait vers des boutiques, des bureaux, la City et West End, les disséminant dans les artères d'Islington et d'Oxford Street, puis qui les récupérait le soir, dans le noir et le froid, quand la condensation de corps fatigués embuait les vitres, et que les enfants sortis tardivement de l'école dessinaient des têtes à Toto, et les adolescents des pénis.

— Salut ! lança Izzy à Linda, la femme quinquagénaire qui travaillait dans un grand magasin, avec qui elle discutait parfois. Bonne année !

— Bonne année ! Alors, avez-vous pris de bonnes résolutions ?

Izzy soupira et sentit ses doigts glisser vers sa ceinture qui la serrait un peu. Quelque chose dans le temps maussade, les journées courtes et mornes lui donnait envie de rester à la maison et de préparer des gâteaux, plutôt que de sortir, de faire du sport et de manger des salades. Elle avait également beaucoup cuisiné pour l'hôpital pendant les fêtes.

— Oh, comme d'habitude. Perdre un peu de poids…

— Oh, mais vous n'en avez pas besoin. Vous n'avez pas de problème de poids ! (Linda avait la silhouette d'une femme d'âge mûr, avec une poitrine monolithique, des hanches généreuses et les chaussures les plus confortables qu'elle pût trouver pour passer la journée debout au rayon mercerie.) Vous êtes superbe. Prenez une photo de vous et regardez-la dans dix ans si vous ne me croyez pas. Vous n'en reviendrez pas à quel point vous êtes belle.

Elle ne put résister à jeter un rapide coup d'œil à la boîte que tenait Izzy. Cette dernière soupira.

— C'est pour mes collègues.

— Bien sûr, répondit Linda.

Les autres personnes qui attendaient le bus s'approchèrent d'un air curieux et demandèrent à Izzy comment s'étaient passées les fêtes de fin d'année. Elle maugréa.

— Bon d'accord, bande de gloutons.

Elle ouvrit la boîte. Les visages glacés par le vent s'illuminèrent d'un sourire ; les écouteurs furent retirés des oreilles à mesure que tout l'arrêt de bus se jetait joyeusement sur les cupcakes à l'orange. Comme à son habitude, Izzy avait doublé les quantités afin de pouvoir sustenter à la fois ses collègues et ses camarades de transport.

— C'est délicieux, déclara un homme la bouche pleine. Vous savez que vous pourriez en faire votre métier.

— C'est l'impression que j'en ai, oui, parfois avec vous, rétorqua Izzy, qui rougit néanmoins de plaisir devant la petite foule qui se massait autour d'elle. Bonne année à tous !

Tout le monde commença à discuter et à retrouver le moral. Linda, bien entendu, se rongeait les sangs pour le mariage de sa fille, Leanne. Celle-ci était pédicure et la première personne de la famille à être allée à l'université ; elle épousait un chimiste industriel. Linda, aux anges, se chargeait de toute l'organisation. Elle n'imaginait pas le moins du monde que cela pût être difficile pour Izzy de devoir écouter une mère qui n'aspirait qu'à coudre des œillets de corseterie pour le mariage de sa fille de vingt-six ans avec un homme merveilleux.

Linda pensait qu'Izzy avait un homme dans sa vie, mais elle n'aimait pas se montrer indiscrète. N'avaient-elles pas tendance, ces femmes actives, à prendre leur temps de nos jours ? Elle devrait se hâter ; un joli brin de fille comme elle qui savait cuisiner, on pourrait croire qu'elle se serait déjà fait harponner. Mais elle était là, prenant toujours le bus toute seule. Linda espérait que sa fille tomberait enceinte rapidement. Elle était impatiente de profiter de la remise à laquelle elle avait le droit au rayon bébé.

Izzy referma la boîte – toujours aucun signe du bus – et jeta un coup d'œil derrière elle, vers Pear Tree Court. L'échoppe biscornue avec ses grilles baissées ressemblait à un homme ronchon endormi dans la morne lumière d'une matinée grise de janvier, avec des sacs-poubelles qui attendaient d'être ramassés.

Au cours des quatre dernières années, différentes personnes avaient tenté d'en faire un commerce de choses et d'autres, mais toutes avaient fait faillite. Peut-être le quartier n'était-il pas assez vivant ; peut-être était-ce dû à la proximité de la quincaillerie ? La boutique de vêtements pour bébés, avec ses très jolis modèles « Tartine et Chocolat » – à des prix exorbitants – n'avait pas tenu longtemps ; ni la boutique de cadeaux, avec ses versions étrangères du Monopoly et ses mugs stylisés ; pas davantage l'enseigne de yoga, qui avait repeint toute la façade d'un rose soi-disant reposant, installé une fontaine Bouddha au pied de l'arbre et qui vendait des tapis de sol ou des pantalons doux et élastiques incroyablement cher. Izzy, beaucoup trop intimidée pour oser entrer, avait pensé que ce commerce pourrait assez bien marcher, étant donné la forte présence de *hipsters* et de jeunes mamans branchées dans le quartier... Mais non et, une fois de plus, une pancarte jaune et noire en vitrine indiquait « Bail à céder », jurant affreusement avec le rose de la façade. Du petit Bouddha au son apaisant, il n'y avait plus aucune trace.

— Quel gâchis, commenta Linda en remarquant qu'Izzy observait le magasin fermé.

Izzy eut pour seule réponse « Hmm ». La vue quotidienne de cette boutique de yoga – avec ses vendeuses souples, à la peau de miel et à la jolie queue-de-cheval – lui rappelait que, maintenant qu'elle avait la trentaine, ce n'était plus aussi facile qu'autrefois de garder une taille 40, surtout avec une passion dévorante comme la sienne. Ce n'était pas comme si elle avait été un jour toute menue, pas même du temps où elle vivait avec son grand-père. Quand elle rentrait de l'école, Grampa, alors même qu'il devait être épuisé de sa journée de travail, lui faisait signe de venir dans son laboratoire. Les employés s'écartaient pour laisser passer la petite fille et lui souriaient, tout en s'aboyant les uns sur les autres de leur grosse voix. Elle était gênée d'être là, surtout quand Grampa déclarait : « C'est maintenant que débute ta vraie éducation. » Elle acquiesçait, enfant calme aux yeux écarquillés, qui avait tendance à rougir et à se montrer timide ; elle ne se sentait pas à sa place à l'école primaire, dont les règles semblaient changer toutes les semaines et que tous comprenaient sauf elle.

— Nous devrions commencer par les pancakes, avait-il annoncé. Même un enfant de cinq ans devrait savoir les faire !

— Mais Grampa, j'ai six ans !

— Non, tu n'as pas six ans.
— Si ! J'ai six ans !
— Tu as deux ans.
— Six !
— Tu as quatre ans.
— Six !
— Alors, voilà le secret des pancakes, avait-il affirmé sérieusement, après avoir demandé à Izzy de se laver les mains et ramassé patiemment les quatre œufs tombés par terre. Tout dépend du feu. Il ne doit pas être trop vif. Sinon, les pancakes seront ratés. Là, doucement.

Joe tenait Izzy perchée sur le tabouret marron, un peu branlant à cause du trou dans le linoléum. Son petit visage était concentré lorsqu'elle versa doucement la préparation dans la poêle.

— Patience maintenant. Il ne faut pas précipiter les choses. Un pancake brûlé est bon à jeter. Et puis, cette gazinière…

Joe avait consacré toute son énergie à sa petite-fille chérie, lui enseignant les techniques et les tours de main de la pâtisserie. C'était sa faute aussi, songea Izzy. Incontestablement, cette année, elle ferait moins de pâtisseries, perdrait quelques kilos. Elle se rendit compte qu'elle pensait à ces bonnes résolutions tout en léchant distraitement la crème à l'orange de ses doigts. Bon, enfin bientôt !

\*

Toujours aucun signe du bus. Izzy regarda au bout de la rue, en consultant rapidement sa montre. Elle sentit une grosse goutte de pluie sur sa joue. Puis une autre. Le ciel était gris depuis si longtemps maintenant, semblait-il, qu'on ne savait jamais s'il allait pleuvoir ou non. Une belle averse s'annonçait toutefois ; les nuages étaient pratiquement noirs. Il n'y avait aucun abri à cet arrêt de bus, si l'on exceptait les trois centimètres de gouttière du marchand de journaux derrière eux, mais il n'aimait pas que les gens s'appuient contre sa vitrine et le signalait souvent à Izzy quand elle achetait son journal le matin (et un en-cas de temps à autre). La seule solution était de se faire tout petit, d'enfoncer son chapeau sur la tête et de se demander, comme le faisait quelquefois Izzy, pourquoi elle ne vivait pas en Toscane, en Californie ou en Australie.

Soudain, une voiture – une BMW 23i noire – crissa des pneus en s'arrêtant illégalement sur les zébras jaunes, éclaboussant une grande partie des personnes présentes. Certaines grommelèrent, tandis que d'autres jurèrent allègrement. Le cœur d'Izzy se souleva et se contracta simultanément. Cela n'allait pas l'aider à se faire bien voir de la petite troupe du numéro 73. Tant pis. La porte s'ouvrit face à elle.

— Je t'emmène ?

*

Graeme aurait préféré qu'Izzy eût une autre attitude. Il savait qu'elle devait prendre le bus, mais l'attendre ainsi sous la pluie la faisait passer pour une vraie martyre. C'était une jolie fille et, sans nul doute, il aimait assez l'avoir dans sa vie. Mais il avait besoin d'espace, et puis cela ne se faisait pas de coucher avec une collègue – qui plus est, sous ses ordres. Ainsi, il préférait qu'elle ne restât pas la nuit chez lui et elle semblait le comprendre, ce qui était une aubaine : il avait fort à faire et ne pouvait pas gérer pour le moment une personne qui lui chercherait des histoires.

Toutefois, la dernière chose – sincèrement – qu'il avait envie de voir, alors qu'il savourait le plaisir d'être au volant de sa voiture de sport, tout en songeant à la stratégie de l'entreprise, c'était Izzy trempée jusqu'aux os, devant l'arrêt de bus, son écharpe autour de la tête. Cette vision le mit mal à l'aise, comme si en quelque sorte elle ne lui faisait pas honneur en étant si… si mouillée.

*

Graeme était de loin le plus bel homme de l'entreprise d'Izzy. Il était grand, musclé, avec des yeux bleus perçants et des cheveux bruns. Izzy était déjà depuis trois ans dans la société quand l'arrivée de Graeme avait fait sensation auprès de tous. Il était sans conteste fait pour la promotion immobilière ; il avait un tempérament dynamique et autoritaire et quelque chose dans son attitude disait toujours au client que, s'il ne se jetait pas sur le bien, il allait rater une occasion.

Au début, Izzy avait pensé de lui ce que l'on pourrait penser d'une pop star ou d'un acteur de télévision : agréable à regarder, mais stratosphériquement dans une autre cour. Elle avait eu beaucoup de petits amis mignons et gentils, et connu un ou deux abrutis finis, mais, pour une raison ou pour une autre, cela n'avait jamais fonctionné ; ce n'était jamais tout à fait l'homme qui lui fallait, ou pas tout à fait le bon moment. Izzy avait le sentiment d'avoir encore du temps devant elle ; pourtant elle savait aussi, au fond d'elle-même, qu'elle aimerait trouver quelqu'un de bien et se poser. Elle ne voulait pas de la vie de sa mère, passant d'un homme à l'autre, sans jamais être heureuse. Elle désirait un foyer, et une famille. Elle savait que cela faisait terriblement vieux jeu, mais elle n'y pouvait rien. Et Graeme, de toute évidence, n'était pas du genre à se fixer ; elle l'avait vu quitter le bureau dans sa petite voiture de sport en compagnie de superbes filles toutes fines avec de longs cheveux blonds – jamais la même, bien qu'elles se ressemblent toutes. Elle l'avait par conséquent chassé de son esprit, même s'il ne passait pas inaperçu auprès des plus jeunes femmes du bureau.

Ce fut de ce fait une véritable surprise pour tous deux lorsqu'ils furent envoyés en formation au siège social de l'entreprise, à Rotterdam, durant une semaine. Bloqués à l'intérieur de leur hôtel par une pluie battante, alors que leurs hôtes hollandais s'étaient retirés tôt dans leur chambre, Izzy et Graeme s'étaient retrouvés au bar et s'étaient beaucoup mieux entendus qu'ils ne l'auraient cru. Graeme était intrigué par cette fille plantureuse aux cheveux touffus, qui jamais ne l'avait dragué, ne lui avait fait la bouche en cœur ou n'avait gloussé lorsqu'il passait à côté d'elle ; ce jour-là, il découvrit qu'elle était drôle et sympa. Izzy, légèrement grisée par les deux *shooters* de Jägermeister, ne pouvait dénier le charme absolu de ses bras puissants et de sa barbe de trois jours. Elle avait tenté de se convaincre que cela ne signifiait rien ; qu'il s'agissait seulement d'une aventure d'un soir, rien de quoi s'inquiéter, juste un peu de bon temps à mettre sur le dos de l'alcool et qui resterait un secret entre eux, mais il était si irrésistible.

Si Graeme avait commencé à la séduire en partie pour tuer le temps, il avait été stupéfait de trouver en elle une douceur et une gentillesse qu'il ne soupçonnait pas et qui lui avaient plu. Elle n'était pas arrogante et anguleuse comme toutes ces autres femmes, et elle ne passait pas son temps à se plaindre des calories ou à retoucher son maquillage. Il s'était surpris lui-même à enfreindre l'une de ses règles d'or en lui téléphonant après leur retour. Izzy avait été à la fois étonnée et flattée ; elle avait retrouvé Graeme dans son appartement minimaliste de Notting Hill, choisi sur plan, et lui avait préparé une délicieuse bruschetta. Tous deux avaient beaucoup apprécié cet instant.

Cela avait été excitant. Huit mois plus tôt. Cependant peu à peu, Izzy avait commencé – naturellement, elle n'avait pu s'en empêcher –, à se demander si peut-être – disons bien peut-être – Graeme était l'homme qu'il lui fallait. Quelqu'un d'aussi beau et d'ambitieux pouvait également avoir une facette plus gentille. Il aimait discuter avec elle du travail (elle savait toujours de qui il parlait) et, quant à elle, elle aimait cet élément nouveau de préparer le dîner pour un homme, de partager ensemble un repas, et un lit.

Bien entendu, la pragmatique Helena n'avait pas manqué de faire remarquer que, durant les mois de leur relation, non seulement Graeme n'avait jamais passé la nuit chez elle, mais il demandait souvent à Izzy de partir avant le matin, afin de profiter d'une bonne nuit de sommeil ; qu'ils étaient allés au restaurant, mais qu'elle n'avait jamais rencontré ses amis, ni sa mère ; qu'il ne l'avait jamais accompagnée pour rendre visite à Grampa Joe ; qu'il n'avait jamais parlé d'elle comme de sa petite amie. Elle disait également que c'était sûrement très agréable, pour Graeme, de jouer occasionnellement au papa et à la maman avec une collègue, mais qu'Izzy, à trente et un ans, avait peut-être envie d'un peu plus.

À ce stade, Izzy se bouchait les oreilles et se mettait à chanter *lalala*. Eh bien, oui, elle pouvait très bien mettre un terme à cette relation – même si peu de prétendants convenables se bousculaient à sa porte, et assurément aucun n'était aussi sexy que Graeme. Ou peut-être pouvait-elle rendre la vie de Graeme si agréable qu'il se rendrait compte combien elle lui était indispensable et la demanderait en mariage. Helena jugeait ce plan d'un optimisme excessif et ne manquait pas de le faire savoir.

Graeme grimaça dans sa BMW et baissa le son de Jay-Z pour proposer à Izzy de l'emmener. Évidemment qu'il n'allait pas la laisser sous la pluie. Il n'était pas ce genre de fumier.

*

Izzy tenta de monter à bord de la voiture basse aussi élégamment que possible, ce qui ne fut pas une franche réussite. Elle savait qu'elle venait de montrer sa culotte à ses camarades de l'arrêt de bus. Avant qu'elle n'eût le temps de s'arranger un peu ou de boucler sa ceinture, Graeme cherchait déjà à se réinsérer dans la circulation, sans prendre la peine de mettre son clignotant.

— Allez, connard, éructa-t-il. Laisse-moi passer !

— Du calme. Tu te la joues pilote de course ou quoi ?
Graeme lui jeta un regard et haussa un sourcil.
— Tu peux descendre si tu préfères.
La pluie martelait le pare-brise comme pour répondre à la question à la place d'Izzy.
— Non, ça va aller. Merci de t'être arrêté.
Graeme grommela. Parfois, pensa-t-elle, il détestait vraiment qu'on le surprenne à être gentil.

*

— On ne peut pas s'afficher en public, à cause du travail, avait expliqué Izzy à Helena.
— Quoi ? Même après tout ce temps ? Et tu crois vraiment que vos collègues ne sont pas au courant ? Ils sont tous idiots ou quoi ?
— C'est une boîte de promoteurs immobiliers…
— OK, ce sont tous des idiots. Mais je ne comprends toujours pas pourquoi tu ne peux pas rester dormir chez lui de temps en temps.
— Parce qu'il ne veut pas qu'on arrive au boulot ensemble, avait répondu Izzy, comme si c'était le plus naturel du monde.
Et ça l'était, non ? Ce n'était pas comme si une relation de huit mois c'était extrêmement long. Ils avaient tout le temps pour officialiser les choses, pour décider quand passer à l'étape suivante. Ce n'était tout simplement pas le bon moment, rien de plus.
Helena avait grimacé comme elle seule savait si bien le faire.

*

La circulation vers le centre de Londres était difficile, et Graeme maugréait et jurait un peu dans sa barbe, mais Izzy s'en moquait : c'était si agréable d'être dans cette voiture, bien au chaud, avec Kiss FM retentissant dans les haut-parleurs.

— Qu'est-ce que tu as de prévu aujourd'hui ? lui demanda-t-elle pour faire la conversation.

En général, il aimait déverser ses tensions et difficultés sur Izzy ; il pouvait compter sur sa discrétion. Aujourd'hui, toutefois, il lui jeta un coup d'œil et déclara :

— Rien. Pas grand-chose.

Izzy haussa les sourcils. Les journées de Graeme ne se résumaient jamais à « pas grand-chose » ; elles ressemblaient davantage à une rude compétition pour se positionner en bonne place. Le milieu de l'immobilier récompensait ce genre de comportement. C'était pourquoi, comme elle devait l'expliquer parfois à ses amis, Graeme pouvait sembler un peu… agressif. Il s'agissait d'une façade qu'il devait entretenir au travail. Mais derrière les apparences, elle savait, de leurs nombreuses discussions tard le soir, de ses humeurs et ses emportements occasionnels, que se cachait un homme vulnérable ; sensible à l'agressivité dans le cadre du travail ; se préoccupant, dans le fond, de son statut, comme tout le monde. Pour cette raison, Izzy était beaucoup plus confiante au sujet de sa relation avec Graeme que ses amis ne l'étaient. Elle connaissait la facette douce de sa personnalité. Il lui faisait part de ses inquiétudes, ses espoirs, ses rêves et ses peurs. Et c'était pour cela que c'était sérieux entre eux, quel que fût l'endroit où elle se réveillait le matin.

Izzy posa sa main sur celle de Graeme, sur le levier de vitesse.

— Ça va aller, dit-elle doucement.

Graeme n'y prêta pas attention, presque impoliment.

— Je sais.

*

La pluie redoubla, si tant est que ce fût possible, lorsqu'ils arrivèrent dans une rue près de Farringdon Road où étaient situés les locaux de Kalinga Deniki, ou KD comme les employés l'appelaient. C'était un gros cube de verre moderne, haut de six étages, qui détonnait parmi les petits immeubles de bureaux et d'habitation en briques rouges. Graeme ralentit.

— Est-ce que ça te dérangerait de… ?

— Tu n'es pas sérieux, Graeme.

— Allez ! De quoi aurais-je l'air auprès des associés si j'arrive le matin avec une secrétaire ?

Il aperçut le visage d'Izzy.

— Pardon. Je voulais dire responsable administrative. Je crains qu'ils ne sachent pas quoi penser s'ils nous aperçoivent ensemble, tu ne crois pas ? (Il lui caressa brièvement la joue.) Je suis désolé, Izzy. Mais je suis le patron et, si je commence à tolérer les histoires d'amour au travail… ça va être le bordel.

Le temps d'un instant, Izzy exulta. C'était bel et bien une histoire d'amour ! C'était officiel ! Elle le savait. Même si Helena sous-entendait parfois qu'elle était idiote, que c'était pratique pour Graeme d'avoir une oreille qui l'écoutait.

Comme s'il lisait dans ses pensées, Graeme sourit à Izzy, d'un air presque coupable.

— Ce ne sera pas toujours comme ça.

Il ne put nier cependant le léger soulagement qu'il ressentit quand elle descendit de la voiture.

*

Izzy sautilla entre les flaques. Il pleuvait tellement à verse que les quelques minutes qui la séparaient de Britton Street avaient suffi pour la tremper jusqu'aux os, comme si elle n'avait pas fait le trajet en voiture. Elle s'engouffra dans les toilettes des femmes du rez-de-chaussée, qui étaient tellement avant-gardistes que les visiteurs ne savaient jamais comment ouvrir les robinets ou tirer la chasse d'eau. Elles étaient généralement désertes. Quelques coups de sèche-mains furent tout ce qu'elle put faire pour ses cheveux. Oh super, cela allait être le festival du frisottis.

Lorsque Izzy prenait le temps d'utiliser le sèche-cheveux et nombre de produits onéreux, elle obtenait de jolies boucles soyeuses qui tombaient sur ses épaules. Et quand elle ne le faisait pas – c'est-à-dire la plupart du temps –, elle s'exposait à un grand risque de frisottis, surtout par temps humide. Elle contempla son reflet et soupira. On aurait dit qu'elle avait tricoté ses cheveux. Le vent glacial avait mis un peu de couleur à ses joues (Izzy détestait sa propension à rougir pour n'importe quoi, mais là, ce n'était pas trop mal) et ses yeux verts, soulignés par une bonne dose de mascara noir, étaient parfaits. Sa coiffure, en revanche, constituait un véritable désastre. Elle fouilla dans son sac à la recherche d'une barrette ou d'un bandeau, mais ne trouva rien, si ce n'est un élastique rouge égaré par le postier.

Il faudrait bien que ça fasse l'affaire. Il s'accordait mal à sa tenue (robe à fleurs, gilet noir moulant, collants opaques et bottes noires), mais elle n'avait pas d'autre solution.

Légèrement en retard, elle salua Jim, le portier, et sauta dans l'ascenseur, qui la mena au deuxième étage, celui de la comptabilité et du service administratif. Les commerciaux et les promoteurs étaient au troisième étage, mais le hall central entièrement vitré permettait de suivre facilement les allées et venues de chacun. Une fois à son bureau, Izzy adressa un signe de tête à ses collègues, puis sursauta lorsqu'elle s'aperçut de son retard pour la réunion de neuf heures et demie, dont elle était censée dresser le compte rendu – réunion durant laquelle Graeme devait présenter le bilan du conseil d'administration à ses collaborateurs directs. Elle jura à voix basse. Pourquoi ne l'avait-il pas au moins mentionnée pour la lui rappeler ? Contrariée, elle attrapa son ordinateur portable et se précipita vers l'escalier.

*

Dans la salle de réunion, l'équipe de commerciaux était déjà installée autour de la table en verre, ils discutaient entre eux. Ils levèrent indifféremment les yeux quand Izzy arriva, en marmonnant des excuses. Graeme parut furieux. C'était sa faute aussi, pensa Izzy d'un ton mutin. S'il ne l'avait pas laissée patauger, elle aurait été à l'heure.

— Petite nuit ? ricana Billy Fanshawe.

Il s'agissait de l'un des commerciaux les plus jeunes et les plus présomptueux de l'entreprise. Il se croyait irrésistible auprès des femmes – et c'était agaçant que cela se vérifiât souvent. Izzy lui adressa un sourire pincé et s'assit sans se servir de café, bien qu'elle en eût terriblement envie. Elle prit place à côté de Callie Mehta, la seule femme haut placée chez Kalinga Deniki. Elle était directrice des ressources humaines et paraissait, comme toujours, tirée à quatre épingles et impassible.

— Bon, dit Graeme en se raclant la gorge. Nous sommes enfin tous là ; je pense que nous pouvons commencer.

Izzy sentit son visage virer à l'écarlate. Elle n'attendait pas de Graeme qu'il lui accordât de faveurs particulières au travail, bien sûr que non, mais elle ne voulait pas non plus qu'il pensât pouvoir s'en prendre à elle. Heureusement, personne d'autre ne releva.

— Je me suis entretenu avec nos associés hier, annonça Graeme.

KD était un conglomérat international d'origine hollandaise, avec des filiales dans presque toutes les grandes villes du monde. Certains associés étaient basés à Londres, mais ils passaient la majeure partie du temps dans des avions, afin d'aller étudier le potentiel de nouveaux projets. Ils étaient inaccessibles et très puissants.

Tout le monde se redressa sur sa chaise et tendit l'oreille.

— Comme vous le savez, nous avons eu une mauvaise année ici…

— Pas moi, commenta Billy avec l'expression suffisante d'un homme qui vient d'acheter sa première Porsche.

Izzy décida de ne pas noter cela.

— Et nous avons été durement frappés aux États-Unis et au Moyen-Orient. Le reste de l'Europe tient bon, comme l'Extrême-Orient, mais malgré cela...

Graeme bénéficiait désormais de l'attention de tous.

— Nous ne pouvons pas poursuivre ainsi. Il va falloir faire... des coupes.

À côté d'Izzy, Callie Mehta hocha la tête. Elle devait déjà être au courant, pensa Izzy, soudain prise d'une panique intérieure. Si elle savait, cela impliquait que les « coupes » concernaient le personnel. Et « coupes de personnel » était synonyme de... licenciement.

Le cœur d'Izzy se contracta d'effroi. Elle ne serait pas inquiétée, n'est-ce pas ? Cependant, les productifs comme Billy ne seraient sans doute pas licenciés, ils étaient trop importants. Et la comptabilité, on ne pouvait pas se passer d'eux, et... L'esprit d'Izzy s'emballait plus vite qu'elle.

— Ce qui va suivre est strictement confidentiel. Je ne veux pas que ce compte rendu circule, déclara Graeme, en la regardant directement. Mais je pense qu'ils visent une réduction des effectifs d'environ cinq pour cent.

Paniquée, Izzy effectua le calcul dans sa tête. S'il y avait deux cents employés, cela voulait dire dix licenciements. Cela paraissait peu, mais où dégraisser ? La nouvelle assistante de communication pouvait partir, sans doute, mais les commerciaux devraient-ils se séparer de leur secrétaire ? Ou ceux-ci seraient-ils moins nombreux ? Non, cela n'avait pas de sens d'avoir moins de commerciaux et de garder le même nombre d'employés administratifs. Izzy s'aperçut que Graeme s'exprimait toujours.

— ... mais je crois que nous pouvons leur montrer que nous sommes capables de plus, avec sept, voire huit pour cent. Pour prouver à Rotterdam que KD est une société flexible et performante, qui évolue avec son temps.

— Absolument ! approuva Billy.

— Tout à fait d'accord, renchérit quelqu'un d'autre.

Mais si elle devait partir... comment rembourserait-elle son crédit ? Comment vivrait-elle ? Elle avait trente et un ans, mais pas vraiment d'économies ; il lui avait fallu des années pour rembourser son prêt étudiant, et ensuite elle avait eu envie de profiter de Londres... Elle songea avec regret à toutes les sorties au restaurant, aux soirées dans les bars à cocktails et à ses folies dépensières chez *H&M*. Pourquoi n'avait-elle pas davantage mis de côté ? Pourquoi ? Elle ne pouvait pas partir en Floride vivre avec sa mère, c'était hors de question. Où irait-elle ? Que ferait-elle ? Izzy se sentit au bord des larmes.

— Tu as bien noté cela, Izzy ? lui demanda Graeme d'un ton sec, alors que Callie commençait à présenter les options de départ.

Izzy leva les yeux sur Graeme, ne sachant presque plus où elle était. Elle s'aperçut soudain qu'il la regardait comme si elle était une parfaite inconnue.

## Chapitre 3

La veille, les camarades de bus d'Izzy n'avaient pas laissé suffisamment de cupcakes pour ses collègues ; de toute façon, elle se serait sentie hypocrite de leur tendre gaiement la boîte après ce qu'elle avait appris durant la réunion. Néanmoins, toute l'équipe était venue la trouver, réclamant une douceur après la pause, et tous furent horrifiés de ne pas trouver de gâteaux sur le bureau d'Izzy.

— C'est toi qui me donnes envie de venir travailler, avait déclaré François, le jeune publicitaire, avec son accent du sud de la France. Tu cuisines comme euh… les pâtissiers de Toulon. Je t'assure.

Izzy était devenue toute rouge devant ce compliment et, le soir même, elle avait cherché dans les recettes qu'elle avait reçues de son grand-père une nouvelle à tester.

Le lendemain matin, elle passa sa robe bleu marine, flottante (c'était la plus chic et la plus soignée de sa garde-robe) et enfila une veste élégante. Histoire d'avoir l'air professionnel. Il pleuvait moins fort aujourd'hui, mais un vent glacial fouettait les gens qui attendaient le bus. L'expression nerveuse d'Izzy inquiétant Linda – elle avait remarqué qu'une petite ride se creusait entre ses sourcils –, elle voulut lui suggérer une crème, mais n'osa pas. Au lieu de cela, elle épilogua sur la mercerie qui n'avait jamais eu autant de clients – ce qui s'expliquait par la grande austérité générale qui poussait les gens à tricoter leurs pulls. Elle vit bien qu'Izzy n'écoutait que d'une oreille. Celle-ci fixait du regard une femme blonde très élégante qui étudiait l'extérieur de la petite boutique que lui présentait un homme. Izzy le reconnut vaguement comme étant l'un des nombreux agents immobiliers du quartier ; elle l'avait rencontré lorsqu'elle avait acheté son appartement. La femme parlait fort, et Izzy s'approcha légèrement pour mieux entendre. Sa curiosité professionnelle était piquée.

— Ce quartier ne sait pas ce dont il a besoin ! expliquait la femme à la voix puissante. Il y a trop de kebabs et pas assez de fruits et légumes bio. Savez-vous, dit-elle très sérieusement à l'agent immobilier, qui acquiesçait de bon gré à tous ses propos, que la consommation de sucre individuelle des Anglais est plus importante que dans n'importe quel autre pays, à l'exception des États-Unis et du Tonga ?

— Ah oui, le Tonga ?

Izzy serra son grand Tupperware de cupcakes contre sa poitrine, au cas où la femme braquerait son regard pénétrant sur elle.

— Je ne me considère pas comme un fin gourmet, ajouta celle-ci. Mais davantage comme un prophète, vous comprenez ? Je porte un message. Les céréales complètes et le crudivorisme sont la seule voie d'avenir.

*Le crudivorisme ?* songea Izzy.

— Je me disais que nous aurions pu mettre la cuisinière ici. (La femme montrait autoritairement du doigt le fond de la salle.) Nous nous en servirons à peine.

— Ah oui, ce serait parfait, commenta l'agent immobilier.

Mais pas du tout, pensa aussitôt Izzy. Elle devrait être placée près de la fenêtre pour une meilleure ventilation, mais aussi pour garder un œil sur la boutique et que les passants puissent voir ce qui se préparait. Ce coin dans le fond était un très mauvais emplacement pour le four, on aurait en permanence le dos tourné à la boutique. Non, si on voulait cuisiner pour les autres, il fallait le faire depuis un endroit où l'on pouvait être vu, afin d'accueillir chaleureusement les clients avec le sourire et...

Perdue dans sa rêverie, Izzy remarqua à peine l'arrivée du bus, au moment précis où la femme déclara :

— À présent, Desmond, parlons argent...

Combien ? se demanda négligemment Izzy, tout en montant à l'arrière de l'autobus, pendant que Linda discourait sur le point de croix.

*

L'immeuble en verre réfléchissant de l'entreprise d'Izzy était bleu gris et froid dans la lumière de cette matinée glaciale. Izzy se rappela que sa résolution pour la nouvelle année était de monter les deux étages à pied tous les jours, mais elle maugréa et décréta que si elle portait de gros objets (comme vingt-neuf cupcakes dans un grand Tupperware), elle s'autorisait alors à prendre l'ascenseur.

Lorsqu'elle arriva à l'étage du service administratif, après avoir passé son badge (avec sa photographie très peu flatteuse plastifiée à vie) pour franchir les larges portes vitrées, elle perçut un calme étrange. Tess, la réceptionniste, l'avait rapidement saluée, sans engager davantage la conversation – elle qui avait toujours de nombreux commérages à raconter. Depuis qu'elle fréquentait Graeme, Izzy s'était tenue à l'écart des soirées entre collègues, au cas où elle boirait deux ou trois verres de vin de trop et révélerait par accident leur liaison. Elle pensait que personne n'avait aucun soupçon. Parfois, elle se disait que ses collègues n'y croiraient pas. Graeme était si beau et un tel fonceur. Izzy était jolie, mais elle ne soutenait pas la comparaison avec Tess, par exemple, qui portait des jupes très courtes sans tomber dans la vulgarité, sans doute parce qu'elle avait vingt-deux ans. Ni avec Ophy qui, du haut de son mètre quatre-vingts, déambulait dans les couloirs avec une allure princière, et non celle d'une assistante du service de paie. Ce n'était cependant pas un souci, se disait Izzy. Graeme l'avait choisie elle, inutile de chercher plus loin. Elle se souvenait encore quand ils étaient sortis de l'hôtel à Rotterdam pour échapper aux autres – ils avaient tous les deux prétexté qu'ils fumaient, ce qui était faux – et avaient ri aux éclats. Cette douce impatience avant leur premier baiser ; l'ombre formée par la courbe noire de ses longs cils sur ses hautes pommettes ; son après-rasage Hugo Boss âcre et intense. Elle avait beaucoup repensé au charme enivrant de ce premier soir.

Personne n'y croirait, mais c'était vrai : ils étaient bel et bien ensemble. Il était bel et bien son petit ami. Et il se tenait là, tout au bout de l'*open space*, devant la salle de réunion, une expression grave sur le visage – la cause manifestement du silence régnant sur les vingt-huit bureaux.

Izzy posa les cupcakes sur sa table, ce qui provoqua un bruit sourd. Son cœur semblait cogner tout aussi bruyamment.

*

— Je suis désolé, déclara Graeme, une fois tous les employés présents.

Il avait longuement réfléchi à la manière d'aborder cela ; il ne voulait pas être l'un de ces patrons sournois qui n'informaient personne des événements et laissaient les salariés les découvrir par des bruits de couloir. Il voulait montrer à ses supérieurs qu'il pouvait prendre des choix difficiles, et il voulait que ses collaborateurs sachent qu'il était honnête avec eux. Son annonce n'allait pas leur faire plaisir, mais au moins il jouait franc jeu.

— Vous n'avez pas besoin que je vous explique la situation, poursuivit Graeme en tentant d'adopter un ton solennel. Vous l'avez compris par vous-mêmes ; avec la comptabilité, les ventes, le chiffre d'affaires… Vous êtes au quotidien plongés dans les détails pratiques, les chiffres, les prévisions. Vous êtes au courant de la dure réalité des affaires. C'est pourquoi, même si ce que j'ai à vous dire est difficile, je sais que vous comprendrez, et je sais que vous ne trouverez pas cela injuste.

On aurait pu entendre une mouche voler. Izzy avait la gorge fortement nouée. Dans un sens, c'était bien que Graeme expliquât clairement la situation à tout le monde. Il n'y avait rien de pire que de travailler dans une entreprise où la direction ne voulait rien dire à personne et où tous les employés vivaient dans un climat de suspicion et de peur. Pour des agents immobiliers, ils étaient incroyablement honnêtes et francs.

Cependant, elle estima qu'ils auraient pu attendre. Un tout petit peu. Laisser mûrir la décision, voir si cela redémarrerait le mois suivant, ou attendre le printemps. Ou demander aux associés de voter, ou... Avec un pincement au cœur, Izzy se rendit compte que cette décision avait sans doute été prise il y a des mois ; à Rotterdam, à Hambourg ou à Séoul. Ce n'était là que sa mise en application. Le stade des petites gens.

— Je ne connais pas de façon agréable de procéder, ajouta Graeme. Vous recevrez tous un e-mail dans la demi-heure qui suit pour vous annoncer si vous restez ou partez. Nous serons aussi généreux et justes que possible avec vous. Je donne rendez-vous à onze heures, dans la salle de conférences, à ceux d'entre vous qui vont nous quitter.

Il jeta un coup d'œil à sa montre Montblanc. Izzy imagina soudain Callie, la directrice des ressources humaines, prête à cliquer sur le bouton « Envoyer » de son ordinateur, tel un athlète sur la ligne de départ.

— Encore une fois, conclut Graeme, je suis navré.

Il se retira dans la salle de conférences. À travers les stores vénitiens, Izzy l'apercevait, avec sa jolie tête penchée sur son ordinateur portable.

Il y eut aussitôt une vague de panique. Chacun se rua sur son ordinateur pour rafraîchir toutes les secondes sa messagerie en marmonnant dans sa barbe. C'était fini les années 1990 ou 2000, où l'on pouvait retrouver un travail en deux jours (un ami d'Izzy avait eu le droit à deux primes de licenciement en dix-huit mois). Le nombre de postes, le nombre d'entreprises – tout semblait réduire comme peau de chagrin. Pour chaque poste vacant, les candidats étaient de plus en plus nombreux, si tant est qu'on eût la chance d'en trouver un ; sans parler des millions de jeunes, diplômés ou non, qui faisaient chaque mois leur entrée sur le marché de l'emploi... Izzy s'ordonna de ne pas paniquer, mais c'était trop tard. Elle avait déjà englouti la moitié de l'un de ses cupcakes, des miettes tombant négligemment sur son clavier. Il fallait qu'elle respire. *Respire !* Deux jours plus tôt, elle était encore sous la couette bleu marine Ralph Lauren de Graeme, à l'abri et à l'aise dans un monde qui n'appartenait qu'à eux. Rien ne pouvait arriver. Rien. À côté d'elle, François pianotait frénétiquement sur son clavier.

— Qu'est-ce que tu fais ? lui demanda-t-elle.
— Je mets mon CV à jour. Cette boîte est finie.

Izzy déglutit et attrapa un autre cupcake. Ce fut à cet instant qu'elle entendit une notification.

*

Chère *Mademoiselle Isabel Randall*,
Nous sommes au regret de vous informer qu'en raison d'une récession économique et de nos prévisions pessimistes pour l'année concernant la croissance du marché de l'immobilier commercial à *Londres*, les directeurs de Kalinga Deniki suppriment le poste de *responsable administratif, grade 4, du bureau de Londres*, avec effet immédiat. Merci de

vous rendre dans la *salle de réunion C* à *onze heures* pour évoquer les options possibles avec votre supérieur hiérarchique, *Graeme Denton*.
Cordialement,
Jaap Van de Bier
Ressources humaines, Kalinga Deniki

*

— Et le fait, comme Izzy le commenterait plus tard, d'avoir utilisé un modèle général modifiant automatiquement les détails personnels... Ils n'ont même pas pris la peine d'écrire un message personnalisé ! Tout le monde a reçu le même e-mail, partout dans le monde. Tu perds ton boulot, et ta vie au passage, mais ils n'y ont pas accordé plus d'intérêt qu'à un rappel de rendez-vous chez le dentiste. (Elle médita un instant.) D'ailleurs, il faut que j'aille chez le dentiste.

— Eh bien, c'est gratuit maintenant que tu es au chômage, lui rétorqua Helena d'un ton bienveillant.

*

L'*open space* était la méthode de travail la plus cruelle jamais inventée, pensa soudain Izzy. Parce que tout le monde se donnait en permanence en spectacle et s'efforçait de paraître heureux, jovial et bien portant, quand manifestement ce n'était pas le cas de l'entreprise. Peut-être que si un peu plus de gens avaient eu un bureau fermé, ils auraient pu craquer et pleurer, et ils auraient peut-être réagi pour arranger la situation plutôt que de faire semblant que tout allait parfaitement bien, jusqu'à ce que vingt-cinq pour cent du personnel fût obligé de quitter le navire. Tout le bureau résonnait de sanglots ou de cris de joie ; un homme leva les poings en l'air et cria « Oui ! », avant de regarder autour de lui, paniqué, et de murmurer : « Pardon, pardon… C'est que ma mère est en maison de retraite et… », puis il se tut maladroitement. Quelqu'un fondit en larmes.

— Merde alors, s'exclama François, qui arrêta de mettre à jour son CV.

Izzy était figée. Elle regardait fixement son écran, résistant à la tentation de rafraîchir la page une dernière fois, comme si cela pouvait changer les choses. Il n'était pas seulement question du travail – enfin, si, ça l'était bien entendu ; il n'y avait rien de plus bouleversant et déprimant que de perdre son emploi. Mais savoir que Graeme… Se rendre compte qu'il avait couché avec elle, l'avait laissée cuisiner pour lui, tout ce temps alors qu'il savait que… Il savait que cela allait arriver. Que… À quoi pensait-il ? Mais à quoi pensait-il, bon sang ?

Sans réfléchir – autrement, sa timidité naturelle l'aurait très certainement stoppée –, Izzy bondit de sa chaise et se dirigea vers la salle de conférences. *Et merde d'attendre jusqu'à onze heures.* Elle voulait savoir maintenant. Elle faillit frapper à la porte, mais entra directement dans la salle d'un pas résolu. Graeme leva les yeux sur elle, sans être totalement surpris : elle comprendrait sa position, non ?

Izzy était furieuse.

— Izzy, je suis vraiment désolé.

Elle serra les dents.

— Tu es désolé ? Merde, tu es désolé ! Pourquoi tu ne m'as rien dit ?

Graeme parut étonné.

— Bah, je ne pouvais rien te dire. Secret professionnel. Ils auraient pu me faire un procès.

— Mais je n'aurais dit à personne que cela venait de toi ! (Izzy fut frappée qu'il ne lui fît pas confiance à ce point.) Tu aurais pu m'avertir plus ou moins ; histoire d'avoir un peu de temps pour me retourner, m'y préparer.

— Cela n'aurait pas été juste envers les autres. Tout le monde aurait aimé savoir.

— Mais ce n'est pas pareil ! Pour eux, ce n'est qu'un boulot. Moi, je perds mon boulot et ce n'est pas toi qui me l'annonces !

Elle prit conscience des nombreuses personnes qui se trouvaient derrière elle et entendaient tout par la porte restée ouverte. Elle se retourna, furieuse.

— Oui. C'est vrai. Graeme et moi avons une liaison secrète. Nous ne voulions pas que ça se sache.

Il y eut quelques murmures, mais pas, comme le remarqua Izzy qui était dans un état émotionnel très intense, les exclamations de surprise auxquelles elle se serait attendue.

— Euh oui, tout le monde est au courant, déclara François.

Izzy le regarda, interloquée.

— Que veux-tu dire par « tout le monde » ?

Les personnes présentes parurent un peu penaudes.

— Tout le monde savait ? (Elle se tourna vers Graeme.) Tu étais au courant ?

À sa grande stupeur, Graeme semblait lui aussi penaud.

— Tu sais, je suis convaincu que ce n'est pas bon pour le moral de l'entreprise que des gens fassent étalage au travail de leurs relations personnelles.

— Tu le savais ?!

— C'est mon travail de savoir de quoi parlent mes collaborateurs, se justifia froidement Graeme. Je ferais mal mon job sinon.

Izzy le toisa, médusée. Si tout le monde était au courant, pourquoi toutes ces précautions et ce secret ?

— Mais... Mais...

— Izzy, pourrais-tu t'asseoir afin que la réunion puisse débuter ?

Izzy se rendit compte que cinq autres personnes visiblement anéanties s'approchaient de la salle de conférences. François n'en faisait pas partie, contrairement à Bob du marketing. Il grattait ce qui ressemblait à une nouvelle plaque de psoriasis derrière son oreille et, soudain, Izzy détesta cette entreprise... Graeme, ses collègues, le secteur immobilier, et tout ce fichu système capitaliste. Elle pivota sur ses talons et quitta la pièce en furie, sa hanche heurtant au passage sa boîte de cupcakes qui s'éparpillèrent sur le sol.

*

Izzy avait besoin d'une oreille amicale illico presto. Helena n'était qu'à dix minutes de là. Cela ne la dérangerait pas.

Elle était occupée à recoudre la tête d'un jeune homme, sans se montrer particulièrement délicate.

— Aïe, se plaignait-il.

— Je croyais que les sutures se faisaient désormais avec de la colle, fit remarquer Izzy, après avoir arrêté de pleurnicher.

— C'est le cas, répondit Helena d'un air sévère, en tirant fort sur l'aiguille, sauf quand certaines personnes sniffent la colle et se croient capables de voler par-dessus des barbelés. Ceux-là n'ont pas le droit à la colle.

— Ce n'était pas de la colle, c'était de l'essence à briquet, rétorqua le jeune homme au teint blafard.

— Ce n'est pas pour autant que je vais te donner de la colle.

— Ah non…, se lamenta-t-il.

— Je n'en reviens pas, Helena, reprit Izzy. Je n'en reviens pas que ce connard m'ait laissée aller au boulot sous la pluie, en sachant tout ce temps que, primo, il allait me virer et que, deuxio, tout le monde était au courant pour nous. Ils doivent tous le prendre pour un enfoiré.

— Hmm, fit évasivement Helena, qui avait appris au fil des ans à ne pas médire des copains d'Izzy, car elle se rabibochait souvent avec eux et c'était gênant ensuite pour tout le monde.

— Il a tout l'air d'un enfoiré, commenta le jeune homme.

— Carrément ! approuva Izzy. Même toi qui sniffes de la colle, tu sais ça.

— En fait, c'était de l'essence à briquet.

— Eh bien, c'est peut-être mieux comme ça, affirma Helena. Tu sais, tu dis toujours que tu n'aimes pas le milieu de l'imm… Hmm, le milieu médical, se reprit-elle rapidement pour que la présence d'Izzy n'alarmât pas son patient.

— Ce serait mieux si seulement j'avais un meilleur endroit où aller. Le marché de l'emploi n'a pas été aussi morose depuis vingt ans, il n'y a pas de boulot dans mon secteur. Encore, si les autres domaines se portaient bien et… (Elle fondit à nouveau en larmes.) Je me retrouve une fois de plus célibataire, Helena ! À trente et un ans !

— Trente et un ans, ce n'est pas vieux ! protesta vigoureusement son amie.

— Arrête. Si tu avais dix-huit ans, tu dirais que c'est vieux.

— C'est carrément vieux, intervint le jeune homme. Et j'ai vingt ans.

— Sauf que tu n'auras jamais trente et un ans si tu n'arrêtes pas tes bêtises, lui rétorqua fermement Helena. Donc ne te mêle pas de ça.

— Mais je baiserais bien avec vous deux. Ça veut dire que vous n'avez pas encore dépassé la date de péremption.

Helena et Izzy échangèrent un regard.

— Tu vois ? fit Helena. La situation pourrait être pire.

— Eh bien, ça fait plaisir de savoir que j'ai cette option.

— Et quant à toi, dit Helena en terminant ses soins par une compresse et un pansement posés d'une main experte, si tu n'arrêtes pas ce truc, tu ne pourras plus bander pour personne. Pas moi, ni elle, ni Megan Fox. Tu comprends ?

Pour la première fois, le jeune homme parut effrayé.

— Sérieusement ?

— Sérieusement. Tu pourrais tout aussi bien te couper les couilles pour ce qu'elles te serviront.

Le jeune homme eut la gorge nouée.

— Il est temps que j'arrête ce truc de toute façon.

— Je crois bien que oui. (Helena lui tendit la carte d'un centre antidrogue.) Allez, file. Au suivant !

Une jeune femme inquiète poussa devant elle un enfant, dont la tête était coincée dans une casserole.

— Ce genre de choses arrive réellement ? s'étonna Izzy.

— Oh oui, répondit Helena. Madame Chakrabati, voici Izzy. Elle est étudiante en médecine. Est-ce que cela vous ennuie si elle reste avec nous ?

Madame Chakrabati fit non de la tête. Helena se pencha vers le garçonnet.

— Raji, je n'en reviens pas que tu sois encore là-dedans. Tu n'es pas un pirate, tu comprends ?

— Moi être pirate !

— Bon, c'est quand même mieux que la râpe à fromage, vous vous souvenez ?

Madame Chakrabati acquiesça vivement de la tête, puis Helena partit chercher de l'huile de ricin.

— Helena, je ferais mieux d'y aller.

Helena la regarda d'un air compatissant.

— Tu es sûre ?

Izzy fit oui de la tête.

— Je sais que je suis partie en trombe, mais je dois y retourner pour... pour au moins avoir les infos sur mon indemnité de licenciement et tous ces trucs.

Helena la serra dans ses bras.

— Cela va s'arranger, tu sais. Ça va aller.

— Tout le monde dit ça. Et si jamais cela ne s'arrange pas ?

— Je vous défendrai avec mes trucs de pirate ! cria Raji.

Izzy s'accroupit et s'adressa à la casserole.

— Merci, mon cœur. On en arrivera peut-être là.

*

Le trajet vers le bureau fut presque insupportable. Izzy se sentait si nerveuse et honteuse.

— Salut, dit-elle tristement à Jim à l'accueil.

— J'ai appris la nouvelle. Je suis vraiment désolé.

— Moi aussi. Tant pis.

— Allez, ma belle. Tu trouveras autre chose. Mieux qu'ici, j'en suis sûr.

— Hmm.

— Tes gâteaux vont me manquer.

— Euh, merci.

Izzy évita le deuxième étage et se rendit au sommet de l'immeuble, directement aux ressources humaines. Elle se pensait incapable de se retrouver face à Graeme. Elle vérifia son téléphone pour la neuvième fois. Pas de SMS. Pas de message vocal. Rien. Comment cela pouvait-il lui arriver ? Elle avait l'impression d'être dans un cauchemar.

— Bonjour Izzy, la salua doucement Callie Mehta, impeccable comme toujours dans un tailleur beige. Je suis désolée. C'est la partie que je déteste de mon travail.

— Ouais, et du mien, rétorqua froidement Izzy.

Callie sortit un dossier.

— Nous avons prévu une offre de départ la plus généreuse possible... De plus, comme c'est le début de l'année, si vous préférez, au lieu de faire votre préavis, vous pouvez prendre tous vos congés payés.

Izzy devait admettre que cela semblait assez généreux. Puis elle pesta contre elle-même de se laisser séduire. Callie était sans doute formée pour ce genre de situation.

— Et aussi... Si vous en avez envie – le choix n'appartient qu'à vous –, nous finançons des formations de recyclage.

— De recyclage ? Cela paraît un peu sinistre.

— C'est une formation pour vous aider à trouver... quoi faire par la suite.

— Aller pointer au chômage dans le froid, répliqua Izzy d'un ton tendu.

— Izzy, dit Callie, gentiment mais assez fermement. Est-ce que je peux me permettre de vous dire que... J'ai été licenciée trois fois au cours de ma carrière. C'est un bouleversement, mais je vous promets que ce n'est pas la fin du monde. Des occasions s'offrent toujours aux gens bien. Et vous êtes quelqu'un de bien.

— C'est pour ça que je perds mon travail.

Callie fronça légèrement les sourcils et plaqua son doigt sur son front.

— Izzy, je vais vous dire quelque chose... D'après ce que j'ai constaté... Cela ne va peut-être pas vous plaire, mais c'est pour vous aider.

Izzy s'appuya contre le dossier de sa chaise. Elle avait l'impression de se faire gronder par la maîtresse. Et de perdre en prime son pouvoir d'achat.

— Je vous ai observée. De toute évidence, vous êtes brillante, vous êtes diplômée, vous êtes appréciée de vos collègues...

Izzy se demanda où Callie voulait en venir.

— Pourquoi n'êtes-vous que responsable administrative ? Regardez les commerciaux, ils sont plus jeunes que vous, mais ils sont motivés, impliqués… Vous avez du talent et des compétences, mais je ne vois pas en quoi cela vous est utile pour gérer les factures et les fiches de présence. C'est comme si vous vouliez vous cacher derrière un travail pépère, un peu monotone, en espérant que personne ne prête attention à vous.

Izzy haussa les épaules, mal à l'aise. Callie Mehta, songea-t-elle, n'avait sûrement pas eu de mère qui s'agitait dans tous les sens avec l'intention de se faire remarquer de tous.

— Il n'est pas trop tard pour changer de voie, vous savez. Je suis sûre que vous croyez le contraire, mais – Callie consulta le document sous ses yeux – trente et un ans, ce n'est rien. Rien du tout. Et j'aurais envie de dire que si vous retrouvez un poste identique ailleurs, je pense que vous serez sans doute aussi insatisfaite là-bas qu'ici. Et ne me dites pas que j'ai tort, je vous en prie. Cela fait longtemps que je suis dans les RH et je peux vous l'assurer, le licenciement est la meilleure chose qui puisse vous arriver aujourd'hui. Parce que vous êtes encore assez jeune pour faire ce que vous voulez. Mais c'est peut-être votre dernière chance. Vous comprenez ce que j'essaie de vous dire ?

Izzy sentit son visage la brûler. Tout ce qu'elle put faire fut hocher la tête, au risque de s'effondrer complètement. Callie faisait tourner son alliance autour de son doigt.

— Et… et Izzy, je suis sincèrement navrée si vous avez le sentiment que je ne devrais pas vous dire ceci, je sais que ce n'est pas du tout professionnel de ma part et que je ne devrais pas vous laisser la possibilité de m'accuser d'écouter les bruits de couloirs... mais je veux sincèrement vous faire part de quelque chose... et je suis désolée si c'est difficile à entendre. Vous savez, c'est très risqué de penser qu'un homme va s'occuper de vous et prendre soin de tout pour vous. Cela peut arriver et, si c'est ce que vous voulez, alors je vous le souhaite de tout cœur. Mais si vous trouvez un métier que vous aimez faire, qui correspond réellement à vos goûts... eh bien, c'est un plus dans la vie.

Izzy avait la gorge nouée. Même ses oreilles lui semblaient bouillantes.

— Aimez-vous ce que vous faites ? se risqua-t-elle à demander à Callie.

— Parfois, c'est difficile. Mais c'est un travail toujours stimulant. Jamais ennuyeux, jamais. Pouvez-vous en dire de même ?

Callie fit glisser le document sur le bureau. Izzy l'attrapa et l'examina. Près de vingt mille livres. C'était beaucoup. Cela représentait une somme rondelette. Une somme qui permettait de changer de vie. Assurément.

— Je vous en prie, ne dépensez pas tout en rouges à lèvres et en chaussures, déclara Callie, qui essayait manifestement de détendre l'atmosphère.

— Ai-je le droit d'en dépenser un petit peu ? demanda Izzy, en appréciant le geste, ainsi que la franchise de Callie.

Enfin, en réalité sur le moment, elle avait une boule au ventre. Mais elle sentit que cette femme agissait aussi par gentillesse.

— Un petit peu, répondit la DRH. Oui.
Et elles se serrèrent la main.

*

Son pot de départ au *Coins* ressembla davantage à une veillée funèbre. Les huit autres personnes licenciées s'étaient aussi vu offrir la possibilité de prendre leurs congés ; il n'y avait donc aucun intérêt à choisir de rester au-delà de la fin de la semaine. Cette option raccourcissait considérablement leur torture, ce qui était une petite grâce, pensa Izzy. Ce pub avait toujours été chaleureux et accueillant, un refuge agréable loin des tours de verre tranchant et des espaces à louer avant-gardistes. Avec ses murs jaunis par l'époque précédant l'interdiction de fumer, sa bière pression et ses paquets de chips sans prétention, sa moquette à motifs et le gros chien du tenancier à l'affût de la moindre friandise, il ressemblait à un millier d'autres pubs de Londres, même s'il appartenait, songea Izzy, à une espèce en voie de disparition – un peu comme elle. Elle tenta de se départir de son humeur mélancolique – tant de collègues étaient venus, c'était assez touchant. Aucun signe de Graeme, évidemment. En un sens, elle préférait. Elle ne savait pas quelle serait sa réaction si elle devait avoir une conversation avec lui. Son absence semblait logique également, puisqu'il n'avait même pas daigné l'appeler pour prendre de ses nouvelles.

Bob du marketing était ivre mort à dix-neuf heures ; Izzy le cala dans un coin de la banquette et le laissa dormir.

— À Izzy, lança François quand les verres furent levés. Voyons le bon côté de son départ : nous allons tous enfin arrêter de prendre du poids.

— Bien dit ! répondirent en chœur les autres.

Izzy les regarda avec consternation.

— Qu'est-ce que vous voulez dire ?

— Si tes gâteaux n'étaient pas aussi délicieux, lui expliqua Karen, une préposée aux réservations corpulente qui discutait rarement avec Izzy, je ne serais pas aussi grosse. Bon d'accord, je le serais quand même, mais je ne prendrais pas autant de plaisir à grossir.

— Vous parlez de mes stupides gâteaux ?

Izzy avait bu environ quatre verres de rosé et tout commençait à devenir un peu flou.

— Ce ne sont pas de « stupides gâteaux », rétorqua François. Ne dis jamais ça. Ils sont aussi bons que ceux d'Hortense Beusy, la meilleure pâtissière de Toulon. C'est la vérité ! affirma-t-il très sérieusement.

Lui aussi avait bu beaucoup de rosé.

— Oh, n'importe quoi, contesta Izzy en rougissant. Vous dites ça parce que vous aviez des gâteaux gratuits, c'est tout. Ils auraient un goût de merde, vous les engloutiriez tout pareil, parce que c'est toujours mieux que de travailler. Dans ce… trou à rats, osa-t-elle ajouter.

Tout le monde réprouva d'un signe de tête.

— C'est vrai, intervint Bob, qui leva momentanément la tête du comptoir. Tu es beaucoup plus douée pour la pâtisserie que pour la paperasse.

Quelques têtes acquiescèrent autour du bar.

— Vous êtes en train de me dire que vous me supportiez uniquement à cause de mes gâteaux ? s'étrangla Izzy, piquée au vif.

— Non, répondit François. Aussi parce que tu te tapais le patron !

*

Izzy dessoûla assez rapidement après cette conversation. Un dernier coup d'œil, une dernière bise à tout le monde, même à ceux qu'elle appréciait peu. Elle fut soudain prise de mélancolie, comme si Kalinga Deniki était une famille et non une bande féroce de spécialistes de l'immobilier avides d'argent facile. Et le *Coins* – ce serait bien trop triste de revenir un jour ici, comme si elle cherchait délibérément à tomber sur tous ses anciens collègues. Ainsi, elle caressa le vieux chien et le gratta derrière les oreilles, ce qu'il aimait presque autant que les chips au vinaigre, et d'une voix un peu éraillée, elle fit ses adieux à la petite troupe.

— Passe nous voir de temps en temps, lança Karen.
— Avec des gâteaux ! ajouta quelqu'un.

Izzy leur promit qu'elle leur rendrait visite. Mais elle savait bien qu'elle ne le ferait pas ; elle ne le pourrait pas. Ce chapitre de sa vie était clos. Quelle serait la suite ?

## Chapitre 4

**Biscuits au Nutella pour les jours sans motivation**

- 225 g de farine avec levure incorporée
- 2 c. à c. de levure chimique
- 100 g de beurre mou
- 100 g de sucre blanc
- ½ c. à c. de bicarbonate de soude, dissous dans de l'eau chaude
- 2 c. à s. de golden syrup tiédi (ou, à défaut, de sirop d'érable)
- 6 c. à c. de Nutella
- 1 magazine people
- 1 pyjama

Préchauffez le four à 200 °C (thermostat 6-7). Tamisez la farine et la levure au-dessus d'un saladier. Incorporez le beurre, le sucre, le bicarbonate, le *golden syrup* (ou le sirop d'érable) et deux cuillères à café de Nutella. Formez de petites boules de la taille d'une noix. Disposez-les sur une plaque à pâtisserie beurrée et aplatissez chaque boule en appuyant au centre avec votre pouce. Faites cuire au four 10 minutes environ.

Pendant ce temps, mangez les quatre cuillerées restantes de Nutella. Dévorez tous les biscuits en lisant votre revue, vêtu de votre pyjama.
Ingrédient facultatif : des larmes.

*

Par chance, les horaires d'Helena faisaient qu'elle était souvent à la maison le matin. Rétrospectivement, Izzy ne savait pas comment elle aurait tenu le coup si elle avait dû affronter ces deux premières semaines toute seule. Elle fut contente au début de ne plus devoir mettre de réveil, mais ce petit plaisir ne dura pas longtemps car elle restait éveillée la nuit, à se faire du mouron. Bien entendu, elle pouvait rembourser une partie de son prêt avec les indemnités de licenciement, cela tiendrait les loups à distance un certain temps, mais cela ne résoudrait en rien le problème fondamental : qu'allait-elle bien pouvoir faire de sa vie ? Et puis, les annonces d'emploi ne laissaient entrevoir aucun espoir : un grand nombre de domaines auxquels elle ne connaissait rien, ou bien des postes en bas de l'échelle pour lesquels elle était trop âgée et qui ne lui donnaient franchement pas envie de travailler chez *Starbucks*. Personne dans l'immobilier ne semblait recruter, et Izzy savait que, si jamais une offre se présentait, une flopée d'experts également licenciés postulerait. Des gens bien, eux aussi.

Helena et Grampa l'encourageaient, l'invitant à garder le moral, lui disant qu'une proposition finirait bien par venir, mais Izzy n'avait pas la même impression. Elle se sentait sans attaches, sans racines ; comme si elle pouvait s'envoler à tout moment (et cela l'aidait peu qu'on lui dise : « Pourquoi ne prendrais-tu pas une année sabbatique pour faire le tour du monde ? », comme si sa présence était absolument inutile). Il lui fallut la journée entière pour se rendre à la maison de la presse, afin d'acheter le journal et quelques Smarties pour un gâteau. Elle dessina des visages tristes sur le glaçage, avec quelques fleurs en sucre un peu flétries. Ce n'était pas bon. Elle n'avait envie de rien : ni de sortir, ni de jouer au Scrabble avec Grampa. Et aucune nouvelle de Graeme, bien entendu. Cela aussi était douloureux – affreusement. Izzy prenait conscience qu'elle s'était investie dans cette relation plus que ce qu'elle ne s'était jamais autorisé à penser.

\*

Helena aussi se sentait mal. Elle détestait voir sa meilleure amie triste, ce qui signifiait de surcroît qu'elle ne pouvait pas sortir et rire avec elle. Profondément gentille, elle comprenait qu'Izzy dût faire son deuil. La cohabitation était toutefois un peu difficile ; tout au long de ces journées maussades de janvier et février, c'était horrible de rentrer et de trouver une maison sombre, non chauffée, avec Izzy cloîtrée dans sa chambre, refusant de quitter son pyjama. L'appartement avait toujours été un tel refuge, en grande partie grâce à Izzy ; elle en avait fait un lieu rassurant et chaleureux, où il y avait toujours quelque chose à grignoter. Après plusieurs journées éprouvantes à l'hôpital, Helena n'aspirait qu'à une seule chose : se pelotonner dans le canapé, avec une tasse de thé et une part de l'un des essais d'Izzy, et papoter toutes les deux. Cela lui manquait. Ainsi, ce fut aussi par intérêt qu'elle décida de mettre un terme à la léthargie d'Izzy : celle-ci avait besoin d'être un peu secouée, pour son bien.

C'était dans ses cordes de faire preuve d'un peu de fermeté, pensa un matin Helena, en se mettant de la crème hydratante. Elle n'avait pas de petit ami pour le moment, elle pouvait donc se consacrer entièrement à Izzy. Après avoir passé un haut prune qui lui donnait un look, estimait-elle, joliment gothique, elle entra d'un pas résolu dans le séjour. Dans une atmosphère lugubre, Izzy, vêtue d'un pyjama avec des cochons, était assise à manger des céréales dans un bol, sans même avoir mis de lait.

— Ma chérie, il faut que tu sortes de l'appart.
— Mais je suis chez moi.
— Je suis sérieuse. Tu dois faire quelque chose, sinon tu vas finir comme ces gens qui restent enfermés dans leur chambre en pyjama et qui passent leur temps à pleurer et à manger du bœuf au curry.

Izzy fit la moue.

— Je ne vois pas pourquoi tu dis ça.
— Parce que tu as pris un kilo en une semaine ?
— Oh, merci.
— Pourquoi ne ferais-tu pas, par exemple, du bénévolat ou quelque chose dans le genre ?

Izzy adressa un regard sévère à Helena.

— En quoi cela est-il censé me faire aller mieux ?
— Il n'est pas question de te faire aller mieux. Mais de jouer mon rôle d'amie auprès de toi ; celle dont tu as besoin en ce moment même.
— Une amie méchante.
— La meilleure que tu puisses avoir, je le crains.

Helena jeta un coup d'œil au sachet plastique à rayures roses à côté d'Izzy : il était rempli de Smarties.

— Tu es sortie ? Tu es allée chez le marchand de journaux ?

Izzy haussa les épaules, gênée.

— Tu y es allée en pyjama ?

— Hmm.

— Et si tu étais tombée sur John Cusack, hein ? Et si John Cusack avait été là et s'était dit : « J'en ai marre de toutes ces actrices hollywoodiennes. Pourquoi je ne me trouverais pas une vraie femme avec de vraies valeurs ? Qui sache faire des gâteaux. Une femme comme elle, mais qui ne soit pas en pyjama, parce qu'elle a clairement l'air d'une cinglée comme ça. »

Izzy eut la gorge nouée. Depuis 1986, Helena avait un principe fondamental : faire toujours comme si elle pouvait se retrouver à tout instant nez à nez avec John Cusack ; c'est pourquoi elle ne sortait jamais sans être parfaitement coiffée, maquillée et habillée sur son trente et un. Izzy savait qu'il ne valait mieux pas débattre.

— Graeme n'a pas téléphoné, je suppose ? lui demanda Helena.

Elles savaient pertinemment toutes les deux que non. Il n'était pas seulement question de son travail. Mais pour Izzy, il était très douloureux d'admettre la vérité. Qu'en réalité, ce qu'elle avait pris pour de l'amour, pour quelque chose de réel et de spécial pourrait n'avoir été, en fin de compte... pourrait n'avoir été qu'une stupide liaison entre collègues. Cette idée était atroce, insupportable. Elle ne parvenait pas à dormir, fermait à peine l'œil de la nuit. Comment avait-elle pu être aussi bête ? Durant tout ce temps, elle pensait être si professionnelle, quand elle venait travailler tous les jours dans ses petites robes, ses gilets et ses jolies chaussures, quand elle pensait bien faire la distinction avec sa vie privée, quand elle croyait être si maligne. Alors qu'en fait, tout le monde ricanait parce qu'elle se tapait le patron – pire encore, visiblement, il ne s'agissait même pas d'une relation sérieuse. À cette pensée, Izzy mordit son poing de douleur. Et puis, personne ne la jugeait compétente pour son travail, elle n'était qu'une imbécile heureuse qui savait faire des gâteaux. Oh là là, c'était pire presque. Ou du moins, tout aussi nul. Tout allait mal. C'était horrible. Rien ne semblait pouvoir la convaincre de quitter son pyjama. Tout craignait, c'était indéniable.

Helena pensa déceler chez Izzy de la patience, puis de la résignation.

— Qu'il aille se faire foutre, s'exclama-t-elle. Et alors quoi ? Ta vie est terminée parce que ton patron ne te demande plus de services personnels ?

— Cela ne se résumait pas à cela entre nous, répondit calmement Izzy.

Était-ce bien vrai ? Elle tenta de se remémorer des instants de tendresse ; un geste doux ou gentil qu'il avait eu à son égard. Des fleurs par exemple, ou un voyage. À son grand dam, tout ce qui ressortait de ces huit mois, c'était lorsqu'il lui avait demandé de ne pas venir un soir, car il était fatigué à cause du travail, ou encore de l'aider à classer ses rapports (elle avait été si contente, se rappela-t-elle, de pouvoir le soulager un peu ; c'était précisément pourquoi elle aurait fait une épouse parfaite pour lui. Bon sang, mais quelle idiote !).

— Enfin, peu importe ce que c'était, reprit Helena. Cela fait plusieurs semaines maintenant et, franchement, tu t'es suffisamment apitoyée sur ton sort. Il est temps que tu sortes et que tu te frottes à nouveau au monde.

— Je ne suis pas sûre que le monde ait envie de moi.

— Ce ne sont que des conneries et tu le sais très bien. Tu veux que je te reparle de ma « liste des Âmes en peine » ?

La « liste des Âmes en peine » d'Helena se composait de cas horribles dont elle avait été témoin aux urgences : les délaissés, les abandonnés, les enfants qui n'avaient jamais été aimés, les jeunes qui n'avaient jamais entendu un mot gentil de toute leur vie et pour lesquels l'Assistance publique devait recoller les morceaux. Cette liste était insupportable à entendre. Helena s'en servait uniquement pour clore la discussion dans les cas réellement désespérés. C'était cruel de sa part d'en jouer en cet instant.

— Non ! se récria Izzy. Non. S'il te plaît. Tout sauf ça. Je suis incapable de t'entendre reparler de l'orphelin atteint d'une leucémie. Je t'en supplie.

— Je te préviens. Arrête de te plaindre, ou sinon… Et remue ton gros cul, va faire cette formation qu'ils t'ont proposée. Au moins, comme ça, tu te lèveras avant midi.

— Primo, mon cul est deux fois plus petit que le tien.

— Oui, mais il est proportionné à mon corps, répliqua patiemment Helena.

— Et deuxio, je fais la grasse matinée uniquement parce que je n'arrive pas à dormir la nuit.

— Mais parce que tu passes la journée à dormir !

— Faux. Parce que je déprime.

— Tu ne déprimes pas. Tu es un peu triste. La déprime, c'est quand tu débarques dans ce pays et qu'on te confisque ton passeport, qu'on t'oblige à faire le trottoir et que...

— Lalalala ! se mit à chanter Izzy. Arrête ça, s'il te plaît. J'irai, d'accord ? Je vais le faire ! Je vais le faire !

*

Quatre jours, un passage chez le coiffeur et une séance de repassage plus tard, Izzy retourna à son arrêt de bus habituel, avec un sentiment d'imposture. Linda fut contente de la voir ; elle s'était inquiétée à mesure que les semaines s'écoulaient, puis elle avait fini par se dire qu'elle s'était peut-être acheté une belle voiture ou avait emménagé avec cet homme renfrogné qui passait la prendre de temps en temps. Quelque chose de positif en tout état de cause.

— Êtes-vous partie en vacances tout ce temps ? Oh, quelle bonne idée de s'évader pendant l'hiver. C'est tellement mortel.

— Non ! répondit Izzy d'un ton triste. J'ai été licenciée.

— Oh, ma pauvre ! Je suis vraiment navrée de l'apprendre. Sincèrement. Mais bon, vous êtes jeune ; vous trouverez autre chose en cinq minutes, non ?

Linda était fière de sa fille pédicure. Aucun risque que Leanne se retrouvât au chômage, « tant que les gens ont des pieds », comme elle répétait souvent. Il en faudrait beaucoup pour qu'Izzy regrettât de ne pas être pédicure, mais ce n'était pas loin d'arriver.

— Je l'espère, commenta Izzy. Je l'espère bien.

Son attention fut distraite par une personne derrière elle. Elle se tourna. C'était encore cette grande femme blonde, devant la boutique rose abandonnée. Elle suivait le même agent immobilier à la mine légèrement abattue.

— Je ne suis pas sûre toutefois, Desmond, que le feng shui va fonctionner, disait-elle. Et quand on propose aux gens une expérience corporelle holistique, c'est très, très important, vous comprenez ?

Non, c'est faux, pensa mutinement Izzy ; c'est foutrement important de placer son four au bon endroit afin de pouvoir gérer correctement la boutique. Elle songea à Grampa Joe. Il fallait qu'elle lui rendît visite, il le fallait réellement. C'était impardonnable d'avoir tout ce temps libre et de ne pas faire l'effort.

— Que cela sente bon, sourire aux clients, se placer de sorte à les voir, avait-il coutume de dire. Et leur offrir les meilleurs gâteaux de Manchester, ça aussi, c'est important.

Izzy s'avança un peu plus afin de mieux entendre la conversation.

— Et douze cents par mois, poursuivit la femme, c'est beaucoup trop. Je me servirai des meilleurs légumes de la ville. Les gens ont besoin de légumes crus, et je vais le leur faire savoir.

La femme portait un pantalon en cuir moulant. Son ventre était si plat qu'elle donnait l'impression de ne rien manger. Son visage était un mélange curieux de peau très lisse et de petites zones ridées, sans doute là où l'effet du Botox s'estompait.

— Et cent pour cent bio ! s'exclama-t-elle. Personne n'a envie d'ingurgiter des produits chimiques !

Mais pas de souci pour se les injecter dans le front, se moqua intérieurement Izzy. Elle se demanda pourquoi elle avait autant pris en grippe cette femme. Pourquoi cela lui importerait qu'elle tienne un stupide café de jus de légumes dans sa petite boutique ? Enfin, se reprit Izzy, dans *cette* petite boutique. Ce petit local caché, sur cette placette secrète, qui n'avait jamais semblé être apprécié à sa juste valeur. Bien sûr, Izzy était consciente, parfaitement consciente que posséder un magasin retiré, difficile à trouver, était loin d'être idéal.

Quelque chose frappa Izzy. Elle connaissait l'immobilier commercial et savait que le mètre carré se vendait entre cinq cents et sept cents livres. Elle mesura la boutique du regard. D'après la pancarte, il y avait en outre un sous-sol, ce qui doublait la surface. Izzy effectua mentalement un rapide calcul. Cela faisait le mètre carré à cent cinquante-cinq livres environ. Certes, de toute évidence, on était dans la banlieue de Londres, qui plus est pas très chic. Mais tout de même, douze cents par mois – disons onze cents si la femme disait juste et parvenait à négocier un rabais, ce qui devrait être possible étant donné le marché. Si on lui accordait un bail de six mois pour faire... euh, quelque chose. Des gâteaux peut-être ? Elle n'avait plus de collègues à qui faire tester ses recettes, son congélateur se remplissait et elle manquait d'espace de rangement. Rien que la veille au soir, elle avait mis au point une recette particulièrement réussie de cookies au Nutella et au beurre de cacahuète – et, comme tous ne rentraient pas dans la dernière boîte à gâteaux qu'elle s'était achetée, elle avait dû manger le surplus.

Izzy ferma les yeux lorsque le bus apparut au coin de la rue. C'était ridicule. Travailler dans l'alimentaire impliquait un millier de choses, et pas seulement de signer un bail. Il y avait les règles d'hygiène et de sécurité, les contrôles, les résilles, les gants en latex, les normes, le droit du travail... C'était absolument impossible, et insensé. Et puis elle n'avait même pas envie de travailler dans un café.

Linda fit un signe de tête en direction de la femme devant la boutique, qui pontifiait d'une voix forte sur les bienfaits de la betterave.

— Je ne sais pas de quoi elle parle, affirma-t-elle lorsqu'elles montèrent à bord du 73. Tout ce dont j'ai envie le matin, c'est d'une bonne tasse de café.

— Hmm, marmonna Izzy.

\*

La formation au chômage, même si elle portait un autre nom et qu'elle aurait pu s'appeler le « club des ratés mis à la porte », se tenait dans une grande salle de réunion, dans un immeuble quelconque près d'Oxford Street, avec vue sur une grande enseigne de vêtements. Izzy se dit que cela était très injuste : cette vision alléchante d'une vie désormais inaccessible.

Une dizaine de personnes étaient présentes : les optimistes, les boudeurs (qui donnaient l'impression d'avoir été envoyés dans une sorte de prison), ceux complètement terrifiés, ou encore cet homme qui fouillait dans sa mallette et lissait sa cravate d'une telle façon qu'Izzy le soupçonnait de ne pas avoir annoncé son licenciement à sa famille et de faire semblant tous les matins d'aller travailler. Elle adressa un sourire crispé à tous les participants, mais personne ne lui prêta attention. La vie était toujours plus simple, songea Izzy, quand on a un grand Tupperware de gâteaux dans les mains. Tout le monde alors était ravi de vous voir.

Une quinquagénaire au visage fatigué et impatient arriva à neuf heures trente précises et se lança si vivement dans son laïus qu'il devint rapidement évident que les seules personnes surmenées dans l'économie actuelle étaient les formateurs pour les demandeurs d'emploi.

— Aujourd'hui, vous commencez une « nouvelle vie » positive. Et la première chose que vous devez faire est de considérer la recherche d'emploi comme un travail à part entière.

— Encore plus merdique que celui que vous venez de perdre, railla l'un des jeunes hommes d'un ton agressif.

La formatrice l'ignora.

— Premièrement, vous devez tout faire pour que votre CV se distingue parmi les deux millions de CV qui circulent à un instant $t$. (La formatrice étira ses lèvres en ce qu'Izzy supposa être un sourire.) Et je n'exagère pas. C'est à peu près le nombre de CV soumis simultanément pour tous les postes vacants.

— Eh bien, cela me motive déjà ! murmura la jeune femme assise à côté d'Izzy.

Izzy la regarda : elle était séduisante, peut-être un peu trop habillée, avec des boucles de jais, un rouge à lèvres rouge vif et un pull en mohair fuchsia qui ne parvenait pas du tout à dissimuler son énorme poitrine. Izzy se demanda si elle s'entendrait bien avec Helena.

— Alors, que faites-vous pour que votre CV sorte du lot ? Quelqu'un a une idée ?

L'un des hommes les plus âgés leva la main.

— Est-il acceptable de mentir sur son âge ?

La formatrice secoua la tête d'un air sévère.

— Il n'est jamais, en aucun cas, permis de mentir sur son CV.

La jeune femme à côté d'Izzy leva aussitôt la main.

— Mais c'est complètement stupide. Tout le monde ment sur son CV. Et tout le monde part du principe que tout le monde ment sur son CV. Donc l'employeur imaginera que l'on est moins bon que ce que l'on a inscrit et, s'il découvre qu'on n'a pas du tout menti, il nous prendra un peu pour un idiot. Du coup, c'est un mauvais calcul.

Beaucoup de têtes autour de la table hochèrent en signe d'approbation. La formatrice poursuivit malgré tout.

— Vous devez par conséquent vous démarquer. Certains utilisent des polices plus grosses, ou même font rimer leur CV pour lui donner un petit plus.

Izzy leva la main.

— Pour ma part, j'ai recruté des gens pendant des années et je détestais les CV fantaisistes, je les mettais directement à la poubelle. En revanche, si j'en recevais un sans aucune faute d'orthographe, je convoquais immédiatement le candidat en entretien. Cela n'arrivait pratiquement jamais cependant.

— Et est-ce que tu estimais que les gens mentaient sur leur CV ? lui demanda la jeune femme.

— Eh bien, je baissais mentalement tous leurs résultats au bac et leurs diplômes, et je n'insistais pas trop sur leur passion des films indépendants. Donc oui, je suppose que oui.

— CQFD ! s'exclama la jeune femme.

La formatrice avait viré au rose et se pinçait les lèvres.

— Eh bien, vous pouvez dire ce que vous voulez, rétorqua-t-elle. Mais c'est vous qui êtes assis là, devant moi.

\*

À l'heure du déjeuner, Izzy et la jeune femme aux cheveux bouclés, qui répondait au nom de Pearl, s'enfuirent.

— Je n'ai jamais rien vécu d'aussi sordide, déclara celle-ci. C'était encore pire que d'être flanquée à la porte.

Izzy sourit d'un air reconnaissant.

— Je sais. (Elle regarda autour d'elle.) Où vas-tu déjeuner ? Je pensais aller à la *Pâtisserie Valérie*.

Il s'agissait d'une chaîne de salons de thé chic, établie de longue date à Londres, qui étaient toujours bondés, mais ravissaient à coup sûr les papilles. Ils avaient un nouveau glaçage à la vanille dont Izzy avait entendu parler et qu'elle était impatiente de goûter. La jeune femme sembla un peu gênée et Izzy se rappela soudain les prix assez élevés de cet établissement.

— Euh, je t'invite, s'empressa-t-elle d'ajouter. Dans mon malheur, j'ai touché une assez bonne prime de licenciement !

Pearl sourit et se demanda si les sandwichs dans son sac allaient se garder.

— D'accord !

Elle avait toujours eu envie de tester ce salon de thé, où paradaient en vitrine de superbes gâteaux de mariage, avec un nombre d'étages incroyable et leur glaçage décoré de minuscules roses en sucre. Mais il semblait toujours difficile d'y trouver une place, ce qui en faisait le genre d'endroit qu'elle évitait en général.

Installées dans un minuscule box en bois, Izzy et Pearl échangèrent sur leurs mésaventures, tandis que des serveuses françaises, toutes vêtues de noir, faisaient habilement passer au-dessus de leur tête tartes au citron et millefeuilles. Pearl avait été réceptionniste dans une entreprise du bâtiment où les affaires s'étaient progressivement dégradées. Les deux derniers mois, elle n'avait même pas reçu son salaire. Comme elle élevait seule son bébé, la situation devenait un peu désespérée.

— Je pensais que cette formation pourrait m'aider, expliqua-t-elle. C'est l'agence pour l'emploi qui m'a envoyée là. Mais c'est n'importe quoi, non ?

Izzy approuva d'un signe de tête.

— Je crois bien que oui.

Pearl se leva alors avec audace et se glissa jusqu'au responsable du salon de thé.

— Excusez-moi, est-ce que vous recrutez ?

— Je suis vraiment désolé, répondit l'homme d'un ton charmant, mais non. Et puis, comme vous pouvez le constater, l'espace est tout petit.

Il indiqua d'un geste de la main les tables minuscules, très proches les unes des autres. Les serveuses agiles se faufilaient entre elles d'un pas sautillant. Sincèrement, Pearl n'aurait aucune chance.

— Je suis vraiment navré.

— Bon sang ! Vous avez tout à fait raison. Je suis trop grosse pour travailler dans un salon de thé. Et puis, en me voyant, les clients culpabiliseraient et commanderaient une salade.

Sans se démonter, elle retourna auprès d'Izzy, qui venait de passer les trois dernières minutes à rougir atrocement à la place de Pearl.

— La compagnie aérienne à bas prix m'a tenu exactement le même discours. Je ne peux pas être plus large que l'allée centrale.

— Mais tu n'es pas plus large que l'allée !

— Si, dans les nouveaux avions qui arrivent sur le marché. Tout le monde est debout, entassé comme du bétail. Ils passent une ceinture autour du cou des passagers et l'accrochent à la paroi.

— Ce n'est pas vrai, ce n'est pas possible.

— Mais si. Crois-moi. Dès que les ceintures arrêteront de décapiter les mannequins des *crash-tests*, le trajet jusqu'à Malaga se fera debout. Sur une jambe même, si tu n'as pas imprimé ta carte d'embarquement avant de venir à l'aéroport.

— De toute façon, je ne partirai plus jamais en vacances, donc peu importe.

Izzy se rendit compte qu'elle employait un ton ridiculement apitoyant devant une femme qui louait un appartement où elle vivait avec son bébé et, semblait-il, sa mère. Elle décida de changer de sujet.

— Devrions-nous y retourner ?

Pearl soupira.

— Eh bien, c'est soit cela, soit une virée shopping sur Bond Street avec un passage éclair chez *Tiffany's*.

Izzy esquissa un léger sourire.

— Au moins, nous avons mangé un gâteau.

— En effet !

## Chapitre 5

### Bouchées à la menthe

- Une douceur pour une crème
- 1 blanc d'œuf
- 200 g de sucre glace
- Essence de menthe poivrée

Monte le blanc en neige. Pas trop fermement. Voilà, c'est juste ce qu'il faut. Parfait. Arrête-toi maintenant.
Incorpore le sucre glace tamisé. La préparation doit être ferme. Je sais, il y a beaucoup de sucre glace par terre. Ne t'en préoccupe pas pour le moment. Ne marche pas dedans. Non, ne… Bon, ta mère va piquer une crise.
Ajoute quelques gouttes d'essence de menthe poivrée – un petit peu seulement, sinon ça aura le goût de dentifrice.
Bon, est-ce que tes mains sont propres ? Pétris la préparation – oui, comme de la pâte à modeler. Non, la pâte à modeler ne se mange pas. Maintenant, nous allons l'étaler et tu découperas des cercles. Oui, je suppose que tu peux aussi faire des formes d'animaux… Un poney à la menthe, c'est pas mal. Oh, un dinosaure ?

Euh, d'accord, je n'y vois pas d'inconvénient... Et voilà ! Maintenant, nous devons les laisser au réfrigérateur pendant vingt-quatre heures.
Non, on ne peut pas en goûter une.
Bon, j'imagine qu'elles n'ont pas toutes besoin d'aller au réfrigérateur. Voire aucune en fait.
Affectueusement,
Grampa

*

Si Izzy avait fermé les yeux, elle aurait pu sentir le doux parfum des bouchées à la menthe, fondant sur sa langue.
— Allez, l'invectiva Helena.
— Je suis une personne courageuse, s'encouragea Izzy dans le miroir, tout en se brossant les dents.
— C'est juste. Répète encore une fois.
— Oh, bon sang.
Elle se préparait pour braver le froid et demander aux agences immobilières si elles cherchaient du monde. Elle avait comme envie de vomir.
— Je suis une personne courageuse.
— Mais oui, tu l'es !
— Je peux le faire.
— Oui, tu vas y arriver.
— Je suis capable d'encaisser des refus répétés.
— Cela pourrait te servir.
Izzy se retourna.
— C'est facile pour toi, Lena. Le monde aura toujours besoin d'infirmières. Il y a peu de chances pour que les hôpitaux ferment.
— Ouais, ouais, ouais. Tais-toi.

— Tu verras. Un jour, les robots sauront tout faire, tu perdras ton boulot et tu t'en voudras de ne pas avoir été plus compatissante avec moi, ta meilleure amie.

— Mais c'est mieux que de la compassion ! répliqua Helena, piquée au vif. Je te suis utile !

Izzy commença ses recherches à proximité de l'appartement. Si elle pouvait trouver une entreprise où elle pourrait se rendre à pied, tant mieux. Fini les matins humides à attendre devant Pear Tree Court et à jouer des coudes pour monter dans le 73... Au moins, cette perspective était agréable.

La porte de *Joe Golden Estates* tinta lorsque Izzy entra, le cœur battant la chamade. Elle essaya de se ressaisir en se rappelant qu'elle devait faire preuve de calme, de professionnalisme, et qu'elle avait de l'expérience dans l'immobilier. Il n'y avait qu'un seul homme dans l'agence, celui-là même avec la calvitie naissante et l'air distrait qui faisait visiter la boutique à cette femme.

— Bonjour ! dit Izzy, trop surprise pour se souvenir de la raison de sa présence. C'est bien vous qui vous occupez de la location de Pear Tree Court ?

L'homme la considéra d'un air méfiant.

— J'essaie, répondit-il d'un ton bourru. C'est un peu un cauchemar.

— Pourquoi ?

— Peu importe, dit-il, se remémorant soudain où il était et reprenant sa casquette de vendeur. C'est un bien fabuleux, avec énormément de caractère et un immense potentiel.

— Mais tous les commerces qui s'y sont installés n'ont-ils pas lamentablement fait faillite ?

— Eh bien, c'est parce que... C'est parce que les gens s'y sont mal pris.

*Je vais commencer par sympathiser avec lui et je lui demanderai ensuite s'il a du travail,* pensa Izzy. *Je lui demanderai s'il a un poste... sous peu. Bientôt. Dans un instant. C'est ça.*

Mais en réalité, les mots qui sortirent de la bouche d'Izzy furent :

— Serait-ce possible d'y faire un tour ?

\*

Desmond, de *Joe Golden Estates*, était las de son travail. Pour tout dire, il était même las de sa vie. Il en avait assez du marché, d'être seul dans un bureau vide, de faire sans cesse la navette entre ce stupide bien de Pear Tree Court quand les gens estimaient, les uns après les autres, pouvoir en faire quelque chose alors que, tout joli qu'il fût, cela restait un local commercial sans pignon sur rue. Ils nourrissaient des rêves sans se soucier de la réalité du marché. Et cette femme ne semblait pas faire exception.

Le soir, il devait rentrer chez lui et seconder son épouse, Emily. Non pas qu'il n'adorait pas leur bébé, ce n'était pas du tout le souci, mais il avait besoin d'une bonne nuit de sommeil de temps à autre et il était certain qu'à cinq mois, les bébés des autres ne se réveillaient plus quatre fois par nuit. Peut-être Jamie était-il sensible. Cela ne justifiait pas cependant qu'Emily soit toujours en pyjama depuis l'accouchement, qui remontait à un petit bout de temps maintenant. Mais si jamais il ouvrait la bouche, elle lui criait dessus, lui reprochant de ne pas comprendre ce que c'était d'avoir un bébé ; Jamie se mettait alors à hurler ; sans parler de sa belle-mère, qui était en général fourrée chez eux, installée à la place de Desmond dans le canapé, et, soupçonnait-il, disait du mal de lui. Puis le bruit devenait si épouvantable qu'il regrettait de ne plus être au travail pour avoir cinq minutes de répit. Il n'avait pas la moindre idée de ce qu'il devait faire.

Izzy, pour la première fois depuis ce qui lui avait paru des semaines, sentit une once de curiosité s'éveiller en elle. Pendant que Desmond ouvrait un peu à contrecœur la lourde porte avec trois clés différentes, elle regarda autour d'elle, au cas où la femme blonde effrayante fût derrière elle, prête à lui hurler de déguerpir de sa boutique.

Elle comprit aussitôt que si le 4, Pear Tree Court présentait toutes sortes de problèmes (l'absence de devanture sur la route étant le plus évident), il avait aussi beaucoup d'avantages. La grande vitrine donnait sur l'ouest, aussi la boutique était-elle inondée de soleil l'après-midi : c'était de fait un endroit agréable où s'asseoir et s'attarder autour d'un café et d'un gâteau à une heure où les affaires étaient généralement plus calmes. Izzy lutta pour ne pas laisser son imagination s'emballer. La ruelle était charmante avec ses pavés, en dépit des ordures qui traînaient et d'une carcasse de vélo abandonnée. À côté de la quincaillerie, poussait un poirier chétif et rabougri, qui donnait son nom à cette impasse. Un arbre – réel, vivant. Cela aussi, c'était quelque chose. Dans la cour, le bruit de la circulation semblait disparaître, comme si l'on se retirait dans une époque plus calme et plus douce. La petite rangée de boutiques, pêle-mêle, agglutinées les unes contre les autres, semblait sortie de *Harry Potter*, et le numéro 4, avec sa porte basse en bois, ses angles biscornus et son ancienne cheminée, était la plus jolie d'entre toutes.

La devanture était poussiéreuse et laissée à l'abandon, de vieilles étagères jonchaient le sol, à côté de lettres pour les locataires précédents provenant d'organismes de yoga, de fabricants équitables de vêtements pour enfants, de laboratoires homéopathiques et de la mairie de quartier. Izzy se fraya un chemin parmi ce désordre.

— Ah oui, j'aurais dû enlever tout cela, murmura Desmond, légèrement embarrassé.

*Oui, vous auriez dû*, pensa Izzy. Si l'un des agents de Kalinga Deniki faisait visiter un bien dans cet état… Cela dit, cet homme semblait très fatigué.

— Beaucoup de travail ces jours-ci ? demanda-t-elle avec nonchalance.

Desmond baissa le regard, tout en réprimant un bâillement.

— Hmm. Ils viennent de saisir nos petites voitures. Elles étaient classe. (Son épouse avait été furieuse.) Mais à part ça, génial, ajouta-t-il pour se reprendre. En fait, on vient de me faire une offre pour cet endroit, donc si vous le voulez, vous devez faire vite.

Izzy plissa les yeux.

— Pourquoi me le faites-vous visiter si quelqu'un d'autre est déjà sur le coup ?

Desmond grimaça.

— Eh bien, vous savez… Pour entretenir le marché. Et je ne suis pas sûr que cette offre aille jusqu'au bout.

Izzy songea à la femme blonde. Elle lui avait paru très confiante.

— La cliente a... hmm... des « problèmes personnels », expliqua Desmond. Et nous savons que, souvent, l'enthousiasme de départ pour de nouvelles aventures peut... hmm... disparaître au moment de la signature. D'un côté comme de l'autre.

Izzy haussa les sourcils.

— Et que pensez-vous faire dans cette boutique ? l'interrogea l'agent immobilier. Elle a une licence pour de multiples activités.

Izzy regarda autour d'elle. Elle s'imaginait le tableau : de petites tables et des chaises dépareillées ; une étagère où les clients pourraient apporter des livres à échanger ; la jolie vitrine où elle pourrait disposer ses cupcakes de différents parfums et aux couleurs pastel. Elle devrait veiller à placer des gâteaux en devanture pour attirer les passants. Elle pourrait fabriquer de jolies petites boîtes pour les fêtes et les cadeaux, peut-être même pour les mariages... Serait-elle à la hauteur cependant pour de tels événements ? C'était énorme. Cela dit, si elle engageait quelqu'un pour...

Dans sa rêverie, Izzy se rendit compte que Desmond attendait une réponse.

— Oh, je songeais à un petit café, déclara-t-elle, en sentant son éternelle rougeur lui monter aux joues. Mais quelque chose de modeste.

— Ah, c'est une excellente idée !

Le cœur d'Izzy bondit. Ce n'était pas possible... Elle ne pouvait pas être réellement sérieuse ? Même si maintenant qu'elle était là...

— Un sandwich saucisse et une tasse de thé pour une livre cinquante. C'est parfait pour le quartier, s'enthousiasma Desmond, avec une mine réjouie. Pour les maçons, les banlieusards, les fonctionnaires, les nounous... Une crêpe avec de la confiture pour une livre.

— En vérité, je pensais plus à... une sorte de pâtisserie.

Le visage de Desmond se décomposa.

— Oh ? L'un de ces lieux snobs où le café est à deux livres cinquante.

— Euh, mais il y aura de délicieux gâteaux.

— Ouais, peu importe. En réalité, l'autre personne veut aussi ouvrir un café, exactement pareil.

Izzy repensa à la femme blonde. *Mon café n'aurait rien à voir avec le sien !* songea-t-elle avec indignation. Il serait chaleureux, engageant, accueillant ; ce serait un endroit où l'on viendrait pour se faire plaisir, pas pour expier son mauvais comportement. Ce serait un lieu de rencontre agréable pour les gens du quartier, pas de ceux où l'on venait engloutir des carottes crues tout en tapotant sur son BlackBerry. Oui ! C'est ça !

— Je le prends ! s'exclama soudain Izzy.

L'agent immobilier la considéra avec étonnement.

— Vous ne voulez pas connaître le prix ?

— Ah si, bien sûr, dit Izzy, soudain totalement troublée.

À quoi pensait-elle, bon sang ? Elle n'était pas qualifiée pour tenir un commerce ! Comment s'en sortirait-elle ? Tout ce qu'elle savait faire, c'était préparer des gâteaux, ce qui ne suffirait pas, assurément. Mais comment, lui souffla une petite voix, comment le sauras-tu si tu n'essaies jamais ? Et cela ne te plairait-il pas d'être ta propre patronne ? Et d'avoir un salon de thé tout propre, tout beau dans cet endroit parfait ? Et que des gens viennent de partout pour goûter tes cupcakes et se détendre une demi-heure, lire le journal, acheter un cadeau, profiter d'un peu de tranquillité ? Ne serait-ce pas plaisant de se consacrer tous les jours à adoucir la vie des gens, leur offrir un sourire, une gourmandise ? N'était-ce pas, de toute manière, ce qu'elle faisait déjà dans la vie ; n'était-il pas logique de pousser un peu plus les choses ? Non ? Maintenant qu'elle avait cette somme d'argent exceptionnelle ; que cette occasion exceptionnelle se présentait à elle.

— Pardon, pardon, s'excusa-t-elle, confuse. Je brûle les étapes. Pourrais-je avoir la fiche du bien, s'il vous plaît ?

— Hmm. À tout hasard, est-ce que vous venez de divorcer ?

— J'aurais bien aimé.

\*

Elle étudia le document pendant des heures et des heures. Elle téléchargea des formulaires sur Internet ; essaya de calculer plus ou moins le coût de revient au dos d'enveloppes. Elle s'entretint avec un conseiller spécialisé en petites entreprises et s'interrogea sur l'utilité d'une carte dans un magasin de gros. Izzy était si excitée qu'elle ne parvenait pas à se contenir. Elle ne s'était pas sentie aussi vivante depuis des années. Dans sa tête, tout ce qu'elle entendait, c'était : « Je pourrais le faire. Oui, je pourrais vraiment le faire. » Qu'est-ce qui l'en empêchait ?

\*

Le samedi suivant, Izzy mit à profit la lenteur du bus qui la menait à la maison de retraite de Grampa : elle effectua quelques calculs et prévisions dans le carnet qu'elle venait d'acheter. Elle se sentait bouillonner d'excitation. Non. Elle ne devait pas. C'était une idée stupide. Même si, après tout, quand aurait-elle de nouveau la chance de se lancer dans un tel projet ? Mais serait-ce un véritable désastre ? Qu'est-ce qui la distinguerait de tous ceux qui avaient investi cette boutique et lamentablement échoué ?

La maison de retraite *Les Chênes* était un ancien manoir austère. L'établissement avait fait de son mieux pour créer une ambiance chaleureuse et garder à l'identique la grande salle seigneuriale. Grampa avait de l'argent grâce à la vente de ses commerces et Helena avait conseillé cette résidence, la meilleure dans son genre. Mais tout de même. Il y avait des mains courantes, l'odeur du détergent industriel, des fauteuils roulants. Cela restait une maison de retraite.

Keavie, la jeune infirmière grassouillette, qui accompagnait Izzy dans les étages, était gentille comme à son habitude, mais semblait un peu distraite.

— Quoi de neuf ? lui demanda Izzy.

Keavie se montra nerveuse.

— Il faut que vous sachiez qu'il n'est pas dans l'un de ses bons jours.

Le cœur d'Izzy se contracta. Même s'il avait fallu quelques semaines à son grand-père pour prendre ses marques quand il était arrivé dans cet établissement, il s'était plutôt bien adapté. Les vieilles dames s'affairaient gentiment autour de lui – il n'y avait quasiment pas de résidents masculins – et il avait même apprécié l'art-thérapie. En réalité, c'était un jeune thérapeute passionné qui l'avait poussé à noter par écrit ses recettes pour Izzy. Et puis, Izzy était tellement heureuse de savoir qu'il était au chaud, à l'abri et mangeait correctement. C'est pourquoi les propos de Keavie lui glacèrent le sang. Elle s'arma de courage et passa la tête par la porte.

Joe était dans le lit, calé contre des oreillers, une tasse de thé froid à côté de lui. Lui qui n'avait jamais été gros, remarqua-t-elle, avait encore perdu du poids ; sa peau commençait à s'affaisser et à lui pendre des os, comme si elle cherchait à s'échapper vers un meilleur endroit. Il avait toujours ses cheveux, même s'ils formaient désormais un fin duvet blanc sur son crâne, faisant curieusement penser à un bébé. D'ailleurs, c'était un bébé à présent, pensa Izzy avec tristesse. Sans la joie, l'empressement, l'émerveillement d'un nourrisson, mais il était nourri, changé, porté. Elle l'aimait toujours autant cependant. Elle l'embrassa tendrement.

— Salut, Grampa ! Merci pour les recettes. (Elle s'assit au bout du lit.) J'adore les recevoir.

C'était vrai. Hormis les cartes de vœux, personne n'avait envoyé de lettre manuscrite à Izzy depuis une dizaine d'années. Les e-mails, c'était très pratique, mais l'excitation de recevoir du courrier lui manquait. C'était sans doute pour cette raison que les gens effectuaient tellement d'achats par Internet, songea-t-elle. Ils avaient ainsi un colis à attendre avec impatience.

Izzy observa son grand-père. Il ne s'était pas senti très bien juste après son arrivée ici ; on lui avait donc administré un traitement. Il semblait avoir beaucoup d'absences, mais le personnel avait assuré à Izzy qu'il pouvait l'entendre et que cela l'aidait sans doute qu'elle lui parlât. Au départ, elle s'était trouvée complètement idiote. Puis, elle avait fini par juger cela assez reposant – un peu comme une psychothérapie sans doute. De celles où le thérapeute ne prononçait pas un mot, se contentant de hocher la tête et de prendre des notes.

— Bref, dit-elle maintenant, un peu comme si elle testait le son de sa voix, j'envisage de... J'envisage de faire quelque chose de nouveau. Ouvrir un petit café. En ce moment, cela plaît aux gens, les petits cafés. Ils en ont assez des chaînes toutes identiques. Enfin, c'est ce que j'ai lu dans un supplément du dimanche. Mes amis ne me sont pas très utiles en réalité. Helena n'arrête pas de me dire de penser à la TVA, même si elle n'a aucune idée de ce dont il s'agit. Je crois qu'elle essaie de se comporter comme ces personnes effrayantes qu'on voit à la télé et qui se moquent des projets professionnels des gens, parce qu'elle prend toujours une grosse voix. Et quand je lui réponds que je n'ai pas pensé à la TVA, elle pousse un petit grognement, comme ça (Izzy l'imita). Comme si elle était une vraie millionnaire et moi une sombre idiote pas taillée pour gérer un commerce. Mais toutes sortes de gens gèrent des commerces, tu ne crois pas, Grampa ? Regarde, toi, tu l'as fait pendant des années.

Elle soupira.

— C'est pourquoi je voudrais te poser un tas de questions pendant que tu es encore en forme. Grampa, mais pourquoi je ne t'ai jamais demandé comment on gérait un commerce ? Je suis vraiment une imbécile. Aide-moi, s'il te plaît.

Pas de réponse. Izzy poussa à nouveau un soupir.

— Le teinturier de notre quartier a le QI d'un ballon de foot et il a sa propre affaire. Ça ne doit pas être si compliqué que cela... Helena dit qu'il est tellement bête que, lorsqu'il regarde son reflet dans le miroir, il doit voir un autre homme qui lui cherche des poux. (Elle sourit.) Mais bon, c'est un excellent teinturier... Et puis, quand cette chance se représentera-t-elle ? Je pourrais mettre toute ma prime de licenciement dans mon prêt, mais si je n'ai pas retrouvé de travail d'ici huit mois ? Je pourrais faire ça... Sauf que je n'aurais pas profité de cet argent. Ou je pourrais voyager dans le monde entier, mais, tu sais, je resterai la même à mon retour. Un peu plus vieille et avec la peau tannée, c'est tout. Alors que ce projet... Bon, il y a les impôts, la paperasse, les normes de sécurité et d'hygiène, la réglementation en matière d'incendies... On a envie de faire les choses à sa façon, mais il y a un nombre considérable de restrictions... C'est sans doute l'idée la plus débile que j'ai jamais eue, c'est totalement voué à l'échec. Je cours à ma perte...

Izzy regarda par la fenêtre. C'était une journée froide et claire ; le parc de la résidence était superbe. Elle aperçut une vieille dame qui jardinait, pliée en deux dans un minuscule parterre de fleurs. Elle était totalement absorbée par ce qu'elle faisait. Une infirmière passa, s'assura que tout allait bien, puis reprit son chemin.

Izzy se souvint d'une fois où elle était rentrée de son horrible collège moderne, infesté d'horribles filles qui se moquaient de ses cheveux frisés : elle avait préparé une tarte aux fraises, avec une pâte légère comme l'air et un glaçage aussi délicat et sucré que le souffle des fées. Grampa s'était assis en silence, une fourchette à la main, et n'avait pas prononcé un mot pendant qu'il savourait lentement chaque bouchée. Izzy attendait à l'autre bout de leur cuisine tout en longueur, près de la minuscule porte de service, les mains jointes sur son tablier désormais trop petit. Après avoir terminé, Joe avait reposé sa fourchette délicatement. Puis il avait levé les yeux sur elle.

— Toi, ma chérie, avait-il déclaré doucement, tu as la pâtisserie dans le sang.

— Ne dis pas de sottises, avait contesté la mère d'Izzy, qui était à la maison cet automne-là pour suivre une formation de professeur de yoga (qu'elle n'avait jamais terminée). Izzy en a dans la cervelle ! Elle ira à l'université, se trouvera un bon travail, pas l'un de ceux qui l'obligent toute sa vie à se lever au beau milieu de la nuit. Je veux qu'elle travaille dans un beau bureau, sain et chaud. Pas qu'elle soit couverte de farine de la tête aux pieds et tombe de fatigue dans un fauteuil tous les soirs à six heures.

Izzy avait à peine écouté sa mère. Son cœur s'était embrasé devant les louanges de son grand-père, rares dans sa bouche. Dans les périodes les plus sombres de sa vie, elle se demandait parfois si un homme l'aimerait autant que lui l'avait aimée.

— Enfin, poursuivit Izzy, je me suis tellement occupée de papiers administratifs dans ma vie, je suis sûre que je m'en sortirais… Mais quand j'ai vu Pear Tree Court, j'ai compris que… Je pourrais faire un essai. Je pourrais. Je le sais. C'est l'occasion de faire des gâteaux pour les autres, de les rendre heureux ; de leur offrir un endroit sympa où se poser. Je sais que je pourrais le faire. Tu me connais, je n'arrive jamais à faire partir mes invités après une soirée…

C'était vrai, Izzy était connue pour être une hôte accueillante et parfaite.

— Je vais essayer de négocier un bail de six mois. Pour ne pas investir tout mon argent dans cette histoire. Je pourrais me lancer et voir si les affaires décollent. Sans tout risquer.

Izzy eut l'impression de chercher à s'en dissuader. Soudain, son grand-père se redressa, ce qui la fit sursauter. Izzy tressaillit devant ses yeux bleus embués de larmes qui peinaient à se fixer. Elle croisa les doigts pour qu'il la reconnût.

— Marian ? (Puis le visage de Joe s'éclaira comme le soleil levant.) Izzy ? C'est toi, mon Izzy ?

Elle eut un soupir de soulagement.

— Oui ! Oui, c'est moi.

— M'as-tu apporté un gâteau ? (Il se pencha pour lui faire une confidence.) Cet hôtel est très bien, mais il n'y a pas de gâteaux.

Izzy jeta un coup d'œil dans son sac.

— Bien sûr ! Regarde, j'ai fait un gâteau en damier.

Joe sourit.

— Parfait, c'est moelleux. Je peux en manger sans mon dentier.

— C'est vrai.

— Alors quoi de neuf, ma puce ? (Il balaya la pièce du regard.) Je suis ici en vacances, mais il ne fait pas très chaud. C'est un peu frisquet.

— Oui... (Il faisait une chaleur du diable dans la chambre.) Je sais. Mais tu n'es pas en vacances. Tu vis ici maintenant.

Joe regarda autour de lui un long moment. Elle se rendit compte qu'il comprenait, et son visage sembla se décomposer. Elle tendit le bras pour lui caresser la main ; il la lui prit et changea vivement de sujet.

— Eh bien ? Qu'est-ce que tu racontes ? J'aimerais avoir une arrière-petite-fille, s'il te plaît.

— Rien de tel aux dernières nouvelles. (Izzy décida de lui réexposer son projet.) Mais... Mais... Je songe à ouvrir une pâtisserie.

Le visage de son grand-père se fendit en un large sourire. Il était aux anges.

— Mais bien sûr, Isabel ! dit-il, dans un souffle un peu difficile. Je n'en reviens pas qu'il t'ait fallu tout ce temps !

Izzy sourit.

— Bah, j'étais très occupée.

— J'imagine. Eh bien ! Je suis content. Très content. Je peux te donner un coup de main. Je devrais t'envoyer quelques recettes.

— Tu le fais déjà. Et je m'en sers.

— Parfait ! C'est bien. Veille à les suivre à la lettre.

— Je ferai de mon mieux.

— Je viendrai t'aider. Oh oui ! Je vais bien. En pleine forme. Ne t'inquiète pas pour moi.

Izzy aurait aimé pouvoir en dire autant à son sujet. Elle embrassa son Grampa pour lui dire au revoir.

— Vous lui redonnez toujours la pêche, fit remarquer Keavie en raccompagnant Izzy.

— Je vais essayer de venir le voir plus souvent.

— Vous savez, par rapport à la majorité des résidents, il est sacrément bien loti avec vous. C'est un chic type. Nous l'apprécions tous beaucoup ici. Quand nous réussissons à le tenir à l'écart des cuisines !

Izzy sourit.

— Merci. Merci de vous occuper de lui.

— C'est notre métier, répondit Keavie, avec la simplicité caractéristique de ceux qui ont trouvé leur vocation.

Izzy l'envia.

*

Enhardie, Izzy retourna à pied à son appartement. C'était un samedi soir humide et elle n'avait pas de rendez-vous galant. Graeme ne l'avait pas appelée, cet enfoiré. De toute façon, ils se voyaient rarement le samedi soir, car il sortait avec des amis ou devait se lever tôt pour jouer au squash, donc cela importait peu, se dit-elle, néanmoins consciente qu'il lui manquait énormément. Mais elle n'allait pas lui téléphoner, c'était une certitude. Il l'avait jetée à la rue comme une vieille chaussette. La gorge nouée, elle entra dans le séjour douillet pour trouver Helena – une autre pépite sans rendez-vous, mais cela ne semblait jamais trop la déranger.

Évidemment que cette situation ennuyait Helena, mais elle jugeait peu utile d'allonger la liste des soucis d'Izzy. Elle n'aimait pas plus qu'elle le fait d'être célibataire à trente et un ans, mais elle ne voulait pas en rajouter. Le visage d'Izzy était déjà suffisamment tendu.

— J'ai pris une décision, annonça Izzy.

Helena haussa les sourcils.

— Raconte.

— Je crois que je devrais me lancer. Pour le salon de thé. Mon grand-père pense que c'est une excellente idée.

— Le contraire aurait été étonnant, affirma Helena avec le sourire.

Elle aussi estimait que c'était une bonne idée ; elle ne doutait pas le moins du monde de la capacité d'Izzy à préparer de succulents gâteaux, ni à s'occuper des clients. Elle était un peu plus inquiète concernant sa responsabilité de gérante et la paperasse, sachant que sa colocataire préférait regarder des émissions de télé-réalité plutôt que son relevé de comptes. Ce détail la tracassait un peu. Cependant, tout était mieux que de broyer du noir.

— Pour six mois seulement, précisa Izzy en ôtant son manteau et en se dirigeant vers la cuisine pour préparer du pop-corn nappé de chocolat. Comme ça, si ça ne marche pas, je ne serai pas ruinée.

— C'est une bonne idée. Mais ça va marcher ! Tu vas cartonner !

Izzy se tourna vers Helena.

— Mais…

— Quoi ?

— Je pensais qu'il y avait un « mais ».

— Et non ! Ouvrons une bouteille.

— Cela te dit qu'on invite du monde ? proposa Izzy.

Elle avait très peu vu ses amis ces derniers temps et elle avait le pressentiment qu'elle les verrait encore moins prochainement. Helena haussa les sourcils.

— D'accord. Mais Tobes et Trinida sont partis vivre à Brighton. Tom et Carla : ils songent à déménager. Janey : elle est enceinte. Brian et Lana : bloqués à cause des enfants.

— Oh, c'est vrai, soupira Izzy.

Elle se rappela quand Helena, toute la bande et elle s'étaient rencontrés, à l'université. À cette époque, ils étaient toujours fourrés les uns chez les autres, pour le petit-déjeuner, le déjeuner, des dîners qui s'éternisaient toute la nuit, et ils partaient ensemble en week-end. Maintenant, tout le monde se rangeait, parlait d'*Ikea*, de prix de l'immobilier, de frais de scolarité et de « temps pour la famille ». C'était devenu rare que l'un d'eux passe à l'improviste. Izzy aimait peu cette sensation que, depuis qu'ils avaient tous la trentaine, deux chemins semblaient se tracer, à la manière d'une voie ferrée après un aiguillage – des lignes autrefois parallèles s'écartaient inexorablement.

— Peu importe, je vais ouvrir cette bouteille, déclara Helena d'un ton ferme, et on peut s'amuser devant la télé. À propos, quel nom vas-tu donner à ta boutique ?

— Je ne sais pas. J'avais pensé à *Chez Grampa Joe*.

— On dirait le nom d'un vendeur de hot-dogs.

— Tu trouves ?

— Oui.

— Hmm... *La Pâtisserie de Stoke Newington* ?

— Ce nom est déjà pris. Tu sais, c'est ce petit magasin sur Church Street qui vend des sablés et d'énormes friands.

— Oh.

— Tu vendras bien des cupcakes ?

— Oui, répondit Izzy, le regard pétillant alors que le maïs commençait à éclater dans la casserole. Des petits et des grands. Parce que, tu sais, parfois les gens n'ont pas envie d'un gros gâteau, ils veulent quelque chose de petit, de délicieux et de délicat qui leur évoque des pétales de rose, ou d'une petite gourmandise à la lavande, ou encore d'un minuscule cupcake à la myrtille, avec une grosse myrtille au cœur, et...

— OK, OK, l'interrompit Helena en riant. Je vois le tableau. Alors, pourquoi ne l'appellerais-tu pas tout simplement le *Cupcake Café* ? Imagine, les gens diraient : « Oh, tu connais cette boutique avec les cupcakes ? Je ne me souviens pas du nom », et on leur répondrait : « C'est le *Cupcake Café* », et tout le monde ferait : « Ah oui, c'est ça. On se retrouve là-bas ! »

Izzy médita un instant. C'était simple et un peu évident, mais cela sonnait bien.

— Pourquoi pas ? Mais beaucoup de gens n'aiment pas les cupcakes. Que dis-tu du *Café des cupcakes et des gourmandises sucrées-salées* ?

— Tu es sûre d'être taillée pour ça ? se moqua Helena.

— J'ai une tête pour les affaires et un corps pour le péché. (Izzy jeta un coup d'œil au pop-corn sur ses genoux.) Malheureusement, mon péché semble être la gourmandise !

\*

Desmond essayait de gérer ce qui était prétendument des coliques, mais qui se traduisait principalement par des cambrements et des hurlements de Jamie pour se défaire de son étreinte. Sa femme et sa belle-mère étaient parties au spa pour avoir un peu de temps « pour elles » lorsque Izzy téléphona ; il peina au début à se concentrer. Ah oui, la fille impulsive qui s'était arrêtée en passant. Il ne s'attendait pas réellement à avoir de ses nouvelles ; il avait cru qu'elle cherchait seulement à tuer le temps. De toute façon, l'autre femme l'avait aussi appelé... Mince ! Le fil de sa pensée fut interrompu lorsque Jamie lui mâchouilla fortement le pouce. Bon sang, il savait que les bébés n'étaient pas capables d'éprouver de la rancune, mais celui-ci semblait faire exception.

— Ah, d'accord. Le souci, c'est que l'autre femme intéressée est revenue et m'a fait une offre ferme.

Izzy éprouva instantanément de la déception. Oh non, sûrement pas. Elle imaginait son rêve réduit à néant avant même qu'il eût commencé.

— J'ai quelques autres biens que je peux vous faire visiter...

— Non ! C'était celui-là que je voulais ! C'est celui-là qu'il me faut !

C'était vrai, elle était tombée amoureuse de ce lieu.

— Bon, dit Desmond, avec un sentiment de victoire. Son offre est en dessous de ce que demande le propriétaire.

— Je vais aussi faire une offre. Et je serai une très bonne locataire.

Desmond berçait Jamie devant la fenêtre. Le bébé riait enfin. Il n'était pas, songea son père, un si mauvais petit bougre.

— Oui, c'est ce qu'ont dit les quatre derniers locataires. Et ils ont tous mis la clé sous la porte en moins de trois mois.

— Eh bien, avec moi, ce sera différent.

Le bébé rit, ce qui réchauffa l'humeur de Desmond.

— D'accord. Laissez-moi en discuter avec M. Barstow.

Izzy raccrocha, avec un léger sentiment d'apaisement. Helena se rendit dans sa chambre et en revint avec un sac.

— Je voulais te l'offrir plus tard, tout bien emballé. Mais j'ai l'impression que tu vas en avoir besoin dès maintenant.

Izzy ouvrit le sac. C'était un livre : *Gérer une petite entreprise pour les nuls.*

— Merci !

Helena sourit.

— Je crois que toute aide sera la bienvenue.

— Oui, je crois, confirma Izzy. Mais je t'ai déjà toi.

## Chapitre 6

**Cake au citron « Exauceur » de souhaits**

- 115 g de farine tamisée, avec levure incorporée
- 1 c. à c. de levure chimique
- 115 g de beurre mou
- 115 g de sucre semoule
- 2 gros œufs
- Le zeste râpé d'un citron
- Le jus d'un citron
  *Pour le glaçage*
- 55 g de sucre glace
- 2 c. à c. d'eau
- 1 c. à c. de jus de citron

Préchauffe le four à 160 °C (thermostat 5-6). Beurre un moule à cake. Tamise la farine et la levure chimique, puis ajoute tous les autres ingrédients et mélange bien au fouet ou au mixeur. Verse la préparation dans le moule.
*Ce qui suit est capital :*
Mets au four pendant 20 minutes. C'est à peine le temps nécessaire. Le gâteau devrait être doré, sans brunir (enfonce la lame d'un couteau au centre, elle doit

ressortir sèche). Une intoxication due à la salmonelle aide rarement à obtenir ce que l'on souhaite.
Tant que le gâteau est *encore tiède*, pose le glaçage. Il va réagir au contact du gâteau, trancher un peu et être absorbé par la pâte. Il devrait être quasiment translucide. À présent, ton gâteau doit en réalité paraître raté. Les gens seront désolés pour toi devant ton cake au citron. Ils se moqueront de tes compétences médiocres, mais prendront tout de même une part car ils auront pitié de toi. Puis ils goûteront ton cake moelleux et tendre, imprégné du glaçage au citron. Leurs yeux s'écarquilleront de plaisir. Et alors, ils exauceront tous tes désirs.

\*

Izzy secoua la tête. Grampa semblait de nouveau en forme. À vrai dire, ce n'était pas une si mauvaise idée. Leur donner une fausse impression et les prendre à contre-pied. Histoire de leur montrer ce dont elle était capable. Elle avait ajouté un joli décor en sucre filé, bien entendu. Elle regarda son reflet dans le miroir, pour tenter de se convaincre d'avoir l'étoffe d'une gérante. Elle en était capable. Assurément. Helena dut cogner à la porte.

— Tu t'entraînes à faire la bouche en cul-de-poule ou quoi ? brailla-t-elle.

— Non, répondit Izzy, en se rappelant les taquineries d'Helena quand, toute nerveuse, elle passait deux heures à se préparer pour un rendez-vous avec un homme. En quelque sorte. Non. C'est pire qu'un rencard.

— Mais c'est un rencard. On ne sait jamais, le propriétaire pourrait être mignon.

Izzy passa la tête par la porte et grimaça.

— Arrête ça.
— Quoi ?
— Laisse-moi régler les désastres de ma vie un à un, d'accord ?

Helena haussa les épaules.

— Très bien. Alors, s'il ne te plaît pas, laisse-le-moi.

*

En l'occurrence, cela ne serait clairement pas nécessaire. Lorsque Izzy était partie pour son rendez-vous avec M. Barstow, le propriétaire de Pear Tree Court, Helena lui avait glissé quelques mots d'encouragement. Elle parviendrait à le convaincre grâce à son sens de l'organisation et ses recherches. Ou bien grâce à son arme secrète : les gâteaux de Grampa. Ils avaient initialement fixé leur rendez-vous près de la boutique, mais, bien entendu, pensa Izzy avec suffisance, il n'y avait aucun café où s'installer ; ils se retrouvèrent par conséquent à l'agence de Desmond. Ce dernier avait passé une nuit exécrable à cause de Jamie. Sa femme ne voulant plus se lever, il s'était assis avec ce petit garnement qui hurlait comme un sourd, dont le visage était écarlate et qui avait replié ses petites jambes potelées sur son torse. Desmond avait caressé son front bouillant, lui avait donné du paracétamol et avait fini, en le tenant tout contre lui, par apaiser le bébé qui était parti dans un sommeil agité. Desmond avait réussi à dormir deux heures, tout au plus. Sa tête l'élançait.

La femme blonde était là, extrêmement élégante et luxueuse dans un jean à deux cents livres, avec de hauts talons et une veste en cuir qui paraissait ridiculement douce. Izzy plissa les yeux. Assurément, cette femme n'avait pas besoin de travailler. Rien que ses mèches devaient lui coûter plus que l'ancien salaire d'Izzy.

— Caroline Hanford, se présenta-t-elle sans sourire, la main tendue. Je ne comprends pas pourquoi nous avons ce rendez-vous ; j'ai fait une offre la première.

— Et nous avons reçu une contre-proposition, expliqua Desmond. (Il versa dans trois tasses un café noir épais, peu ragoûtant, sorti d'un distributeur, puis but d'un trait la première tasse, comme on prendrait un médicament.) Monsieur Barstow voulait aussi tous nous rencontrer pour discuter plus en détail de vos projets.

— N'aviez-vous pas une cafetière autrefois ? demanda vivement Caroline.

Elle aurait volontiers bu un vrai café ; elle n'avait pas bien dormi. Ces somnifères homéopathiques qu'elle achetait à prix d'or ne semblaient pas être à la hauteur de leurs promesses. Elle devrait bientôt retourner voir le Dr Milton. Lui aussi coûtait cher. Elle grimaça à cette pensée.

— Réductions budgétaires, marmonna Desmond.

— Bon, de toute façon, je m'alignerai sur la contre-proposition, lança Caroline, qui daigna à peine regarder Izzy. Peu importe le prix. Je démarrerai cette affaire sur de bonnes bases.

Un petit homme chauve entra dans l'agence d'un pas déterminé et grommela en direction de Desmond.

— Je vous présente M. Barstow, annonça inutilement ce dernier.

Caroline décocha un sourire tout en dents, pressée d'en terminer.

— Bonjour, le salua-t-elle. Puis-je vous appeler Max ?

Monsieur Barstow grogna, ce qui ne semblait répondre à la question ni dans un sens ni dans l'autre. Izzy se fit la réflexion que ce prénom ne lui allait pas du tout.

— Je suis ici pour vous proposer le meilleur accord possible, soutint Caroline. Merci beaucoup d'avoir accepté de me rencontrer.

*Attendez*, avait envie de dire Izzy. De « nous rencontrer », non ? Izzy savait que si Helena avait été là, elle lui aurait fait remarquer qu'il était question de *business* et qu'elle devait se montrer coriace. Au lieu de cela, elle se contenta de dire « Bonjour », puis s'en voulut de ne pas s'affirmer davantage. Elle serra contre elle sa boîte à gâteaux préférée – celle avec le drapeau anglais.

Monsieur Barstow les considéra toutes les deux.

— J'ai trente-cinq biens dans cette ville, affirma-t-il avec un fort accent londonien. Aucun ne m'a jamais donné autant de fil à retordre que cette foutue boutique. Les trucs de bonne femme s'enchaînent là-dedans.

Izzy fut décontenancée par ce franc-parler, mais Caroline parut totalement impassible.

— Trente-cinq ? roucoula-t-elle. Quel homme d'affaires accompli vous faites !

— De ce fait, je me moque de l'argent. Ce qui m'importe, c'est de trouver quelqu'un qui ne parte pas tous les quatre matins, sans préavis, en me laissant des impayés sur les bras. Vous comprenez ?

Les deux femmes acquiescèrent de la tête. Izzy palpa ses notes du bout des doigts. Elle avait effectué des recherches : les ingrédients d'un joli café, la valeur que pouvait ajouter une bonne pâtisserie aux maisons environnantes et la quantité quotidienne de gâteaux qu'elle estimait pouvoir vendre (il fallait avouer qu'elle sortait ce chiffre de nulle part, mais inséré dans un tableau, il en jetait. Cette méthode de travail lui ayant plutôt réussi dans l'immobilier, elle imaginait que ce ne devrait pas être très différent dans la pâtisserie). Mais avant qu'Izzy ne pût s'exprimer, Caroline ouvrit un minuscule ordinateur portable argenté qu'elle avait apporté et qu'Izzy n'avait pas encore remarqué.

*

Avant que Caroline ne fût mariée – à ce salaud –, elle avait été directrice marketing dans une agence d'études de marché. Elle excellait dans son travail. Puis, à la naissance de ses enfants, elle avait souhaité devenir une femme au foyer parfaite. Elle avait consacré toute son énergie à leurs activités extrascolaires, à s'investir dans l'association des parents d'élèves et à diriger la maison comme une caserne militaire. Cela avait-il empêché son mari de coucher avec cette pouffiasse du service de presse de son entreprise ? Pas le moins du monde, pensa-t-elle amèrement, en attendant que son PowerPoint se lançât. Elle n'avait jamais cessé de faire de l'exercice, de s'alimenter sainement, se hâtant de retrouver sa silhouette après la naissance d'Achille et d'Hermia. Mais l'avait-il remarqué ? Il travaillait beaucoup et, quand il rentrait à la maison, il était trop épuisé pour faire autre chose que manger et s'endormir devant le journal télévisé de la nuit. Et à présent, il s'avérait qu'il se tapait une minette de vingt-cinq ans qui n'avait pas à coudre quinze costumes de chat pour la fête de l'école. Elle savait que cette amertume ne la rendait pas séduisante. Caroline se mordit la lèvre. Elle était douée pour son travail. Et cette boutique serait son nouveau travail, histoire de s'échapper un peu de la maison.

— J'ai préparé cette présentation. Bon. D'après une étude de marché approfondie que j'ai commandée, pour soixante-quatorze pour cent des gens, il est difficile de manger cinq fruits et légumes par jour. Et soixante pour cent affirment que s'il était plus facile de se procurer des fruits et légumes frais, il y aurait cinquante-cinq pour cent de chances qu'ils augmentent leur consommation…

C'était implacable. Il y avait des pavés entiers de démonstrations. Caroline avait minutieusement enquêté auprès des gens. Elle avait classé les codes postaux, conçu le site Web et trouvé un fournisseur de carottes bio dans un jardin ouvrier de Hackney Marshes. Personne ne la battrait sur ce point.

— Nos fournisseurs seront aussi locaux que possible, bien entendu, expliqua-t-elle en minaudant.

Monsieur Barstow suivit toute la présentation en silence.

— Avez-vous des questions ? demanda-t-elle vingt minutes plus tard, d'un air hautain.

Elle savait qu'elle avait été parfaite. Elle allait montrer à son mari de quoi elle était capable. Elle allait lancer un commerce très prospère et il serait désolé.

*

L'estomac d'Izzy s'était noué. Quelques jours de recherches sur Google feraient pâle figure par comparaison. Il lui était impossible de faire son exposé après celui de Caroline, qui était si admirablement documenté et expliqué. Elle passerait pour une parfaite idiote. Monsieur Barstow examina Caroline des pieds à la tête. Elle était extrêmement impressionnante, pensa Izzy. Si la décision lui revenait, c'était elle qu'elle choisirait.

— Donc, ce que vous voulez dire, se lança M. Barstow, qui n'avait pas retiré les lunettes de soleil qu'il portait à son arrivée, bien qu'on fût en février. Ce que vous voulez dire, c'est que vous allez passer toute la journée, dans une ruelle à côté d'Albion Road, à trois cents mètres de Stoke Newington High Street, à faire la promotion de jus de betterave ?

Caroline ne se décontenança pas.

— Je crois que mon analyse statistique approfondie de la clientèle, réalisée par une agence marketing de premier plan...

— Et vous alors ? demanda M. Barstow, en pointant Izzy du doigt.

— Euh...

Subitement, toutes les informations qu'Izzy avait glanées à la hâte semblèrent s'évaporer de sa tête. Elle n'y connaissait rien en vente de détail, ni en commerce, absolument rien. Tout cela était parfaitement ridicule. Il y eut un long silence dans la pièce pendant qu'Izzy tentait de retrouver son cerveau. Elle ne parvenait pas à réfléchir. C'était un cauchemar. Desmond haussa les sourcils. Caroline eut un sourire narquois et méchant. Mais elle ne connaissait pas, pensa soudain Izzy, ils ne connaissaient pas son arme secrète.

— Euh... Je fais des gâteaux.

— Ah oui ? grommela M. Barstow. Vous en avez avec vous ?

C'était exactement ce qu'Izzy avait espéré. Elle ouvrit la boîte. Outre le cake au citron « *Exauceur de souhaits* », auquel peu de personnes ne résistaient, elle avait apporté une sélection de ses cupcakes pour montrer l'étendue de sa gamme : chocolat blanc et myrtille fraîche (Izzy avait fini par trouver le bon dosage, après de multiples tests l'hiver passé, entre l'acidité de la myrtille et l'extrême douceur du chocolat blanc) ; cannelle et zeste d'orange (qui évoquait davantage Noël qu'une bûche) ; vanille printanière, douce, fraîche et irrésistible, avec en décor de minuscules roses. Il y avait quatre cupcakes de chaque parfum.

Izzy vit Caroline hausser les sourcils devant le cake au citron, qui paraissait craquelé et raté. Comme elle s'en doutait, M. Barstow plongea sa grosse main velue dans la boîte pour en prendre une part, ainsi qu'un petit gâteau à la vanille. Avant que quiconque n'osât bouger, il croqua dans les deux. Izzy retint son souffle pendant qu'il mâchait, lentement, posément, les paupières closes comme s'il était un grand œnologue en train de goûter un vin. Il avala enfin.

— Parfait, déclara-t-il en la pointant directement du doigt. Ce sera vous. Ne foirez pas, ma jolie.

Puis il attrapa sa mallette et quitta l'agence immobilière.

\*

Pour Caroline, ce fut la goutte d'eau. L'antipathie d'Izzy à son égard se transforma en compassion, notamment parce que Caroline ne saurait jamais que c'était elle qui lui avait donné cette idée.

— C'est que... Les enfants vont aller à la crèche et à l'école maintenant, et ce connard qui se moque de moi et je... Je ne sais pas quoi faire de ma vie, sanglota-t-elle. J'habite dans l'une de ces grandes maisons derrière la boutique. Cela aurait été parfait.

Et puis, je voulais lui donner une leçon. Toutes mes amies me disaient que ce serait super.

— La chance ! rétorqua Izzy. Moi, mes amis n'arrêtent pas de me dire que c'est une très mauvaise idée.

Caroline la regarda comme si elle venait de comprendre quelque chose. Une pensée la frappa.

— Bien sûr, mes amies mentent sans cesse. Elles ne m'ont même pas dit que cet enfoiré avait une maîtresse, alors qu'elles étaient toutes au courant. (Caroline déglutit avec peine.) Savez-vous qu'il l'emmène à des cours de *lap dance* ? Avec ses collègues ! Et aux frais de l'entreprise ! (Elle laissa échapper un ricanement étouffé.) Excusez-moi. Je suis vraiment désolée. Je ne sais pas pourquoi je vous raconte tout cela. Il est évident que je vous ennuie avec mes histoires.

Cette phrase était adressée à Desmond, qui n'avait pu retenir un énorme bâillement.

— Non, non, pas du tout, bébé malade, bredouilla-t-il. Je suis… Je suis sincèrement navré, Mme Hanford ; je ne sais pas quoi dire.

Caroline soupira.

— Vous pourriez dire : « Je suis un agent immobilier malhonnête qui a offert le bien à deux personnes. »

— Euh, pour des raisons juridiques, je ne peux pas…

— Voulez-vous un cupcake ? lui proposa Izzy, démunie.

Caroline bougonna.

— Je ne mange pas de gâteaux ! Cela fait quatorze ans que je n'en ai pas mangé.

— D'accord. Ce n'est pas grave. Desmond, je vous en laisse deux ; emportez le reste chez vous.

Caroline lorgna la boîte avec convoitise.

— Mais les enfants aimeront peut-être ça.

— Oui, pour leur goûter en rentrant de l'école, affirma Izzy. Par contre, il y a du sucre blanc dedans.

— Il paiera les factures du dentiste ! lâcha Caroline d'un ton hargneux.

— D'accord. Combien en voulez-vous ?

Caroline se lécha les lèvres.

— Mes enfants... Mes enfants sont très gourmands.

Un peu décontenancée, Izzy lui tendit toute la boîte.

— Merci. Je... Je vous rapporterai votre boîte au magasin, si cela vous convient ?

— Oui, merci. Et... bonne chance pour votre recherche de local.

— « Cherche-toi un petit travail, m'a-t-il dit, histoire de te changer les idées. » Est-ce que vous pouvez le croire ? Vous imaginez ? Quel enfoiré...

Izzy lui tapota la main.

— Je suis désolée.

— Me chercher un putain de petit boulot. Au revoir, Desmond.

Et Caroline partit en claquant la porte derrière elle. Desmond et Izzy se regardèrent, interloqués.

— À votre avis, est-ce qu'elle est déjà en train de tous les engloutir dans son Range Rover ? demanda Desmond.

— Je me fais du souci pour elle. Je devrais aller vérifier qu'elle va bien.

— Je ne suis pas certain qu'elle apprécie. Je l'appellerai d'ici quelques jours.

— Vous feriez cela ?

— Oui, répondit Desmond stoïquement. Et maintenant, vous et moi, nous avons beaucoup de papiers à passer en revue.

Izzy le suivit docilement à l'arrière de l'agence.

— A-t-elle réellement pris toute la boîte de gâteaux ? déplora Desmond.

Il n'avait pas aimé l'apparence du cake au citron, mais tout le reste lui avait paru délicieux.

— Il m'en reste un emballé dans mon sac à main, dit Izzy, qui avait mis de côté un cupcake dans du papier aluminium pour fêter l'événement ou bien se consoler, selon l'issue du rendez-vous. Vous le voulez ?

Bien sûr qu'il le voulait !

*

Izzy rentra à la maison, une bouteille de champagne à la main. Helena, qui était revenue du travail épuisée par toutes les sutures qu'elle avait dû faire suite à un incident qui avait dégénéré avec des jets de bouteille, retrouva soudain le moral.

— Oh, chouette ! s'exclama-t-elle. Tu as réussi !

— C'est grâce aux gâteaux de Grampa, dit Izzy avec émotion. Je n'en reviens pas qu'il me remercie de la sorte pour l'avoir envoyé en maison de retraite.

— Tu ne l'as pas envoyé en maison de retraite, rétorqua Helena, exaspérée d'avoir de nouveau cette conversation. Tu t'es assurée qu'il vive dans un endroit sûr et confortable. Et puis quoi, tu préférerais qu'il soit ici, à tripoter ton four Bosch ?

— Non, répondit Izzy à contrecœur, mais...

Helena lui fit savoir qu'elle en avait assez d'un geste de la main. C'était parfois très rassurant, songea Izzy, qu'elle fût si autoritaire et sûre d'elle.

— À ton grand-père, clama Helena en levant son verre. Et à toi ! Et au succès du *Cupcake Café* ! Qu'il soit rempli de mecs sexy. D'ailleurs, est-ce que les mecs canon fréquentent les pâtisseries ?

— Oui. Avec leur mari !

Les deux amies trinquèrent et se serrèrent dans les bras. Soudain, le téléphone d'Izzy sonna. Elle alla le chercher.

— C'est peut-être ton premier client, déclara Helena. Ou ce propriétaire effrayant, qui veut te menacer de te briser les rotules en cas d'impayé.

Ce n'était ni l'un ni l'autre. Izzy regarda le numéro de téléphone, puis tira sur une mèche de ses cheveux qu'elle enroula autour de son index, perplexe. Elle avait les yeux rivés sur son portable, comme pour voir ce qui allait se passer. Naturellement, il sonna de nouveau, la faisant sursauter une seconde fois. Figée, lentement – très lentement et, pourtant, l'idée d'un message laissé sur le répondeur lui était insupportable –, elle s'apprêtait à décrocher. Helena remarqua juste à temps son expression – entre terreur et désir – et tendit le bras pour l'en empêcher. Grâce à ce sixième sens étrange qui caractérise les amis proches, elle avait immédiatement deviné de qui il s'agissait. Mais il était trop tard.

— Graeme ? fit Izzy d'une voix rauque.

\*

Cela dit, pensa Helena, Izzy lui avait donné une multitude de bons conseils concernant Imran. Et combien de temps lui avait-il fallu pour qu'elle cessât de le voir ? Dix-huit mois. Quand il s'était marié. Elle soupira.

\*

— Où es-tu passée, bébé ? demanda Graeme, comme si Izzy et lui s'étaient parlé deux heures plus tôt et qu'il la cherchait dans un centre commercial.

Cet appel avait réclamé plus d'efforts à Graeme que ne pouvait le soupçonner Izzy. Au début, il s'était dit que leur relation ne pouvait pas durer de toute façon ; il n'était pas prêt à se fixer, ce n'était pas comme si c'était sérieux entre eux. Qui plus est, il avait énormément de travail.

Puis, peu à peu, au fil des semaines, sans nouvelles d'elle, il éprouva un sentiment qui lui était inconnu. Elle lui manquait. Sa gentillesse, son intérêt sincère pour lui et ce qu'il faisait lui manquaient ; sa cuisine aussi, évidemment. Il était sorti avec ses copains, s'était tapé quelques nanas canon, mais en fin de compte... quand il était avec Izzy, c'était tout simplement facile. Elle ne faisait pas d'histoires, ne lui cassait pas la tête, ni ne voulait dépenser son argent. Il l'aimait bien. C'était aussi simple que cela. Il n'aimait pas regarder en arrière dans la vie, mais il décida tout de même de l'appeler. Rien que pour la voir. Parfois, après une longue journée, elle lui faisait couler un bain et le massait. Cela aussi lui plairait bien. Et ce qui s'était passé au bureau... c'était le travail, rien d'autre. Elle devait être débarquée, à cause de la conjoncture actuelle. De toute façon, à l'heure qu'il était, elle avait sans doute un autre poste. Il lui avait écrit une très bonne lettre de recommandation, un peu plus élogieuse que ne le méritaient ses compétences ; Callie Mehta aussi. Izzy devait être passée à autre chose. Au moment où il avait attrapé son téléphone, Graeme s'était enfin convaincu que tout se passerait bien.

Izzy, qui évita volontairement de croiser le regard de sa colocataire, se leva et quitta la pièce, son portable à la main. Il lui fallut un long moment avant de pouvoir parler – si long, en réalité, que Graeme répéta : « Allô ? Izzy ? Tu es toujours là ? »

Au cours des dernières semaines, elle n'avait cessé de se retourner dans son lit ; la honte et la douleur d'avoir perdu son emploi avaient laissé place à la tristesse et la frustration d'avoir perdu Graeme. C'était insupportable. Atroce. Elle le détestait. Il s'était servi d'elle comme d'un quelconque avantage en nature.

Mais non, c'était faux, s'entendait-elle dire d'un autre côté. Il y avait quelque chose. C'était certain. Quelque chose de réel. Il lui avait raconté certaines choses… Mais l'aurait-il fait à n'importe quelle oreille attentive ? N'était-elle qu'un réceptacle digne de confiance pour vider son sac ? Était-il utile d'avoir une confidente dans le métier qui, en outre, lui faisait la cuisine et couchait avec lui ? C'était pratique pour lui pour grimper les échelons – après tout, il n'avait que trente-cinq ans. Il avait encore des années devant lui avant de songer à se ranger. Et sincèrement, pourquoi un homme aussi beau et aussi brillant s'intéresserait-il à elle ? Telles étaient ses pensées à quatre heures du matin, quand elle se sentait si inutile et pitoyable que cela frôlait le risible. Frôlait seulement.

Et maintenant, il y avait le salon de thé : c'était comme un don du ciel, c'était parfait. Un projet positif et concret auquel elle pouvait consacrer toute son énergie ; une porte vers une nouvelle vie. Une occasion de laisser derrière elle tous ses vieux tracas. Un nouveau départ.

— Tu es toujours là ?

Elle paniqua. Devrait-elle faire preuve de détachement, agir comme si elle avait à peine pensé à lui – alors qu'elle l'avait fait de manière... compulsive ? Elle se souvint qu'elle avait quitté le bureau en furie, par dépit. Elle se souvint de certains propos – hmm – déplacés qu'elle avait tenus à son sujet lors de son pot de départ. Elle se souvint comment, les premiers jours, elle était certaine, absolument certaine qu'il l'appellerait, reconnaîtrait avoir commis une terrible erreur, lui dirait qu'il l'aimait et la supplierait de revenir, que la vie était merdique sans elle. Puis ces jours étaient devenus des semaines, puis un mois s'était écoulé, et elle avait désormais une nouvelle vie, enfin. Il n'y avait pas de retour en arrière possible...

— Allô ? finit-elle par prononcer, sa voix sonnant comme un soupir étouffé.

— Tu peux parler ? lui demanda Graeme.

Cette remarque mit Izzy en rogne. Mais que croyait-il qu'elle faisait ?

— Pas vraiment. Je suis au lit avec George Clooney et il est allé chercher une bouteille de champagne bien frais pour remettre à niveau le jacuzzi.

Graeme rit.

— Oh Izzy, comme tu me manques.

Izzy sentit, venant de nulle part, un sanglot lui nouer la gorge ; elle tenta désespérément de le ravaler. Elle ne lui avait pas manqué ! Bien sûr que non, elle ne lui avait pas manqué ! S'il avait véritablement pensé à elle, rien qu'une petite seconde, il aurait su que l'instant de solitude où elle avait vraiment eu besoin de lui plus que tout au monde, c'était lorsqu'elle avait perdu son travail, son petit ami, toute sa vie. Lorsqu'il avait décidé qu'elle devait être licenciée. Et qu'il s'en était moqué comme de l'an quarante.

— Non, c'est faux, parvint-elle enfin à dire. Oh que non, je ne t'ai pas manqué. Tu t'es débarrassé de moi !
Graeme soupira.
— Je ne pensais pas que tu réagirais comme ça.
Izzy se mordit la lèvre.
— Tu t'attendais à quoi ? À de la gratitude ?
— Euh, oui… Peut-être un peu. De la gratitude pour t'avoir offert l'occasion de partir et de faire quelque chose de plus de ta vie. Tu sais que tu es compétente, Izzy. Et puis, comment aurais-je pu te contacter plus tôt ? Cela aurait été complètement déplacé, tu peux le comprendre.
Izzy ne répondit rien. Elle ne voulait pas qu'il pensât avoir raison.
— Écoute, dit-il franchement. J'ai beaucoup pensé à toi.
— Ah oui, vraiment ? Quand tu as supprimé mon poste et que tu m'as plaquée ?
— Je ne t'ai pas plaquée ! protesta Graeme, exaspéré. Ton poste a été supprimé. Tous les postes étaient menacés. Ce que je voulais, c'était te protéger du tort qu'aurait pu te causer notre liaison. Mais tu t'es mise à crier que nous couchions ensemble ! C'était vraiment gênant pour moi, Izzy.
— Ils étaient tous au courant de toute façon, répliqua-t-elle d'un ton maussade.
— Là n'est pas la question. Tu t'es mise à hurler à propos de nous, devant tout le monde, et tu as fait

des remarques de mauvais goût au pub, d'après ce qu'on m'a raconté.

La loyauté n'existait vraiment pas dans le monde de l'entreprise, songea Izzy avec rage.

— Alors, dans ce cas, pourquoi tu m'appelles maintenant ?

La voix de Graeme s'adoucit.

— Je voulais simplement savoir comment tu allais. Quoi, tu penses que je suis un vrai enfoiré ?

Était-ce possible ? s'interrogea Izzy. Était-ce possible qu'elle se fût trompée ? Après tout, elle était partie en trombe de son bureau, en hurlant. Peut-être n'était-elle pas la seule à avoir souffert dans l'histoire. Peut-être avait-il été aussi choqué et troublé qu'elle. Peut-être lui avait-il fallu une bonne dose de courage pour passer ce coup de fil. Peut-être n'était-il pas un connard ; peut-être était-il toujours l'homme de sa vie.

— Bon..., dit-elle.

À cet instant précis, Helena fit irruption dans la chambre d'Izzy sans frapper. Elle avait dans les mains une pancarte griffonnée à la hâte au dos d'un rappel des impôts. Elle avait écrit en grosses lettres noires « NON ! ». Helena leva les poings en l'air comme s'il s'agissait d'une manifestation, en articulant en silence « Non ! Non ! Non ! », avec un regard féroce. Izzy tenta de la chasser d'un geste de la main, mais Helena s'approcha davantage, le bras tendu pour s'emparer du téléphone.

— Oust ! fit Izzy. Du balai !
— Qu'y a-t-il ? lui demanda Graeme.
— Oh, c'est ma colocataire. Désolée.
— Ah, la grosse ?

Malheureusement, la voix puissante de Graeme s'entendit par-delà le combiné.

— Tout à fait ! répondit Helena en se jetant sur le téléphone.

— Non ! s'écria Izzy. C'est bon. Je gère. Je n'ai pas besoin d'aide, d'accord ? Mais il faut qu'on discute, lui et moi. Donc pourrais-tu ficher le camp cinq minutes et nous accorder un peu d'intimité ?

Elle fixa sévèrement du regard Helena jusqu'à ce que celle-ci battît en retraite et retournât dans le séjour.

— Excuse-moi, dit Izzy à Graeme, qui parut beaucoup plus joyeux.

— Sommes-nous quittes ? Oh oui, nous sommes quittes, affirma-t-il d'un ton soulagé. Parfait. C'est super. (Il y eut un silence.) Tu veux venir chez moi ?

— Mais non !

\*

— Tu n'y vas pas, statua Helena. (Dressée sur le seuil de la porte, les bras croisés, elle jeta à Izzy le regard qu'elle lançait aux soûlards qui arrivaient le samedi soir aux urgences, à une heure et demie du matin, avec une plaie à la tête.) C'est hors de question.

— C'était un malentendu, se justifia Izzy. Lui aussi se sent mal.

— Si mal qu'il a perdu son téléphone durant des semaines. Izzy, s'il te plaît. Tu es en train de prendre un nouveau départ.

— Mais Helena, fit Izzy, tout excitée. (Elle avait bu d'un trait sa coupe de champagne aussitôt qu'elle avait raccroché et senti une chaleur irradier son corps.) Il a appelé ! Il a appelé ! Il... Enfin... Je pense vraiment que Graeme peut être l'homme de ma vie.

— Non. C'est ton patron sur lequel tu as craqué et comme tu as presque trente-deux ans, tu paniques.

— C'est... Ce n'est pas ça, rétorqua Izzy, pour tenter de se faire comprendre. Ce n'est pas ça. Tu ne saisis pas, Helena.

— Non. Mais c'est moi qui suis là, c'est moi qui prenais soin de toi quand tu sanglotais la nuit, moi qui te séchais quand il te laissait rentrer sous la pluie, moi qui t'accompagnais à des fêtes parce qu'il ne voulait pas être aperçu avec toi.

— Mais c'était à cause du travail.
— Et là, ce serait différent ?
— Je suis certaine que oui.

Helena lui adressa l'un de ses regards bien à elle.

— Bon, reprit Izzy avec un ton provocateur, je veux y aller pour en avoir le cœur net.

— Heureusement pour moi, il n'a même pas eu l'amabilité de quitter le confort de son salon ! commenta Helena dans le vide après le départ d'Izzy.

Puis elle soupira. Personne ne suivait jamais les bons conseils.

*

Graeme aussi avait ouvert une bouteille de champagne. Son appartement était, comme toujours, calme, impeccable et d'un style minimaliste, contrastant fortement avec l'intérieur surchargé et coloré d'Izzy. Robin Thicke passait sur la luxueuse chaîne hi-fi, un peu trop clinquante au goût d'Izzy. Pour sa part, elle portait sa plus belle robe, grise, en laine douce, et des talons. Elle avait mis son parfum *Agent provocateur*.

— Salut, dit-il en ouvrant la porte.

Il vivait dans un immeuble récent assez chic, avec des couloirs tapissés de moquette et des fleurs dans le hall d'entrée. Il avait une chemise blanche propre, déboutonnée au col, et une barbe naissante très sombre sur sa fine mâchoire. Il paraissait fatigué, un peu tendu – et extrêmement beau, absolument superbe. C'était plus fort qu'Izzy. Son cœur bondit de joie.

— Salut.

— Merci… Merci beaucoup d'être venue.

Elle était jolie, pensa Graeme. Pas sexy, comme ces filles en boîte de nuit, avec leur jupe au ras des fesses et leur longue chevelure blonde. Elles étaient sexy, très canon, mais parfois, s'il devait être entièrement franc avec lui-même… parfois, elles pouvaient faire un peu peur. Izzy, en revanche, était tout simplement jolie. Agréable et facile à vivre.

Izzy savait qu'elle aurait dû se montrer détachée, proposer un déjeuner d'ici quelques jours, s'accorder un peu de recul. Mais elle n'était pas du genre posé. Elle le savait bien. Et lui aussi. Cela ne servait à rien de tourner autour du pot. Elle refusait d'attendre des mois pour savoir si Graeme voulait d'elle ou non.

Il l'embrassa doucement sur la joue, et elle sentit *Fahrenheit*, son après-rasage préféré. Il savait que c'était son favori ; c'était pour elle qu'il en avait mis.

Elle accepta un verre et s'assit sur un fauteuil en cuir noir imitant le style du Corbusier. Cela lui rappela sa première visite ici ; le mélange de peur et d'excitation ; seule dans cet appartement élégant en compagnie de cet homme sensuel et séduisant qui lui plaisait tant qu'elle n'avait pas les idées claires.

— Nous y sommes, déclara-t-il. Cela fait drôle de ne pas te voir assise à un bureau.

— Oui. Cela enlève tout le charme ?

Izzy regretta aussitôt sa remarque. Ce n'était pas le moment d'être désinvolte.

— Tu me manques, tu sais, affirma Graeme, ses yeux sous ses sourcils droits et noirs braqués sur elle. Je sais que... Je crois que... j'ai peut-être considéré que tu faisais partie du décor.

Tous deux savaient que c'était là un euphémisme.

— Oui, en effet. Cela ne fait pas l'ombre d'un doute.

— OK. (Il posa sa main sur le bras d'Izzy.) Je suis désolé, d'accord ?

Izzy haussa les épaules.

— Peu importe.

— Izzy, ne parle pas comme ça, tu n'es pas une gamine. Si tu es fâchée contre moi et que tu as quelque chose à me dire, dis-le simplement.

Izzy fit un peu la moue.

— Je suis fâchée contre toi.

— Je suis désolé. C'est ce foutu travail, tu le sais bien.

La voix de Graeme faiblit. Izzy se rendit soudain compte qu'elle y était, que c'était le moment pour elle de dire, de demander : « Qu'est-ce que je suis pour toi ? Sincèrement ? Où allons-nous ? Parce que si l'on se remet ensemble, cette fois, ce sera sérieux. Il le faut. Parce que les années passent et je veux être avec toi. » C'était le moment de le dire. Elle savait qu'il était très improbable que Graeme fût de nouveau aussi vulnérable. C'était le moment, là maintenant ; de fixer de nouvelles règles pour leur relation ; de lui faire dire les choses.

Ils restèrent assis en silence.

Elle ne pipa pas un mot. Elle en était incapable. Izzy sentit cette rougeur si familière lui colorer les joues. Pourquoi était-elle si lâche ? Pourquoi avait-elle si peur ? Elle voulait lui demander. Elle en avait envie.

Graeme traversa le séjour. Avant qu'Izzy n'eût la possibilité d'ouvrir la bouche, il était face à elle, avec ses yeux, ses beaux yeux bleus rivés sur elle.

— Regarde-toi. Tu rougis. C'est mignon.

Comme d'habitude, lui faire remarquer qu'elle rougissait ne faisait qu'empirer les choses. Izzy ouvrit la bouche pour prendre la parole, mais, au même instant, Graeme lui fit signe de se taire, puis il s'approcha très, très doucement pour l'embrasser langoureusement sur la bouche. C'était exactement comme dans les souvenirs d'Izzy ; exactement comme cela hantait ses rêves depuis des semaines.

Réticente dans un premier temps, Izzy finit par succomber pleinement à ce baiser. Elle prit conscience à quel point ce contact avait manqué à son corps ; à quel point la sensation de ce peau-à-peau lui avait manqué ; que personne ne l'avait touchée depuis deux mois. Elle avait oublié combien c'était bon ; combien Graeme était bon ; combien il sentait bon. Incapable de se contrôler, elle laissa échapper un soupir.

— Tu m'as manqué, murmura Graeme.

Et à cet instant, Izzy comprit, en s'abandonnant à lui une fois de plus, que c'était là tout ce qu'elle obtiendrait de lui.

*

Ce ne fut pas avant le lendemain matin, après une nuit extraordinaire, alors qu'il courait dans tous les sens pour se préparer, que Graeme pensa à demander à Izzy ce qu'elle devenait.

Curieusement, au début, elle fut réticente à lui répondre, à laisser le jour pénétrer dans leur bulle. Elle n'avait pas envie qu'il se moquât d'elle. Elle profitait de se sentir joyeusement fatiguée, les muscles relâchés et détendus, se prélassant dans le lit gigantesque de Graeme. Elle savourait ce qu'elle avait rarement eu l'occasion de faire : passer la nuit avec lui. C'était le bonheur. Elle avait envie de se lever et d'aller se promener dans Notting Hill High Street, de prendre un café, de lire les journaux chez *Starbucks*... Soudain, elle perçut les avantages de pouvoir flâner un jour de semaine, elle avait le sentiment de faire l'école buissonnière en quelque sorte.

Dans un sursaut, elle se souvint alors : elle ne pouvait pas ne rien faire. Plus maintenant. Elle avait du pain sur la planche. Énormément. Elle avait signé le bail et qui disait bail disait boutique, et responsabilités, et travail, et... Elle se redressa d'un coup, prise de panique. Elle avait rendez-vous avec un conseiller spécialisé en petites entreprises ; elle devait faire le tour du local – *son café !* – pour déterminer quelles tâches étaient prioritaires et lesquelles pouvaient attendre jusqu'à l'ouverture de la boutique. Elle devait aussi acheter un four, réfléchir à la question du personnel, etc. La nuit précédente, qui avait commencé par un verre de champagne et s'était achevée par la partie de jambes en l'air la plus incroyable de sa vie, avec l'homme qui s'appliquait en ce moment même du gel dans les cheveux, devant le miroir de la salle de bains attenante, avait été une vraie fête. Aujourd'hui, elle travaillait à son compte. C'était le premier jour.

— Ohh, dit-elle. Je dois me dépêcher. Il faut que je me sauve.

Graeme sembla à la fois étonné et amusé.

— Pourquoi ? Un rendez-vous urgent chez le pédicure ?

— Eh bien, non.

Et elle lui expliqua tout. Graeme n'aurait pas été plus étonné si elle lui avait annoncé qu'elle ouvrait un zoo.

— Tu quoi ?

Il était en train de nouer une élégante cravate bleue qu'Izzy lui avait offerte, pensant que celle-ci plairait au paon qu'il était et ferait ressortir ses yeux – deux missions qu'elle remplissait à merveille.

— Oui, répondit Izzy, insouciante, comme si son projet correspondait parfaitement à ce qu'elle devait faire et n'avait rien d'étonnant. C'est bien ça.

— Tu ouvres un petit magasin. Nous sortons à peine d'une crise financière et toi, tu te lances dans le commerce.

— Bah, il n'y a pas de meilleur moment. Les loyers sont bon marché et les occasions ne manquent pas.

— Attends un instant. (Izzy était, d'un côté, contente de le surprendre et, de l'autre, en colère devant son scepticisme manifeste.) Quel genre de commerce ?

Elle le fixa du regard.

— De cupcakes, bien sûr.

— De cupcakes ?
— Oui, de cupcakes.
— Tu vas lancer une affaire de gâteaux ?
— Comme beaucoup de gens.
— Avec ces machins sucrés ?
— Les gens aiment ça.

Graeme fronça les sourcils.

— Mais tu n'y connais rien en gestion d'entreprise.
— Qui s'y connaît au départ ?
— Presque tout le monde dans la restauration, par exemple. Ils ont tous travaillé plusieurs années dans d'autres boulangeries ou ont grandi dans ce milieu. Sinon, tu es foutu. Pourquoi n'as-tu pas travaillé dans une boulangerie-pâtisserie si c'était ce que tu voulais ? Au moins, tu saurais si ça te plaît.

Izzy fit la moue. C'était exactement ce qu'une petite voix dans sa tête s'entêtait à lui répéter. Mais l'occasion de la boutique s'était présentée. Sa boutique ! Elle savait que c'était celle qui lui fallait !

— Eh bien, je suis tombée sur une boutique qui, d'après moi, est parfaite et…
— À Stoke Newington ? pouffa Graeme. Tu t'es bien fait avoir.
— Très bien. Joue-la comme ça. J'ai un rendez-vous de toute façon avec un conseiller.
— Eh bien, j'espère qu'il s'est libéré du temps !

Izzy le fusilla du regard.

— Quoi ? se défendit Graeme
— Je n'en reviens pas que tu aies cette attitude.
— Et moi que tu gâches la prime de licenciement extrêmement généreuse de Kalinga Deniki dans un truc aussi ridicule. Aussi stupide. Pourquoi ne m'as-tu pas demandé mon avis ?

— Peut-être parce que tu n'as pas pris la peine de me téléphoner ?

— Oh, bon sang, Izzy. Arrête. Je vais me renseigner autour de moi. Je crois qu'un poste de secrétaire se libère chez *Foxtons*. Je suis sûr qu'on peut te trouver quelque chose.

— Je n'ai pas envie de « quelque chose », protesta Izzy en se mordant la lèvre. C'est d'une boutique de cupcakes dont j'ai envie.

Graeme leva les bras au ciel.

— Mais c'est ridicule.

— C'est toi qui le dis.

— Tu ne connais rien au commerce.

— Tu ne connais rien de moi, répliqua Izzy, qui se rendit compte que cette remarque la faisait paraître absurde et excessive, mais elle s'en moquait. (Elle chercha autour d'elle sa deuxième chaussure.) Je dois y aller.

Graeme la regarda, en secouant la tête.

— D'accord.

— D'accord.

— Tu vas tout gâcher, déclara-t-il.

Izzy ramassa sa chaussure. Elle avait terriblement envie de la lui jeter à la figure.

— Merci pour la confiance, murmura-t-elle tout en l'enfilant.

Puis elle partit d'un pas chancelant. Elle s'en voulait – encore une fois – d'avoir été aussi stupide.

\*

Izzy se hâta de rentrer chez elle, toute tremblante. Tout ce qu'elle voulait, c'était retirer ces foutus vêtements. L'appartement était silencieux, mais pas vide. Elle sentait la présence d'Helena ; elle percevait sa désapprobation – et son parfum *Shalimar* – flotter vers elle. Mais elle n'avait pas le temps de s'en soucier. Elle avait rendez-vous à la banque, devait paraître intelligente et professionnelle et monter un projet d'entreprise, même si le plus gros connard de cette putain de ville l'avait tenue éveillée la moitié de la nuit. Elle devait récupérer les clés de la boutique plus tard dans la journée, ce qui lui laissait quelques semaines pour la rénover et se préparer, afin d'ouvrir au printemps. Peut-être était-ce un peu optimiste, songea-t-elle. *Merde, merde, merde.*

Bon, quels vêtements mettre ? Elle ouvrit sa penderie et observa la panoplie de tailleurs « pour passer inaperçue » qu'elle avait accumulés. Le gris à fines rayures blanches ? Graeme l'aimait bien ; d'après lui, il faisait secrétaire sexy. Izzy avait toujours désiré être l'une de ces filles à la mode avec leur joli buste fin, qui pouvaient porter des débardeurs sans soutien-gorge et des vêtements taille basse. Elle ne serait jamais comme elles, se rendit-elle compte. Mais elle n'aimait pas s'habiller pour mettre en valeur sa silhouette. Helena, en revanche, en avait fait un art.

Izzy attrapa un chemisier blanc. Les chemisiers ne semblaient jamais bien ajustés. Elle perçut une présence derrière elle et se retourna. C'était Helena, avec deux tasses de thé à la main.

— Surtout, ne frappe pas à la porte. Ce n'est pas comme si j'étais chez moi.

— Est-ce que tu veux du thé ? lui demanda sa colocataire, sans tenir compte des remarques d'Izzy.

— Non. Je veux que tu arrêtes de venir dans ma chambre sans que je t'y invite.

— On dirait que la nuit dernière a été romantique.

Izzy soupira.

— La ferme.

— Oh mince, c'était merdique à ce point ? Je suis désolée, ma belle.

C'était difficile d'en vouloir longtemps à Helena.

— C'était bien, expliqua Izzy en attrapant l'une des deux tasses. C'était bien, mais je ne veux plus le revoir.

— D'accord.

— Je sais que je l'ai déjà dit par le passé.

— D'accord.

— Mais cette fois, je le pense vraiment.

— D'accord.

— Je vais bien.

— Parfait.

— Parfait.

Helena la regarda.

— Tu vas mettre ça pour ton rendez-vous ?

— J'ai une entreprise à présent. Il me faut une tenue de circonstance.

— Sauf que là, tu t'es trompée de circonstance. Tu es pâtissière, pas quelqu'un qui porte des dossiers et surfe sur Facebook toutes les cinq minutes.

— Mon ancien boulot ne ressemblait pas à cela.

— Ouais, peu importe.

Helena alla jusqu'à son armoire et en sortit une robe à fleurs et un gilet clair.

— Tiens, essaye ça.

Izzy baissa le regard. Trop de choses lui passaient par la tête pour pouvoir se concentrer.

— Tu ne trouves pas que ça fait un peu... cucul ?
— Ma chérie, tu vas ouvrir une boutique de cup-cakes. Je crois que tu dois t'habituer au cucul. Et de toute façon, non, je ne suis pas d'accord. C'est joli, frais et ça te va bien ; on ne peut pas en dire autant du style porno-secrétaire.
— Ce tailleur ne fait pas...
Helena avait raison, pensa Izzy en jetant un coup d'œil dans le miroir, il était peut-être temps qu'elle se débarrasse de ce costume. Tourner la page de ce satané bureau une fois pour toutes. Et de cet homme stupide... Elle tenta de détourner ses pensées de ce chemin et se changea.
Elle était plus jolie dans cette tenue, elle paraissait plus jeune et plus fringante. Cela lui donna le sourire.
— Et voilà, s'exclama Helena. Maintenant, tu as une tenue de circonstance.
Izzy regarda sa colocataire, qui portait un haut vert foncé à encolure carrée.
— Et toi, pour quelle circonstance es-tu habillée ?
Helena fit la moue.
— Je suis une déesse de la Renaissance à la crinière de feu, bien entendu. Comme d'habitude. Tu le sais bien.

\*

Ce rendez-vous à la banque rendait Izzy nerveuse, extrêmement nerveuse. Elle leur avait expliqué qu'il s'agissait simplement d'une prise de contact et ils avaient accepté, mais elle avait tout de même un peu l'impression d'y aller pour justifier son découvert, comme cela lui était arrivé du temps de l'université. Graeme aimait vérifier tous les mois ses relevés de compte et appelait sa banque à la moindre anomalie. Elle n'avait pas envie de faire cela très souvent.

— Euh, bonjour, dit-elle en murmurant pratiquement, lorsqu'elle pénétra dans le silence moquetté de la banque.

Elle sentit l'odeur des produits d'entretien et de l'argent. Elle regretta en cet instant de ne pas avoir enfilé l'armure de son tailleur gris à rayures.

— Puis-je parler à... (elle consulta ses notes), M. Tyler ?

La jeune femme derrière le comptoir sourit d'un air distrait et attrapa son téléphone. Izzy put entendre la tonalité. Se trouver de l'autre côté de la barrière de sécurité était un peu déroutant ; les bureaux étaient disséminés dans l'*open space*, avec des salariés les yeux rivés sur leur écran d'ordinateur. Elle jeta un coup d'œil autour d'elle, au cas où quelques lingots d'or traîneraient dans un coin.

Izzy n'aperçut personne qui eût l'air d'un M. Tyler et s'assit nerveusement. Elle prit une revue financière mais, trop anxieuse pour lire quoi que ce soit, ses doigts jouaient avec les pages. Elle espéra ne pas devoir patienter trop longtemps.

\*

Austin Tyler prit place dans le bureau de la directrice de l'école, avec une impression de déjà-vu. C'était exactement la même pièce où il avait eu l'habitude de venir et de cogner ses souliers éraflés contre la chaise, lorsqu'il se faisait gronder pour avoir couru dans les buissons ou s'être battu avec Duncan MacGuire. La directrice était nouvelle : c'était une femme assez jeune, qui disait « Appelez-moi Kirsty » (mais il préférait l'appeler Mlle Dubose) et qui se juchait sur le devant de son bureau au lieu de trôner dans son fauteuil, comme le faisait M. Stroan. Austin avait une nette préférence pour la méthode à l'ancienne ; au moins, on savait à quoi s'en tenir. Il regarda Darny du coin de l'œil et soupira. Celui-ci fixait le sol avec rage, une lueur dans son regard disant que peu importait ce qui se passerait, il n'écouterait pas. Âgé de dix ans, Darny était intelligent, déterminé et absolument convaincu que tous ceux qui lui disaient quoi faire portaient sérieusement atteinte à sa liberté individuelle.

— Qu'est-ce que c'est, cette fois ? s'enquit Austin.

Il arriverait encore en retard au travail, il le savait. Il passa une main dans ses cheveux auburn, épais et indisciplinés qui tombaient sur son front. Il faudrait que je retourne chez le coiffeur, songea-t-il. Comme s'il pouvait bien trouver le temps.

— Bon, commença la directrice, bien sûr, nous connaissons tous la situation particulière de Darny.

Austin haussa les sourcils et se tourna vers Darny, dont les yeux étaient aussi gris que les siens et dont les cheveux plus auburn formaient le même épi sur le front.

— Euh, oui, mais la situation particulière de Darny remonte à six ans, n'est-ce pas Darny ? Tu ne peux pas te cacher en permanence derrière cette excuse. Surtout pas pour avoir...

— Joué au tir à l'arc dans la classe des CP.

— Exactement, dit Austin, en jetant un air désapprobateur à Darny, qui regarda encore plus intensément le sol. As-tu quelque chose à dire pour ta défense ?

— Je ne vous ai pas juré obéissance, shérif.

Kirsty observa le grand homme aux cheveux bouclés et au costume un peu débraillé ; elle regrettait de ne pas être dans un autre contexte. Qu'ils ne se voient pas tous les deux dans un autre contexte. Dans un bar, par exemple. Elle se fit la réflexion – encore une fois – que ce métier n'était d'aucune utilité pour rencontrer des hommes. Tous les enseignants dans le primaire étaient des femmes, et c'était extrêmement mal vu de faire du plat aux papas.

Mais Austin Tyler n'était pas exactement un papa... Serait-ce acceptable dans ce cas ?

Tout le monde à l'école était au courant de la tragédie. Aux yeux de Kirsty, cela ne rendait que plus séduisant Austin, cet homme longiligne, aux lunettes d'écaille qu'il ne cessait de retirer et de remettre sur son nez quand il était distrait. Six ans plus tôt, alors qu'Austin suivait une maîtrise de biologie marine à Leeds, ses parents et son très jeune frère (le fruit accidentel de noces d'argent, dont l'annonce de la naissance avait été un choc pour tout le monde) avaient été victimes d'un terrible accident de voiture, provoqué par un camion qui avait fait demi-tour sur une route très fréquentée. Grâce à son siège auto, le petit de quatre ans s'en était sorti indemne, mais l'avant de la voiture avait été complètement détruit.

Accablé de chagrin, Austin avait décidé de prendre soin de son petit frère et donc de renoncer à ses études, qui le destinaient à un travail rythmé de déplacements dans le monde entier : ces deux occupations étant manifestement incompatibles. Il était rentré chez ses parents, avait chassé des tantes éloignées pétries de bonnes intentions ainsi que les services sociaux, avant d'accepter un poste quelconque dans une banque. Aujourd'hui âgé de trente et un ans, Austin avait un lien si fort avec Darny que, même si de nombreuses femmes avaient tenté de s'interposer, aucune n'y était jamais véritablement parvenue. Kirsty s'était demandé si c'était Darny qui les avait effrayées. Ou peut-être Austin n'avait-il pas encore trouvé la femme qu'il lui fallait (en outre, une présence féminine serait peut-être bénéfique pour Darny, se disait Kirsty). Elle regrettait seulement que les uniques occasions où elle voyait Austin étaient pour l'entretenir du comportement de son petit frère. Cependant, elle veillait toujours à s'occuper elle-même de ces rendez-vous, plutôt que de laisser la parfaitement compétente Mme Khan s'en charger. C'était le mieux qu'elle pût faire pour le moment.

— Donc diriez-vous que..., reprit Kirsty, que Darny jouit d'une influence féminine suffisante à la maison ?

Austin repassa sa main dans ses cheveux. Pourquoi oubliait-il toujours d'aller chez le coiffeur ? s'interrogea-t-il. *J'adore les cheveux un peu longs chez un homme*, songea de son côté Kirsty.

— Eh bien, Darny a environ neuf millions de relations avec des femmes bien intentionnées. Mais personne en permanence, non, répondit Austin en se mordant la lèvre.

Il pensa au mépris de Darny à l'égard de ces intrus qui s'introduisaient dans leur maison – qui, il fallait le reconnaître, n'était pas toujours impeccable. Ils avaient une femme de ménage, mais elle refusait de ranger derrière eux, se contentant de passer l'aspirateur entre les jouets et les vêtements amoncelés sur le sol.

Kirsty haussa les sourcils d'une manière qui se voulait charmeuse, mais Austin interpréta cela comme de la désapprobation. Il se sentait toujours scruté quand il était avec Darny, et il y était sensible. Son frère n'était pas un ange, mais Austin faisait de son mieux et il était convaincu que s'il avait été placé, son comportement serait bien pire.

— Darny et moi allons très bien, insista Austin.

Darny, en gardant les yeux rivés sur le sol, tendit la main et serra fermement celle de son grand frère.

— Ce n'était pas dans mon intention de... Ce que je voulais dire, M. Tyler... Austin. Nous ne pouvons pas tolérer la violence dans cette école. C'est impossible.

— Mais nous voulons rester dans cette école, rétorqua Austin. C'est ici que nous avons grandi ! C'est notre quartier ! Nous n'avons aucune envie de déménager et d'aller dans un autre établissement.

Austin s'efforça de ne pas paraître paniqué quand il sentit les doigts tout fins de Darny étreindre ses longs doigts. Il s'était attaché à la maison de leurs parents, à son ancienne école, au quartier où ils avaient toujours vécu, autour de Stoke Newington. Certes, ce n'était pas facile de rembourser le prêt, mais cela semblait tellement important de donner à leurs vies une continuité, de ne pas éloigner Darny du foyer familial et de tout ce qu'il avait toujours connu. En restant là, ils étaient entourés d'amis et de voisins qui veillaient à ce qu'ils aient toujours un repas chaud, ou un lit où Darny pouvait passer la nuit si Austin devait travailler tard. Il aimait passionnément ce quartier.

Kirsty voulut le rassurer.

— Personne ne parle de changer d'école. Nous disons seulement... Fini le tir à l'arc.

Darny fit énergiquement oui de la tête.

— Es-tu d'accord avec moi, Darny ? Plus de tir à l'arc ?

— Non, plus de tir à l'arc, répéta le garçonnet, qui gardait toujours les yeux baissés.

— Et ? fit Austin.

— Et pardon, ajouta Darny, qui leva enfin le regard. Est-ce que je dois aller m'excuser auprès des CP ?

— Oui, s'il te plaît, répondit Austin.

Kirsty lui adressa un sourire reconnaissant. Elle était presque jolie, pensa distraitement Austin. Pour une institutrice.

*

Janet, la secrétaire d'Austin, vint à sa rencontre à la porte de la banque.

— Vous êtes en retard, dit-elle en lui tendant son café (au lait, avec trois sucres – si Austin avait été contraint de grandir très vite dans certains domaines, il était resté un peu à la traîne dans d'autres).

— Je sais, je sais, pardon.

— Encore des soucis avec Darny ?

Austin grimaça.

— Ne vous inquiétez pas, le rassura-t-elle en lui tapotant l'épaule et en époussetant quelques peluches par la même occasion. Ils passent tous par les mêmes phases.

— Avec un arc et des flèches ?

Janet leva les yeux au ciel.

— Estimez-vous chanceux. Mon gosse raffolait des pétards.

Légèrement réconforté par ces paroles, Austin consulta ses notes : une demande de prêt pour un café. Avec l'économie actuelle, elle serait sûrement refusée, ou du moins les termes risquaient d'être rédhibitoires. Tout le monde estimait que les banques prenaient des décisions sévères, mais en réalité, prêter à de petites entreprises était une tâche ingrate. Plus de la moitié d'entre elles faisait faillite. Le travail d'Austin consistait à repérer cette moitié. Il se dirigea vers une petite salle d'attente.

— Bonjour, dit-il en souriant à une femme visiblement tendue, aux joues roses et aux cheveux noirs indisciplinés et noués, qui tripotait nerveusement une revue. Êtes-vous mon rendez-vous de dix heures ?

Izzy se leva d'un bond, puis porta par mégarde son regard vers la grande horloge accrochée au mur du fond.

— Je sais, déclara Austin en grimaçant à nouveau. Je suis sincèrement navré... (Il hésita un instant à lui dire que ce n'était pas dans ses habitudes, mais ce n'était pas tout à fait exact.) Voulez-vous bien me suivre par ici ?

Izzy lui emboîta le pas et franchit une porte vitrée, qui menait à une salle de réunion. Il s'agissait en fait d'un cube en verre posé au milieu d'*open space*. C'était étrange, comme s'ils étaient deux poissons dans un aquarium.

— Pardon. Je... Je me présente, Austin Tyler.
— Izzy Randall.

Izzy lui serra la main, elle était large et sèche. Ses cheveux semblaient un peu désordonnés pour un banquier, remarqua-t-elle. Mais il avait un sourire agréable, légèrement distrait, et des yeux gris avec des cils très épais – peut-être devrait-elle le mettre sur sa liste pour Helena. De son côté, elle préférait renoncer définitivement aux hommes après la nuit passée. Elle faillit bougonner à cette idée, mais parvint à se retenir. *Concentre-toi ! Concentre-toi !* Elle regrettait de ne pas avoir dormi plus de trois heures.

Austin fouilla ses affaires à la recherche d'un stylo et nota que sa cliente semblait un peu stressée. Quand il avait quitté Leeds, il ne savait pas s'il possédait les aptitudes pour être banquier. C'était on ne peut plus à l'opposé de l'étude des coraux, mais ce fut le mieux qu'il trouvât en si peu de temps ; la banque l'avait en outre autorisé à reprendre le prêt de ses parents. Cependant, il avait fait peu à peu ses preuves ; il s'avéra qu'il avait un excellent instinct pour détecter les prospects sûrs et les bons investissements. De plus, depuis que ses clients avaient appris à le connaître, ils lui faisaient entièrement confiance et étaient très fidèles à la banque. La direction était convaincue qu'un bel avenir était promis à Austin, même si elle regrettait qu'il ne coupât pas ses cheveux.

— Bon, voyons, dit-il après avoir trouvé un stylo dans sa poche et en avoir retiré les peluches de mouchoir en papier. Que puis-je faire pour vous ?

En jetant un coup d'œil au dossier, il s'aperçut, horrifié, qu'il s'agissait de celui d'un autre café. Il retira ses lunettes. Il y avait des jours comme celui-là où rien ne semblait aller.

— Euh, pourquoi ne commenceriez-vous pas par le début ? improvisa-t-il.

Izzy lui adressa un regard entendu. Elle avait immédiatement compris.

— Vous n'avez pas le dossier, c'est ça ?

— Je préfère toujours entendre le projet de la bouche des clients. Cela me donne une idée du tableau.

Les lèvres d'Izzy se contractèrent.

— Sérieusement ?

— Oui, répondit fermement Austin, qui se pencha en avant et joignit ses grandes mains devant le dossier.

Tandis qu'Izzy surprit une expression amusée dans son regard, elle ressentit une once d'excitation d'avoir l'occasion d'expliquer correctement son projet. Elle allait savoir si son rêve avait la moindre chance de devenir réalité.

— D'accord. Eh bien...

Et Izzy lui raconta son histoire – en omettant la partie « je couche avec mon patron » et en la présentant davantage comme un rêve de toujours, avec un solide fond d'analyse financière pour soutenir le tout. Plus elle parlait, se rendit-elle compte, plus son projet paraissait réel et plausible. Elle sentait qu'elle lui donnait vie.

— Je vous ai apporté quelques gâteaux, ajouta-t-elle en conclusion.

Austin les repoussa d'un geste de la main.

— Désolé, je ne peux pas accepter. On pourrait croire que...

— Que je vous achète avec des gâteaux ?

— Eh bien, oui, des gâteaux, des outils, du vin…, tout en réalité.

— Mince alors. (Izzy considéra la boîte sur ses genoux.) Je n'avais pas du tout vu cela sous cet angle.

— Ah bon ? Ce n'est pas pour me soudoyer que vous avez apporté des gâteaux ?

— Eh bien si, maintenant que vous le dites, cela paraît évident.

Ils échangèrent un sourire. Austin gratta ses cheveux indisciplinés.

— Pear Tree Court… Rafraîchissez-moi la mémoire, ce n'est pas ce petit endroit niché à l'écart, du côté d'Albion Road ?

Izzy agita vigoureusement la tête.

— Vous connaissez !

— Euh, oui…, répondit Austin, qui connaissait le quartier dans le moindre de ses recoins. Mais… ce n'est pas vraiment une zone commerçante, non ?

— Si, il y a quelques boutiques. De toute façon, si c'est bon, les clients viendront.

Austin sourit.

— C'est un sage principe, mais je ne suis pas certain que ce soit suffisant.

Izzy songea que, curieusement, pour un banquier, c'était aisé de discuter avec lui. Elle avait redouté ce rendez-vous, mais maintenant qu'elle était là…

— Pouvez-vous me remontrer vos chiffres ?

Austin les étudia attentivement. Le loyer était assurément abordable et les ingrédients nécessaires à la pâtisserie n'étaient pas coûteux. Ce serait facile de trouver du personnel, si Izzy se chargeait de toute la préparation culinaire. Malgré tout, la marge bénéficiaire était faible, à la limite du minimum. Pour un travail de Romain. Austin réexamina les chiffres en plissant les yeux, puis regarda Izzy. Tout reposerait sur ses épaules. Si elle ne comptait pas ses heures, dévouait toute sa vie aux gâteaux et uniquement à cela, ce serait alors... tout juste possible. Peut-être.

— Alors voilà, se lança-t-il.

Et au cours de l'heure qui suivit, oubliant son second rendez-vous, Austin décrivit si minutieusement à Izzy chaque point de la gestion d'un commerce (les charges sociales, les règles d'hygiène, les inspections sanitaires, le financement, le marketing, la gestion des stocks, les bénéfices, le coût par portion...) qu'elle eut le sentiment d'avoir passé une année en école de commerce. Pendant qu'il parlait, ôtant de temps à autre ses lunettes pour souligner un point, Izzy vit ses rêves nébuleux revêtir une forme concrète dans les mains d'Austin ; il semblait poser les fondations de son château en Espagne. Étape par étape, il lui expliqua exactement ce dont elle, et elle seule, serait responsable ; ce qu'elle avait l'obligation de faire. Et pas seulement pour une journée ou un projet, mais encore et toujours, aussi longtemps qu'elle voudrait gagner sa vie.

Cinquante-cinq minutes plus tard, Austin s'appuya sur le dossier de sa chaise. Il avait un laïus habituel qu'il tenait à tous les clients avec un projet d'entreprise – son discours « Leur faire peur d'entrée », comme aimaient à l'appeler ses collègues. Si ces potentiels entrepreneurs ne parvenaient pas mentalement à assumer la charge de travail, ils étaient pratiquement condamnés à l'échec avant même d'avoir commencé.

Mais avec cette jeune femme, c'était un peu différent ; il était allé bien au-delà pour l'aider et lui décrire les écueils et les éventualités. Il avait eu en quelque sorte l'impression de le lui devoir pour être arrivé avec autant de retard, de surcroît avec le mauvais dossier.

En outre, bien qu'elle lui eût paru au départ agressive, presque hargneuse, une fois qu'ils avaient commencé à discuter, elle lui avait semblé gentille – tellement douce aussi, dans sa jolie robe à fleurs ; il voulait qu'elle sût clairement dans quoi elle s'embarquait. Il appréciait beaucoup le quartier en question ; il avait grandi près de Pear Tree Court et s'y était souvent caché, sous l'arbre, pour lire un livre quand cette boutique était à l'abandon. C'était un bel endroit, même s'il n'imaginait pas que d'autres que lui puissent le connaître.

Un petit salon de thé, dans cette cour avec une tasse de café et une part d'un délicieux gâteau, cela ne semblait pas être une si mauvaise idée à ses yeux. Mais au final, tout dépendrait d'elle.

— Donc, reprit-il, avec un grand geste de la main. Qu'en pensez-vous ? Si la banque vous soutenait, vous sentiriez-vous à la hauteur ?

Normalement, à ce moment-là, les clients répondaient « Bien sûr ! » ou se comportaient comme s'ils participaient à un télé-crochet et clamaient qu'ils se donneraient à cent dix pour cent. Izzy s'adossa à sa chaise, avec une expression pensive.

On y était, elle le savait. Un engagement total – si elle obtenait le soutien de la banque – pour la vie, dans le meilleur des cas. Tout reposerait sur ses épaules. Elle ne pourrait jamais rentrer le soir du travail et tout oublier. Elle se souvint de Grampa, qui ne faisait que manger, dormir et penser à ses boutiques. Cela avait été toute sa vie. Serait-ce celle d'Izzy ?

Mais si cela fonctionnait... peut-être pourrait-elle engager du personnel pour l'aider, ouvrir une autre boutique... Tout cela était possible aussi, elle le savait. Elle pouvait, au bout de compte, être plus libre. Vivre sa vie en suivant ses règles, son emploi du temps, sans avoir à rédiger le compte rendu de qui que ce soit.

Une petite voix en elle, toute fluette, lui dit : « Et si j'ai envie d'un bébé ? » Elle ne pouvait écouter cette voix, songea-t-elle avec colère. Elle n'avait toujours pas de travail pour le moment. Ni de petit ami. Elle se préoccuperait de cela plus tard.

— Mademoiselle Randall ?

Austin était ravi qu'elle réfléchît. Cela prouvait qu'elle l'avait écouté. Trop souvent, il avait affaire à des personnes avisées qui pensaient connaître toutes les réponses, qui ne l'écoutaient pas et campaient sur leurs positions. Ils faisaient rarement long feu.

Izzy regarda Austin droit dans les yeux.

— Merci d'avoir été franc avec moi.

— Je ne vous ai pas trop effrayée ? demanda Austin, d'un air confus.

— Non. Non, pas du tout. Et si la banque accepte de m'aider... euh, j'aimerais bien traiter avec vous.

Austin haussa les sourcils.

— OK. Euh, d'accord. Bien. De toute évidence, il faut que je m'entretienne avec quelques personnes...

Il fouilla dans sa mallette à la recherche des formulaires qu'elle devait renseigner, mais au lieu de cela, il en sortit une pomme et un lance-pierres.

— Vous me faites penser à Denis la Malice, ricana Izzy.

les plus animées au monde. Mais réussirait-elle à le faire sien ?

\*

Lorsque Desmond vint remettre les clés à Izzy, il la trouva ainsi, assise sur le banc, rêveuse, le regard dans le vide. Oh oh ! s'inquiéta-t-il. Ce n'était pas une expression encourageante pour la future gérante d'un commerce. Cela faisait davantage penser à une personne avec des châteaux en Espagne plein la tête.
— Euh, bonjour, dit-il en se plaçant dans le minuscule rayon de soleil d'Izzy. Excusez-moi pour le retard. Ma femme était censée… Enfin, peu importe.
Izzy le regarda en plissant les yeux.
— Bonjour ! Désolée, c'est un endroit si reposant. Et j'ai eu une petite nuit…
Sa voix faiblit à ce souvenir. Puis elle se leva d'un bond, tentant de retrouver une attitude professionnelle.
— Bon, allons voir ce qui nous attend, vous voulez bien ?

\*

Grâce à des années de visites immobilières professionnelles, Izzy avait affûté son regard concernant les travaux à réaliser et le potentiel d'un local. Mais, après que Desmond lui remit solennellement l'énorme trousseau de clés, qu'elle les fit lentement tourner dans les trois serrures de la porte et qu'elle entra d'un pas hésitant et grinçant, elle se rendit compte que c'était une chose de faire des suggestions aux clients, et une tout autre d'envisager d'effectuer soi-même ces modifications. Une épaisse couche de poussière recouvrait l'ancien comptoir et la vitrine était tout encrassée. Les derniers locataires jouissaient peut-être d'une paix spirituelle digne d'un yogi, mais leurs compétences en ménage laissaient un peu à désirer. Les étagères, complètement superflues pour le projet d'Izzy, étaient restées en place, tandis que des choses plus utiles (comme un évier au rez-de-chaussée ou un grand nombre de prises) faisaient entièrement défaut.

Izzy sentit son cœur accélérer. Était-ce de la folie ? La cheminée était jolie, magnifique même, mais elle ne pourrait pas installer de tables à proximité si elle y faisait du feu. Elle était absolument convaincue que l'agent de prévention des incendies n'autoriserait pas les flambées. Ce banquier, Austin, s'était montré ferme sur le sujet : il ne fallait jamais contrarier un agent de prévention des incendies. Cela semblait presque aussi grave que de se mettre à dos le service de l'immigration aux États-Unis.

— Il y a du pain sur la planche, déclara Desmond d'un ton jovial, en espérant pouvoir régler ce rendez-vous assez rapidement, afin de rentrer avant que sa belle-mère ne commençât à inculquer à Jamie ses idées sur la vie. Mais je suis certain que vous vous en sortirez très bien.

— Ah oui ? fit Izzy, qui mitraillait l'endroit avec son appareil photo numérique.

Ce qui lui avait semblé si facile à visualiser – un joli vert pomme sur les murs, des fenêtres étincelantes pour laisser entrer la lumière, de beaux gâteaux pastel disposés sur des présentoirs pour mettre l'eau à la bouche des clients – l'était soudain beaucoup moins dans cet espace miteux.

— Et puis, il y a la cave bien sûr, ajouta Desmond.

Izzy avait vu le sous-sol sur les plans, mais ne l'avait pas encore visité. Elle ne l'avait dit à personne. Elle ne voulait pas avouer qu'elle avait pris une affaire sans en avoir inspecté les moindres recoins. Tout le monde l'aurait désapprouvée.

D'un pas hésitant, elle suivit Desmond dans l'escalier étroit et branlant, éclairé par une ampoule nue. Des toilettes avaient été installées sur un palier, puis tout en bas, elle découvrit ce qu'elle avait espéré : une immense surface, avec une bonne aération et beaucoup d'espace pour le four professionnel dont elle avait besoin. Il y avait des arrivées d'eau et un endroit parfait pour installer un bureau où s'occuper des papiers administratifs. Une toute petite fenêtre à l'arrière ouvrait sur le sous-sol du bâtiment attenant ; la lumière n'était pas exceptionnelle, mais cela devrait faire l'affaire. Cette pièce chaufferait facilement, suffisamment pour que la chaleur montât dans la boutique. Grâce au four de ses rêves, à convection et aux multiples programmes, un de ceux que son grand-père avait toujours désirés.

— N'est-ce pas merveilleux ! s'exclama-t-elle en se tournant vers Desmond, le regard pétillant.

L'agent immobilier plissa les yeux. Pour lui, cela n'était qu'une vieille cave crasseuse, mais qui était-il pour juger ?

— Oui... Il me reste quelques petites choses à vous faire signer... Vous devez avoir une quantité de papiers à signer en ce moment.

— Oui, répondit Izzy, qui avait quitté la banque avec nombre de documents et attendait son autorisation d'exercer une activité commerciale.

La boutique avait déjà une licence ; le plus compliqué était de la mettre à son nom, même si Austin lui avait proposé son aide pour les papiers si son dossier était accepté.

Quand Desmond et Izzy retournèrent au rez-de-chaussée, le soleil déclinant de l'après-midi était passé sur l'avant du bâtiment. À travers la vitre sale et les grains de poussière, il éclairait la cheminée d'une lumière jaune pâle. Certes, c'était crasseux, pensa Izzy, ragaillardie. Certes, elle avait du pain sur la planche. Mais elle pouvait travailler. Elle y arriverait. Elle montrerait à Graeme de quoi elle était capable, il serait vraiment fier d'elle ; elle ferait venir Grampa le jour de l'ouverture (elle ne savait pas bien comment, mais elle trouverait une solution) et elle impressionnerait Helena ainsi que tous leurs amis. Elle attirerait une toute nouvelle clientèle dans la rue, aurait une critique dans *Metro* et l'*Evening Standard* où sa boutique serait qualifiée de « trésor caché », et les gens viendraient boire un café, savourer un délicieux cupcake et seraient revigorés par la jolie petite cour et la superbe boutique, et puis...

Desmond remarqua sur le visage d'Izzy qu'elle était de nouveau plongée dans ses rêveries.

— OK ! fit-il, un peu désespérément. Voulez-vous qu'on poursuive ? Ou je peux vous laisser si vous préférez, c'est chez vous maintenant.

Izzy sourit.

— Oh non, j'ai beaucoup de choses à faire et différents points à régler. Je partirai avec vous.

Il lui sourit en retour, ravi.

— Au fait, sur combien de kilos de café par semaine tablez-vous ? demanda-t-il nonchalamment alors qu'Izzy verrouillait les serrures.

— Quoi ?

Desmond grimaça. Il s'attendait à ce qu'elle connût au moins les principes de base de la gestion d'un café. La brève lueur d'espoir qu'il avait perçue devant l'excitation d'Izzy quand elle avait découvert la cave s'évanouit. Il recommencerait les visites d'ici trois mois. Tant pis, c'était toujours cela de plus en commissions, se dit-il, même si M. Barstow serait furieux contre lui, quand bien même c'était lui qui avait choisi la locataire.

— Oubliez, dit Desmond en sortant ses clés de voiture.

— OK... Vous viendrez bien prendre un café quand nous aurons ouvert ?

Desmond songea à sa prime qui serait sûrement diminuée.

— Bien sûr. Je tâcherai de venir.

Sur ces mots, il fila comme une flèche pour sauver Jamie des griffes manucurées de sa grand-mère.

## Chapitre 7

**Cupcakes double chocolat (version commerciale)**
*Quantité pour une matinée*

- 2,5 l de crème fraîche épaisse
- 4,5 kg de chocolat noir de qualité
- 50 œufs
- 1,65 kg de sucre semoule
- 1,5 kg de farine
- 10 c. à s. de cacao en poudre de qualité
- 5 c. à c. de levure chimique
- Fleurs en sucre pour le décor
  *Sauce chocolat*
- 1 kg de chocolat noir, cassé en morceaux
- 80 cl de crème fraîche liquide

Faites chauffer à feu doux la crème fraîche épaisse et le chocolat dans une casserole et remuez jusqu'à obtention d'un mélange homogène. Laissez refroidir un peu. Versez le sucre et les œufs dans la cuve de votre robot à pâtisser, et faites tourner à pleine puissance jusqu'à ce que le mélange blanchisse et double de volume. Incorporez doucement la préparation à base de chocolat.

Tamisez au-dessus de la cuve la farine, le cacao et la levure, puis mélangez.

Répartissez la préparation dans des caissettes. Faites cuire au four 15 à 20 minutes à 180 °C (thermostat 6) – enfoncez la lame d'un couteau, elle doit ressortir sèche. Laissez tiédir dans les moules, puis démoulez les cupcakes. Buvez un demi-litre d'eau.

Pendant ce temps, faites fondre au bain-marie les ingrédients du nappage au chocolat (le saladier ne doit pas être en contact avec l'eau). Remuez jusqu'à ce que le chocolat soit fondu. Envisagez d'appeler votre ex-petit ami/patron pour le supplier à genoux de vous rendre votre poste au bureau.

Retirez le chocolat et remuez jusqu'à ce que le mélange soit homogène. Demandez-vous combien de kilos cette opération va vous faire perdre. Goûtez cette délicieuse préparation. Peut-être pas tant de kilos que ça, en fin de compte.

Laissez refroidir un peu. Servez les cupcakes nappés de chocolat fondu. Décorez-les de fleurs si vous le souhaitez. Effondrez-vous comme une masse, convaincue que vous n'arriverez jamais à faire cela tous les jours.

*

— Oh, la barbe !

Izzy était enfoncée jusqu'au cou dans une pile de papiers. La partie administrative ne s'était pas révélée aussi simple qu'elle l'avait espéré. C'était, en réalité, une longue et fastidieuse corvée consistant à répéter sans cesse les mêmes informations. Elle devait suivre une formation aux normes d'hygiène, faire des courses, et tout cela avant même de s'être occupée de l'aménagement intérieur. Elle avait reçu des devis pour le fourneau qu'elle souhaitait ; il aurait englouti la totalité de son budget. Elle se mit par conséquent à en chercher un d'occasion, mais les annonces semblaient tout aussi onéreuses. Quant à la décoration qu'elle avait envisagée – des tables et des chaises dans le style récupération, de couleur crème et vert Provence –, elle était chère également ; elle ferait peut-être mieux de récupérer elle-même des tables et chaises d'occasion. Et elle n'avait toujours pas de nouvelles de la banque. Pourquoi tout prenait autant de temps ? Elle ne pouvait engager personne tant qu'elle n'avait pas de compte professionnel, et elle avait l'impression qu'ils attendaient qu'elle eût un commerce pour lui ouvrir un compte. C'était très agaçant. Elle n'était pas près de mettre les mains dans la farine !

Helena marqua un temps d'arrêt devant la porte d'Izzy. Elle savait que la dernière semaine avait été stressante pour elle. Tous les jours, d'énormes plis arrivaient au courrier : des brochures publicitaires, des formulaires d'organismes d'État, des documents apparemment officiels dans des enveloppes en papier kraft.

Helena avait elle-même passé une mauvaise journée. Une fillette s'était présentée à l'hôpital avec une suspicion de méningite, ce qui était toujours une expérience épouvantable. Ils lui avaient sauvé la vie, mais elle allait peut-être perdre un pied. *Je devrais prendre de ses nouvelles lors de ma garde demain matin*, songea Helena. C'était souvent le problème avec les urgences : on ne connaissait jamais la fin de l'histoire. Et voilà maintenant qu'Izzy pestait à propos de la boutique plutôt que de prendre les choses comme elles venaient. Ce comportement pouvait être un peu énervant.

— Coucou, dit Helena en frappant à la porte. Comment vas-tu ?

Izzy était entourée de montagnes de documents.

— La merde. J'ai trouvé la faille : je n'ai jamais travaillé dans le commerce.

— Tu as bien travaillé dans la boutique de ton grand-père, non ?

— J'encaissais vingt et un centimes pour les gâteaux individuels. Le samedi. Les clients me pinçaient les joues et me disaient combien j'étais mignonne, ce qui d'ailleurs veut dire dans le Nord « bien en chair ». Oh là là, mais pourquoi je n'ai pas fait des études de comptabilité ? (Izzy attrapa un document.) Ou... Ou de chef de chantier.

— Je savais bien que j'aurais dû piquer un peu de valium, plaisanta Helena.

La bouche d'Izzy se contracta légèrement.

— Oh, Helena. Je n'en reviens pas d'avoir fait ça sur un coup de tête. J'ai besoin d'aide.

Elle supplia son amie du regard.

— Hé, ne compte pas sur moi, je sors d'une garde de douze heures ! Et, à part remplir ta trousse de secours et te remontrer les premiers soins, je ne pense pas pouvoir t'aider.

— Non, soupira Izzy. Zac veut bien faire le graphisme de mes menus, mais c'est tout.

— C'est un bon début, la réconforta Helena. Une trousse à pharmacie, un menu et de succulents cupcakes. Le reste, ce n'est qu'un coup de ménage.

— Je me sens si seule.

Graeme lui manquait plus qu'elle ne pouvait l'admettre. Le choc de ne plus le voir tous les jours était une chose. Qu'ils se réconcilient et que tout cela lui soit enlevé de nouveau... c'était difficile à encaisser.

Helena s'assit à côté d'Izzy.

— Mais tu vas devoir engager du personnel, non ? Tôt ou tard, tu devras rémunérer des gens. Peut-être que si tu recrutes quelqu'un maintenant, il pourra t'aider pour tous ces trucs et pour te seconder au salon de thé. Est-ce que tu connais quelqu'un qui pourrait être intéressé ?

Izzy songea aussitôt à la jeune femme enjouée qu'elle avait rencontrée lors de la « formation au chômage ».

— Tu sais quoi ? dit-elle en parcourant son téléphone, Pearl et elle ayant poliment échangé leur numéro, sans penser réellement l'utiliser un jour. Ce ne sont peut-être pas des sottises ces histoires de réseautage. Je crois qu'elle a de l'expérience dans la restauration.

Izzy commença à composer le numéro lorsque Helena l'arrêta d'un signe de la main.

— Tu n'oublies pas quelque chose ?

Izzy jeta un coup d'œil nerveux aux piles de documents.

— Est-ce que tu ne devrais pas attendre que la banque te donne le feu vert... et que tu aies ton autorisation de découvert ?

Izzy se sentit incapable de patienter jusqu'au lendemain matin. Elle remplissait des formulaires et s'entretenait avec des agents de différents organismes depuis trois jours ; il fallait qu'elle sût. La banque était horriblement lente. Elle chercha la carte d'Austin Tyler et composa son numéro de portable. D'accord, il était dix-neuf heures passées, mais les banquiers travaillaient tard, non ?

— C'est le type qui, je crois, pourrait te plaire, expliqua-t-elle à Helena. Par contre, il a un gosse. Mais pas d'alliance.

— Oh super, marié mais qui prétend ne pas l'être, grommela Helena. Tout à fait mon genre. Je retourne dans ma chambre, embrasser mes photos de John Cusack.

\*

Austin faisait prendre le bain à Darny, ou plutôt essayait de maintenir dans l'eau un poulpe qui agitait ses tentacules pour se libérer. Il se demandait s'il n'allait pas laisser le poulpe s'échapper sans lui avoir lavé les cheveux pour le neuvième jour d'affilée quand son téléphone sonna. Il partit le chercher, accordant momentanément une victoire à Darny. Celui-ci se redressa dans le bain et commença à marcher comme un soldat, en donnant des coups de pied dans la mousse.

— Arrête ça, souffla Austin, ce qui fit redoubler d'efforts Darny.

— Allô ? (Izzy entendit un cri étouffé : Austin tentait de faire rasseoir Darny.) Pardon, je tombe mal peut-être ?

— Euh, c'est l'heure du bain.

— Ah, excusez-moi...

— Pas pour moi... Pour Darny !

— Les soldats ne s'assoient pas sous vos ordres ! entendit clairement Izzy dans le combiné.

— Oh, vous faites prendre le bain à un soldat, s'amusa Izzy.

Elle ne pensait pas que l'enfant était si grand ; Austin semblait avoir son âge. Ce qui n'était plus si jeune que cela après tout, se fit-elle la réflexion.

— Eh bien, c'est un devoir important, ajouta-t-elle.

— Darny, assieds-toi, tu veux !

— Vous n'êtes pas mon commandant !

— En réalité, je crois que si... Excusez-moi pour tout ça, mais à qui ai-je l'honneur ?

— Oh, pardon, fit Izzy, gênée. C'est Isabel Randall. Du *Cupcake Café*.

Elle devina qu'Austin peinait à la resituer. C'était très embarrassant.

— Ah oui, finit-il par dire. Euh... Oui. En quoi puis-je vous aider ?

— Je tombe très mal apparemment, je suis vraiment désolée.

Normalement, Austin aurait souligné avec sarcasme que oui, dix-neuf heures trente, un soir de semaine, c'était un moment assez mal choisi pour toute sollicitation d'ordre professionnel, mais il y avait quelque chose dans la voix de cette femme... Elle était sincèrement désolée, il le sentait bien ; ce n'était pas par simple politesse, elle avait besoin de son aide. Il chercha à tâtons ses lunettes ; elles étaient tout embuées.

— Très bien, soldat, au repos, dit-il à Darny en lui tendant une serviette camouflage, avant de sortir de la salle de bains. D'accord, qu'y a-t-il ? demanda-t-il à Izzy aussi jovialement qu'il le put.

Une fois sur le palier, il se fit la remarque que toute la maison paraissait jonchée de piles de jouets et de livres. Il regrettait que personne ne vînt ranger tout ce désordre pour lui. Il savait que cette tâche lui incombait, mais il était sans cesse si fatigué. Il ne semblait jamais trouver le temps de s'y mettre. Et le week-end, Darny et lui aimaient flemmarder au rez-de-chaussée et regarder la formule 1. Ils avaient le sentiment de l'avoir bien mérité après une dure semaine.

— Combien avez-vous d'enfants ? demanda Izzy par curiosité.

Austin regrettait sincèrement qu'elle l'ait appelé chez lui et l'ait surpris dans son intimité. Il avait un petit discours tout prêt, mais il détestait le débiter.

— Euh, Darny est mon petit frère. Mes... Euh, nous avons perdu nos parents et nous avons une grande différence d'âge, donc, bon, c'est moi qui m'occupe de lui. Solidarité masculine, vous voyez ! Nous nous entendons assez bien.

Aussitôt, Izzy s'en voulut d'avoir posé cette question. Austin semblait réciter son laïus sur un ton assez enjoué, il l'avait de toute évidence peaufiné pour le réduire à quelques mots. Mais évidemment, elle ne pouvait envisager l'atroce souffrance qui se cachait derrière ceux-ci. Il y eut un blanc au téléphone.

— Oh, finit par dire Izzy, au moment même où Austin prononçait un « Donc... » pour combler le silence.

Tous deux laissèrent échapper un petit rire.

— Pardon, s'excusa Izzy. Je ne voulais pas être indiscrète.

— Ne vous en faites pas. C'est une question parfaitement normale. Désolé pour cette réponse un peu bizarre. Avant, je disais que oui, c'était mon fils...

Austin ne savait pas pourquoi il lui racontait cela. C'était étrange, mais quelque chose dans la voix de cette femme était chaleureux et bienveillant.

— Du coup, beaucoup de gens me faisaient remarquer qu'il me ressemblait énormément et me demandaient où était sa maman, et ainsi de suite. Au final, cela devenait trop compliqué.

— Vous devriez peut-être l'inscrire sur vos cartes de visite, commenta Izzy, avant de se mordre la langue : sa remarque pouvait être de mauvais goût.

— Oui, je devrais faire ça, répondit Austin en souriant. Carrément. Austin Tyler, papa *slash* frère. *Slash* dresseur d'animaux.

— Je suis certaine que la banque approuverait.

Nouveau silence.

— Enfin bref, reprit Izzy en se ressaisissant, je sais que nous devons attendre la lettre officielle et tout et tout, mais j'ai les clés à présent et je suis très impatiente de recruter du personnel. Je suis sûre que c'est totalement confidentiel et que vous n'avez pas le droit de me dire quoi que ce soit ; du coup, j'ai interrompu l'heure du bain pour rien, alors…

— Allez-vous encore vous excuser ? demanda Austin d'un ton amusé.

— Euh… Oui, c'est ce que je m'apprêtais à faire.

— Arrêtez ! Vous devez être une femme d'affaires intraitable !

Izzy sourit. Pour un banquier, il était presque charmeur.

— D'accord. Pourriez-vous me dire si la banque accepte ou non de m'ouvrir un compte ?

Bien entendu, il savait qu'il n'était pas censé le faire, d'autant plus que le coup de tampon n'avait pas encore été donné. Mais elle l'avait surpris dans un moment de vulnérabilité et il entendait beaucoup de bruit en provenance de la salle de bains. En outre, il ne résistait jamais à une femme sympathique.

— Eh bien… Je ne devrais pas du tout vous dire cela. Mais étant donné que vous l'avez demandé très gentiment, je peux vous informer que oui, j'ai appuyé votre demande.

Izzy sauta de joie et tapa dans ses mains.

— Il ne manque plus que l'accord du conseil d'administration.

Izzy se calma.

— Ah… Et va-t-il me le donner ?
— Vous doutez de moi ?

Elle sourit.

— Non.
— Bien. Félicitations, Mlle Randall. On dirait que vous avez votre entreprise.

Izzy raccrocha après avoir remercié Austin un million de fois, puis dansa dans toute la pièce, encore un peu plus enhardie. Austin regarda son téléphone un brin perplexe. S'imaginait-il des choses, ou avait-il apprécié de recevoir un appel professionnel ? Cela ne lui ressemblait pas du tout.

— Austin ! Austin ! Mon armée va être obligée de faire pipi dans le bain !
— Non, attends !

\*

Pearl était assise sous les couvertures avec Louis. Il faisait un froid glacial à l'extérieur – polaire même. Un minuscule soupçon de printemps fin février s'était révélé être une cruelle chimère. À présent, un vent impétueux mugissait, s'engouffrait dans les tunnels et balayait les grands espaces de la cité, produisant un vacarme troublant. Leur dernière facture d'électricité et de gaz ayant été terriblement lourde, ils se pelotonnaient l'un contre l'autre devant un radiateur électrique. Louis avait de la fièvre ; il tombait malade très facilement. Elle ne savait pas pourquoi. Il était un peu asthmatique et semblait attraper le moindre virus qui traînait. Dans les meilleurs moments, elle se disait que c'était parce qu'il était très convivial et sociable ; il embrassait tout le monde et attrapait tous leurs virus. D'autres fois, elle se demandait, au fond d'elle-même, s'il mangeait assez correctement, profitait suffisamment de l'air frais et de la verdure pour développer son système immunitaire, ou s'il passait trop de temps à l'intérieur, à respirer de l'air vicié. Elle avait prié sa mère de ne pas fumer dans l'appartement, et celle-ci faisait des efforts, mais quand il faisait froid comme aujourd'hui, cela semblait cruel de l'envoyer sur le perron, de l'exposer aux bandes d'adolescents qui passaient et apostrophaient toute personne seule, même si celle-ci avait le physique pour se défendre.

Le téléphone de Pearl sonna ; elle ne connaissait pas le numéro. Après avoir rapproché le front trempé de Louis contre elle et lui avoir donné un rapide baiser, elle répondit, tout en baissant le son de la télévision.

— Allô ? fit-elle, aussi gaiement qu'elle put.

— Euh, bonjour, répondit une voix timide à l'autre bout du fil. Je ne sais pas si tu te souviens de moi...

— La *Pâtisserie Valérie* ! s'exclama Pearl, ravie. Bien sûr que je me souviens de toi. Cette formation était vraiment horrible. Est-ce que tu y es retournée ?

— Non, déclara Izzy, qui se réjouit de sentir Pearl contente d'avoir de ses nouvelles. En réalité, la formation a quand même porté ses fruits. Parce que cela m'a donné l'idée de me lancer dans quelque chose de très différent et puis, tu sais, de réseauter. Donc, euh, me voilà. Je réseaute.

Il y eut un long silence.

— Pearl, reprit Izzy, ma question va peut-être te paraître stupide. C'est à tout hasard... Mais je me suis lancée dans une aventure et je me demandais si tu connaissais la réponse à une question. Sais-tu quelle quantité de café par semaine il faut prévoir pour un salon de thé ?

\*

Non seulement Pearl avait la réponse à cette question (« On compte environ cent tasses par kilo, donc tu devrais commencer par six, puis passer à huit »), mais, pour avoir été serveuse dans une grande chaîne de café (elle avait dû renoncer cependant, car elle n'avait pas trouvé de solution de garde pour Louis à cause des horaires décalés), elle connaissait aussi bien d'autres choses. Elle savait reconnaître un café passé ou brûlé ; elle savait quelles variétés convenaient mieux selon l'heure de la journée ; elle connaissait la durée et les méthodes de conservation du café, et elle avait suivi une formation en hygiène alimentaire. Plus Pearl parlait – et elle en avait des choses à dire –, plus Izzy était excitée. Elles convinrent d'un rendez-vous pour le lendemain.

## Chapitre 8

Izzy, ma chérie, tu sais, un bon gros gâteau n'est pas toujours ce qu'il faut. Parfois, on a envie d'une simple petite douceur, qui a le même effet qu'un baiser ou qu'un mot gentil par une journée triste. Et puis, tu sais ce que c'est avec les poires. Elles sont mûres dix secondes et, l'instant d'après, c'est trop tard. Cette recette fonctionne très bien avec les poires blettes, ou celles qui sont dures et deviennent toutes farineuses. Ce gâteau fait la part belle à ces fruits, même les plus mauvais d'entre eux.

### Gâteau-tatin aux poires

- 3 poires, pelées, épépinées et coupées en deux
- 200 g de beurre
- 200 g de sucre semoule
- 3 œufs
- 200 g de farine avec levure incorporée, tamisée
- 3 c. à. s. de lait
- 1 c. à s. de sucre glace

Dispose uniformément les moitiés de poire dans le fond d'un moule beurré et réserve-les. Avec une cuillère en bois (pas le fouet électrique ! Je sais que tu y penses, mais je te l'ai déjà dit : crois-tu que j'ai ouvert trois boulangeries-pâtisseries à Manchester en me servant d'un fouet électrique ? Enfin, j'ai fini par y venir, oui. Mais au départ, nous utilisions des cuillères en bois, et tu devrais en faire de même), bats le beurre et le sucre dans un grand saladier jusqu'à ce que la préparation blanchisse et soit mousseuse.

Incorpore les œufs un à un et mélange bien chaque fois. Ajoute la farine, en mélangeant délicatement, puis le lait. Verse la pâte uniformément sur les poires et lisse le dessus.

Fais cuire dans le four préchauffé à 180 °C (thermostat 6) pendant 45 minutes, jusqu'à ce que le dessus soit ferme au toucher et que le gâteau se détache légèrement des parois du moule.

Sors le gâteau du four, laisse-le tiédir 5 minutes, puis démoule-le sur un plat. Saupoudre-le uniformément de sucre glace et sers-le aussitôt. Félicite les poires pour leur excellent travail.

Je t'embrasse.

Grampa

\*

Izzy se leva au moment précis où Helena rentrait de sa garde de nuit, éreintée mais légèrement exaltée car son service était parvenu à sauver quatre adolescents victimes d'un accident après avoir volé une voiture et fait du rodéo sur l'autoroute.

— Hé, dit-elle en remarquant qu'Izzy moulait des grains de café. Tu reprends du poil de la bête !

— Je t'en prépare un ? lui proposa Izzy. Je suis au taquet aujourd'hui.

— Non merci ! J'ai assez de mal comme ça à m'endormir après mes gardes de nuit.

— Eh bien, essaie de rattraper ton retard. Au fait, je pense avoir trouvé un homme pour ta liste.

Helena haussa les sourcils.

— A-t-il des yeux bruns, un regard perçant et un sourire craquant ?

— Non, Helena. Ça, c'est encore John Cusack.

— Ah oui.

— Il s'appelle Austin. Il a des cheveux auburn, travaille dans une banque et...

— Je t'arrête tout de suite. Deux roux ensemble ? On court à la catastrophe. (Helena adressa un sourire à sa colocataire.) Ça fait plaisir de te voir en forme.

— J'ai eu le prêt, et je vais rencontrer une potentielle employée !

— Eh bien, c'est parfait ! Essaie de garder cet entrain, ou du moins fais mine d'avoir la pêche.

Izzy embrassa Helena et quitta l'appartement.

\*

De l'autre côté de la ville, Pearl McGregor se retourna dans son lit. Quelque chose – quelqu'un – lui donnait des coups de pied. Violemment. Comme si elle était attaquée par un petit pachyderme.

— Mais c'est quoi cet éléphant dans mon lit ?

Ce n'était pas réellement un lit, plutôt un matelas posé à même le sol. Elle avait un canapé convertible dans leur petit deux-pièces (sa mère était installée dans la chambre), mais il était tellement inconfortable qu'ils utilisaient un vieux matelas et le plaquaient contre le mur dans la journée. Pearl avait tenté de l'arranger en confectionnant un couvre-lit en patchwork et quelques coussins. Louis était censé dormir sous les draps avec sa mère, mais il évoluait tout autour d'elle durant la nuit et la réveillait de bon matin.

— Coco Pops ! s'écria une toute petite voix au fond du lit. Des Coco Pops, Maman !

— Qui a dit ça ? (Pearl fit semblant de chercher sous les draps.) J'ai cru entendre une voix, mais il n'y a personne dans mon lit, c'est impossible.

Des ricanements étouffés provenaient de ses pieds.

— Non, il n'y a personne dans « mon » lit.

Louis s'efforçait de ne pas faire de bruit ; tout ce qu'elle pouvait entendre était son souffle saccadé par l'excitation.

— Bon, je vais me rendormir et oublier toute cette histoire d'éléphant.

— Nooon ! Maman ! C'est moi !!! *Ze* veux des Coco Pops !

Louis se précipita dans les bras de Pearl, qui enfouit son visage dans son cou, inhalant son doux parfum ensommeillé. Être mère célibataire présentait un grand nombre d'inconvénients, mais le réveille-matin n'en faisait assurément pas partie.

Une fois les rideaux ouverts (eux aussi cousus par Pearl), Louis installé au bar de la cuisine et sa grand-mère savourant une tasse de thé au lit, Pearl consulta son calepin. Ils pouvaient peut-être aller tous les deux au centre social pendant qu'elle irait faire des courses. Il faisait un froid terrible dehors ; elle demanderait à sa mère de rester avec Louis le plus longtemps possible au centre, afin de pouvoir éteindre le chauffage dans l'appartement. Le thé coûtait quinze centimes là-bas, elle pouvait se le permettre. Le magasin de surgelés faisait une promotion sur les saucisses ; elle en achèterait autant que possible. Une partie d'elle-même se sentit mal de ne pas se procurer davantage de fruits frais pour Louis – elle regarda son adorable ventre de bébé dépasser de son pyjama bon marché. Et les couches. Elle redoutait d'acheter des couches. Elle avait essayé de mettre Louis sur le pot, mais il avait à peine deux ans et il ne comprenait pas ce qu'on lui demandait. Au final, elle avait dépensé plus de sous à la laverie automatique, ce qui était ridicule. Elle retournerait ensuite au supermarché *Tesco*. Ils devraient lancer une offre bientôt, il le fallait bien. Et elle avait entendu qu'il était possible de détourner les allocations... Puis tout à coup, vaguement, elle se souvint. C'était aujourd'hui qu'elle devait revoir cette fille tête en l'air. À propos d'un salon de thé... Elle se précipita pour faire chauffer la douche, lorsque Louis passa ses mains autour de son cou.

— Câlin ! cria-t-il joyeusement, une fois ses Coco Pops terminés.

Pearl le prit dans ses bras.

— Tu es si mignon.

— La télé ! s'écria gaiement Louis, qui savait comment amadouer sa mère.

— Hors de question. Nous avons des choses à faire aujourd'hui.

\*

En ce vendredi matin clair et glacial, Pearl et Izzy se retrouvèrent devant le *Cupcake Café*. Leur souffle formait de la buée au-dessus des tasses fumantes de café à emporter qu'elles avaient dû acheter à quatre cents mètres de là. Pearl portait une grande robe chasuble et tenait Louis par la main.

Louis était un enfant de toute beauté : dodu, la peau caramel, de grands yeux pétillants et le sourire facile. Il ne se fit pas prier pour prendre le gâteau que lui tendit affectueusement sa mère, puis il s'assit avec deux petites voitures de course sous le frêle poirier.

Izzy, qui avait quitté son appartement dans un état d'esprit très positif, se sentit tout à coup légèrement nerveuse ; cela ressemblait un peu à un rendez-vous avec un inconnu. Si tout se passait bien, Pearl et elle passeraient huit, neuf, dix heures ensemble par jour. Si elles ne s'entendaient pas, leur relation professionnelle pouvait tourner à la catastrophe. Était-ce une grave erreur d'envisager d'engager une femme qu'elle n'avait rencontrée qu'une seule fois ? Ou devait-elle se fier à son instinct ?

Cependant, ses doutes commencèrent à se dissiper lorsqu'elle fit visiter la boutique à Pearl et remarqua son enthousiasme. Pearl comprenait le charme qu'Izzy avait trouvé à ce local ; elle parvenait à l'imaginer terminé. Elle insista même pour descendre à la cave.

— Pourquoi veux-tu y aller ? demanda Izzy.

— Avant que nous ne nous mettions d'accord sur quoi que ce soit, nous devrions nous assurer que l'escalier est assez large pour que je puisse passer.

— Mais bien sûr que oui ! Il ne faut pas exagérer.

Pearl poussa un petit grognement avec bonhomie. Izzy songea tout de même qu'elle devrait prévoir quelques centimètres supplémentaires derrière le comptoir, uniquement dans un souci de confort.

Plus Pearl découvrait le lieu, plus elle l'appréciait. Il avait du caractère. Et le gâteau à la poire d'Izzy était franchement stupéfiant : plus léger que l'air, son goût persistait néanmoins en bouche. Si la boutique était bien arrangée (elle avait l'avantage d'être située dans le nord de Londres, où débourser plus de deux livres pour un café dérangeait peu de gens ; Pearl ne voyait donc pas pourquoi cela ne fonctionnerait pas), elle adorerait y travailler. Izzy semblait gentille – un peu naïve concernant les usages du commerce, de toute évidence, mais il y avait un début à tout. Un salon de thé chaleureux, accueillant, aux effluves sucrés, avec des clients affamés et aimables, des horaires raisonnables... Un tel lieu serait largement plus agréable que la plupart des endroits où Pearl avait travaillé jusque-là, c'était une certitude.

Il y avait toutefois un souci. Elle l'aimait plus que tout, mais incontestablement, Louis posait problème.

— Quels horaires d'ouverture prévois-tu ?

— Eh bien, je pensais ouvrir à huit heures. C'est à cette heure-là que la plupart des gens partent au travail et qu'ils sont susceptibles d'avoir envie d'un café. Si cela marche bien, nous pourrions aussi vendre des croissants ; ce n'est pas très compliqué à faire.

Pearl haussa les sourcils.

— Donc, les horaires seraient...

— Pour commencer, je pensais de sept heures et demie jusqu'à seize heures trente. Nous fermerions après le goûter.

— Combien de jours par semaine ?

— Euh, je pensais voir déjà comment ça se passe. Mais si les affaires se portent bien, j'aimerais n'ouvrir que cinq jours par semaine. Dont le samedi au départ.

— Et combien de personnes vas-tu embaucher ?

— Euh, eh bien, bredouilla Izzy, je ne comptais que sur nous deux dans un premier temps.

— Mais si l'une de nous est malade, part en vacances, fait une pause, ou…

Izzy fut un peu irritée. Pearl n'avait pas encore été engagée qu'elle parlait déjà de congés.

— Je me disais que nous pourrions voir cela au fur et à mesure.

Pearl se renfrogna. Elle était déçue ; c'était de loin l'offre la plus intéressante qu'on lui faisait depuis des années. Ce serait palpitant de participer à la naissance d'un petit commerce ; elle serait très certainement utile puisque aucune des tâches qui lui seraient confiées ne lui était inconnue. Izzy de son côté, d'après ce que Pearl avait vu sur son profil Facebook, avait davantage passé de temps derrière un bureau : elle pourrait bien être surprise par la quantité de travail à abattre. Louis courut dans la pièce et s'arrêta en haut des marches conduisant au sous-sol ; il observa ces sombres entrailles avec une peur enchantée, avant d'aller se réfugier dans les jupes de sa mère.

Izzy considéra Pearl avec inquiétude. Quand elle avait pensé à elle, elle s'était dit qu'elle était la réponse à tous ses problèmes. Mais maintenant que cette femme était dans la boutique, elle ne sautait pas sur ce qu'Izzy avait supposé être une formidable occasion pour elle. Izzy avait la gorge nouée. Pearl n'avait pas de travail. Pourquoi tergiversait-elle ?

— Je… Je suis vraiment désolée, Izzy. Je crois que je ne vais pas pouvoir.

— Pourquoi ? l'interrogea Izzy, d'un ton ému qui lui échappa.

Après tout, c'était son rêve à elle, pas celui des autres.

Avec regret, Pearl indiqua d'un geste de la main Louis, occupé à chasser les moutons de poussière.

— Je ne peux pas le laisser seul avec ma mère tous les matins. Elle ne va pas très bien et ce ne serait pas correct envers elle, ni envers Louis et moi. Nous vivons à Lewisham, cela fait un bout de chemin.

Izzy fut dépitée, même si elle savait que ce n'était pas juste. Quel obstacle de taille ! Comment les mères faisaient-elles pour travailler ? se demanda-t-elle. Elle n'y avait jamais réellement songé. Toutes ces femmes charmantes qui étaient à la caisse du supermarché à sept heures du matin, nettoyaient des bureaux, ou conduisaient des métros... Que faisaient-elles de leurs enfants ? En avaient-elles seulement ? Y avait-il une règle à suivre ? Elle se souvint des mères à Kalinga Deniki, qui semblaient toujours tracassées, comme si elles avaient oublié quelque chose dans le bus, qui essayaient de partir tôt le soir des vacances, qui sursautaient dès que leur téléphone sonnait.

— Oh... (Izzy jeta un coup d'œil à Louis, qui dessinait des traces dans la poussière avec ses petites voitures.) Mais ne pourrais-tu pas l'amener avec toi ? Cela ne me dérange pas. Deux ou trois jours par semaine, par exemple ?

Le cœur de Pearl bondit. Ici, il pourrait jouer en sécurité dans la cour... Il serait au chaud et à l'abri, sans être devant la télévision... Non. C'était stupide.

— Je pense que la commission d'hygiène ne verrait pas cela d'un bon œil, répondit Pearl tout en souriant, pour faire part à Izzy de sa déception.

— Non, mais... on ne le leur dirait pas !

— Crois-tu que c'est une bonne façon de démarrer un commerce ? De mentir à la commission d'hygiène ? Et sans parler de...

— De l'agent de prévention des incendies. Oui, on m'a prévenue. Des monstres terrifiants. (Elle balaya la boutique du regard.) Enfin, les fours seront en bas, donc pas du tout dans le passage. J'ai décidé de ne garder que le percolateur au rez-de-chaussée.

— Duquel jaillit de la vapeur brûlante...

Izzy sourit.

— Oh Pearl, j'ai vraiment besoin de toi.

À cet instant, il y eut un brouhaha à l'extérieur de la boutique. Deux hommes en bleus de travail sales flânaient, tout en finissant leur cigarette et en lançant à Pearl et Izzy des regards interrogateurs.

— Mince, les ouvriers sont en avance, déclara Izzy.

Ce rendez-vous la rendait assez nerveuse ; son budget ne lui permettant pas d'engager un architecte ni un décorateur d'intérieur, elle devait expliquer de manière suffisamment claire à ces hommes ce qu'elle souhaitait. Elle n'avait pas été tout à fait convaincue de sa capacité à le faire lorsque, la veille, dans un élan de motivation, elle avait contacté une entreprise. Pearl haussa les sourcils.

— Reste, la supplia Izzy. Il faudrait qu'on rediscute, après cela.

\*

Pearl croisa les bras et se mit dans un coin quand Izzy ouvrit la porte aux entrepreneurs. Elle remarqua qu'ils la regardaient d'une façon peu encourageante lorsqu'ils se présentèrent : Phil et Andreas. Phil fut celui qui prit le plus la parole pendant qu'Izzy leur faisait visiter les lieux, tout en essayant de leur expliquer ce qu'elle désirait : démonter toutes les vieilles étagères, refaire l'installation électrique, déplacer le comptoir et créer une ouverture dedans, mettre en place les réfrigérateurs et les armoires vitrées, mais sans toucher aux vitrines ni à la cheminée ; plus au sous-sol, installer des étagères et une chambre froide. La liste semblait sacrément longue. Izzy avait son prêt, et sa prime de licenciement aussi bien sûr, mais cela représentait une grosse somme à débourser, avant même l'ouverture.

Phil examinait la boutique tout en faisant claquer sa langue.

— Hmm. Ces vieux bâtiments, c'est un vrai cauchemar. Il n'est pas classé au moins ?

— Non ! s'exclama Izzy, ravie d'avoir enfin la réponse à une question. Enfin, si, l'extérieur l'est. Mais il n'y a pas de souci pour l'intérieur tant qu'on n'abat pas les murs, qu'on ne crée pas de cloison ou qu'on ne mure pas la cheminée, ce qui n'est pas dans mon intention.

— Bon, votre problème, c'est que nous serons obligés de faire passer les câbles dans les murs, il y aura beaucoup de plâtre à refaire. Et c'est sans parler du sol.

— Qu'est-ce qu'il a, le sol ?

C'était un simple plancher en bois qu'Izzy avait envisagé de nettoyer et de laisser à nu.

— Non, c'est impossible. Vous voyez ? dit Phil.

Izzy ne voyait rien du tout. Elle commença à se sentir mal à l'aise. C'était gênant de se retrouver face à des gens qui en savaient beaucoup plus qu'elle à propos d'un sujet qui la concernait. Elle avait la sensation désagréable qu'elle ne revivrait que trop cette situation.

Phil proposa des solutions compliquées, consistant à retirer les plinthes pour installer derrière le chauffage et l'électricité, puis en gros remonter les murs en entier. Dépassée, Izzy le regarda d'un air ahuri ; elle hocha légèrement la tête, tout en regrettant de ne pas avoir un accent un peu plus populaire. Andreas fouilla sa poche à la recherche de cigarettes. Phil sortit un appareil photo et un carnet pour noter des mesures, jusqu'à ce que Pearl, qui était restée en retrait, ne pût plus supporter ce manège une seconde de plus.

— Excusez-moi. (Tout le monde se retourna vers elle, d'un air perplexe.) Vous êtes un bon artisan, n'est-ce pas ? demanda-t-elle à Phil, qui parut légèrement vexé.

— J'sais tout faire, affirma-t-il fièrement. Un vrai touche-à-tout.

— Super, le félicita Pearl. Nous sommes ravies de vous avoir avec nous. Mais j'ai peur que nous ne puissions vous payer uniquement pour les travaux que vous a demandés Mlle Randall. Pas de plancher, pas de plinthes, pas de plâtre. Mais vous installez les meubles, mettez cet endroit en ordre – vous voyez ce que je veux dire, j'en suis certaine – et vous serez payés immédiatement. Pas d'embrouilles. Si vous faites une seule chose qui n'était pas prévue, ou si vous salez la facture – vous êtes le cinquième devis que nous demandons –, alors, désolée, mais vous ne toucherez pas un sou. On se comprend ?

Pearl lança à Phil un regard perçant. Il sourit nerveusement, puis se racla la gorge. Il avait connu quelques Pearl durant sa jeunesse ; il leur devait d'être dans les affaires aujourd'hui, et non en prison comme la moitié de ses camarades.
— Oui, parfaitement. Pas de problème.
Il se tourna vers Izzy, qui était sans voix, mais ravie.
— Nous allons vous arranger cet endroit, ma jolie.
— Super ! Euh, voulez-vous une part de gâteau-tatin ? C'est de circonstance puisque vous allez mettre cette boutique sens dessus dessous !

*

— Tu as été géniale, déclara Izzy à Pearl, alors qu'elles se dirigeaient vers l'arrêt de bus, chacune tenant Louis par la main.
Celui-ci comptait « À la une, à la deux, à la trois ! » et se balançait en avant.
— Ne dis pas de bêtises. Il fallait simplement lui demander ce que tu voulais, il n'allait pas te mordre. Lui aussi est un vendeur.
— Je sais... Ce n'est pas vraiment le moment d'être timide, hein ?
— Pas si tu veux réussir, répondit pensivement Pearl.
Izzy regarda derrière elle. Elle venait d'investir dans cette boutique une part assez considérable de son argent – peut-être ne posséderait-elle plus jamais pareille somme à l'avenir. Pearl avait raison. Elle pourrait avoir raison à beaucoup d'égards, commençait à se dire Izzy. Elles arrivèrent à l'arrêt de bus. Izzy se tourna alors vers Pearl.

— Très bien. Je vais demander ce que je veux. Je te veux, toi. Accepte de travailler pour moi. Nous trouverons une solution pour Louis. Il va bientôt aller à la crèche de toute façon, non ? (Pearl fit oui de la tête.) Dans ce cas, ne pourrais-tu pas chercher une crèche près de la boutique ? Il y en a plein dans le quartier. Il pourrait rester avec nous jusqu'à l'heure de l'ouverture, puis tu ferais un aller-retour pour le conduire à la crèche. Il ne serait pas loin, et tu pourrais manger avec lui le midi. Qu'en penses-tu ?

Pearl envisagea cette proposition sous toutes les coutures. Elle ne voyait aucun inconvénient à ce que Louis vînt à la crèche ici ; elle se sentait un peu coupable de penser cela, mais ce ne serait peut-être pas une mauvaise chose qu'il fréquentât d'autres enfants que ceux de la cité. Qu'il vît un peu le monde. Ce pourrait être une solution. Elle en parlerait à son conseiller de l'agence pour l'emploi.

— Hmm, fit Pearl.

— Est-ce un « hmm » positif ou négatif ? demanda Izzy, tout excitée.

Il y eut un long silence.

— D'accord, faisons un essai !

Et, très solennellement, les deux femmes se serrèrent la main.

## Chapitre 9

Tout s'accéléra ensuite. Izzy avait imaginé que les demandes officielles prendraient des mois. En réalité, les papiers de l'assurance, de la licence commerciale et des impôts lui revinrent tous signés et tamponnés bien plus vite qu'elle ne l'aurait cru. Phil et Andreas, stimulés, se disait-elle, par l'absorption quotidienne de gâteaux et les exhortations incessantes de Pearl, accomplissaient un travail formidable : ils avaient peint les murs d'une douce teinte de greige (un mélange de gris et de beige) et avaient installé à la perfection les nouveaux meubles commandés sur Internet. Izzy avait acheté pour Pearl et elle des tabliers *vintage*, dans le style des années 1950 (Pearl dût rallonger les liens du sien). Izzy adorait son nouveau robot industriel et ne résistait pas à l'envie de s'en servir pour tester des recettes de plus en plus ésotériques. Au parfum réglisse et Maltesers, Helena décida de mettre un terme à ces expérimentations.

Au cours des semaines suivantes, Phil et Andreas poursuivirent leur superbe travail. Izzy et Pearl, assistées occasionnellement par une Helena ronchonne, passèrent plusieurs jours à quatre pattes pour récurer le sous-sol, tandis que les deux hommes avaient joué du marteau, de la perceuse, tout en fredonnant les chansons diffusées à la radio. L'endroit était entièrement métamorphosé. Là où, autrefois, une ampoule nue se balançait au plafond, des lampes halogènes encastrées éclairaient désormais la pièce. Les tables et les chaises, dans des teintes blanc cassé, avaient une délicate patine qui leur donnait un charme désuet (même si, comme Pearl et Izzy l'avaient assuré à l'acariâtre agent de prévention des incendies, elles étaient neuves et recouvertes d'une peinture ignifuge). Le parquet avait retrouvé son lustre. Quant aux vitrines, elles étaient étincelantes, prêtes à se glorifier de gâteaux, et des présentoirs trônaient sur chaque table. Le percolateur, un Rancilio Classe 6 d'occasion, qui, d'après tout le monde, était le meilleur sur le marché, paradait joyeusement dans un coin (hélas, il était d'un orange curieux, mais tout ne devait pas nécessairement s'harmoniser à la perfection). Izzy avait garni le manteau de la cheminée de livres à disposition des clients (« pas trop, avait grommelé Pearl, on n'a pas envie que des clochards traînent ici toute la journée »), et de jolies baguettes en bois attendaient les journaux du matin.

Izzy et Pearl avaient acheté un lot de vaisselle lors d'une promotion chez *Ikea* – un assortiment de bols, de tasses et d'assiettes bleu ciel, turquoise et vert clair, si bon marché qu'elles pouvaient laisser des petites mains ou des doigts gras en casser quelques-uns. Au sous-sol, dans la réserve, étaient entassés des sacs de farine et d'énormes pots de beurre, tous prêts à passer au robot.

Mais ce qui comptait par-dessus tout pour Izzy, c'était ce qui se dégageait de ce lieu : l'arôme de la cannelle généreusement saupoudrée sur de délicieux brownies fondants et moelleux, qui ne demandaient qu'à être engloutis quelques secondes après leur sortie du four (ce dont Louis se chargeait souvent), ou encore le parfum divin du coulis à la violette accompagnant le cheesecake aux myrtilles. Le jour où Pearl et Izzy avaient goûté des confitures pour aromatiser les génoises, Izzy avait invité tous ses amis. Toby et Trinida étaient venus de Brighton, tout comme Paul et John qui venaient de se marier. Même si certains avaient dû décliner l'invitation, à cause d'une naissance, d'un déménagement, de la belle-famille, ou de toutes ces mille et une choses incroyables qui semblaient survenir à la trentaine, beaucoup avaient fait le déplacement. Et tous avaient fini tout poisseux, hilares et légèrement nauséeux. Ils avaient tranché : la framboise Bonne Maman était la seule option envisageable tant qu'Izzy et Pearl n'avaient pas la possibilité de préparer leur propre confiture. Enlever toutes les traces collantes sur la faïence au mur avait pris un certain temps, mais cela avait été si amusant que les deux femmes avaient décidé d'organiser une vraie fête pour l'inauguration, afin de tester tous les gâteaux et de remercier tous ceux qui leur avaient prêté main-forte.

\*

Tout était impeccable, à couper le souffle ; tout était vérifié, pointé, enregistré, opérationnel. Elles étaient prêtes à ouvrir à sept heures et demie le lendemain matin. Izzy n'avait pas encore envisagé de stratégie commerciale, ni de publicité. Elle avait prévu un lancement « en douceur », une semaine à peu près calme pour qu'elles trouvent leurs marques et leur rythme. Izzy ne cessait de se le répéter, histoire de ne pas trop s'inquiéter si jamais aucun client ne venait.

Elles auraient besoin d'un autre employé, à temps partiel, pour les pauses-café et les vacances. Izzy aimerait recruter une personne gentille et du quartier : une jeune fille peut-être, ou une étudiante qui aurait besoin d'un peu d'argent de temps en temps, qui se souciait peu de gagner le salaire minimum et qui – Izzy s'en voulait fortement d'avoir cette pensée – serait avec un peu de chance plus flexible que Pearl et n'aurait personne à sa charge.

La crèche publique du quartier, *Les Petits Oursons*, avait une place pour Louis, ce qui était incroyable (Izzy avait peut-être un tout petit peu menti sur le formulaire en indiquant pour l'adresse de Louis celle du *Cupcake Café* –, mais nécessité faisait loi). L'établissement n'ouvrant pas avant huit heures trente, Louis devrait venir au salon de thé et y prendre son petit-déjeuner. Izzy espérait qu'il s'amuserait avec les quelques jouets en bois qu'elle avait cachés derrière le comptoir pour distraire les enfants des clients, afin qu'ils patientent sagement, sans manger tous les petits sachets de sucre.

Ce soir-là, elle avait organisé une fête, pour remercier tout le monde : Pearl, pour lui avoir appris à faire du café (elle avait cependant encore un peu peur du tuyau de vapeur chuintant) ; Phil et Andreas, pour leur superbe prestation ; Desmond, l'agent immobilier, et M. Barstow, le propriétaire ; Helena, qui avait mis la

pression aux livreurs et l'avait aidée avec les formulaires de la Sécurité sociale sur lesquels Izzy s'était arraché les cheveux ; Austin, qui lui avait patiemment expliqué la marge bénéficiaire, le principe des portions, les impôts et l'amortissement, puis le lui avait réexpliqué devant son regard ahuri, puis encore une fois, histoire d'être sûr ; Mme Prescott, une femme du quartier, un peu effrayante, qui faisait la comptabilité pour de petites entreprises sur son temps libre et avec qui, de toute évidence, il ne fallait pas plaisanter.
— Que pensez-vous d'elle ? avait nerveusement demandé Izzy à Austin.
— Elle m'a glacé le sang. Je pense qu'elle est absolument parfaite. Avec elle, on n'a pas envie de laisser traîner la paperasse !
— Super. Et Helena ?
Izzy désigna du doigt la superbe rousse qui s'en prenait aux entrepreneurs une dernière fois.
— Elle... Elle en impose, répondit poliment Austin, en pensant qu'avec ses joues toutes échauffées par les fours, ses cheveux noirs ébouriffés qui, attachés à la hâte, se dénouaient, avec ses yeux ourlés de noir, son tablier autour de sa jolie silhouette, en réalité, celle qu'il avait envie de regarder ici n'était autre qu'Izzy.
Mais c'est une cliente, se rappela-t-il sèchement à l'ordre.

*

Izzy regarda autour d'elle nerveusement. Le printemps avait été si long à se montrer cette année qu'elle avait cru qu'il ne viendrait peut-être jamais.

Puis un jour, il était réapparu, surgissant soudain de nulle part. Le monde retrouvait peu à peu des couleurs et, en cette fin d'après-midi de mars, une douce lumière filtrait par la baie vitrée, illuminant de ses rayons les couleurs pastel du salon de thé. Zac, un vieil ami d'Izzy, un graphiste sans emploi, avait minutieusement inscrit en blanc sur la façade gris-brun « *Cupcake Café* » en lettres minuscules cursives : c'était superbe – tout en restant discret. Parfois, quand Izzy se réveillait le matin avant son alarme, elle se demandait si ce n'était pas un peu trop discret. Puis elle se souvenait de l'expression des gens quand ils goûtaient sa tarte à la frangipane dont son grand-père lui avait transmis le secret. De bons ingrédients, des œufs de poules élevées en plein air et du bon café seraient-ils suffisants ? (Pour choisir les cafés qu'elles proposeraient aux clients, Pearl et Izzy avaient procédé à une dégustation de tous les échantillons du grossiste, en compagnie d'Austin qui passait par là à cet instant. Au bout de quatre espressos, ils avaient les yeux écarquillés, étaient pleins d'entrain et un brin hystériques, mais au final ils avaient arrêté leur choix sur deux mélanges : le Kailua-Kona, un café doux qui ferait l'unanimité, et le Selva Negra, plus fort, pour ceux qui avaient besoin d'un petit remontant le matin. Ils avaient aussi sélectionné un décaféiné léger pour les femmes enceintes et les gens qui n'aimaient dans le café que son odeur.) Ferait-elle assez de recette pour payer le loyer et les factures d'électricité ? Gagnerait-elle un jour de quoi vivre ? Cesserait-elle un jour de se faire du souci ?

Izzy téléphona de nouveau à la maison de retraite. Étaient-ils prêts ?

*

Au cœur de la City, à son bureau de Kalinga Deniki, Graeme était perplexe. Il ne s'était pas du tout attendu à ne plus avoir aucune nouvelle d'Izzy. Son commerce n'avait sans doute pas encore fait faillite. Ou peut-être que si, et elle n'osait pas le lui annoncer. Mais cela arriverait inéluctablement. Il se rappela le samedi soir précédent, quand il avait dragué une blonde sexy en boîte de nuit. Elle avait passé toute la soirée à lui expliquer le concept de brossage à sec de la peau et pourquoi Christina Aguilera était « un modèle totalement incroyable ». Le matin, quand elle lui avait réclamé « un smoothie à la carotte, bébé », il n'avait eu qu'une envie : la virer de son appartement. Cela ne lui ressemblait pas du tout.

De toute façon, il devait se concentrer. Les affaires n'allaient toujours pas très bien et il lui fallait quelque chose de juteux pour impressionner la direction aux Pays-Bas. Un projet important, séduisant et avant-gardiste, qui attirerait des acheteurs fortunés à son image. Il étudia sa carte de Londres, toute plantée de punaises à l'emplacement de ses projets en cours. Son œil se promena lentement de Farringdon au rond-point d'Old Street, jusqu'à Islington, puis se dirigea vers Albion Road et dévia vers le minuscule, à peine visible Pear Tree Court. Il pourrait, pensa-t-il, aller y jeter un œil.

\*

Izzy lissa sa nouvelle robe, imprimée de petites fleurs. Ce qui lui paraissait autrefois terriblement cucul, comme si elle faisait de la figuration dans une émission américaine sur les femmes au foyer des années 1950, était soudain devenu en vogue, et tout le monde portait des motifs floraux, des tailles marquées et de petites jupes volantes. Elle se sentait un peu mieux de se savoir à la mode et puis, après tout, n'était-elle pas une vendeuse de cupcakes ? Ce tissu paraissait approprié en un certain sens, tout comme leurs adorables tabliers et leurs coussins délavés aux couleurs du drapeau anglais (enduits, bien entendu, d'une couche généreuse de produit antitache) qu'elle avait disposés sur le nouveau canapé gris, installé au fond du magasin.

Ce canapé était joli, le plus résistant possible, aussi moelleux et confortable que pouvait l'être un sofa. Il était fait pour se pelotonner, pour que les enfants grimpent dessus ou les couples s'y lovent. De là, on pouvait observer la boutique en mouvement, ou la cour paisible à l'extérieur. Izzy était ravie de cet achat.

Derrière le divan, se dressait le mur du fond, orné d'une grande horloge de gare. Sur la droite, se trouvait la cheminée, avec des livres sur le manteau, puis quelques petites tables pour deux, entourées de chaises gris clair non assorties agencées de manière conviviale. Les tables, elles, étaient carrées ; Izzy avait en horreur les tables rondes bancales sur lesquelles on ne pouvait quasiment rien poser. La pièce s'élargissait à mesure que l'on s'approchait du comptoir – manifestement, il y avait eu deux pièces autrefois, l'emplacement de l'ancienne cloison étant toujours visible. À proximité du comptoir, les tables étaient plus espacées, pour laisser passer une poussette ou pour que les gens puissent (dans le meilleur des cas) faire la queue, même si cela demeurait assez exigu. Accueillant, Izzy voulait que cet endroit soit accueillant. Une longue table était placée près de la cheminée, pour les groupes plus nombreux, avec un grand fauteuil rose délavé à son extrémité. Il était possible à la rigueur d'y organiser une réunion d'équipe.

Le comptoir était courbe, étincelant, recouvert d'une plaque en marbre poli et surmonté d'une grande pile de plats à gâteaux qui attendaient d'être remplis le lendemain matin. Les petits carreaux des fenêtres de ce côté de la boutique étaient compensés par les gigantesques baies vitrées du coin canapé ; ainsi, par temps ensoleillé, le salon serait baigné de lumière. Le percolateur derrière le comptoir, à côté de l'escalier, bouillonnait et sifflait assez irrégulièrement. L'odeur des gâteaux frais embaumait la pièce.

Izzy déambula dans la boutique et salua M. Hibbs, l'agent de prévention des incendies acariâtre, qui reluquait la porte d'entrée comme s'il avait oublié où elle était, puis le vendeur du magasin de cuisine, qui s'appelait Norrie et qui s'était réjoui que sa jeune cliente à la cuisine rose fût revenue pour lui acheter un four professionnel, même si elle s'était montrée aussi dure en négociation que la première fois. (Izzy n'en revenait pas à quel point elle adorait ce four. Elle en avait envoyé une photographie à son grand-père.)

Norrie était accompagné de sa femme rondelette ; ils raffolaient des cupcakes et des tartelettes proposés en dégustation un peu partout dans le salon. La secrétaire d'Austin, Janet, était présente également, le teint rose et l'air enchanté.

— Je n'ai jamais eu réellement l'occasion de voir ce que fait la banque, confia-t-elle à Izzy. J'ai l'impression parfois qu'on ne fait que brasser du papier. C'est vraiment agréable de découvrir un résultat concret. (Elle serra le bras d'Izzy, qui se fit la réflexion de ne plus lui donner du pétillant bon marché mais délicat que Pearl s'était chargée d'acheter.) Pas seulement concret. Mais bien. Quelque chose de bien.

— Merci, lui dit Izzy, sincèrement satisfaite, et elle continua à remplir les verres des gens, tout en surveillant la porte du coin de l'œil.

Sans surprise, à dix-huit heures, à peu près l'heure à laquelle il se couchait, comme il lui avait fait maintes fois remarquer, lorsque les derniers rayons de soleil dardaient sur l'impasse, une voiture s'y engagea en marche arrière – ce qui était totalement interdit – et le hayon s'ouvrit. Keavie descendit du siège conducteur pour faire sortir Grampa Joe.

Izzy et Helena s'empressèrent d'aller ouvrir la porte, mais Joe leur fit signe qu'il ne voulait pas entrer tout de suite. Il immobilisa sa chaise roulante devant la boutique. Izzy s'inquiéta qu'il attrapât froid à la gorge, jusqu'à ce qu'elle vît Keavie le couvrir d'un épais plaid écossais qui avait manifestement été placé en prévision dans la voiture. Joe observa la devanture un long moment, ses yeux bleus devenant un peu vitreux dans le froid. Enfin, Izzy pensa que c'était dû au froid.

— Qu'en penses-tu, Grampa ? lui demanda-t-elle en s'agenouillant pour lui prendre la main.

Il admira la façade délicatement peinte ; l'intérieur doucement éclairé et convivial, où l'on apercevait le comptoir avec de magnifiques présentoirs à gâteaux et le percolateur qui fumait joyeusement. Il leva les yeux vers l'enseigne *vintage* au-dessus de la porte, puis se tourna vers sa petite-fille.

— C'est... C'est... J'aurais aimé que ta grand-mère voie cela.

Izzy lui serra fort la main.

— Viens manger un gâteau.

— Avec grand plaisir. Et envoie quelques jolies femmes discuter avec moi. Je n'ai rien contre Keavie, mais elle est un peu grassouillette.

— Hé ! s'écria Keavie, qui n'était pas le moins du monde vexée et qui avait déjà dans la main un cupcake et un café crème fumant.

— J'espérais bien te voir, ma mignonne, dit-il à Helena, qui lui avait déposé une bise sur la joue lorsqu'il était entré dans le salon de thé.

Izzy plaça le fauteuil de Joe près de la cheminée, où les flammes du foyer à gaz faisaient illusion et dansaient joyeusement.

— Eh bien, eh bien, dit Grampa en regardant tout autour de lui. Eh bien, eh bien. Izzy, il aurait fallu une pincée de sel dans ce gâteau.

Izzy le regarda avec un agacement affectueux.

— Je sais, oui ! On a oublié d'acheter du sel, ce matin. Pourquoi es-tu là déjà ? Tu fais tout à la perfection, toi.

Austin chercha Darny du regard pour s'assurer qu'il ne faisait pas de bêtises dans un coin.

Le spectacle de familles heureuses – il ne connaissait pas celle d'Izzy, bien entendu – lui donnait toujours un peu le bourdon. À sa surprise, Darny était assis avec un petit garçon grassouillet de deux ans et lui montrait comment jeter des cailloux. Celui-ci se débrouillait très mal évidemment, mais semblait bien s'amuser.

— Pas de pari ! dit Austin pour mettre en garde son petit frère.

Les invités n'attendaient plus que la dernière partie du puzzle, mais non des moindres. À cause de changements de dernière minute, Zac avait pris un peu de retard, mais il ne devrait plus tarder à présent…

Il jaillit à cet instant à la porte, avec deux grands cartons dans les bras.

— Et voilà !

Tout le monde s'approcha avec enthousiasme. Puis les invités reculèrent pour laisser Izzy ouvrir les boîtes. Elle déchira les emballages en plastique. Après bien des hésitations et des tourments, de multiples reformulations, d'innombrables essais, ils étaient enfin là. Dans une forte odeur d'encre fraîche, lentement, cérémonieusement, Izzy sortit un premier menu du carton.

Il était dans les mêmes teintes pastel que l'extérieur de la boutique, avec une prédominance de vert Provence et de blanc. Zac avait dessiné de très jolis rameaux fleuris de poirier sur les côtés, dans un style Art déco, et utilisé une police de caractères cursive. Le papier était suffisamment rigide pour qu'il ne fût pas nécessaire de le protéger d'une horrible fiche plastique brillante.

## *Cupcake Café*
## Menu

\*\*\*

Cupcake argenté à la crème de citron et à la vanille,
avec un zeste de citron confit
Cupcake velours rouge,
avec glaçage au miel et crème
Cupcake aux fraises anglaises et pensées confites
Macarons au muscat et au coulis de violette
Muffins au caramel, au chocolat noir 70 %
et aux noisettes torréfiées

\*\*\*

Assiette gourmande (une part de tout – mais si,
vous en avez envie !)

\*\*\*

Cafés du jour :
Kailua-Kona (lentement torréfié, doux et léger,
en provenance des volcans d'Hawaï)
Selva Negra (corsé, en provenance du Nicaragua)
Cappuccino

\*\*\*

Thés et infusions du jour :
Noir pétales de rose
Verveine

\*\*\*

Izzy regarda Zac, les yeux humides.
— Merci mille fois.
Zac parut mal à l'aise.
— Ne dis pas de bêtises. C'est toi qui as tout fait. Cela m'a énormément aidé en tout cas : je m'en suis servi comme carte de visite et j'ai déjà reçu des commandes.

Helena proposa alors d'une voix forte de trinquer en l'honneur du *Cupcake Café*. Tout le monde fit tinter son verre et Izzy prononça un discours : elle essaierait de commencer par rembourser la banque (à ces paroles, Austin leva son verre) avant d'organiser une vraie fête, puis elle remercia ses invités de leur présence. Tous l'applaudirent avec fracas, quand bien même certains avaient la bouche pleine de gâteau et faisaient tomber des miettes partout. Grampa conversa longuement avec plusieurs personnes, jusqu'à ce que Keavie le ramenât à la maison de retraite.

Izzy jeta un coup d'œil par la fenêtre. Elle aperçut une ombre à l'entrée de l'impasse. On aurait dit... Non, c'était impossible. Sa vue lui jouait des tours à cause des lampadaires. Ce n'était qu'un passant qui ressemblait un peu à Graeme, rien d'autre.

\*

Graeme s'était donné comme prétexte de chercher un nouveau club de gym où aller après le travail, mais il ne fut pas réellement surpris que ses pieds l'aient mené vers Albion Road. Ce qui l'avait étonné, cependant, fut de trouver le salon de thé bondé – il devait s'agir, se dit-il après coup, d'une fête – et de se sentir vexé qu'Izzy ne l'ait pas convié. Il fut étonné également de l'aspect raffiné et soigné du café. La boutique était jolie et engageante, avec son éclairage chaleureux qui se projetait sur les pavés de la cour. Il examina les autres bâtiments alentour ; difficile de dire s'ils étaient occupés ou non. Mais le café semblait solide et concret ; quelque chose d'abouti et de beau. Habituellement, Graeme considérait les espaces en termes de mètres carrés, de rentabilité ou de type de bâtiment ; trouver un bien, lancer les enchères, faire une offre, transférer des sommes d'argent invisibles, toucher une commission au passage. Il ne pensait généralement pas à ce que les clients feraient ensuite de cet espace ; s'ils le rendraient beau ou non.

Soudain retentit à l'intérieur du café un éclat de rire, qu'il reconnut immédiatement comme celui d'Izzy. Ses poings se raidirent dans ses poches. Pourquoi ne l'avait-elle pas écouté ? Elle courait sans conteste à l'échec. Elle n'avait pas le droit de paraître si heureuse et si insouciante. Comment avait-elle osé ne pas revenir pour lui demander son avis ? Tout en se mordant la lèvre, il regarda les briques de Pear Tree Court. Puis il pivota sur ses talons et regagna sa voiture de sport.

\*

À l'intérieur, le vin pétillant coulait à flots et tout le monde s'accordait à dire que le *Cupcake Café* serait une grande réussite. Pearl restait prudente en répondant qu'elle n'avait aucun doute à ce sujet tant qu'elles offraient de l'alcool à tous leurs clients. Izzy parvint à remercier et à échanger avec chaque personne, mais elle fut tellement absorbée par tout ce tumulte qu'elle ne put s'entretenir très longtemps avec chacun. De toute façon, Pearl prit dans ses bras Louis qui s'était assoupi et montra clairement du doigt sa montre ; Izzy comprit en sursaut que cela signifiait : « Rentre te coucher, tu dois être là demain matin à six heures. » Par conséquent, elle fit la bise à tout le monde, même à Austin le banquier, qui parut surpris, mais pas mécontent. Helena haussa les sourcils et demanda à Izzy si c'était une méthode efficace pour augmenter le plafond de son découvert. Sur le chemin du retour, Izzy était sur un petit nuage, malgré la fatigue d'avoir rangé et fermé derrière tout le monde. Voir sa boutique, son salon de thé prendre vie, avec des gens qui mangeaient, discutaient, riaient, passaient un bon moment, c'était tout ce dont elle avait toujours rêvé. À leur arrivée à l'appartement, Helena envoya Izzy au lit, mais celle-ci resta éveillée, à fixer du regard le plafond, son esprit et son cœur débordant de projets, de rêves, d'idées et de l'avenir – l'avenir qui serait... Aïe, elle regarda son radio-réveil : plus que quatre heures de sommeil.

## Chapitre 10

— Un, deux, trois ! cria Louis.

Et, solennellement, Izzy retourna le panonceau *vintage* « Ouvert/Fermé » du côté « Ouvert ». C'était Zac aussi qui l'avait conçu, il avait pensé à tout. Elle avait placé une pile de ses cartes de visite près de la caisse, si jamais on lui demandait qui s'était occupé du graphisme de sa boutique. Pearl et Izzy se regardèrent.

— C'est parti ! s'exclama Pearl.

Elles prirent leur place, avec impatience, derrière le comptoir. Tout était impeccable, les gâteaux du jour exposés sur des présentoirs dans les vitrines étincelantes. Régnait un parfum de café et de vanille, qui masquait l'odeur de la cire passée sur les tables en bois. Le soleil commençait son lent passage printanier sur l'immense baie vitrée, d'où il illuminerait chaque table une à une, en partant du grand canapé du fond.

Izzy était incapable de rester en place. Elle ne cessait de vérifier son four, sa réserve : les énormes sacs de farine tous alignés si proprement, avec les boîtes de levure chimique et de sucre, des rangées et des rangées d'arômes, des citrons frais dans une cagette et le gigantesque réfrigérateur rempli de crème et de grands pots de beurre anglais... que des ingrédients de qualité. Izzy avait tenté d'expliquer ce principe économique à Austin : quand on choisissait du maquillage, certains accessoires se valaient à peu près, quelle que soit la marque (c'était le cas par exemple de l'eye-liner ou du blush), donc on optait pour le moins cher. Mais pour certains produits, comme le fond de teint ou le rouge à lèvres, la qualité était essentielle ; c'était une évidence pour tout le monde. En l'occurrence, on achetait le meilleur que l'on pouvait s'offrir. De même, le beurre pour les gâteaux et le glaçage devait provenir de vaches heureuses, paissant dans des prairies verdoyantes à l'herbe luxuriante. C'était indiscutable, avait-elle affirmé. Austin n'avait pas compris un traître mot de sa comparaison, mais il était assez impressionné par la ferveur d'Izzy. La levure chimique, en revanche, avait-elle expliqué, elle la ferait venir de Hongrie si cela permettait de réduire ses frais, solution qui les contenta tous les deux. Le placard d'Izzy lui procurait un sentiment de sécurité et d'ordre, comme quand elle était petite fille et aimait jouer à la marchande. Elle ressentait une grande satisfaction rien qu'en regardant tous ces produits.

— Es-tu toujours dans cet état ou, là, c'est particulier ? lui demanda Pearl.

Izzy se déplaçait en sautillant.

— Un peu des deux..., répondit prudemment Izzy, qui ne savait pas trop parfois comment prendre les remarques de son employée.

— Bon, d'accord. C'est pour savoir avec qui je travaille. Souhaites-tu que je t'appelle « chef » ?

— Certainement pas.
— D'accord.
Izzy sourit et ajouta :
— Enfin, si nous vendons beaucoup de gâteaux, tu pourrais peut-être m'appeler « Princesse Isabel » !

Pearl lui jeta un coup d'œil, avec un sourire dissimulé.

À sept heures quarante-cinq, un ouvrier passa la tête par la porte.
— Est-ce que vous vendez du thé ?

Pearl sourit et hocha la tête.
— Bien sûr que oui ! Et nos gâteaux sont à moitié prix toute la semaine.

L'ouvrier entra précautionneusement et s'essuya ostensiblement les pieds sur le nouveau paillasson aux couleurs du drapeau anglais qu'Izzy avait acheté dans la boutique d'une amie, même si ce n'était pas très raisonnable étant donné qu'il n'entrait pas dans leur budget.

— C'est un peu chic ici, hein ? fit remarquer l'homme, puis il fronça les sourcils. C'est combien pour un thé ?
— Une livre quarante, répondit Pearl.

Il se mordit la lèvre.
— Ah oui ? Ouh.
— Nous avons des thés de toutes sortes, précisa aimablement Izzy. Et vous pouvez tester quelques petites parts de gâteau.

L'ouvrier se frotta le ventre avec regret.
— Euh non, Bobonne me tuerait. Vous ne pourriez pas me faire un sandwich au bacon plutôt ?

Pearl, qui avait remarqué qu'Izzy était tellement survoltée qu'elle risquait de renverser quelque chose, prépara le thé, ajouta de son propre chef un nuage de lait et deux sucres, posa un couvercle sur le gobelet en carton qu'elle plaça dans un porte-gobelet, pour éviter de se brûler les doigts. Elle le tendit à l'homme en lui souriant.

— M'ci M'dame.

— Vous êtes certain de ne pas vouloir goûter nos gâteaux ? demanda Izzy, un brin trop enthousiaste.

L'ouvrier jeta un coup d'œil inquiet autour de lui.

— Non merci, ce n'est pas bon pour ce que j'ai.

Il rit nerveusement, puis paya et s'en alla. Pearl encaissa l'argent triomphalement.

— Notre premier client ! s'exclama-t-elle.

Izzy sourit.

— Mais je crois que je lui ai fait peur. (Elle parut pensive.) Et s'il avait raison ? Nous sommes peut-être trop chic pour le quartier ?

— Moi, je ne suis pas chic, rétorqua Pearl en essuyant une petite goutte de lait sur le comptoir. Et puis, personne n'a envie de gâteau à sept heures et demie du matin.

— Moi si. Tout le monde en réalité. Les Américains mangent bien des muffins au petit-déjeuner.

Pearl regarda Izzy durant une seconde.

— Mais oui, tu as raison. Cela explique beaucoup de choses.

— Hmm, marmonna Izzy.

Pendant l'heure qui suivit, des habitants du quartier vinrent jouer les curieux, se demandant qui avait repris ce local délabré de Pear Tree Court. Certains pressèrent éhontément leur nez contre la vitrine et examinèrent l'intérieur, avant de repartir.

— Ça, ce n'est pas très sympa, commenta Izzy.

— Izzy, dit Pearl, pour qui la matinée avait été assez compliquée, car elle avait dû se lever à cinq heures quarante-cinq et accompagner Louis à sa nouvelle garderie. Ce n'est pas ta maison. Ils ne te jugent pas.

— Comment peux-tu dire ça ? s'offusqua Izzy, en balayant du regard la boutique vide. J'ai mis tout mon cœur dans cet endroit ! Bien sûr qu'ils me jugent !

À huit heures cinquante-huit, un petit homme brun, un chapeau désuet planté sur le front, passa devant la vitrine. Alors qu'il avait presque disparu, il s'arrêta net et pivota d'un quart de tour, regardant droit devant lui. Il dévisagea Pearl et Izzy d'un air inquiétant durant plusieurs instants, puis se tourna et reprit son chemin. Quelques secondes plus tard, elles entendirent un rideau de fer s'ouvrir.

— C'est le quincaillier ! s'écria Izzy tout excitée.

Elle avait essayé de faire la connaissance de son nouveau voisin, mais le magasin aux petites casseroles et poêles bringuebalantes, qui jouxtait le sien sur la droite, semblait avoir des horaires très étranges, et elle n'avait jamais réussi à le voir.

— Je devrais lui apporter un café et sympathiser avec lui.

— Sois prudente. Tu ne sais pas pourquoi les commerces précédents ont fermé. On sait déjà qu'il a une boutique bizarre. Peut-être qu'il a aussi des mœurs bizarres. Il les a peut-être tous empoisonnés.

Izzy la fixa du regard.

— Eh bien, s'il m'offre quelque chose à boire, je lui dirai : « Merci, mais vous oubliez que je tiens un café » !

Pearl se contenta de répondre par un haussement de sourcils.

— Enfin, je devrais peut-être attendre quelques jours, ajouta Izzy.

À onze heures, une femme aux traits fatigués entra, accompagnée d'une petite fille aux traits fatigués elle aussi. Izzy et Pearl se montrèrent aux petits soins pour la fillette, mais celle-ci ne pipa pas un mot. Elle accepta en silence la part de gâteau qu'on lui tendait après avoir supplié sa mère du regard, qui lui fit un geste de la main résigné.

— Puis-je avoir un petit noir, s'il vous plaît ? demanda la femme, qui refusa de goûter aux gâteaux (Izzy commençait à devenir paranoïaque) et compta sa monnaie pièce par pièce.

La mère prit place avec sa fille sur le canapé gris, entre les magazines et les journaux, pas très loin des livres. Mais elle n'en feuilleta aucun. Tout en regardant par la fenêtre, elle but lentement son café, pendant que l'enfant jouait avec ses doigts, très sagement. À quatre seulement dans cet espace, Pearl et Izzy se sentirent rapidement mal à l'aise pour parler normalement.

— Je vais mettre un peu de musique, suggéra Izzy.

Mais lorsqu'elle mit le dernier disque de Corinne Bailey Rae dans son vieux lecteur, officiellement légué au *Cupcake Café*, et qu'une douce mélodie combla le silence, la femme se leva immédiatement et partit, comme si la musique était un réveille-matin ou allait lui coûter plus cher. Elle ne dit ni au revoir, ni merci ; la petite fille non plus. Izzy regarda Pearl, d'un air dépité.

— C'est le premier jour, la rassura Pearl. Je te préviens, je n'ai pas l'intention de te materner, d'accord ? Tu es une femme d'affaires courageuse et il n'y a pas à discuter.

\*

Les journées pluvieuses se succédaient sans relâche. Les encouragements de Pearl se firent plus discrets de jour en jour. Seule dans la boutique (Pearl était en congé ce samedi-là), se sentant terriblement lasse, Izzy faisait les comptes. La situation était délicate et effrayante ; même si Pearl ne cessait de lui répéter de ne pas se faire de souci, elle ne pouvait s'en empêcher et elle en dormait mal. Il y avait tout de même deux clientes, ce qui était mieux que rien, se fit-elle la réflexion : la femme était revenue avec sa petite fille, ce qui avait légèrement réconforté Izzy ; celle-ci n'avait pas été horrifiée au point de s'enfuir et de ne jamais repousser la porte du *Cupcake Café*. Mais n'avait-elle aucune amie ? Ne pouvait-elle pas les faire venir ici, avec leurs enfants aux doigts poisseux, pour grignoter un en-cas avant d'aller au square ? Malheureusement non, la mère avait repris un petit noir et s'était installée sur le canapé, avec sa fille silencieuse, comme si elles attendaient d'être reçues par le directeur de l'école. Izzy lui avait souri gentiment et demandé comment elle allait, mais le « Bien » de la femme et son air fuyant l'avaient découragée à pousser davantage la conversation.

Izzy avait feuilleté tous les journaux du samedi (elle avait cru qu'elle serait débordée, mais en fin de compte, elle savait tout de l'actualité internationale) lorsque le tintement de la clochette installée au-dessus de la porte lui redonna un peu espoir. Elle leva les yeux et sourit devant ce visage familier.

*

Desmond ne savait pas ce qu'on était censé faire avec un bébé. Jamie n'arrêtait pas de pleurer. Il faisait encore froid dehors, mais Jamie ne se calmait que si on le promenait dans la poussette ou le portait. D'après le médecin, ce n'était qu'une crise de colique ; Desmond lui avait demandé : « Qu'est-ce que c'est ? », ce à quoi le médecin avait répondu, avec un sourire compatissant : « C'est le terme qu'on emploie quand les bébés pleurent tous les jours pendant des heures. » Desmond fut dépité. Il avait espéré que le médecin lui dirait : « Donnez-lui ce médicament et il arrêtera immédiatement de pleurer, et votre femme retrouvera le moral. »

Arpentant Albion Road, il n'avait aucune idée d'où aller – les quatre murs de leur petite maison mitoyenne le rendaient fou – jusqu'à ce qu'il pensât au salon de thé d'Izzy. Il pourrait y faire un tour et voir comment cela se passait. Il pourrait peut-être même se faire offrir un café. Et ses gâteaux étaient un vrai régal.

*

— Bonjour, Des ! déclara Izzy avec enthousiasme, avant, d'une part, de comprendre qu'il s'attendait sans doute à un café gratuit (qu'il méritait bien, pensa-t-elle à contrecœur) et de remarquer, d'autre part, qu'il portait un bébé qui vagissait.

À côté de ces hurlements, Corinne Bailey Rae n'avait aucune chance.

— Oh, regardez ce...

Izzy ne savait jamais trop quoi dire aux bébés. Elle avait atteint un âge où si elle leur prêtait trop attention, tout le monde pensait qu'elle était en mal d'enfant et avait pitié d'elle, tandis que si elle ne s'y intéressait pas suffisamment, on la prenait pour une femme amère, jalouse, également en mal d'enfant, mais incapable de le montrer. C'était un terrain miné.

— Euh, bonjour, petit...

Izzy regarda Desmond pour qu'il lui vînt en aide. Le nourrisson grimaça et se cambra pour se préparer à pousser un nouveau hurlement.

— Petit garçon... Je vous présente Jamie.

— Oh, petit Jamie. Comme c'est mignon. Bienvenue !

Jamie avala une grande bouffée d'air pour remplir ses poumons. Desmond reconnut ce signal d'alerte.

— Euh, puis-je avoir un café crème, s'il vous plaît ?

Il sortit son porte-monnaie, d'un geste résolu. Il avait changé d'avis à propos du café gratuit ; les nuisances sonores étaient suffisamment embarrassantes.

— Et un gâteau ? l'exhorta Izzy.

— Hmm, non...

— Vous prendrez un gâteau et on n'en parle plus.

À cet instant, la petite fille du canapé releva son visage triste. Izzy lui adressa un sourire.

— Excusez-moi, cria-t-elle à la mère de la fillette, pour couvrir l'épouvantable hurlement de Jamie. Votre petite fille aimerait peut-être un gâteau ? Cadeau de la maison, pour fêter notre ouverture.

La femme leva les yeux de sa revue, avec une expression méfiante.

— Euh, non, c'est bon, merci, répondit-elle avec un accent d'Europe de l'Est fortement prononcé qu'Izzy n'avait jamais remarqué.

— Allez ! brailla Izzy. Rien que pour cette fois.

La petite fille, vêtue d'un haut rose bon marché, un peu sale, qui semblait trop léger pour le temps, accourut au comptoir, avec des yeux ronds comme des billes. Sa mère la regarda, paraissant un peu moins sur la défensive, et céda à contrecœur d'un geste de la main.

— Lequel aimerais-tu ? demanda Izzy à la fillette, en se penchant à sa hauteur de l'autre côté du comptoir.

— Le rose, répondit la voix essoufflée.

Izzy posa le gâteau sur une assiette et l'emmena cérémonieusement à la table près du canapé, pendant que le café de Desmond passait. Ce dernier tournait en rond dans la boutique pour promener le bébé, qui ne semblait apaisé que par le mouvement permanent.

— Ne vous souciez pas de moi, déclara Desmond en remarquant le regard préoccupé d'Izzy. Je prendrai une gorgée tous les trois tours !

— D'accord. Et comment vont vos affaires ?

Desmond se retourna, en grimaçant.

— Pas très fort. Ce quartier semble prometteur depuis des années, mais c'est comme si ça n'allait jamais réellement démarrer. Vous voyez ce que je veux dire ?

*Alors quel avenir pour une vendeuse de cupcakes ?* s'interrogea tristement Izzy, mais elle se contenta d'acquiescer et de sourire.

Au neuvième tour environ (Izzy était convaincue que ce n'était pas idéal pour un bébé, mais elle se sentait mal placée pour donner son avis), la femme du canapé, qui avait timidement trempé son doigt dans le glaçage du cupcake de sa fille, regarda Desmond, prise d'une résolution soudaine.

— Excusez-moi, lui lança-t-elle.

Desmond s'immobilisa. Jamie poussa aussitôt un cri, semblable au bruit d'un avion au décollage.

— Euh, oui ? dit-il en buvant une gorgée de café. Izzy, c'est vraiment bon, ajouta-t-il.

— Donnez-moi votre bébé.

Desmond jeta un coup d'œil à Izzy. Le visage de la femme se décomposa.

— Je suis pas femme méchante. Donnez-moi votre bébé. Je vais aider lui.

— Euh, je ne suis pas sûr...

Un atroce silence politiquement incorrect s'abattit, jusqu'à ce que Desmond comprît, avec un certain fatalisme, que s'il ne lui confiait pas son bébé, il aurait l'air d'accuser cette femme. Tout Britannique qu'il était, il estima qu'offenser et mettre quelqu'un dans l'embarras par mégarde serait trop pénible. Izzy le soutint d'un sourire lorsqu'il tendit le bébé en pleurs à cette femme, dont la petite fille se percha immédiatement sur la pointe des pieds pour mieux voir.

*Sa ziza zecob dela dalou'a*
*Boralea'e borale mi komi oula*
*Etawuae'o ela'o coralia wu'aila*
*Ilei pandera zel e' tomu pere no mo mai*
*Alatawuané icas imani'u*[1],

---

1. Extrait de *Sweet Lullaby*, de Deep Forest.

chanta la femme, captivée par Jamie qui, surpris de se trouver dans les bras d'une inconnue, s'était momentanément tu et la regardait fixement de ses grands yeux bleus.

La femme l'embrassa tendrement sur le crâne.

— C'est peut-être une sorcière, souffla Desmond à Izzy.

— Chut ! fit Izzy, fascinée par le spectacle.

Jamie ouvrit la bouche pour pousser un autre cri et, calmement, d'un geste assuré, la femme le retourna sur le ventre sur son bras, les membres minuscules du bébé pendant vers le sol. Il gigota et se tortilla durant une seconde et Des s'approcha instinctivement, de peur que Jamie ne tombât, en équilibre si instable sur ce bras. Puis l'impossible se produisit. Jamie cligna de ses immenses yeux bleus une fois, puis deux, et il porta son pouce à sa toute petite bouche rose et se calma. Tous observaient la scène : en quelques secondes, d'une manière aussi manifeste et comique que dans les dessins animés, les paupières du nourrisson devinrent lourdes, de plus en plus lourdes... et il s'endormit.

Desmond secoua la tête, incrédule.

— Que... Qu'est-ce que... Est-ce que vous lui avez refilé quelque chose ?

Par chance, la femme ne comprit pas.

— Lui très fatigué. (Elle regarda Desmond.) Vous aussi, ajouta-t-elle gentiment.

Soudain, Desmond crut qu'il allait fondre en larmes, ce qui ne lui ressemblait pas du tout. Il n'avait même pas pleuré à la naissance de Jamie ; il n'avait plus pleuré depuis le décès de son père. Mais là...

— Je suis... « un peu » fatigué, concéda-t-il en s'affalant dans le canapé à côté d'elle.

— Qu'avez-vous fait ? demanda Izzy, interloquée. On aurait dit de la magie.

— Euh..., bredouilla la femme, qui cherchait manifestement ses mots. Hmm. Attendez... C'est comme tigre dans arbre.

Izzy et Desmond la regardèrent, ne saisissant pas.

— Quand petits bébés ont mal au ventre... Eux aiment s'allonger comme tigre dans arbre. Ça fait bien à leur ventre.

Indéniablement, Jamie avait l'air d'un chat sereinement endormi sur une branche. D'un geste expert, la femme le déposa dans son landau, sur le ventre.

— Euh, dit Desmond, désireux de montrer qu'il savait au moins une chose à propos des bébés, il ne faut pas les coucher sur le ventre.

La femme le considéra avec un regard sévère.

— Les bébés avec mal au ventre dorment mieux sur ventre. Regardez lui. Lui pas mort.

Il fallait reconnaître que Jamie paraissait aussi serein que l'étaient les nourrissons rapidement endormis. Ses lèvres rose clair et charnues étaient entrouvertes et le seul mouvement perceptible était son petit dos qui se soulevait légèrement au fil de sa respiration. La femme prit la couverture et le borda bien de sorte qu'il pût à peine bouger. Desmond, habitué à voir Jamie se débattre et se tortiller dans son sommeil comme s'il se battait contre un ennemi invisible, ne pouvait être qu'admiratif.

— Je crois que je vais prendre un autre café, affirma-t-il d'un ton incrédule. Et... Euh... Pensez-vous que...

balbutia-t-il, totalement stupéfait. Pourriez-vous me passer le journal, s'il vous plaît ?

*

Izzy sourit en se remémorant cette scène. Certes, cela lui avait rapporté environ quatre livres, mais Desmond et cette femme, dont le prénom se révéla être Mira, avaient discuté et s'étaient assez bien entendus : le temps d'un instant au moins, il y eut un petit bruit de fond de conversation dans le café – ce son qu'Izzy avait tant désiré entendre. Puis, le quincaillier voisin avait étudié le menu en vitrine pendant une éternité – ce fut atrocement long –, avant de s'en aller. Izzy lui avait dit bonjour, mais il ne lui avait pas répondu. Elle commençait à détester le tic-tac horriblement lent de la pendule. Deux adolescentes étaient venues au moment du déjeuner et avaient minutieusement compté toutes leurs pièces pour se partager un chocolat chaud, un cupcake au gingembre et deux verres d'eau. Elles étaient déjà parties lorsque la clochette de la porte carillonna à quinze heures trente. C'était Helena.

— Si terrible que ça ?

Izzy fut étonnée d'être légèrement irritée par cette remarque. En général, Helena ne l'agaçait jamais ; elles étaient amies depuis si longtemps. Mais sa visite, au moment précis où Izzy se sentait tant en échec, lui semblait presque cruelle.

— Hé, reprit Helena. Comment ça se passe ?

— As-tu envie d'un cupcake invendu ? lui proposa Izzy, un peu plus sèchement qu'elle ne l'aurait voulu.

— Oui, répondit Helena tout en sortant son porte-monnaie.

— Range-moi ça. Je dois les jeter en fin de journée de toute façon, « par mesure d'hygiène ».

Helena haussa les sourcils.

— Chut ! Je ne veux rien entendre. Je ne devrais pas en manger de toute façon. Bon, il y a au moins un avantage, tes gâteaux m'ont fait gagner une taille de bonnet !

— Une taille de beignet, tu veux dire ! Ha ha ! Au moins, j'ai toujours le sens de l'humour.

— Pourquoi ne fermes-tu pas plus tôt ? Et si on rentrait à la maison regarder un film avec John Cusack ? Et après, on pourrait appeler tous nos vieux amis dont on n'a plus de nouvelles et on prendrait un malin plaisir à leur dire qu'on fera la grasse matinée, quand eux devront se lever à cinq heures pour les biberons.

— C'est tentant, commenta tristement Izzy. Mais je ne peux pas. Le salon est ouvert jusqu'à seize heures trente le samedi.

— Où est passé le « Je suis maître de mon destin, je peux faire ce que je veux » ? Je pensais que c'était tout l'intérêt d'avoir sa propre entreprise.

— Je dois aussi faire ma caisse et passer en revue mes comptes de la semaine.

— Bah, ça ne devrait pas te prendre trop de temps, non ?

— Helena !
— Trop méchant ?
— Oui.
— Je me charge du vin.
— D'accord.
— Parfait.

À cet instant précis, la clochette tinta à nouveau.

Austin considéra la boutique avec circonspection. Il savait que ce n'était que le début, mais cela aurait été bien néanmoins de voir quelques clients et qu'Izzy se secouât peut-être un peu les fesses plutôt que de papoter au comptoir avec sa copine.

Pendant que Darny était à l'acrogym, Austin avait une fois de plus eu cette terrible sensation d'avoir oublié quelque chose d'important et cherché ce dont il pouvait s'agir. Après le décès de leurs parents, l'assistante sociale en charge de la tutelle avait conseillé à Austin de consulter un psychologue. Ce dernier avait suggéré que le manque d'organisation était en quelque sorte un appel à l'aide pour que ses parents reviennent et s'occupent de lui ; il lui avait recommandé de ne pas essayer de combler ce manque avec une femme. Pour Austin, tout ça n'avait aucun sens, mais les faits étaient là, comme quand, une demi-heure plus tôt, il s'était rendu compte qu'il avait égaré la copie du bail du *Cupcake Café* ; Janet allait l'étriper s'il ne remettait pas la main dessus.

— Euh, bonjour, dit-il.

Izzy se leva d'un bond, d'un air coupable. Ce serait sympa, pensa-t-elle, si les personnes impliquées dans son commerce venaient quand il y avait beaucoup de clients. Elle regretta la présence d'Helena, car cela faisait peu professionnel. Surtout quand celle-ci lui donnait de petits coups de coude et haussait les sourcils aussi grotesquement que Groucho Marx.

— Bonjour ! Voulez-vous un gâteau pour Darny ?

— Vous donnez vos gâteaux ? plaisanta Austin, le regard pétillant. Je suis certain que ça ne figurait pas dans votre stratégie commerciale.

— C'est que vous ne devez pas avoir lu mon dossier en entier, rétorqua Izzy, qui se sentit soudain troublée.

C'était à cause de son sourire. Il n'avait rien du sourire d'un banquier, ce qui était assez déstabilisant.

— Je suis démasqué ! Alors, comment ça se passe ?
— Bah, c'est un lancement tout en douceur. De toute évidence, cela va prendre du temps.
— J'ai entièrement confiance dans votre projet, affirma vivement Austin.
— Celui que vous n'avez pas lu !

Austin aurait souri davantage s'il l'avait réellement lu, mais il s'en était totalement remis à son instinct, comme il le faisait toujours pour les prêts. Il ne se trompait pas en général. Si cette méthode fonctionnait assez bien pour les policiers de la criminelle, il aimait penser que cela valait pour lui également.

— Vous savez, je connais quelqu'un qui organise des ateliers marketing.

Il nota les coordonnées pour Izzy. Elle les étudia attentivement et lui posa quelques questions ; elle avait l'impression qu'il s'intéressait sincèrement à elle. Enfin, évidemment, c'était pour assurer son investissement, pensa-t-elle.

— Merci, dit Izzy à Austin. (C'était étrange de l'entendre parler avec autant de bon sens alors que son sweat à rayures était à l'envers.) Vous avez mis votre pull dans le mauvais sens.

Austin y jeta un coup d'œil.

— Oh, oui, je sais. Darny a décrété qu'il fallait que l'étiquette de tous les vêtements ressorte... Pour être sûr qu'on porte les bons vêtements. Je n'ai pas réussi à lui faire entendre raison. Du coup, j'ai décidé de jouer le jeu jusqu'à ce qu'il comprenne. Cela devrait bien finir par lui passer.

— Mais comment va-t-il comprendre si vous mettez tout à l'envers ? lui demanda Izzy avec le sourire.

— Bien vu, répondit Austin qui, d'un geste, retira son pull-over.

Par mégarde, sa chemise vert bouteille se souleva un peu pour laisser apparaître un ventre plat. Izzy se surprit à l'admirer, jusqu'à ce qu'elle s'aperçût qu'Helena l'observait d'un air amusé. Sa vieille habitude lui revint : ses joues se teintèrent d'un effroyable rouge vif.

— Je n'en sais rien, déclara Austin, qui n'avait pas cessé de parler. J'essayais de le faire arriver à l'acrogym à l'heure. Je suppose que les autres enfants vont lui donner d'horribles surnoms et le faire pleurer jusqu'à ce qu'il finisse par entrer dans le rang, perde sa personnalité et suive le mouvement comme un mouton.

Il remit son pull à l'endroit et chercha Izzy du regard, mais elle avait disparu au sous-sol.

— Je vais chercher les papiers dont vous avez besoin ! cria-t-elle depuis l'escalier.

Helena adressa à Austin un sourire entendu.

— Restez prendre un café, lui suggéra-t-elle.

Izzy s'aspergea le visage d'eau froide à l'évier de la réserve. C'était absolument ridicule. Elle devait se reprendre ; leur relation était professionnelle. Elle n'avait pas douze ans.

— Tenez, dit-elle en réapparaissant moins rouge. Un cupcake pour Darny. J'insiste. C'est... Comment vos amis du marketing appelleraient cela ? Un échantillon gratuit ?

— Offrir des échantillons à des personnes qui gagnent une livre d'argent de poche par semaine serait sans doute retoqué par une analyse des coûts et des bénéfices, mais merci quand même.

Lorsque Austin prit le gâteau, ses doigts s'attardèrent une seconde de trop, comme s'il refusait de se détacher de ceux d'Izzy.

\*

— Et ensuite, dit Helena en versant la fin de la bouteille de vin, tu l'as attiré en bas dans ta réserve et...

Izzy se mordit la lèvre.

— La ferme !

— Il t'a pris dans ses bras virils qui savent manier la calculette et...

— Arrête ça ! Ou je te jette des coussins.

— Jette tous les coussins que tu veux. Je l'apprécie déjà mille fois plus que Graeme.

Comme d'habitude, entendre le prénom de Graeme désarma un peu Izzy.

— Oh, voyons, Izzy, c'est pour te taquiner. Ne sois pas aussi sensible.

— Je sais, je sais. De toute façon, Austin est venu uniquement pour les papiers du bail. Et pour me remonter les bretelles parce que je me laisse aller ; ça s'est vu sur son visage quand il est arrivé.

— Un samedi ?

— Il habite dans le quartier. Il le connaît comme sa poche.

— C'est parce qu'il est tellement intelligent et merveilleux. Bisou, bisou, bisou.

— La ferme ! (Izzy lança violemment un coussin à la tête d'Helena.) Je dois me coucher tôt. J'ai des trucs à faire demain.

— Comme des bisous ?

— Bonne nuit, Helena. Tu as besoin de te trouver un passe-temps.

— Mais c'est toi mon passe-temps !

\*

Le train du dimanche était bondé de voyageurs du week-end, dont beaucoup d'hommes rentrant du match de la veille, renversant bruyamment des canettes de bière et braillant sur leurs camarades à travers l'allée centrale. Izzy s'assit à une place tranquille dans un coin, avec son livre, et regarda vaguement son reflet fatigué dans la vitre, en repensant à la visite qu'elle venait de rendre à Grampa Joe.

— Vous savez, vous lui avez vraiment redonné la pêche avec cette fête, lui avait annoncé Keavie à son arrivée. Mais il est fatigué depuis. Et peut-être un peu… distrait.

— Ça recommence, c'est ça ? demanda Izzy, dévastée. Cela devient de plus en plus fréquent.

Keavie parut peinée et posa brièvement sa main sur le bras d'Izzy.

— Écoutez… C'est pour cette raison qu'il est ici, vous le savez bien.

Izzy fit oui de la tête.

— Je sais. Je sais. C'est seulement que… Il semblait aller si bien.

— Oui… Souvent, le fait qu'on prenne soin des gens les stimule le temps de quelques mois.

Izzy baissa le regard.

— Mais pas pour toujours.

Keavie parut triste également.

— Izzy...

— Oui, je sais. C'est incurable. Et ça va s'aggraver progressivement.

— Il a des moments de lucidité, affirma Keavie. Ces derniers jours ont été bons à vrai dire ; vous aurez peut-être de la chance. Et puis, vos visites lui font toujours plaisir.

Izzy s'efforça de se ressaisir, pour la seconde fois en deux jours, puis elle pénétra dans la chambre.

— Bonjour, Grampa ! lança-t-elle d'une voix forte.

Joe ouvrit à moitié les yeux.

— Catherine ! Margaret ! Carmen ! Izzy !

— Izzy, confirma-t-elle, en se demandant brièvement qui pouvait bien être Carmen. (Elle le serra dans ses bras et sentit sa peau barbue qui semblait un peu plus s'affaisser à chacune de ses venues.) Comment vas-tu, Grampa ? Tu es beaucoup sorti ? Tu manges bien ?

Joe agita les mains.

— Non, non et non. Ça non.

Il se pencha le plus qu'il put vers Izzy. Cet effort lui secoua la poitrine.

— Parfois, énonça-t-il lentement, parfois, ces jours-ci, je ne saisis pas bien les choses, mon Izzy.

— Je sais, Grampa. (Elle lui étreignit la main.) Ça arrive à tout le monde.

— Non. Je sais que c'est autre chose, que...

Il sembla perdre le fil de sa pensée et regarda au dehors. Puis il retrouva ses esprits.

— Je... Parfois, Izzy, je comprends de travers, parfois je rêve de certaines choses...

— Continue.

— Est-ce que tu as... Ma petite Izzy, as-tu une boulangerie-pâtisserie ?

Il dit « boulangerie-pâtisserie » comme il aurait prononcé « royaume d'or ».

— Oui, Grampa ! Tu l'as vue, tu te rappelles ? Tu es venu à l'inauguration.

Joe fit non de la tête.

— Les infirmières me lisent ces lettres tous les matins, mais je ne me souviens de rien.

— J'ai bel et bien une boulangerie-pâtisserie. Oui. Enfin, c'est plus une pâtisserie en réalité. Avec des gâteaux et d'autres gourmandises. Mais je ne fais pas de pain.

— Faire du pain est aussi un beau métier.

— Je sais. C'est vrai. Mais ma boutique ressemble davantage à un salon de thé.

Izzy remarqua que les yeux de Grampa devinrent humides. Ce n'était pas idéal, il fallait lui éviter trop d'émotions.

— Ma petite Izzy. Une boulangère !

— Je sais, oui ! C'est toi qui m'as tout appris.

Le vieil homme serra fort la main de sa petite-fille.

— Et ça marche bien ? Tu gagnes bien ta vie ?

— Hmm. Ce n'est que le début. Je trouve cela... euh un peu difficile, pour être franche.

— C'est parce que tu es une femme d'affaires à présent, Izzy. Tout repose sur tes épaules... As-tu des enfants ?

— Non, Grampa. Pas encore, répondit Izzy, un peu tristement. Non. Je n'ai pas d'enfants.

— Oh. Donc tu dois subvenir uniquement à tes besoins. Eh bien, c'est parfait.

— Hmm. Mais tu sais, je dois encore faire en sorte que les clients viennent.

— Ça, c'est facile, déclara Joe. Il suffit que les gens sentent l'odeur des pâtisseries et ils viendront à toi.

— C'est tout le problème. Ils ne peuvent pas sentir nos gâteaux. La boutique est trop loin, trop à l'écart.

— C'est un problème en effet. Dans ce cas, il faut que ce soient tes gâteaux qui aillent vers les gens. Est-ce que tu les emportes dans la rue ? Est-ce que tu montres aux passants tes produits ?

— Pas vraiment. Je passe la majeure partie du temps dans la cuisine. Cela paraîtrait un peu... désespéré d'offrir nos gâteaux aux gens dans la rue, tu ne crois pas ? Je suis sûre qu'à leur place, je n'accepterais rien d'un inconnu.

Le visage de Joe se troubla.

— Alors comme ça, tu n'as rien appris de moi ? Ce n'est pas qu'une histoire de millefeuilles et de tartelettes, tu sais.

— Je croyais que si les gâteaux étaient suffisamment bons...

— J'ai commencé à Manchester en 1938. Juste avant la guerre. Tout le monde vivait dans la peur et personne n'avait un sou de trop pour s'offrir le luxe de jolis gâteaux.

Izzy connaissait déjà cette histoire, mais elle était toujours contente de la réentendre. Elle se cala dans sa chaise, comme si elle était une petite fille et que Grampa bordait son lit, et non l'inverse.

— Mon père était mort pendant la Première Guerre. À cette époque, les boulangeries-pâtisseries étaient des endroits sordides. Du pain noir, des crottes de souris et Dieu sait quoi d'autre. Peu importait du moment qu'on gagnait quelques sous et qu'on avait de quoi nourrir ses gosses. Les gens s'en moquaient. Il n'existait aucun marché pour les pâtisseries dans ce coin du pays, ça non. Mais j'ai commencé jeune et personne n'était plus ambitieux que moi. J'étais debout à quatre heures, pour passer le balai, tamiser la farine, pétrir la pâte. Ah, pétrir ! Sans plaisanter, j'avais des biceps de boxeur, ma petite Isabel. Les gens me faisaient souvent des remarques sur mes bras. Les femmes surtout.

Comme Joe semblait sur le point de s'assoupir, Izzy se pencha un peu plus vers lui.

— Bien sûr, ce boulot avait un avantage, avec l'embauche très matinale et les énormes sacs de farine qu'il fallait porter : on était au chaud quand il faisait froid l'hiver. (Joe regarda autour de lui.) Ici, il ne fait jamais froid. Ils nous mettent toujours des écharpes et des robes de chambre, et on a l'air de saucisses sur le point d'éclater. Mais quand tu arrivais par ces matinées glaciales – les fours n'étaient jamais éteints, tu sais, ils restaient allumés toute la nuit pour que le pain soit toujours frais… Et je peux te garantir que chez ma mère – ton arrière-grand-mère Mabel –, il faisait un froid de canard le matin. Avec du givre sur les couvertures, sur les fenêtres. C'était impossible de faire sécher quoi que ce soit pendant l'hiver, du coup on ne se changeait pas. C'est moi qui allumais la cheminée le matin et j'étais incapable de le faire sans trembler. Les hivers étaient rudes à cette époque. Alors oui, quand tu entrais dans cette boulangerie, soudain, tu sentais la chaleur te réchauffer les os ; tu la sentais à travers tes vêtements humides, ton tricot mouillé et tes mains gercées. Les enfants venaient à la boulangerie, Isabel, et le plaisir se lisait sur leur visage ; ils adoraient la chaleur et l'odeur. Il y avait des gens vraiment miséreux de ce temps-là, Izzy, pas comme aujourd'hui où ils ont tous un écran plat.

Izzy ignora cette remarque et tapota la main de son grand-père.

— C'est un peu comme un pub, à mon avis, poursuivit Joe. Un endroit sympa et chaleureux, avec quelque chose à manger. Ta boutique doit être comme ça. Accueillante. (Il se pencha en avant.) Et si une femme avait des difficultés à nourrir son bébé, que quelqu'un était à court de bons alimentaires, ou qu'il y avait trop de bouches à nourrir – je me souviens des Flaherty, ils avaient un bébé d'un an et Patrick ne parvenait jamais à garder un travail –, dans ce cas, tu leur en mettais un peu plus. Tu leur glissais un pain qui n'avait pas bien levé, ou des beignets un peu rassis. Et les gens se passaient le mot. Je suis sûr que certaines personnes venaient à la boutique uniquement pour voir si elles pouvaient avoir quelque chose gratuitement. Mais d'autres venaient parce qu'on faisait de bonnes actions. Et crois-moi, tous les gamins Flaherty – ils étaient treize, on ne les comptait plus ! –, eh bien, tous les gamins Flaherty, et leurs enfants quand ils sont devenus adultes, et puis leurs enfants à leur tour qui sont allés à l'université et tout et tout ; tous ont acheté toute leur vie leur pain *Chez Randall*. J'aurais pu faire tourner mon affaire rien qu'avec cette famille. C'est ainsi que ça marche. Certains te volent impunément ; certains te donnent un coup de pied quand tu es à terre, mais si tu te montres généreux et gentil, les gens aiment ça. Ça oui !

Joe, qui paraissait exténué, se redressa.

— Grampa, dit Izzy en l'embrassant sur le nez, tu es génial !

Le vieil homme leva ses yeux embués sur sa petite-fille.

— Que se passe-t-il ? Qui êtes-vous ? C'est toi, Marian ?

— Non, Grampa. C'est moi. Isabel.

— Isabel ? Ma petite Isabel ? (Il la regarda de plus près.) Que deviens-tu, ma puce ?

## Chapitre 11

**Un petit rayon de soleil à faire partager :**
**Cupcakes meringués à la fraise**

*Pour 24 cupcakes*
- 250 g de beurre doux, à température ambiante
- 250 g de sucre semoule
- 4 œufs
- 250 g de farine avec levure incorporée
- 4 c. à s. de lait (entier ou demi-écrémé, mais pas écrémé)
- 6 à 8 c. à c. de confiture de fraise

*Pour la crème au beurre de la meringue suisse*
- 8 blancs d'œuf
- 500 g de sucre semoule
- 500 g de beurre doux
- 4 c. à c. d'extrait de vanille
- 8 c. à s. de gelée de fraise

Préchauffez le four à 190 °C (thermostat 6-7, ou 170 °C pour un four à chaleur tournante).
Battez le beurre et le sucre jusqu'à ce que le mélange devienne pâle et mousseux. Ajoutez les œufs, la farine

et le lait, et fouettez jusqu'à l'obtention d'une pâte homogène. Versez uniformément la préparation dans 24 caissettes.
Déposez un peu de confiture sur chaque cupcake et, à l'aide d'un cure-dents, incorporez-la en spirale pour obtenir un effet marbré.
Enfournez pendant 15 minutes (en fin de cuisson, la lame d'un couteau doit ressortir sèche).
*Pour la crème au beurre de la meringue suisse*
Faites cuire les blancs d'œuf et le sucre au bain-marie. Remuez presque constamment pour éviter que les œufs ne cuisent. Au bout de 5 à 10 minutes, une fois le sucre dissous, retirez du feu et fouettez jusqu'à ce que le mélange ait gonflé et tiédi.
Ajoutez le beurre et la vanille et fouettez bien. Au début, la préparation aura l'air d'être un désastre : elle tombera et sera granuleuse, mais ne vous inquiétez pas ! Arrêtez de fouetter lorsqu'elle est homogène, légère et mousseuse.
Incorporez la confiture à la crème au beurre. Si vous souhaitez qu'elle soit plus rose, ajoutez un peu de colorant alimentaire. Mettez la crème au beurre dans une poche à douille et déposez-la sur chaque cupcake en spirale. Vous pouvez décorer les gâteaux de quelques grains de sucre ou autre.
Coupez les cupcakes en quatre, déposez les morceaux dans des caissettes et plantez des cure-dents. Essayez de les faire goûter aux passants et de les impressionner, afin qu'ils viennent ensuite dépenser beaucoup d'argent dans votre boutique et vous sauvent de la faillite.

\*

— Un... Deux... Et trois !

Louis, les mains soigneusement lavées, eut l'autorisation de mettre les minicupcakes dans la boîte. Il en avait bien plus que trois, mais il ne savait pas compter au-delà. Izzy était dans un état d'extrême excitation ce matin-là, à préparer des gâteaux qu'elle déposerait gratuitement dans tous les endroits auxquels elle songeait.

— Nous changeons totalement de stratégie, expliqua-t-elle à Pearl.

— Au lieu de jeter à la poubelle nos cupcakes le soir, nous les donnons ? avait rétorqué Pearl, qui ne voulait cependant pas gâcher le plaisir d'Izzy – un fort élan de positivisme ne pouvait pas faire de mal étant donné la situation.

Izzy avait contacté Zac et l'avait complimenté sur sa coupe de cheveux, jusqu'à ce qu'il lui dessinât un joli prospectus. Elle était allée en faire des copies dans une boutique de Liverpool Street, ouverte vingt-quatre heures sur vingt-quatre, quand son excitation la tenait encore éveillée à cinq heures du matin.

## Rendez-vous au *Cupcake Café* !

Grosse journée ? Période de stress ?
Vous avez besoin de cinq minutes de paix
et de répit ?
Pourquoi ne pas venir vous détendre,
tout en savourant un bon café et de délicieux gâteaux
au 4, Pear Tree Court (impasse dans Albion Road) ?
Un cupcake offert pour tout achat d'un café
et sur présentation de ce prospectus.

Le menu était reproduit à la suite de ce petit texte.
— Veillez bien à en donner à tout le monde à la crèche, déclara Izzy d'un ton strict.
— *Vi*, dit Louis.
— Euh, oui, répondit Pearl, pensive.

La crèche ne ressemblait pas du tout à ce à quoi elle s'attendait. Même s'il s'agissait théoriquement d'un programme d'État pour les jeunes enfants défavorisés – et elle devait reconnaître que le local était joli, propre, avec des jouets neufs et des livres en bon état –, ce n'était pas, comme elle l'avait imaginé, fréquenté par des mères à son image, peut-être elles aussi célibataires, qui peinaient à s'en sortir et à gagner leur vie. Au lieu de cela, elle s'était retrouvée face à des femmes huppées qui se garaient en double file et bloquaient la route avec leur énorme 4x4, qui semblaient toutes se connaître et s'époumonaient à travers la pièce au sujet de décorateurs d'intérieur et de clowns engagés pour les goûters d'anniversaire.

Leurs enfants n'étaient pas habillés comme Louis, qui, d'après Pearl, paraissait élégant avec son petit survêtement et ses baskets toutes blanches. Ceux-là adoraient porter des marinières et d'amples bermudas, ils avaient des cheveux longs et ressemblaient à des enfants d'une autre époque. Pearl se disait que ces vêtements de coton ne devaient pas être pratiques avec toutes les taches que se faisaient les enfants et qu'ils devaient finir troués en un rien de temps – sans parler du repassage. Cela dit, ces femmes ne devaient certainement pas se charger elles-mêmes du repassage.

Pearl ne put s'empêcher de remarquer que, lorsque des enfants organisaient une fête pour leur anniversaire ou qu'ils invitaient des camarades à venir passer l'après-midi chez eux, Louis n'était jamais convié – lui qui jouait facilement avec n'importe qui, partageait ses jouets et faisait tous les jours des câlins à l'animatrice, Jocelyn ; lui à qui les autres femmes adressaient de gentils sourires et des banalités du genre « Comme il est adorable ! ». Son superbe, joli, charmant petit garçon.

Pearl savait que ce n'était pas dû à la couleur de sa peau, comme elle l'aurait autrefois clamé haut et fort. Se côtoyaient à la crèche des enfants chinois et indiens, métis, et africains – toutes les couleurs de peau imaginables. Les petites filles portaient des hauts à fleurs en mousseline et des pantalons de lin d'un blanc immaculé ; elles avaient des bottes à pois pour les jours de pluie, et leurs cheveux étaient longs et soyeux, ou bien coupés au carré avec une frange. Les petits garçons paraissaient intrépides et en bonne santé, habitués à courir en plein air et à jouer au football avec leur papa (beaucoup de discussions tournaient autour des pères et des maris à la crèche, chose très rare à la cité de Lewisham où vivait Pearl).

C'était à cause d'elle, Pearl le savait bien. Ses vêtements, son poids, son style, sa voix. Ils déteignaient sur Louis, son parfait petit garçon. Et maintenant, elle devait aller à la crèche et distribuer, comme une sorte de crieuse de journaux, ces satanés prospectus et ces maudits gâteaux à toutes ces femmes impeccables, leur offrant ainsi la confirmation de ce qu'elles pensaient déjà à son sujet. Pearl quitta la boutique d'un pas lourd, passablement agacée, sous cette bruine matinale de printemps.

\*

Izzy avait la tâche la plus facile ; elle s'en alla, une grande boîte sous le bras, sans que le crachin n'entamât son humeur enjouée. Direction son ancien arrêt de bus. Un peu comme au bon vieux temps.

Comme elle s'y attendait, elle retrouva la file de visages familiers, qui guettaient du coin de l'œil le monstrueux autobus rouge : le jeune homme en colère avec son iPod à plein volume, M. Pellicules, la femme au caddie. Et Linda, qui fut tout sourire en l'apercevant.

— Bonjour ! Avez-vous retrouvé du travail ? Vous savez, je me faisais la réflexion que c'est dommage que vous ne soyez pas dans le secteur du pied comme ma Leanne.

— Eh bien, dit Izzy avec le sourire, je me suis lancée. J'ai ouvert un petit salon de thé… juste là !

Linda se tourna et Izzy apprécia son étonnement.

— Oh, comme c'est mignon ! Est-ce que vous faites des sandwichs au bacon ?

— Nooon, répondit Izzy, qui nota dans un coin de sa tête que, si son affaire décollait un jour, elle devrait envisager de vendre ces foutus sandwichs au bacon dont tout le monde semblait raffoler. Nous proposons du café et des gâteaux.

— C'est vrai que les gâteaux sont votre passion.

Izzy se mordit la lèvre. Elle n'aimait pas qu'on décrivît la pâtisserie comme une « passion », encore moins à présent.

— Vous savez ce qu'on dit, il faut vivre sa passion à fond, affirma-t-elle avec un sourire crispé. Tenez ! Prenez un gâteau. Et un prospectus.

— Volontiers. Oh, Izzy, je suis vraiment contente pour vous ! Et que devient ce beau jeune homme avec la voiture de sport ?

— Hmm.

— Oh, vous pourrez bientôt abandonner votre passion pour aller choisir le tulle de votre voile.

— Passez prendre un café un jour, d'accord ? lui proposa Izzy, en essayant de garder le sourire. Cela me ferait plaisir.

— Oui, bien sûr. Je passerai vous voir, répondit Linda. C'est merveilleux d'avoir une passion dans la vie.

Izzy se retint de lever les yeux au ciel. Elle remonta la file et, lorsque le bus arriva, même le jeune homme qui ne retirait jamais ses écouteurs prit un gâteau et la remercia. Elle passa la tête dans l'autobus et offrit un cupcake au conducteur, mais celui-ci refusa vivement d'un signe de tête et Izzy se recula, un peu vexée.

*Eh bien*, se réconforta-t-elle, *il faut bien commencer quelque part*.

Elle croqua dans un cupcake au cappuccino franchement divin – elle avait fouetté le glaçage si délicatement que c'était pratiquement de la mousse. Un régal !

*Passion, mon cul*, se dit-elle énervée. Elle retourna lentement vers la boutique, juste à temps pour apercevoir deux écoliers s'enfuir, avec chacun deux gâteaux dans leurs mains toutes sales.

— Allez-vous-en, petits voyous ! cria-t-elle, soulagée d'avoir au moins verrouillé la caisse.

L'homme de la quincaillerie passa, en la considérant d'un air étrange.

— Bonjour ! le salua Izzy, en essayant de retrouver sa voix habituelle.

Il s'arrêta.

— Bonjour.

Il avait un léger accent qu'Izzy ne parvint pas à identifier.

— Je suis la nouvelle gérante de la boutique, expliqua Izzy, un peu inutilement. Voulez-vous un gâteau ?

Il était élégamment habillé, remarqua-t-elle : costume, fine cravate, pardessus, écharpe et même chapeau de feutre. Le tout faisait terriblement vieillot. Elle s'était plutôt attendue à ce qu'il portât une salopette marron.

Le quincaillier pencha la tête au-dessus de la boîte et choisit le plus parfait des cupcakes au cappuccino, en le prenant délicatement entre deux doigts.

— Je m'appelle Izzy.

— Enchanté, dit l'homme, qui se dirigea vers sa boutique, dont le rideau était, comme toujours, abaissé.

Bizarre…

\*

— Je ne vais pas me laisser décourager, se promit Izzy, même lorsque Pearl revint de la crèche, le dos voûté, ce qui ne lui ressemblait pas.

Il lui restait plus de la moitié des cupcakes dans sa boîte.

— Joshua n'a pas le droit au sucre. Tabitha a des intolérances alimentaires. Et la mère d'Olly voulait savoir si la farine était issue du commerce équitable.

— Tout est issu du commerce équitable, répondit Izzy, exaspérée.

— C'est ce que je lui ai dit, mais elle a préféré refuser « par précaution », déclara Pearl d'un ton maussade.

— Tant pis. On ne va pas baisser les bras !

\*

Le lendemain matin, Izzy se rendit dans Stoke Newington High Street, afin de laisser des prospectus et des gâteaux dans toutes les boutiques de la rue. Ce ne fut pas aussi facile qu'elle l'aurait cru. Dans chaque petite échoppe, le moindre centimètre carré d'espace libre se voyait encombré de brochures pour des cours de yoga, de la gymnastique et des massages pour bébés, une école de cirque, des concerts de jazz, des cours de tango, des légumes biologiques livrés à domicile, des cercles de tricot, des rencontres littéraires, des spectacles du théâtre du coin, des randonnées... Le monde semblait tapissé de prospectus, songea Izzy, et l'élégant graphisme de Zac devenait soudain très pâle à côté de tous ces orange fluo et jaune citron. Les gérants de ces petites boutiques paraissaient apathiques et indifférents, même s'ils acceptèrent bien évidemment les gâteaux. Izzy en profita pour les étudier. C'étaient des gens, comme elle, qui avaient rêvé d'ouvrir un commerce et s'étaient lancés dans cette aventure. Elle aurait préféré qu'ils aient l'air un peu moins tristes et épuisés.

Alors qu'Izzy avait parcouru environ un tiers de la rue, une femme visiblement furieuse, qui portait un tee-shirt « *peace and love* », se jeta sur elle, avec une expression suffisante.

— Qu'est-ce que vous faites ? demanda-t-elle d'un ton péremptoire.

— J'offre des petits gâteaux, parce que je viens d'ouvrir un salon de thé, répondit courageusement Izzy en tendant sa boîte. Vous en voulez un ?

La femme grimaça.

— Avec tout ce sucre raffiné et ces acides gras trans qui ont pour but de faire de nous des esclaves obèses de la télé ? Sans façon !

Certes, Izzy avait fait face à un manque d'intérêt concernant son café, mais c'était là la première manifestation d'hostilité.

— D'accord, ce n'est pas grave, dit-elle en refermant le couvercle.

— Mais vous n'avez pas le droit de distribuer ces trucs. Il y a des cafés dans cette rue ! Nous sommes là depuis plus longtemps que vous, alors dégagez d'ici.

Izzy se retourna : des gens aux portes de plusieurs cafés et salons de thé observaient la scène avec animosité.

— Nous formons une coopérative, ajouta la femme. Nous travaillons tous ensemble. Tous nos produits sont sains et issus du commerce équitable. Nous n'empoisonnons pas les enfants. C'est ce que veulent les gens de ce quartier. Donc vous pouvez vous tirer d'ici.

Izzy se sentit trembler de contrariété et de colère. Qui était cette horrible bonne femme, avec ses affreux cheveux longs gris et gras, ses lunettes hideuses et son immonde tee-shirt ?

— Je pense qu'il y a de la place pour tout le monde, réussit-elle à articuler, d'une voix chevrotante.

— Eh bien non, rétorqua la femme, qui avait de toute évidence passé sa vie à résister et à crier lors de manifestations et qui, d'après ce que pouvait en juger Izzy, semblait franchement apprécier cela. Nous étions là d'abord. Nous venons en aide à des villages d'Afrique ; vous, vous ne faites de bien à personne. Personne ne veut de vous. Donc foutez le camp, d'accord ? Ou, du moins, la prochaine fois, demandez avant de venir voler le gagne-pain des autres.

Quelqu'un à une porte marmonna « Bravo, bien dit », assez fort pour qu'Izzy l'entendît. Elle s'éloigna d'un pas chancelant, à moitié aveuglée par les larmes, en sentant le regard des tenanciers dans son dos – avec cette stupide robe à fleurs, ils devaient la prendre pour une parfaite cucul la praline. Sans savoir trop où aller – elle se dit qu'elle ne pourrait plus jamais repasser dans cette rue –, elle regagna directement l'avenue principale et put se fondre dans la foule bigarrée qui affluait dans Dalston Road, où personne ne remarquerait une femme en pleurs dans une robe *vintage*.

\*

Austin se frayait un chemin en direction du bazar où il espérait trouver un bon déguisement pour Darny, qui était invité à une fête costumée. Il aimerait lui acheter celui de Spiderman avec les faux muscles dont il avait tellement envie, mais après avoir payé la garderie, le prêt que ses parents n'avaient inconsidérément pas remboursé avant de mourir, les dépenses du quotidien, les pénalités de retard sur toutes les factures qu'il oubliait toujours de passer en prélèvement automatique, il restait très peu d'argent. En outre, cela semblait inutile d'acheter des vêtements chers, car il était rare que Darny revînt sans énormes trous et taches. (Il avait fait peur quelques années plus tôt à une petite amie d'Austin en répondant à la question « Qu'est-ce que tu aimes faire ? » par « Me battre ! ». Il lui avait alors sauté dessus et l'avait rouée de coups pour illustrer ses propos. Austin n'avait pas beaucoup revu Julia par la suite.) En traversant la rue, il aperçut Isabel Randall, qui restait plantée devant le passage pour piétons.

— Bonjour, lui dit-il.

Izzy leva les yeux sur lui, tout en ravalant ses larmes. Elle était contente de voir un visage amical. Mais elle n'osa pas parler, de peur de s'effondrer.

— Bonjour, répéta Austin, inquiet qu'elle ne le reconnût pas.

Izzy, la gorge nouée, se fit la réflexion que pleurer devant son banquier était sans doute la pire des choses.

— Euh... Hmm... Bonjour, réussit-elle enfin à dire, en tâchant de ne pas lui envoyer toute sa morve à la figure.

Austin était habitué à être plus grand que son entourage et à devoir se baisser pour regarder les gens dans les yeux, mais il n'aimait pas donner l'impression de les sonder. Cependant, Izzy n'avait pas l'air dans son assiette. Il scruta son visage. Elle avait les yeux brillants et le nez rouge. Chez Darny, c'était rarement bon signe.

— Vous allez bien ?

Izzy aurait préféré qu'il ne fût pas aussi gentil. Il allait la refaire pleurer. Austin remarqua qu'elle cherchait à se contenir. Il posa la main sur son épaule.

— Voulez-vous qu'on aille prendre un café quelque part ?

Il regretta ses mots dès qu'il les prononça. Izzy, de son côté, parvint à ne pas éclater en sanglots, mais une larme esseulée glissa lentement, ostensiblement, le long de sa joue.

— Non, non, non, bien sûr que vous ne voulez pas... Bien sûr que non. Hmm...

Ne trouvant pas de meilleur endroit où aller, ils finirent dans un pub horrible, rempli d'ivrognes matinaux. Izzy commanda un thé vert, dont elle retira la mousse avec une cuillère. Quant à Austin, après avoir regardé nerveusement autour de lui, il opta pour un Fanta.

— Je suis désolée, s'excusa Izzy à plusieurs reprises.

Puis, elle finit – certaine de le regretter par la suite – par lui relater toute l'histoire. C'était tellement facile de se confier à lui. Austin grimaça.

— Et me voilà ici à tout vous raconter, conclut Izzy, craignant de se remettre à pleurer. Vous allez penser que je suis une grosse nulle, trop faible pour les affaires. Et vous vous dites sûrement que je vais échouer et, vous savez, c'est une possibilité. S'ils se liguent tous contre moi... ce sera comme une mafia, Austin ! Je devrai verser de l'argent en échange d'une protection, et ils viendront mettre une tête de cheval dans mon four !

— Je pense qu'ils sont tous végétariens, plaisanta Austin, qui, en vidant son Fanta, fit tomber quelques gouttes sur sa chemise.

Malgré sa boule dans la gorge, Izzy s'efforça timidement de sourire.

— Vous avez renversé un peu de votre soda.
— Je sais, mais j'ai l'air d'un idiot quand je bois avec une paille.

Il se pencha en avant. Izzy prit conscience, tout à coup, de la longueur de ses cils. La proximité de son visage lui parut soudain étrange et intime.

— Écoutez, je connais ces gens. Ils sont venus nous voir pour une campagne en faveur d'une finance plus éthique. On leur a expliqué que la finance n'a pas grand-chose d'éthique et qu'on ne pouvait absolument pas leur garantir que certains de nos investissements ne soient pas destinés à la défense, étant donné que c'est le secteur le plus important du pays. Alors, ils se sont mis à crier, à nous traiter de fascistes et ils sont partis furieux. Ils nous ont recontactés quelque temps plus tard pour un prêt. Ils étaient une petite quinzaine. Leur projet prévoyait une réunion hebdomadaire de quatre heures pour discuter de leur coopérative. Apparemment, cela se termine souvent aux poings.

Izzy sourit faiblement. Certes, Austin cherchait uniquement à lui remonter le moral – comme il le ferait pour n'importe qui –, mais cette conversation lui faisait du bien.

— Ne vous tracassez pas pour cette histoire de « solidarité intercafés ». Ils se détestent tous dans cette rue. Franchement, si l'un des cafés brûlait, ils seraient ravis. Ne croyez pas qu'ils vont tous se liguer contre vous, ils ne parviennent même pas à s'associer pour nettoyer leurs toilettes ! Je l'ai constaté un jour quand j'ai dû y emmener Darny en urgence. Toute cette bouffe végétarienne, ça a un terrible effet sur le transit !

Izzy rit.

— Voilà qui est mieux.

— Vous savez, je ne suis pas toujours comme ça. En réalité, j'étais quelqu'un de plutôt drôle, avant de me lancer dans cette aventure.

— Vous en êtes certaine ? demanda Austin d'un ton grave. Vous étiez peut-être encore pire et cela vous déride un peu.

Cette remarque fit sourire Izzy.

— Ah oui, vous avez tout à fait raison. Je me souviens maintenant. J'étais une gothique qui restait cloîtrée chez elle. J'écoutais beaucoup de musique très sombre et soupirais tout le temps comme ça.

Elle poussa un soupir bruyant. Austin l'imita.

— Et vous avez décidé de vous lancer dans des gâteaux tout mignons…

— Que vous ne mangez jamais.

— Pour de très bonnes raisons.

— Me voilà en parfaite extase à présent, s'exclama Izzy.

— Je le savais.

Izzy se sentait beaucoup mieux.

— D'accord, dit Austin, en lâchant un autre grand soupir. Vous m'avez convaincu. Donnez-moi l'un de vos cupcakes dépressifs.

— Ah ! Non…

— Comment cela « non » ? Je suis votre conseiller financier. Donnez-m'en un tout de suite.

— Non, je ne peux pas, déclara Izzy en indiquant les visages meurtris et les nez rougis des ivrognes matinaux alignés au comptoir. Je leur ai tout donné quand vous êtes allé aux toilettes. Ils avaient l'air d'avoir si faim et de tellement apprécier.

Austin secoua la tête. Alors qu'ils s'apprêtaient à partir, les hommes accoudés au bar levèrent joyeusement leur verre dans leur direction.

— Vous êtes trop gentille, Mlle Randall.

— Je vais prendre cela pour un compliment, M. Tyler.

— Vous ne devriez pas, rétorqua brusquement Austin en lui ouvrant la porte.

Il fut surpris, tout à coup, de se rendre compte combien il voulait... Non, il ne devait pas y songer. Il voulait simplement qu'Izzy réussît. C'était tout. C'était une femme gentille avec un joli salon de thé et il souhaitait sincèrement que tout se passât bien pour elle. Et la vague inexplicable de tendresse qui l'avait submergé, devant cette larme esseulée roulant sur cette joue rose, n'était que de la compassion. Rien de plus.

Pour sa part, Izzy leva les yeux vers ce beau et doux visage et regretta qu'ils ne s'attardent pas un peu plus dans le pub le plus minable et malodorant au monde.

— Je ne devrais pas quoi ?

— Être trop gentille, Izzy. Pas en affaires. Partez du principe que tous les gens sont aussi cons que cette femme, qui se fait appeler – vous serez peut-être contente de l'apprendre – Arc-en-ciel Desabeilles, alors que sur son acte de naissance, il est inscrit « Joan Millson »...

— En effet, c'est une information intéressante !

— ... et vous savez, Izzy, si vous voulez survivre, si vous voulez réussir, vous devez vous endurcir.

Elle songea aux visages mécontents et fatigués des commerçants de la rue et se demanda si eux aussi avaient dû passer par là : s'endurcir. Faire face. Accepter les emmerdes.

Austin, pour sa part, se demanda s'il pensait réellement ce qu'il venait d'affirmer. Certes, Izzy devait s'endurcir et se battre pour son commerce. Mais n'était-elle pas une meilleure personne telle qu'elle était aujourd'hui ?

— C'est ce que je vais faire, promit Izzy, avec une expression inquiète.

— Parfait, répondit Austin en serrant solennellement sa petite main.

Elle sourit et lui rendit sa poignée de mains. Aucun d'eux n'avait envie d'être le premier à relâcher son étreinte. Heureusement, le téléphone d'Izzy sonna (c'était le numéro du magasin ; Pearl se demandait sans doute où elle était passée) et elle put, légèrement troublée, se dégager la première.

— Euh... Croyez-vous que je peux reprendre cette rue pour retourner à mon salon de thé ? Rien que pour cette fois ? Je n'ai pas envie qu'ils me jettent des trucs à la figure.

— Vous devriez éviter. Leurs biscuits à l'avoine sont durs comme de la pierre !

## Chapitre 12

**Gâteau-réconfort Ovomaltine et cognac**

Un bon gâteau réconfortant te redonnera le moral, comme cette fois où tu es rentrée à la maison après une très mauvaise journée à l'école, que la nuit tombait et que tu avais froid malgré ta veste. En arrivant au bout de la rue, tu as aperçu de la lumière dans la maison ; Marian était là, elle t'a fait un câlin, t'a préparé un goûter et tout allait beaucoup mieux. C'est ce goût qu'a ce gâteau. Il ne doit pas être trop lourd pour que les vieux grabataires puissent aussi en profiter. S'il te plaît, envoie-moi une part, Izzy chérie, pour que je m'évade un peu de cet endroit.

- 230 g de beurre mou
- 115 g de sucre semoule
- 5 œufs
- ½ boîte de lait concentré sucré
- 230 g d'Ovomaltine
- 230 g de farine
- ½ c. à c. d'extrait de vanille
- 2 c. à s. de cognac

Beurre un petit moule carré et tapisse le fond ainsi que les rebords de papier cuisson. Fais en sorte que le papier dépasse de deux ou trois centimètres si ton moule est peu profond.

Bats le beurre et le sucre jusqu'à ce que la préparation blanchisse. Incorpore les œufs un à un. Ajoute le lait concentré, l'Ovomaltine et la farine, en mélangeant bien entre chaque ingrédient. Enfin, incorpore la vanille et le cognac.

Verse la préparation dans le moule (il devrait être rempli à 90 % environ, mais ne t'inquiète pas car le gâteau lèvera peu). Recouvre-la d'une feuille d'aluminium.

Fais cuire à la vapeur à forte puissance durant 30 minutes. Si, passé ce temps, le niveau de l'eau du cuit-vapeur est bas, remets de l'eau chaude. Règle l'appareil en moyenne puissance et laisse encore cuire 1 heure, ou jusqu'à ce que le gâteau soit cuit (la cuisson peut durer jusqu'à 4 heures au total si tu le souhaites, ce qui, dit-on, permet de conserver le gâteau un mois). N'oublie pas de remettre de l'eau chaude dès que le niveau est bas.

\*

Cette semaine-là, Mme Prescott, la comptable, eut une vive discussion avec Izzy au sujet de la trésorerie. C'était la mi-avril ; le soleil faiblard de fin d'après-midi filtrait à travers les stores du sous-sol. Izzy était exténuée et ne parvenait pas à se rappeler où était rangé le cuit-vapeur. Ses pieds lui faisaient mal d'être restée debout toute la journée, pour servir un total de seize clients. Elle avait laissé Pearl partir plus tôt, après qu'elle eut reçu un appel de la crèche l'informant que Louis n'allait pas bien.

— C'est à cause de ces horribles gamins, s'était exclamée Pearl en jurant. Ils n'arrêtent pas de le dévisager. Et ils jouent à des jeux stupides qu'il ne connaît pas, comme le facteur, et du coup il est exclu.

Izzy s'en étonna.

— Foutus snobs, maugréa Pearl.

— Est-ce qu'il ne peut pas apprendre à y jouer ? Je lui apprendrai si tu veux.

— Ce n'est pas le souci. (Pearl se tut un instant.) Ils lui donnent des surnoms.

Izzy fut choquée. Elle avait remarqué que Louis s'attardait de plus en plus sur son muffin du matin, assis au comptoir à fredonner de petites comptines tristes. Il ne faisait pas d'histoires, ni de caprices, mais son exubérance habituelle semblait disparaître à mesure que l'heure de la crèche approchait. Parfois, Izzy le prenait dans ses bras et il s'accrochait à elle comme un petit chiot câlin ; Izzy non plus n'avait pas envie qu'il allât à la crèche.

— Quel genre de surnoms ? l'interrogea Izzy, surprise par la colère qu'elle éprouvait.

La voix de Pearl s'étrangla.

— Gros bidou.

Izzy se mordit la lèvre.

— Oh…

— Quoi ? fit Pearl sur la défensive. Il n'a aucun problème ! Il est parfait ! C'est un beau bébé potelé.

— Ça va s'arranger. Il vient d'arriver. C'est un nouveau monde qu'il découvre.

Mais elle avait tout de même accordé à Pearl son après-midi. Ce n'était pas un souci puisqu'elles avaient peu de clients – ou que nombre de leurs tables et de leurs chaises servaient à peine. Tous les jours, Pearl récurait les toilettes, faisait briller les tables et nettoyait les dossiers et les pieds des chaises. La boutique était propre comme un sou neuf. Peut-être était-ce là le problème, songea Izzy lors d'un moment de désœuvrement : les gens craignaient peut-être de salir.

— Vous devez faire attention à vos stocks, l'avertit Mme Prescott. Regardez quels ingrédients partent le plus. Je sais que ce n'est pas mon rôle de faire des remarques sur la gestion de votre commerce, mais vous avez trop de stock et, pour autant que je sache, vous en jetez. Ou en donnez.

Les yeux rivés sur ses mains, Izzy marmonna :
— Je sais. Le truc, c'est que mon grand-père... Mon grand-père dit que si l'on fait, en quelque sorte, de bonnes actions, on finit par nous le rendre un jour.

— Oui, eh bien, c'est très difficile de tenir la comptabilité de bonnes actions, ironisa Mme Prescott. Et faire le bien autour de soi n'aide en rien à rembourser un prêt.

Izzy regardait toujours ses mains.
— Les affaires de mon grand-père marchaient bien, protesta-t-elle en se mordant la lèvre. Il s'en sortait à merveille.

— Les temps sont plus durs, peut-être. Les gens vivent plus vite, leur mémoire est plus courte, vous ne croyez pas ?

Izzy haussa les épaules.
— Je ne sais pas. Je veux seulement que mon commerce soit un endroit agréable et sympa, c'est tout.

Madame Prescott eut une moue sceptique et n'ajouta pas un mot. Elle se fit la réflexion qu'elle devrait commencer à se chercher un autre client.

*

Ce soir-là, Pearl rentra chez elle assez perturbée, avant de l'apercevoir, assis nonchalamment sur la marche, comme s'il avait simplement oublié sa clé. Elle sentit la petite main de Louis trembler d'excitation dans la sienne. Ce n'était pas plus mal qu'il portât encore des couches ; sinon, il aurait mouillé son pantalon. Elle était consciente qu'une part de lui avait envie de courir de joie vers cet homme, mais il savait que cela déplairait à sa mère. Il savait aussi que, parfois, cet homme l'accueillait chaleureusement, lui offrait des cadeaux et lui faisait des promesses, et que d'autres fois non.

Pearl eut la gorge nouée. Ce n'était qu'une question de temps avant qu'il ne découvrît qu'elle touchait un salaire, pensa-t-elle. Il en réclamerait une partie.

Elle regretta qu'il fût toujours aussi bel homme. Louis avait hérité d'elle son doux sourire, mais le reste de son joli minois, il le tenait de son père, avec ses longs cils et ses pommettes hautes.

— Salut, dit Ben, comme s'il n'avait pas disparu des radars au cours des cinq derniers mois et n'avait pas manqué Noël.

Pearl lui adressa l'un de ses regards bien à elle. Louis se cramponnait à sa main.

— Hé, bonhomme ! Quel grand gaillard !

— C'est parce qu'il a des os épais, rétorqua Pearl par réflexe.

— Il est magnifique. Viens dire bonjour à ton papa, Lou.

*

Bien entendu, il avait commencé à pleuvoir. Que pouvait donc faire Pearl si ce n'était l'inviter à rentrer et prendre un thé ? Installée dans le canapé, sa mère regardait les feuilletons du début de soirée. Quand elle aperçut Benjamin, elle se contenta de hausser les sourcils et ne daigna pas le saluer. Il lui avait dit « Bonjour, Mme McGregor », d'une manière légèrement fausse et exagérée, mais fut peu surpris qu'elle ne lui répondît pas. Ben s'agenouilla à côté de Louis, qui était toujours sans voix. Il fouilla dans sa poche. Pearl alluma la bouilloire dans la kitchenette située dans un coin de la pièce, en gardant un œil sur eux. Elle se mordit la lèvre. Elle avait préparé un discours pour M. Benjamin Hunter, oh que oui, pour le jour où il réapparaîtrait. Elle l'avait mûri dans sa tête et avait beaucoup à dire – de même que ses amis – à propos de ses bêtises, de ses sorties tard le soir, du fait qu'il n'ait pas envoyé un seul sou pour Louis, même quand il avait eu un travail. Une bonne place de surcroît. Elle allait lui donner une bonne leçon à propos de ses responsabilités, envers elle, envers son fils, et lui conseiller de grandir enfin, sinon il devrait arrêter d'embêter Louis.

Elle aperçut alors les yeux du garçonnet, grand ouverts d'étonnement et d'adoration, tandis que son père sortait de sa poche une balle rebondissante.

— Regarde ça, dit Ben en la jetant vivement sur le linoléum bon marché.

La balle jaillit, frappa le plafond, puis s'abattit aussitôt sur le sol et répéta deux autres fois ce mouvement. Louis éclata bruyamment de rire.

— Encore, Papa ! Recommence !

Ben obtempéra et, en cinq minutes, la balle avait ricoché partout dans le minuscule appartement. Ben et Louis faisaient des roulades et des cabrioles pour la rattraper, passant devant les émissions de la mère de Pearl et le ruban ininterrompu de la fumée de sa cigarette ; ils riaient aux éclats. Ils finirent par se relever, tout pantelants. Pearl faisait cuire des saucisses.

— Est-ce que tu en as assez pour un homme affamé ? demanda Ben, qui chatouillait Louis sur le ventre. As-tu envie, petit bonhomme, que ton papa reste dîner ?

— Vi ! Vi ! brailla Louis.

Le front de Pearl se rembrunit.

— Louis, va t'asseoir avec Mamie. Ben, je voudrais te parler. Dehors.

Ben la suivit à l'extérieur et alluma une cigarette. *Super*, pensa Pearl. *Encore un bon exemple pour Louis.*

Ils restèrent près du mur de la ruelle, Pearl voulant éviter les regards des voisins qui passaient par là.

— Tu as l'air d'aller bien, déclara Ben.

— Arrête ça ! Arrête. Tu ne peux pas... Tu ne peux pas te pointer ici au bout de cinq mois et faire comme si de rien n'était. Ce n'est pas possible. Tu n'as pas le droit, Ben.

Elle aurait voulu en dire beaucoup plus, mais bien qu'elle fût une femme forte, Pearl sentit les mots se bloquer dans sa gorge. Ben la laissa terminer, ce qui ne lui ressemblait pas. Habituellement, il était sur la défensive, se confondant en excuses.

Pearl prit sur elle pour se ressaisir.

— Il n'est même pas question de moi. Ce n'est pas le problème. J'ai dépassé cela, Ben. Je vais parfaitement bien. Mais c'est pour lui... Tu ne vois pas à quel point c'est dur ? Il est tout excité de te voir, et ensuite plus de nouvelles pendant une éternité ? Il ne comprend pas, Ben. Il pense que c'est à cause de lui que tu pars, qu'il n'est pas assez bien pour toi. (Elle marqua une pause, puis poursuivit doucement.) Mais il est bien, Ben, il est génial. Tu passes à côté de tout.

Ben soupira.

— Tu sais, c'est juste que... Je n'avais pas envie de me sentir coincé.

— Eh bien, tu aurais dû y réfléchir plus tôt.

— Toi aussi, rétorqua Ben.

Il n'avait pas tort, Pearl en était consciente. Mais il était si beau, si gentil et il avait un travail – on ne pouvait pas en dire autant de la plupart des hommes qu'elle avait fréquentés... Elle s'était laissée emporter. Elle ne pouvait pas lui rejeter la faute pour tout. Mais Ben ne pouvait tout simplement pas aller et venir quand cela lui chantait.

— Je crois que me voir de temps en temps est toujours mieux que rien, non ?

— Je n'en suis pas certaine, lui répondit Pearl. Te voir un peu, à des jours réguliers... De sorte qu'il sache quand tu viendras... Oui, ce serait super pour lui.

Ben se renfrogna.

— Je ne peux pas faire de plans aussi longtemps à l'avance.

*Pourquoi ?* songea Pearl d'un ton mutin. Elle devait bien le faire, elle.

Ben termina sa cigarette et l'écrasa sur l'énorme poubelle à roulettes.

— Et donc, est-ce que je peux retourner à l'intérieur ou pas ?

Pearl soupesa mentalement les différentes possibilités. Refuser à Louis la chance de passer quelques bons moments avec son père... Ou donner à Ben une leçon, dont il ne tiendrait sans doute pas compte. Elle soupira.

— Oui, d'accord.

Ben se dirigea vers la porte. Il effleura Pearl en passant et lui tendit brusquement une enveloppe.

— Qu'est-ce que c'est ? demanda-t-elle, surprise.

Elle palpa l'enveloppe. Elle contenait de l'argent. Pas beaucoup, mais sûrement assez pour acheter à Louis une nouvelle paire de baskets. Ben haussa les épaules, mal à l'aise.

— Ta mère m'a dit que le café où tu bosses risque de fermer d'ici la fin du mois. J'ai pensé que cela pourrait t'aider, en attendant que tu retouches le chômage.

Pearl s'attarda à l'extérieur une ou deux secondes supplémentaires, stupéfaite. Elle étreignit l'enveloppe et entendit Louis rugir comme un lion à l'intérieur, jusqu'à ce que les saucisses commencent à brûler. Mince, même Ben savait que le café était voué à l'échec.

\*

— Darny, d'après toi..., disait le lendemain Austin, qui essayait simultanément de terminer un e-mail pour leur grand-mère vivant au Canada et de faire marcher droit son frère turbulent sur le trottoir d'une rue passante. D'après toi, quelles sont les choses que tu préfères en ce moment ?

Darny médita un instant.

— Les secrets millénaires du ju-jitsu, finit-il par répondre. Et l'Inquisition espagnole.

Austin soupira.

— Je ne peux pas dire ça à Mamie, tu ne crois pas ? Tu n'as pas d'autre idée ?

Darny y réfléchit un peu plus, tout en traînant des pieds.

— Le snowboard.

— Comment ça, à la montagne ? Mais tu n'as jamais fait de snowboard.

— Tous les garçons de l'école adorent ça. Ils disent que ça déchire. Du coup, j'imagine que c'est le genre de choses que tu voudrais que j'aime. Tu n'as qu'à écrire ça, on s'en moque.

Austin le considéra avec circonspection. Darny était dans une bonne école, et le quartier où ils vivaient était devenu nettement plus chic au cours de ces dernières années. Les enfants mieux lotis que Darny étaient sans cesse plus nombreux et il en prenait davantage conscience en grandissant.

— Ça te plairait sans doute, fit remarquer Austin. On devrait essayer une année.

— Ne dis pas de bêtises. Un, tu ne m'emmènerais jamais ; deux, je détesterais ça et, trois, il faut mettre un casque débile. Dé-bi-le, répéta Darny en articulant bien si jamais Austin n'avait pas saisi.

— D'accord, soupira Austin, qui se contenta de taper « ski » sur son BlackBerry.

Après tout, leur grand-mère n'allait pas venir vérifier. Certes, elle était âgée et dévastée par la mort de son fils unique, mais c'était comme si cette grande tragédie lui avait ensuite servi d'excuse pour ne rien faire de sa vie : elle ne s'était jamais intéressée, semblait-il, aux progrès de ses petits-enfants, à part prendre quelques nouvelles de temps à autre et envoyer un modique chèque à Noël. Austin avait cessé de vouloir comprendre. Les familles, petites ou grandes, étaient des choses curieuses. Il serra Darny contre lui.

— Hé ! s'exclama le garçon. Des sirènes ! Les pompiers ! On devrait aller voir. Je veux voir.

Austin sourit. Chaque fois qu'il se disait que Darny devenait bien trop rapidement un adolescent renfrogné, réapparaissait l'enfant de dix ans qu'il était. Comme toujours, cependant, Austin voulut le retenir. Autrefois, ces sirènes avaient été pour leurs parents. Il vivait dans la peur constante de voir ce malheur arriver à d'autres.

— On ne devrait pas y aller, Darny, déclara-t-il, en essayant de le diriger vers un marchand de bonbons.

— Les pompiers. Tu peux dire à Mamie que ce que je préfère, ce sont les pompiers.

\*

Perdues dans leurs pensées, Pearl et Izzy, en plus d'entendre le fracas, le ressentirent ; ce fut extrêmement violent et surprenant en ce samedi matin paisible. Au grand bruit de métal qui se tord, ponctué de bris de verre, succédèrent des cris soudains, des alarmes de voiture, des klaxons furieux.

Les deux femmes et leurs deux clients – deux jeunes hommes studieux qui avaient branché leur ordinateur portable et profitaient depuis plus de trois quarts d'heure du wifi et de l'électricité gratuits, l'un avec un petit café crème, l'autre avec une bouteille d'eau gazeuse – se précipitèrent au bout de l'impasse.

— Oh non ! s'écria Izzy, qui se figea sur place.

Pearl, la main sur la bouche, fut soulagée que Louis fût à la maison avec sa grand-mère.

En travers de la rue, comme tombé du ciel, le massif numéro 73 – l'autobus articulé gigantesque, étiré, malaimé – gisait sur le flanc, tout cabossé. Il obstruait complètement le passage, car il était aussi long que la moitié de la rue et aussi large que la hauteur des maisons. L'odeur qui se dégageait du moteur était abominable. De la fumée s'échappait du châssis, de cet amas de métal et de tuyauterie.

Un taxi au toit enfoncé était immobilisé, à cheval sur un terre-plein dans un axe invraisemblable. On apercevait à peine une Ford Escort blanche sale encastrée à l'arrière. Plus inquiétant encore, se trouvait quelques mètres plus loin, comme si on l'avait projeté là, un vélo tout tordu.

Izzy se sentit mal ; son cœur martelait sa poitrine.

— Oh, bon sang ! s'écria l'un des deux clients. Oh, bon sang !

Izzy chercha dans la poche de son tablier son téléphone portable. Abasourdie, elle se tourna vers Pearl, qui avait déjà attrapé le sien et composait le numéro des secours.

— Vite, s'exclama le second client. Venez ! Il faut les sortir de là.

Izzy leva les yeux et, comme si tout se passait au ralenti, elle remarqua que le bus était rempli de passagers : ils criaient, agitaient les bras, se bousculaient. Des gens accouraient des boutiques, des arrêts de bus, des maisons pour leur venir en aide. On entendait déjà au loin la première sirène.

Izzy reprit son téléphone.

— Helena, dit-elle d'une voix tremblante.

Elle savait que c'était le jour de congé de sa colocataire – un précieux jour de congé –, mais elle savait aussi qu'elle n'était qu'à deux rues de là.

— Hmm ? marmonna Helena, de toute évidence encore à moitié endormie.

Deux secondes plus tard, elle fut tout à fait réveillée et enfila ses vêtements.

\*

Au fond de l'autobus, les passagers cognaient de toutes leurs forces à la vitre, qui refusait de céder. Comme de la fumée s'échappait des tuyaux, Izzy se demanda – tout le monde se posait la question, en réalité – si le moteur allait exploser. Probablement que non. Mais qui n'avait jamais entendu parler de bus qui s'embrasaient ? Tout était possible. Un homme de grande taille tentait désespérément d'ouvrir de l'intérieur de l'autobus les portes situées au-dessus de sa tête. L'un des clients du café se hissa sur le flanc du bus devenu désormais toit. Des gens paniqués s'époumonaient pour le guider. Izzy entendait des hurlements provenant de l'intérieur, où le chauffeur semblait inconscient.

Soudain, une femme poussa un cri au milieu de la route. Un jeune homme – visiblement un coursier à vélo, en tenue de cycliste, déchirée, avec un énorme talkie-walkie accroché à la hanche – était étendu dans le caniveau, les yeux révulsés, son bras formant un angle très étrange. Izzy regarda derrière elle et fut soulagée d'apercevoir Helena arriver à toutes jambes.

— Par ici ! lui cria-t-elle et elle lui ouvrit un passage entre les badauds. Elle est infirmière ! Elle est infirmière !

Helena se précipita vers le blessé, alors que les sirènes se faisaient de plus en plus fortes.

— Je suis étudiant en médecine, déclara un jeune homme qui observait la scène depuis le trottoir.

— Dans ce cas, viens m'aider, mon gars, lui dit Helena d'un air sévère. Et ne cherche pas à faire ton intéressant.

Izzy regarda autour d'elle. Tout à coup, elle remarqua une silhouette silencieuse, très calme. Alors que tout le monde était soit immobile, en état de choc, soit s'agitait nerveusement, la silhouette émergea de Pear Tree Court et s'approcha posément. C'était l'homme étrange de la quincaillerie ; celui-là même qui n'avait pas pris la peine de leur adresser un regard depuis l'ouverture du *Cupcake Café*. Il tenait une énorme caisse en métal. Elle devait peser une tonne, mais il la portait sans peine.

Izzy le suivit des yeux pendant qu'il se dirigeait vers le bus : il s'agenouilla près du pare-brise, du côté de la porte, ouvrit sa caisse et attrapa un énorme maillet. Après avoir fait signe aux passagers paniqués de bien rester à l'écart, il frappa violemment la vitre trois ou quatre fois avant qu'elle ne se brisât. Il choisit ensuite avec soin une pince pour retirer les gros tessons pris dans le caoutchouc noir cerclant la vitre. Une fois tout risque de blessure écarté, il fit signe aux gens à l'intérieur de sortir. On lui tendit un bébé en pleurs qu'il confia à la personne la plus proche de lui, qui se révéla être Izzy.

— Oh, fit Izzy. Chut, calme-toi.

La petite fille hurlait, son visage trempé de larmes enfoui au creux de l'épaule d'Izzy. Sa bouche étirée paraissait curieusement plus large que sa tête. Elle avait des cheveux noirs, épais et raides qu'Izzy caressait d'un geste apaisant.

— Chut, dit-elle, et deux secondes plus tard, la mère s'était extraite du bus, les bras tendus pour récupérer son bébé, la poussette tordue abandonnée derrière elle.

— Et voilà, déclara Izzy.

La mère parvenait à peine à exprimer son désarroi.

— J'ai cru qu'elle était... J'ai cru que nous étions...

Le bébé, retrouvant l'odeur familière des bras de sa mère, hoqueta, déglutit et laissa échapper un autre hurlement. Puis elle sembla comprendre que le danger était passé et blottit son visage dans le cou de sa mère, tout en regardant Izzy de ses grands yeux noirs.

— Tout va bien, dit Izzy en tapotant l'épaule de la femme. Ça va aller.

En voyant d'autres personnes s'extirper ensuite du bus – certaines se prenant la tête entre les mains, d'autres en haillons, mais toutes avec la même expression choquée et confuse –, Izzy se dit que cela aurait pu être bien plus grave... Aucun passager ne paraissait sérieusement blessé. Il n'y avait que le cycliste. Elle se retourna, mais tout ce qu'elle put voir fut la silhouette d'Helena penchée au-dessus de lui, qui faisait de grands gestes au jeune étudiant en médecine. Sa gorge se contracta. Qui qu'il soit, il était parti de chez lui ce matin-là sans se poser de questions.

Le chauffeur du bus également était inconscient, avachi sur l'énorme volant.

— Sortez tous du bus ! cria le quincaillier, d'un ton qui ne souffrait aucune contestation.

Les témoins et les badauds observaient tout depuis le trottoir ; personne ne semblait savoir que faire pour les passagers hébétés aux lèvres coupées et aux paupières tressaillant.

— Peut-être pourriez-vous offrir à ces gens une boisson chaude, suggéra le quincaillier à Izzy. Il paraît que le sucre est bénéfique en cas de choc.

— Bien sûr ! répondit Izzy, stupéfaite de ne pas y avoir pensé elle-même.

Elle se hâta d'aller mettre en marche le percolateur.

\*

Lorsque, cinq minutes plus tard, Izzy et Pearl commencèrent à proposer du thé et des gâteaux aux victimes, les ambulances et les pompiers étaient arrivés sur les lieux. La police avait établi un périmètre de sécurité et invitait les gens à s'éloigner du bus. Tout le monde était absolument ravi par le thé chaud et les beignets. Le chauffeur, qui avait repris conscience, avait été transporté aux urgences.

Helena et l'étudiant en médecine, qui se prénommait Ashok, avaient stabilisé le coursier et s'étaient vus féliciter par les ambulanciers. Ceux-ci avaient mangé quelques cupcakes, une fois tous les blessés évacués. Les victimes commençaient déjà à sympathiser, à se raconter où elles se rendaient et à déplorer que tout le monde sût que ces bus articulés provoqueraient un jour un accident. Le soulagement que personne, semblait-il, n'ait été trop gravement blessé rendait ces gens assez volubiles et un brin surexcités, comme s'ils étaient à un cocktail. Tout le monde vint trouver Izzy pour la remercier. Une ou deux personnes lui firent la remarque qu'elles vivaient à côté et qu'elles ne connaissaient même pas son salon de thé. Ainsi, quand le reporter du journal local arriva, en plus de photographier le bus accidenté sous tous les angles (le quincaillier avait disparu aussi discrètement qu'il était arrivé ; Izzy ne l'avait même pas vu repartir), il prit également un cliché d'Izzy en compagnie de tous les passagers. Quand la *Walthamstow Gazette* parut la semaine suivante, un des intertitres du reportage sur l'accident fut : « Le meilleur remède : les gâteaux du quartier ». À partir de là, tout changea.

\*

Pour commencer, le stock de gâteaux fut complètement épuisé. Izzy et Pearl avaient offert la moitié aux égratignés, aux commotionnés, aux choqués et avaient vendu la seconde moitié aux indiscrets et aux curieux. Il n'en resta pas une miette, il n'y eut plus une goutte de lait, et le grand et encombrant percolateur fut très sollicité – de toute évidence, pensa Izzy *a posteriori*, il était fait pour fonctionner en permanence. Il n'aimait pas être éteint et allumé, et qui pouvait le lui reprocher ?

Épuisée, Izzy s'était tournée vers Pearl, qui lavait le sol.

— Et si nous allions prendre un verre ?
— Pourquoi pas ? répondit Pearl avec le sourire.
— Hé ! cria Izzy à Helena, qui rêvassait à la fenêtre, ce qui ne lui ressemblait pas. Tu viens boire un verre ?

Les trois femmes se rendirent dans un bar à vins sympa et se détendirent autour d'une bouteille de rosé. Pearl, qui buvait de ce vin pour la première fois, jugea que cela avait le goût de vinaigre, mais elle le sirota vaillamment, en essayant de ne pas prêter attention à la vitesse à laquelle ses comparses vidèrent leur verre.

— Quelle journée, commenta Izzy. Mince alors ! À votre avis, est-ce que tous ces gens vont revenir ?

Helena leva son verre en direction de Pearl.

— J'imagine que tu connais déjà le côté pessimiste de ta patronne, hein ?

Ce trait d'esprit fit sourire Pearl.

— Que veux-tu dire ? s'offusqua Izzy. Je suis quelqu'un de très optimiste.

Helena et Pearl échangèrent un regard.

— Bon, ce n'est pas tant que tu es pessimiste, se reprit Helena. Disons plutôt… timorée.

— Mais j'ai créé ma boîte ! Cela me paraît assez optimiste.

— Et tu penses toujours que Graeme va t'épouser un jour, déclara Helena en entamant son second verre. Ça, c'est assez optimiste.

Izzy se sentit rougir.

— Qui est-ce ? s'enquit Pearl.
— Personne. Mon ex.
— Son ex-patron, précisa Helena.
— Aïe, fit Pearl. Ça craint un peu.

Izzy soupira.

— Je vais de l'avant maintenant. Je prends ma vie en main.

— Est-ce qu'il était sympa ? demanda Pearl, qui se sentait mal placée pour conseiller aux autres s'ils devaient ou non se remettre avec leur ex.

— Non, répondit Helena.

— Bien sûr que si ! protesta Izzy. Mais tu n'as pas connu cette facette de sa personnalité. Il avait un côté sensible.

— Ça s'est vu quand il t'a fait traverser la moitié de la ville en taxi au beau milieu de la nuit, pour lui préparer des nouilles !

— Je savais que je n'aurais jamais dû te raconter cette histoire.

— Si, tu as bien fait, dit Helena en piochant dans un paquet de chips. Autrement, je serais peut-être là à te dire : « Oh oui, il est carrément mignon. Il est si beau qu'il pourrait jouer dans une pub pour rasoirs. Alors, aplatis-toi comme une carpette pour le récupérer. »

— Il est beau.

— C'est pour ça qu'il s'admire dès qu'il aperçoit son reflet, se moqua Helena. Heureusement que tu n'es plus avec lui.

— Hmm...

— Et comme ça, tu peux flirter avec le banquier.

Izzy jeta un coup d'œil à Pearl.

— Helena !

Pearl adressa un sourire à Helena.

— Oh, je suis au courant.

— Mais c'est faux. Et pour votre gouverne, ce n'est pas parce que je ne parle pas de Graeme qu'il ne me manque pas.

Pearl tapota la main d'Izzy.

— Ne t'en fais pas. Je sais combien cela peut être difficile d'oublier quelqu'un.

— Toi ? Tu n'as pas l'air du genre à te faire du souci pour ces choses-là pourtant, déclara Izzy.

— Ah bon ? Tu me prends pour une frigide ou quoi ?

— Non ! Ce que je veux dire, c'est que tout semble bien aller pour toi.

Pearl haussa grandement les sourcils.

— Tu as raison, Izzy. Tu sais, le père de Louis, Barack Obama, nous envoie un hélicoptère pour qu'on puisse rentrer à la maison le soir.

— Est-ce que le papa de Louis est toujours dans les parages ? demanda sans détour Helena, comme à son habitude.

Pearl tenta de ne pas laisser échapper un petit sourire. Elle avait été dure. Si même Izzy avait su claquer la porte à son abruti de copain, le moins qu'elle pût faire était d'opposer un peu plus de résistance à Benjamin. Mais d'un autre côté…

— Eh bien, il voit son fils, répondit-elle, consciente de paraître un peu fière.

— À quoi ressemble-t-il ? l'interrogea Izzy, désireuse que l'on s'intéressât aux problèmes amoureux de quelqu'un d'autre.

— Hmm, fit Pearl d'un air songeur, ma mère dit toujours que la vraie beauté est celle du cœur… Mais je n'ai jamais été très douée pour écouter ma mère !

— Je n'écoutais pas la mienne non plus, rétorqua Izzy. Elle me disait : « Ne t'attache pas. » Alors que moi, tout ce dont j'avais envie, c'était de m'attacher à un homme…

— Ou qu'il t'attache ! plaisanta Helena.

— Mais personne ne veut de moi...

Izzy soupira et se demanda si un peu plus de rosé lui ferait du bien. Sans doute que non, mais cela valait le coup d'essayer au vu des circonstances.

— Arrête, regarde-toi : tu as ta boutique et tu as vendu des gâteaux aujourd'hui, affirma Helena. Et tout ça sans l'aide d'un imbécile. Les hommes aiment les femmes qui savent faire les gâteaux et qui sont belles dans une robe à fleurs, parce qu'ils croient que tu seras à leur botte et que tu leur serviras un Martini, un peu comme dans les années 1950. Tu as trouvé un filon en or, crois-moi.

Elle conclut en levant son verre.

— C'est toi maintenant qui vois le verre à moitié plein, déclara Izzy, qui se sentait un peu réconfortée.

— Et toi, Helena, qu'est-ce que ta mère te disait ? demanda Pearl.

— De ne jamais me mêler des affaires des autres !

À ces paroles, les trois femmes éclatèrent de rire et trinquèrent.

## Chapitre 13

— Où est mon petit bonhomme ? demanda Izzy lorsque Pearl arriva – certes avec un peu de retard, mais Izzy lui était tellement reconnaissante qu'elle fermerait les yeux sur quelques détails. Il me manque.

Pearl eut un sourire crispé, puis se précipita vers l'aspirateur et la serpillière pour faire le ménage avant l'ouverture.

— Il adore être avec sa grand-mère, expliqua-t-elle, tout en se rendant compte que ses paroles renvoyaient l'image idyllique d'une mamie avec qui l'on faisait des gâteaux et jetait du pain aux canards, loin de la réalité de leur appartement confiné et déprimant. Enfin, laisse-moi m'occuper de ça rapidement, le premier *rush* ne va pas tarder.

Pearl et Izzy échangèrent un sourire ; c'est vrai que, depuis l'accident, il y avait un flux régulier de clients : les ambulanciers, les badauds, la mère avec son adorable bébé et Ashok, qui était passé et avait demandé le numéro d'Helena – Izzy avait fortement haussé les sourcils et Ashok s'était aussitôt confondu en excuses. Elle avait pris le sien et l'avait transmis à Helena, convaincue que celle-ci le jetterait dans l'incinérateur de l'hôpital.

La municipalité avait remplacé les longs autobus articulés par les anciens bus à impériale, qui étaient beaucoup plus jolis, se déplaçaient plus vite, mais avaient une bien moins grande capacité. Par conséquent, de nombreuses personnes ne pouvaient pas monter à bord aux heures de pointe et venaient prendre un café en attendant le bus suivant. Izzy devait dorénavant se faire livrer des croissants. À défaut de bras supplémentaires, elle dut admettre avec regret qu'elle n'avait d'autre choix que d'acheter les viennoiseries. De toute façon, la préparation des croissants était tout un art ; aussi, plutôt que de s'épuiser en se fixant un nouvel objectif, elle avait contacté son ancien collègue, François, qui l'avait mise en relation avec le meilleur boulanger de Londres. Ce dernier l'avait à son tour orientée vers une entreprise qui la fournissait en délicieux pains au chocolat, croissants et croissants aux amandes à sept heures précises tous les matins – il n'en restait jamais un passé neuf heures.

Ensuite arrivait l'heure du café du matin. Mira, avec la petite Elise, s'était fait des amies parmi les autres mamans, et elles venaient souvent et discutaient bruyamment en roumain sur le canapé gris, qui prenait peu à peu le doux lustre qu'Izzy avait espéré. Certaines des jeunes mamans BCBG avaient commencé à passer en rentrant de la crèche. Pearl leur souriait brièvement avant de se trouver une occupation (ce qui n'était pas compliqué désormais), en descendant par exemple à la réserve chercher des limonades et des jus de fruits bios. Il y avait une forte affluence à l'heure du déjeuner, puis l'après-midi était un peu plus calme, avec les femmes d'affaires et les mères organisant des fêtes d'enfants qui venaient acheter une demi-douzaine, voire une douzaine de gâteaux (Izzy envisageait de mettre une pancarte pour proposer la personnalisation de commandes). Et tout au long de la journée, il y avait les innombrables cafés crème, thés, spécialités à la framboise, les gâteaux à la myrtille et à la vanille, les tartes aux pommes, le rangement, le ménage, les commandes auprès des fournisseurs, les factures, le courrier, le nettoyage des éclaboussures, les sourires adressés aux enfants, les clins d'œil aux habitués, les discussions avec les passants, l'ouverture d'une brique de lait, d'une plaquette de beurre, d'une boîte d'œufs... À seize heures, Izzy et Pearl n'aspiraient qu'à s'allonger sur l'un des énormes sacs de farine dans la réserve, dont Pearl récurait vaillamment les coins avec sa serpillière pour qu'ils soient aussi propres que la partie de la boutique visible des clients.

Le *Cupcake Café* se maintenait à flot : après sa mise à l'eau, il naviguait, tanguait un peu, avec tout l'équipage sur le pont, mais il flottait. Pour Izzy, c'était un être vivant, qui respirait ; une entité qui faisait autant partie d'elle que sa main gauche. Il était toujours là avec elle : elle étudiait les comptes avec Mme Prescott tard le soir ; elle rêvait de crème au beurre et de glaçage ; elle pensait aux clés, aux livraisons et aux fleurs en sucre. Ses amis l'invitaient et elle devait décliner ; Helena ronchonnait et se plaignait qu'Izzy fût aussi indisponible qu'une femme qui venait de tomber amoureuse. Et même si elle était fatiguée – éreintée – de travailler six jours par semaine, même si elle avait désespérément envie de sortir et boire quelques verres sans se préoccuper de son état de forme le lendemain, même si elle voulait s'asseoir et regarder la télévision sans se soucier du niveau des stocks, des dates de péremption et de ces satanés gants jetables, elle secouait la tête avec une incrédulité totale dès qu'elle entendait prononcer le mot « vacances ». Pourtant, se rendit-elle compte, elle se sentait plus heureuse qu'elle ne l'avait été depuis des années ; plus heureuse chaque jour, quand elle gagna l'équivalent du loyer, puis des charges, puis du salaire de Pearl, puis enfin – enfin – quelque chose pour elle, grâce au fruit de ses propres mains, un métier qu'elle aimait et qui procurait du plaisir aux gens.

À quatorze heures, d'un pas hésitant au début, entra un important groupe de mères. La boutique étant plutôt étroite, Izzy faillit leur demander de laisser leurs énormes poussettes à trois roues à l'extérieur, histoire d'éviter de briser les rotules des autres clients, mais elle redoutait un peu ces femmes de Stoke Newington, qui exhibaient une silhouette incroyable – malgré leurs deux grossesses –, des cheveux aux reflets parfaits, des jeans moulants et de hauts talons. Izzy pensait parfois que ce devait être un peu fatigant pour ces femmes de toutes paraître identiques. Cependant, elle était ravie pour son commerce.

Elle leur adressa un bonjour chaleureux, mais elles l'ignorèrent et posèrent leur regard sur Pearl, qui ne semblait pas très enchantée de les voir.

— Euh, salut, dit Pearl à l'une des mamans, qui regarda autour d'elle.

— Mais où est ton petit Louis chéri ? J'aurais cru qu'une pâtisserie était un endroit parfait pour lui.

Izzy leva la tête : elle connaissait cette voix. En effet, elle constata avec une pointe de nervosité que c'était celle de Caroline, la femme qui avait désiré faire du local un centre diététique.

— Bonjour Caroline, dit Pearl stoïquement. (Elle adoucit ensuite considérablement sa voix pour s'adresser à une fillette blonde au regard sérieux ainsi qu'au petit garçon dans sa poussette, à côté de la table.) Bonjour Hermia ! Bonjour Achille !

Izzy se faufila pour venir les saluer, même si Caroline semblait se donner du mal pour l'ignorer.

— Oh, ne fais pas attention à eux, lança Caroline à Pearl. Ils ont été infects toute la matinée.

Ils n'avaient pas du tout l'air infect aux yeux d'Izzy. Fatigués, peut-être.

— Et tu connais Kate, non ?

— Comme cet endroit est charmant ! s'exclama Kate en regardant autour d'elle d'un air approbateur. Nous rénovons la grande maison de l'autre côté de la rue. Nous voulons quelque chose dans le même style. Pour que les prix des maisons continuent d'aller dans la bonne direction, si vous voyez ce que je veux dire. Hmm hmm !

Kate laissa soudain échapper un rire gras qui surprit légèrement Izzy. Deux petites filles, apparemment jumelles, étaient assises sur le même tabouret et se tenaient par la main. L'une avait un carré court et portait une salopette rouge ; l'autre arborait de longues boucles blondes et une jupe rose bouffante.

— Vos filles sont adorables ! déclara Izzy en s'approchant. Bonjour, Caroline.

Caroline lui adressa un signe de tête digne d'une reine.

— Je suis étonnée que cet endroit marche bien, dit-elle d'un ton dédaigneux. Je voulais voir pourquoi on en fait tout un plat.

— Tant qu'à faire, dit joyeusement Izzy, puis elle se pencha vers les enfants. Bonjour, les jumelles !

Kate riposta avec mépris :

— Elles sont peut-être jumelles, mais n'en restent pas moins des individus à part entière. En réalité, c'est très préjudiciable pour les jumeaux de ne pas être considérés comme des personnes distinctes. Je m'évertue à leur forger à chacune une identité propre.

— Je comprends, concéda Izzy en hochant la tête, même si, à vrai dire, elle ne saisit pas tout de suite le propos de Kate.

— Voici Seraphina. (Kate désigna la petite fille avec les longues boucles blondes.) Et voici Jane, continua-t-elle en pointant du doigt l'autre fillette.

Seraphina esquissa un joli sourire. Jane se renfrogna et cacha son visage derrière l'épaule de sa sœur, qui lui tapota la main d'un geste maternel.

— Bienvenue à vous, dit Izzy. Habituellement, nous ne prenons pas les commandes à table, mais puisque je suis là, qu'est-ce qui vous ferait plaisir ?

Bien que Pearl fût déjà retournée derrière le comptoir, sous la jolie guirlande de fanions qu'elles avaient suspendue au mur, Izzy put littéralement (comme elle le jurerait ensuite à Helena) la sentir lever les yeux au ciel d'un air exaspéré.

Kate examina le menu assez longuement.

— Euh, voyons...

Seraphina exhorta sa sœur à descendre du tabouret (ces fillettes devaient avoir quatre ans), puis elles se dirigèrent vers la vitrine de gâteaux, se dressèrent sur la pointe des pieds et plaquèrent leur nez contre la vitre.

— Hé, les filles ! Retirez votre nez de là, leur ordonna Pearl d'un ton ferme, mais gentil.

Seraphina et Jane se reculèrent immédiatement, en riant, mais restèrent tout près pour pouvoir contempler les cupcakes. Hermia se tourna vers sa mère.

— S'il te plaît, est-ce que je peux…, se risqua-t-elle.

— Non, répondit Caroline. Assieds-toi bien, s'il te plaît. *Assieds-toi !* répéta-t-elle en français.

Hermia jeta un regard envieux à ses amies.

— Oh, vous êtes française ? demanda Izzy.

— Non, dit Caroline, toute fière. Ça alors, est-ce que j'ai l'air d'une Française ?

— Je prendrai un thé à la menthe, finit par commander Kate. Faites-vous des salades ?

Izzy n'osa pas croiser le regard de Pearl.

— Non. Non, pour le moment, nous ne faisons pas de salades. Nous proposons principalement des gâteaux.

— Et des biscuits bio ?

— Nous avons un cake aux fruits.

— Avec de la farine d'épeautre ?

— Euh, non, avec de la farine ordinaire, répondit Izzy, qui n'avait aucune envie de poursuivre cette conversation.

— Il y a des noix ?

— Oui.

Kate poussa un long soupir, comme si les épreuves qu'elle devait régulièrement endurer dans la vie étaient à peine croyables.

— Est-ce qu'on peut avoir du gâteau, Maman ? S'il te plaaaaaît ! la supplia Jane depuis le comptoir.

— Jane, tu dois dire : « Est-ce que *je* peux avoir du gâteau ? »

— Alors, est-ce que je peux avoir du gâteau, s'il te plaît ?

— Moi aussi ! Moi aussi ! s'écria Seraphina.

— Oh, mes chéries... (Kate parut sur le point de céder.) Vous... Vous n'auriez pas un petit sachet de raisins secs par hasard ?

— Euh, non, répondit Izzy.

Kate soupira.

— Oh, quel dommage ! Qu'en penses-tu, Caroline ?

Le visage de Caroline, avec ses sourcils en pointe, ne bougea pas d'un iota, mais Izzy eut cependant l'impression qu'elle était désabusée. Elle jeta un coup d'œil à Hermia, qui regardait ses amies, une larme roulant lentement sur sa joue. Achille vint à son secours.

— Maman ! Du gâteau ! Maintenant ! Maman ! Du gâteau ! Du gâteau ! Maman ! Maintenant !

Il se débattit avec les sangles de sa poussette et devint tout rouge.

— Voyons, mon chou, tu sais bien que nous n'aimons pas beaucoup les gâteaux.

— Du gâteau ! Du gâteau !

— Oh là là, se désola Kate. Je ne suis pas certaine que nous reviendrons.

— Du gâteau ! Du gâteau !

— Il paraît que le sucre énerve les enfants.

Izzy se retint de faire remarquer que tous ses ingrédients étaient entièrement naturels et que les enfants n'avaient encore rien avalé.

— Très bien, concéda Caroline, qui désirait à tout prix que son fils arrête de hurler. Deux gâteaux. Peu importe lesquels. Hermia, tu manges doucement, d'accord ? Tu n'as pas envie d'enfler et de ressembler à...

Caroline s'interrompit immédiatement.

— Oui ! s'écrièrent les jumelles près du comptoir. Je veux le rose ! Je veux le rose ! réclamèrent-elles à l'unisson, avec des voix si semblables qu'Izzy se demanda comment on pouvait les différencier.

— Vous ne pouvez pas avoir un rose toutes les deux, dit distraitement Kate en attrapant un journal. Jane, tu auras le marron.

Quelques instants plus tard, Caroline vint au comptoir pour discuter.

— C'est une boutique plutôt pittoresque que vous avez là. Vous savez, moi aussi, j'adore faire des gâteaux... De toute évidence, plus sains que les vôtres, et nous mangeons principalement cru. J'ai tenu absolument à avoir un îlot central dans ma cuisine pour tout mon bazar... En fait, poursuivit-elle en jetant un coup d'œil dans l'escalier, je crois que mon four est plus grand que le vôtre ! Mon four principal, j'entends. J'ai aussi un four à vapeur et un four à convection. Mais pas de micro-ondes. Quelle horreur, ces machins !

Izzy sourit poliment. Pearl laissa échapper un grognement.

— Je n'ai pas une minute à moi ces temps-ci... Je suis impliquée dans beaucoup d'activités de bienfaisance. Mon mari travaille à la City, alors vous savez... Mais peut-être qu'un jour, je pourrais vous apporter l'une de mes recettes ! Oui, je crée moi-même des recettes... Ce n'est pas facile quand on a une personnalité créative, n'est-ce pas ? Avec les enfants...

Caroline fit cette remarque en fixant Izzy du regard – Izzy qui s'efforçait d'être polie envers tous les clients, même les plus crétins, y compris ceux qui sous-entendaient fortement qu'elle paraissait suffisamment âgée et rondouillette pour avoir eu beaucoup d'enfants. Naturellement, Caroline devait avoir à peu près le poids d'une adolescente de quatorze ans.

— Eh bien, je suis sûre que ce serait très intéressant, intervint Pearl, Izzy restant bouche bée. Euh, Caroline, ce n'est pas ton fils qui est en train d'enlever sa couche et de la mettre dans ton sac Hermès ?

Caroline se retourna en poussant un cri perçant.

\*

— Est-ce qu'ils sont tous comme ça ? demanda Izzy après leur départ.

Achille avait hurlé, Hermia pleuré en silence. Quant aux jumelles, elles avaient coupé leurs gâteaux en deux moitiés exactes pour se les échanger et les recoller, afin d'obtenir des gâteaux parfaitement identiques, au grand dam de Kate.

— Oh non, répondit Pearl. Beaucoup sont pires encore. L'une des mères de la crèche raconte qu'elle n'apprendra pas la propreté à son fils tant qu'il ne l'aura pas décidé lui-même.

— Eh bien, ça paraît tout à fait sensé ! Leur faire porter des couches jusqu'à onze ans. C'est sûrement un gain de temps. Est-ce qu'elle laisse aussi son fils faire la cuisine ?

— Oh non, « Orlando mange uniquement des légumes crus et des pousses ». Sauf que je l'ai surpris à voler le Mars de Louis !

Izzy haussa les sourcils, mais ne dit rien. Elle ne posa pas non plus de questions au sujet du comportement distrait que Pearl avait eu tout au long de la journée. Si Pearl avait eu envie de lui en parler, elle l'aurait fait.

*

À seize heures trente ce vendredi, après leur semaine la plus animée depuis l'ouverture, Izzy et Pearl étaient harassées. Izzy verrouilla la porte et tourna le panonceau côté « Fermé ». Puis elles descendirent au sous-sol et Izzy attrapa dans la chambre froide leur bouteille de vin blanc, qui était désormais leur petit rituel de fin de semaine. Le samedi était une journée calme, même si la fréquentation était également à la hausse, en particulier à l'heure du déjeuner ; elles pouvaient donc se faire un peu plaisir le vendredi sans trop en pâtir le lendemain.

Elles avaient également pris une autre habitude (qui serait sévèrement désapprouvée par la commission d'hygiène, Izzy en était bien consciente) : après avoir compté la recette de la journée, elles s'affalaient sur les grands sacs de farine, qui leur faisaient office de gigantesques poufs.

Izzy versa à Pearl un grand verre.

— Cette semaine a été notre meilleure jusque-là.

Pearl leva son verre avec lassitude.

— Je confirme.

— En même temps, on partait de pas grand-chose. Mais c'est de bon augure...

— Oh, dit Pearl, j'ai oublié de te dire. J'ai croisé ton prétendant à la banque.

C'était elle qui se chargeait des opérations bancaires.

L'intérêt d'Izzy fut piqué.

— Ah oui ? Austin ? Euh, ah, vraiment ? Qui ?

Pearl lui adressa un regard dont elle seule avait le secret. Izzy soupira.

— OK. Comment va-t-il ?

— Pourquoi cette question ? l'interrogea Pearl.

Izzy se sentit rougir et cacha son visage derrière son verre.

— Par politesse, c'est tout.

Pearl eut un petit sourire et patienta.

— Alors ? redemanda Izzy au bout d'une minute.

— Ah ! Je le savais. Si c'était vraiment par politesse, ça ne t'intéresserait pas autant.

— C'est faux. C'est une relation strictement professionnelle.

— Alors, comme ça, c'est une relation ?

— Pearl ! Qu'est-ce qu'il t'a dit ? Est-ce qu'il a parlé de moi ?

— Il était entouré d'une quinzaine de mannequins de lingerie et était sur le point d'entrer dans un jacuzzi, donc difficile à dire.

Izzy s'offusqua, ce qui fit céder Pearl.

— Il avait l'air plutôt élégant. Il est allé chez le coiffeur.

— Oh, j'aimais bien ses cheveux.

— Je me demande pour qui il les a coupés. Peut-être pour toi ?

Izzy fit semblant de ne pas être ravie par cette remarque, mais les hommes comme Austin avaient toujours une petite amie. Qui elle aussi était sans doute très jolie, et très, très gentille. Izzy soupira.

Elle devait l'accepter ; pour le moment, elle devait se soucier de sa carrière. Elle se préoccuperait du reste plus tard. Quel dommage cependant. Elle s'imagina, rien qu'une seconde, caresser doucement sa nuque, où une mèche de cheveux avait été oubliée et...

— Et..., déclara Pearl d'une voix forte, remarquant qu'Izzy rêvassait et en supposant, avec raison, qu'elle fantasmait sur le beau et jeune conseiller financier – ce qui ne serait pas la première fois. Et il m'a dit qu'il avait un message pour toi.

— Un quoi ? demanda Izzy, stupéfaite.

— Un message. Rien que pour toi.

Izzy se redressa aussitôt de son sac de farine.

— Qu'est-ce qu'il a dit ?

Pearl essaya de retrouver le message mot pour mot.

— Son message était... « Dites à Izzy : "Vous leur avez donné une bonne leçon." »

— Une bonne leçon ? À qui ?... Oh, fit Izzy lorsqu'elle comprit qu'Austin faisait allusion aux autres gérants de café de Stoke Newington. Oh...

Elle rosit. Il avait pensé à elle ! Il pensait à elle ! D'accord, peut-être seulement d'un point de vue professionnel, mais tout de même...

— Oh, c'est sympa. C'est une blague entre nous, ajouta Izza devant le regard curieux de Pearl.

— Ah oui ? Voyons le côté positif, tu l'as dans la poche.

— Et toi alors ? Les amours ?

Pearl grimaça.

— Ça se voit tant que ça ?

— Tu as nettoyé les toilettes quatre fois ! Ne crois pas que je ne t'en suis pas reconnaissante, mais...

— Non, non, je sais. Arf. Eh bien, le papa de Louis… Il est revenu.

— Oh... Et est-ce que c'est bien, pas bien, pas mal, catastrophique, ou un peu tout cela à la fois ?

— Autre réponse possible : je ne sais pas. Je crois que je ne sais pas.

— Et Louis est content ?

— Aux anges, déclara Pearl d'un ton bougon. Est-ce qu'on peut changer de sujet ?

— Oui ! Hmm… OK. Bon. D'accord. Bon, puisque nous buvons un verre de vin, autant me lancer. Je déteste poser ce genre de questions délicates, mais… est-ce que tu as maigri ?

Pearl leva les yeux au ciel.

— Peut-être. Mais pas volontairement.

— Tu sais, je m'en fiche que tu manges notre stock de gâteaux, plaisanta Izzy, inquiète d'avoir vexé Pearl.

— Écoute… Ne le dis pas aux clients. Tu as un sacré don pour la pâtisserie, mais…

Izzy dévisagea Pearl. Il y avait une lueur malicieuse dans son regard.

— Je crois que… Les sucreries, ça ne me dit plus rien du tout. Je suis désolée, Izzy. Je suis désolée ! Ce n'est pas ta faute ! Ne me vire pas, s'il te plaît !

Izzy ouvrit la bouche et éclata de rire.

— Oh là là, Pearl, s'il te plaît. Non, ne me dis pas que…

— De quoi ?

— Je n'ai pas avalé un seul gâteau depuis six semaines !

Elles firent toutes les deux une tête horrifiée, puis s'esclaffèrent.

— De quoi avons-nous l'air ? demanda Pearl, désarmée. Est-ce que, la prochaine fois, on ne pourrait pas plutôt ouvrir une friterie ?

— Carrément ! On ne vendrait que des frites et des chips.

— Je rêve de cet endroit. Tous les jours, à chaque seconde. Je ne dis pas que ce n'est pas super, Izzy, pas du tout. Mais toutes ces heures de travail... Ça me pèse.

— Moi aussi... Moi aussi... Et puis, admettre que je n'aime plus manger de pâtisseries... cela revient à renier totalement ma personnalité, ce que je suis.

— Ça craint. Cela va peut-être poser problème pour tester les gâteaux.

— Hmm... Il nous faudrait peut-être une personne en plus.

Pearl serra discrètement le poing de joie.

— Oui, fit-elle évasivement, comme si cela lui était égal.

\*

Izzy ne s'était pas du tout attendu à ce que le recrutement d'un autre employé fût compliqué. Les temps étaient difficiles et les gens cherchaient désespérément du travail, non ? Elle pensait que, dès qu'elle mettrait l'annonce en vitrine, ce serait réglé en moins de dix secondes. En réalité, elle se demanda même si elle parviendrait à débaucher un grand pâtissier d'un palace en mal de clients, qui ne voulait pas travailler le soir et – hmm – se moquait de gagner le salaire minimum plus les pourboires.

Au lieu de cela, parmi le flot de personnes qui répondirent à l'affiche – puis, ensuite, à l'annonce passée dans le *Stoke Newington Gazette* vantant le succès du salon de thé et remerciant le quartier pour son soutien –, aucune ne faisait l'affaire. (Lorsqu'elle ébaucha l'annonce, Izzy ne put s'empêcher de penser aux autres tenanciers de café qui la liraient avec un certain mépris. C'était méchant de sa part, se dit-elle, et elle tenta de réprimer aussitôt ce sentiment. Mais c'était une belle annonce, au graphisme soigné – il faudrait qu'elle paye Zac un jour.) Trouver un nouvel employé ne fut pas aussi facile qu'elle l'aurait cru. Certaines personnes vinrent pour discuter et ne firent que dénigrer leur dernier employeur ; l'une d'elles prévint qu'elle aurait besoin de ses mardis et jeudis après-midi pour ses consultations chez le psychologue ; une autre demanda au bout de combien de temps le salaire augmenterait, et au moins quatre d'entre elles n'avaient jamais fait de pâtisserie de leur vie, mais estimaient que ce ne devait pas être bien compliqué.

— Le souci, avait expliqué Izzy à Helena, pendant que celle-ci se maquillait, c'est qu'ils ne sont même pas capables de faire semblant d'aimer la pâtisserie. J'ai l'impression de passer pour une ringarde parce que j'attends d'eux qu'ils s'intéressent vaguement au job. Ça traîne cette histoire, j'ai mis l'annonce il y a plusieurs semaines.

— On croirait que tu as cinq mille ans, dit Helena, tout en appliquant une couche épaisse d'un vert doré pailleté sur ses paupières, qui lui donnait l'air d'une déesse, sans vulgarité aucune.

Ashok la traitait comme une déesse de toute façon. De manière saugrenue, Izzy, par son absence, avait jeté Helena dans les bras de cet homme. Sa meilleure amie lui manquait, quelqu'un avec qui sortir aussi. Autant, c'était parfait qu'elles soient toutes les deux célibataires en même temps, autant c'était nul de regarder chaque soir les émissions de téléréalité toute seule.

Un jour, Ashok, très fringant avec une chemise rose et une veste blanche qui faisait ressortir ses grands yeux noirs, s'était nonchalamment présenté devant Helena aux urgences pendant qu'elle nettoyait du vomi (il y avait des agents d'entretien pour ce genre de tâches, mais il fallait contacter les services centraux, patienter une demi-heure avant d'être mis en relation avec l'équipe de sous-traitants ; aussi, franchement, était-ce plus simple de le faire soi-même avant que quelqu'un ne glissât sur le vomi et ne se brisât le coccyx. De plus, cela donnait un bon exemple aux élèves infirmières). Ashok s'était lancé :

— Bon, je suppose que tu es très occupée jeudi soir. Mais, si jamais ce n'est pas le cas, j'ai pris la liberté de réserver une table chez *Hex*. Tu me diras ce que tu en penses.

Helena avait suivi Ashok des yeux tandis qu'il s'éloignait dans le couloir. *Hex* était le nouveau restaurant branché de Londres, les journaux en parlaient tous les jours. Il était par conséquent quasiment impossible d'y réserver une table. Bien entendu, elle ne pouvait pas y aller. Ce genre d'invitation n'était pas du tout son truc. Hors de question.

\*

— Tu es superbe, la complimenta Izzy en se focalisant sur son amie pour la première fois. Comment arrives-tu à faire ça sur tes yeux ? Si je me maquillais comme ça, les gens croiraient que j'ai eu un accident d'autobronzant !

Helena adressa à Izzy un sourire de Mona Lisa et poursuivit son maquillage.

— Tu fais quoi d'ailleurs ? Où est-ce que tu vas ?

— Je sors. Dans un endroit qui n'est ni ton appart, ni ta boutique. Tu sais, là où se retrouvent les gens pour discuter du monde.

En temps normal, Helena aurait directement informé Izzy de ses projets. Mais elle était partagée : en partie parce qu'une conversation un peu longue lui paraissait nécessaire, mais aussi parce qu'elle n'avait pas envie de se faire mettre en boîte pour aller à l'encontre de ses « grands principes », en sortant avec un interne en première année sous-payé, nerveux et aux mains moites. Les internes étaient un vieux sujet de plaisanterie entre elles depuis des années. Ils arrivaient, inexpérimentés, en deux vagues en février et en septembre, et finissaient si reconnaissants envers Helena et ses bons conseils, son autorité et sa magnifique poitrine, qu'il y en avait toujours au moins un pour lui courir après des semaines durant, avec des fleurs et des yeux larmoyants. Helena ne cédait jamais. En aucun cas.

— Tu comprendras quand tu feras ton retour dans la société, lui lança Helena.

Izzy piqua un fard.

— Oh, ne rougis pas ! (Helena fut sincèrement surprise d'avoir vexé son amie.) Je ne le pensais pas ! D'ailleurs, je me disais ces derniers temps que tu t'endurcissais réellement.

— Pff, c'est ça, oui !

— Non, vraiment, toute cette histoire d'entreprise… Vous avez retrouvé une joie de vivre, mademoiselle Randall. Vous n'êtes plus la fille que j'ai rencontrée qui avait la trouille d'aller chez le médecin pour une verrue.

Ce souvenir fit sourire Izzy.

— Je croyais qu'il me demanderait d'enlever ma culotte.

— Et quand bien même, était-ce une raison pour avoir peur ?

— Non.

— Et maintenant, regarde-toi ! Tu as ta propre boîte ! Si tu étais un peu plus agaçante et riche, tu pourrais participer à cette téléréalité sur le monde de l'entreprise. Il faudrait une épreuve de pâtisserie. Dommage que cela n'existe pas…

Izzy haussa les sourcils.

— Je vais prendre ça pour un demi-compliment, ce qui, venant de toi, est plutôt pas mal. Mais tu as raison, je deviens ennuyeuse. Je ne pense qu'à ma boutique.

— Et ce banquier canon mal fagoté, avec les lunettes en écaille ?

— Eh bien quoi ?

— Oh, rien ! Je suis contente de voir que tu n'attends pas sagement que Graeme revienne.

— Non, non ! Je ne l'attends pas. Hé, je sais : pourquoi je ne t'accompagnerais pas ?

Helena commença à mettre du mascara sur ses cils.

— Euh, non, ce n'est pas possible.

— Pourquoi ? Histoire d'oublier un peu le boulot.

— Ce ne sont pas tes oignons.

— Lena, est-ce qu'il s'agit d'un rencard ?

Calmement, Helena continua d'appliquer son mascara.

— Oh, j'ai raison ! Qui est-ce ? Raconte-moi tout.

— Je l'aurais fait si tu avais arrêté de parler de ton café une seconde. Mais là, je suis en retard.

Sur ces mots, Helena embrassa fermement Izzy sur la joue et quitta la salle de bains à la hâte, laissant derrière elle un nuage de parfum *Agent provocateur*.

— Est-ce que c'est un bleu ? l'interrogea Izzy en la suivant. Dis-moi. Allez ! Je suis sûre que si tu ne me dis rien, c'est qu'il y a une raison.

— Ça ne te regarde pas.

— C'est ça ! C'est un petit interne !

— Ce ne sont pas tes affaires.

— C'est gentil de sa part de t'inviter à sortir entre deux erreurs médicales.

— Pff !

— Vous allez partager l'addition, je suppose ?

— La ferme !

— J'espère que tu as pris un livre avec toi si jamais il s'endort à table.

— Va te faire voir !

— Je vais attendre que tu rentres, lui cria Izzy alors qu'Helena s'éloignait.

— Tu parles ! entendit-elle – et, en effet, les paupières d'Izzy étaient déjà à moitié closes à la fin de *Recherche appartement ou maison*.

\*

Le lendemain matin, le *rush* pour les croissants presque terminé, Pearl se mit à façonner les nouvelles boîtes en carton qu'elles avaient commandées. Avec leurs rayures rouges et blanches et le nom de la boutique inscrit sur le couvercle, elles pouvaient contenir une douzaine de cupcakes. Un joli ruban rose viendrait les entourer. Elles étaient absolument adorables, mais leur montage demandait un petit tour de main, auquel Pearl s'exerçait.

La clochette de la porte retentit et Pearl regarda la pendule : quelques minutes de répit avant le pic de onze heures. Elle s'essuya le front. Mince alors, c'était agréable d'être occupée, mais c'était intensif. Izzy était en bas, à essayer de faire le premier cupcake au monde à la bière de gingembre. L'odeur de la cannelle, du gingembre et de la cassonade emplissait la boutique de manière absolument enivrante. Les gens ne cessaient de demander à y goûter et, quand on leur répondait que les gâteaux n'étaient pas encore prêts, ils se postaient près de l'escalier. Un ou deux engagèrent la conversation, ce qui était sympa, songea Pearl, mais à cet instant précis, elle aurait préféré que le passage fût dégagé afin de débarrasser les tables. Elle voulait mettre au lave-vaisselle les tasses et les assiettes bleu ciel et turquoise, ainsi que celles jaune pâle qu'elles avaient dû acquérir depuis l'augmentation de la clientèle. Des œufs frais venaient d'être livrés de la ferme, avec quelques plumes encore sur les coquilles, et elle devait signer le bon de livraison, retirer les plumes et ranger les œufs au sous-sol, tout en servant les gens qui faisaient la queue, ce qui était impossible car elle n'avait plus de tasses propres et...

— Izzy ! cria-t-elle.

On entendit un fracas en bas.

— Aïe ! Ooh, c'est chaud, c'est chaud ! hurla Izzy. Je vais passer mon doigt sous l'eau et j'arrive !

Pearl soupira et prit son mal en patience face à deux adolescentes qui ne cessaient de changer d'avis pour choisir leurs gâteaux, comme s'il s'agissait d'une question de vie ou de mort.

Soudain, la porte s'ouvrit brusquement. Il pleuvait à l'extérieur, une averse printanière continuelle, mais le poirier bourgeonnait tout de même timidement, nerveusement, de minuscules pousses entortillées apparaissant sur ses branches. Pearl récupérait de temps en temps discrètement du marc de café pour en déposer à son pied ; elle avait entendu dire que c'était bon pour les arbres et, celui-là, elle avait envie de le dorloter. Pearl reconnut immédiatement la personne qui était entrée dans la boutique, et son cœur se serra. C'était Caroline, l'ayatollah de la diététique de la crèche de Louis, la première enchérisseuse pour la boutique.

Caroline se dirigea d'un pas résolu en tête de la file d'attente. Pearl remarqua qu'elle n'était pas tirée à quatre épingles comme d'habitude. Des racines grises apparaissaient dans ses cheveux blonds. Elle n'était pas maquillée. Elle avait aussi perdu du poids, sa silhouette très svelte avait basculé du côté de l'extrême maigreur.

— Pourrais-je parler à ta patronne, s'il te plaît ? éructa-t-elle.

— Bonjour, Caroline, lui répondit Pearl, en essayant d'accorder à cette femme incroyablement impolie le bénéfice du doute, au cas où elle ne l'aurait pas reconnue.

— Oui, bonjour, euh...
— Pearl.
— Pearl. Est-ce que je peux parler à ta patronne ?
Caroline balaya la boutique du regard, les yeux écarquillés. Sur le canapé, était installé un groupe de jeunes mères s'extasiant sur les bébés des unes et des autres, tout en préférant manifestement le leur ; deux hommes d'affaires avec un ordinateur portable et des documents éparpillés sur la table étaient en rendez-vous près de la baie vitrée ; un jeune étudiant qui lisait un vieux livre de poche peinait à se concentrer. Il jetait des œillades à une étudiante près de la cheminée, qui, pour sa part, griffonnait des notes sur un carnet tout en rejetant ses longs cheveux somptueusement bouclés en arrière, geste qui se voulait sans nul doute charmeur.

— Izzy ! brailla Pearl du haut de l'escalier, avec une telle force que cela fit sursauter Izzy.

En attendant, Caroline s'appuya contre le mur, en tapotant anxieusement du pied. Elle se pencha vers Pearl.

— Tu sais, mon fils va faire sa rentrée à l'école en septembre. J'allais jeter tous les vêtements qu'il ne met plus, mais je me disais que cela t'intéresserait peut-être pour ton petit garçon. Ce doit être de sa taille et ce sont des vêtements de marque : il y a beaucoup de Mini Boden ou de Petit Bateau.

Pearl recula derrière le comptoir.

— Non merci, répondit-elle sèchement. Je pense que je peux lui acheter moi-même ses habits, merci.

— Oh, très bien, dit la femme blonde, complètement impassible. C'était pour m'économiser un aller-retour au Secours populaire ! Pas de souci.

— Je n'ai besoin de la charité de personne, s'offusqua Pearl, mais Caroline s'était tournée vers Izzy qui grimpait les marches tout en suçotant son doigt brûlé.

Caroline agita nerveusement les mains devant elle.

— Oh… Oh, bonjour !

Izzy s'essuya sur son tablier, avec une expression méfiante. Caroline et Kate n'étaient pas revenues au salon de thé ; Izzy s'en était vexée. Mais c'était aussi le lot des petits commerces.

— Vous savez, commença Caroline. Euh, vous savez quand je n'ai pas eu ce local…

Pearl retourna servir les clients.

— Oui, répondit Izzy. Est-ce que vous avez… trouvé autre chose ?

— Euh, j'ai étudié beaucoup de biens. C'est une idée qu'il est temps de concrétiser…, affirma Caroline d'une voix de plus en plus faible.

— Ah, d'accord. (Izzy se demanda où elle voulait en venir. Elle devait surveiller la cuisson de ses cupcakes à la bière de gingembre.) Cela me fait plaisir de vous revoir. Souhaitez-vous un café ?

— En fait… (Caroline baissa le ton, comme si elle s'apprêtait à lui confier un secret extrêmement drôle.) Non. Euh, si. Enfin, voilà : je sais que cela va paraître totalement insensé, mais… (Soudain, son visage défait, mais joli, sembla se contracter.) Cet enfoiré… Mon connard de mari m'a quittée pour cette idiote du bureau de presse. Et il a eu le culot de me dire de trouver un boulot !

*

— Hors de question, dit Pearl par la suite. Non, non, non et non.

Izzy se mordit la lèvre. Certes, c'était une méthode peu orthodoxe. Mais en revanche, il ne faisait aucun doute que Caroline était une femme intelligente. Elle avait un diplôme de marketing et avait travaillé pour une prestigieuse agence d'études de marché avant de tout arrêter pour ses enfants, avait-elle sangloté amèrement, pendant que son mari se tapait une attachée de presse d'une vingtaine d'années. Mais une fois qu'elle avait cessé de brailler, après avoir englouti un demi-litre de thé et un paquet de noisettes, il apparut qu'elle connaissait énormément de gens dans le quartier ; grâce à elle, le *Cupcake Café* pouvait devenir l'endroit à la mode où acheter les gâteaux d'anniversaire, de baptême, etc. ; elle pouvait précisément travailler aux heures qu'Izzy souhaitait et elle vivait dans le coin…

— Mais elle est odieuse ! protesta Pearl. C'est un détail non négligeable.

— Elle traverse peut-être une période un peu autocentrée, la défendit Izzy, attendrie. C'est terrible de se faire quitter (sa voix faiblit un instant), ou quand rien ne semble aller.

— Oui, cela vous rend extrêmement grossier et égoïste. Elle n'a même pas besoin de travailler. Plutôt engager quelqu'un qui en a besoin.

— D'après elle, elle en a besoin. Apparemment, son mari lui a dit que si elle voulait garder la maison, elle devait se remuer les fesses et se mettre à travailler.

— Et elle s'est dit qu'elle allait traîner ici et jouer les snobs avec les clients. En plus, elle voudra qu'on utilise de la farine complète, des raisins secs et des germes de blé, elle parlera de masse corporelle et jacassera à longueur de journée.

Izzy était partagée.

— Mais ce n'est pas comme si nous avions beaucoup de candidats sérieux, argumenta-t-elle. Personne ne faisait réellement l'affaire. Et puis, elle travaillerait en grande partie quand tu n'es pas là, donc tu ne la verrais pas tant que ça.

— Oui, mais la boutique est toute petite, ajouta Pearl d'un ton sinistre.

Izzy soupira et choisit de remettre sa décision à plus tard.

*

Cependant, la fréquentation du *Cupcake Café* ne fléchissait pas – ce qui était fantastique, mais apportait aussi son lot de problèmes. Dorénavant, le téléphone sonnait sans cesse et la liste des choses à faire était interminable. Izzy s'endormait pendant le dîner, tandis qu'Helena sortait tout le temps ; elle n'avait pas vu Janey depuis son accouchement, et Tom et Carla étaient partis vivre dans le Kent sans qu'elle ait réussi à aller à leur pendaison de crémaillère ; et quand elle avait cinq minutes de répit, Graeme lui manquait toujours, bon sang, ou bien juste quelqu'un, pour lui tenir quelquefois la main et lui dire que tout irait bien, mais elle n'avait pas de temps pour cela. Elle n'avait pas de temps pour quoi que ce fût, il y avait toujours à faire.

Izzy enfouit ses sentiments au plus profond d'elle et se donna encore plus à son travail, mais le jour où Linda poussa la porte de la boutique, elle n'était pas loin d'être au bout du rouleau.

C'était un agréable vendredi de fin de printemps, et l'air tiède promettait un week-end clair et estival. Les gens affluaient dans les rues d'un air joyeux. Les boîtes de cupcakes au citron, avec un glaçage rouge vif et une petite rondelle de fruit confit, faisaient fureur, les employés souhaitant disséminer un peu de cette belle journée dans leur bureau. Izzy, bien qu'à moitié pliée en deux d'épuisement, éprouvait une grande fierté devant la montagne de gâteaux qu'elle avait commencé à concocter dès l'aube (si haute qu'elle n'aurait pas cru possible que tout fût vendu en fin de journée). Cette montagne s'érodait continuellement par douzaines ou demi-douzaines. Par ailleurs, les clients commandaient plus de boissons fraîches que de cafés, ce qui nécessitait moins de travail. Même si Izzy savait à présent préparer un café crème ou un macchiato avec une grâce naturelle et célérité (les dix-neuf premières fois, elle avait renversé quelque chose), attraper un jus de sureau dans le réfrigérateur demandait beaucoup moins de temps. Izzy préférait des jus de qualité aux sodas : ils étaient, jugeait-elle, plus adaptés à l'esprit de la boutique. En outre, comme Austin le lui avait fait remarquer, la marge bénéficiaire était plus importante.

Le clou de la journée eut lieu à seize heures, précisément au moment où tout se calmait, quand la porte s'ouvrit pour laisser apparaître Keavie, qui poussait le grand-père d'Izzy dans un fauteuil roulant. Izzy accourut et jeta ses bras autour du cou de Joe.

— Grampa !

— Je ne crois pas, déclara vivement le vieil homme, que tu saches bien y faire avec les meringues.

— Mais bien sûr que si ! s'exclama Izzy, offensée. Goûte ça.

Elle lui servit l'une de ses tartelettes au citron meringuées, avec la crème au citron si épaisse et fondante qu'elle s'imprégnait dans la pâte fine. Même si l'on engloutissait le tout en deux secondes, son goût restait en bouche toute la journée.

— Cette meringue est trop sèche.

— C'est parce que tu n'as pas de dents ! s'indigna Izzy.

— Donne-moi un saladier. Et un fouet. Et des œufs.

Pearl prépara un chocolat chaud pour Keavie et toutes deux observèrent Joe et Izzy, assise sur un tabouret à côté de lui, mélanger les ingrédients. Avec ses boucles noires à côté du crâne clairsemé du vieil homme, Pearl remarqua aussitôt combien Izzy avait dû ressembler à son grand-père quand elle était enfant.

— Ton geste du coude n'est pas bon du tout, lui expliqua Joe, qui, même à son âge, cassait les œufs d'une main sans regarder et séparait le blanc du jaune en un clin d'œil.

— C'est parce que...

La voix d'Izzy s'étrangla.

— Parce que quoi ?

— Rien.

— Dis-moi.

— C'est parce que je me sers d'un fouet électrique, avoua Izzy en rougissant, et Pearl éclata de rire.

— C'est bien ce que je disais ! Cela ne m'étonne pas.

— Mais je suis obligée ! Je dois préparer des tonnes de gâteaux par jour ! Comment je m'en sortirais sinon ?

Joe se contenta de secouer la tête et continua de fouetter. À cet instant, le quincaillier passa devant la vitrine et Joe lui fit signe d'entrer.

— Saviez-vous que ma petite-fille se sert d'un fouet électrique pour préparer les meringues ? Après tout ce que je lui ai appris !

— C'est pour cela que je ne mange pas ici, répondit le quincaillier.

Puis quand il aperçut le visage stupéfait d'Izzy, il ajouta :

– Mes excuses, madame. Je ne mange pas ici parce que, bien que votre salon soit très joli, c'est un peu trop cher pour moi.

— Eh bien, voici un gâteau offert par la maison, lui dit Izzy. Et sans meringue.

Pearl lui en proposa un docilement, mais le quincaillier le refusa d'un geste de la main.

— Comme vous voudrez, rétorqua Pearl, mais Izzy insista jusqu'à ce qu'il cédât.

— C'est très bon, affirma-t-il, tout en mâchant son brownie au chocolat.

— Imaginez combien ce serait encore meilleur si elle fouettait sa pâte à la main, commenta Grampa.

Izzy lui administra une petite tape sur la tête.

— Je fais des gâteaux à une échelle industrielle, Grampa.

Joe sourit.

— Oh, je disais ça comme ça.

— Eh bien, tais-toi.

Grampa Joe tendit à Izzy le saladier contenant le mélange parfaitement ferme de blancs en neige et de sucre.

— Mets ça sur du papier sulfurisé et laisse reposer trois quarts d'heure.

— Oui, je sais, Grampa.

— Ah bon ? Je me disais que tu allais peut-être le mettre au micro-ondes ou quelque chose dans le genre.

Pearl sourit.

— Quelle exigence, monsieur Randall, lui dit-elle tout en se penchant vers lui.

— Je sais, lui chuchota Grampa Joe. Pourquoi croyez-vous qu'elle est aussi douée ?

\*

Après qu'ils eurent mangé les fantastiques meringues de Grampa avec de la crème Chantilly et une cuillerée de coulis de framboise, Keavie avait reconduit le vieil homme jusqu'au minibus, non sans emporter une énorme boîte de gâteaux pour les pensionnaires. Le ménage était terminé.

Izzy ressentait une profonde lassitude, mais il y aurait du vin ce soir et, le samedi, elles n'ouvraient pas avant dix heures (ce qui était à ses yeux une belle grasse matinée). Par ailleurs, elles fermeraient tôt et tout le dimanche serait chômé. Peut-être ferait-il assez chaud pour promener Grampa dans le jardin en fauteuil roulant (même s'il avait toujours froid ces temps-ci). Elle pourrait s'asseoir sur un plaid et lui lire quelques articles du journal. Et peut-être qu'ensuite, Helena serait à la maison et qu'elles pourraient déguster un curry et papoter toute la soirée. Izzy était absorbée par ses douces pensées et profitait des derniers rayons du soleil qui transperçaient la vitrine étincelante, de la cloche qui tintait sans cesse pour annoncer de nouveaux clients et des visages heureux des gens sur le point de croquer dans leur gâteau, quand la porte s'ouvrit brusquement une fois de plus.

Izzy leva la tête. Au début, elle ne reconnut pas la femme affolée qui entra dans la boutique. Puis elle se rendit compte qu'il s'agissait de Linda, Linda de la mercerie, habituellement si posée, dont la vie ne connaissait aucune anicroche.

— Bonjour ! la salua Izzy, ravie de la voir. Comment allez-vous ?

Linda leva les yeux au ciel. Elle embrassa la boutique du regard et Izzy se fit la réflexion, avec un léger agacement, que c'était la première fois que Linda venait. Elle aurait cru que celle-ci l'aurait davantage soutenue, puisqu'elle vivait dans le quartier, qu'elles avaient attendu ensemble le bus, qu'il plût ou qu'il ventât.

Toutefois ce sentiment fut balayé en un instant, lorsque Linda s'arrêta et chercha son souffle.

— Oh là là, comme c'est mignon ! Je n'avais pas compris, je croyais que cette boutique n'était qu'une toquade, rien de sérieux. Je suis vraiment désolée ! Si j'avais su...

Pearl, qui lui avait remis un prospectus au moins trois fois, se racla la gorge, mais Izzy lui adressa un petit coup de coude pour qu'elle se tût. Pearl retourna alors servir le facteur, qui venait bien trop souvent après sa tournée. (Izzy s'inquiétait pour lui, manger des cupcakes deux fois par jour ne devait pas être très bon pour sa santé. Pearl imaginait, pour sa part, qu'il s'était entiché d'elle. Elles avaient toutes les deux raison en réalité.)

— Eh bien, vous êtes là maintenant, dit Izzy. Bienvenue ! Qu'est-ce qui vous ferait plaisir ?

Linda parut nerveuse.

— Je dois... Je dois... Pouvez-vous m'aider ?

— De quoi s'agit-il ?

— C'est... C'est le mariage de Leanne. Demain. Mais sa pièce montée... Un de ses amis s'est proposé de faire le gâteau, mais il a dû y avoir un quiproquo ou quelque chose... Résultat, Leanne a déboursé des centaines de livres et elle se retrouve sans pièce montée.

*A posteriori*, Izzy songea que prononcer ces mots à propos de sa fille si parfaite, qui ne faisait jamais rien de travers, avait dû coûter à Linda. Elle paraissait au bord des larmes.

— Pas de gâteau pour son mariage ! Et j'ai encore mille choses à faire sur ma liste.

Izzy se souvint que ce devait être le mariage du siècle, le mariage dont Linda parlait depuis plus d'un an et demi.

— OK, OK, calmez-vous. Je suis sûre que nous pouvons vous aider. Combien d'invités avez-vous ? Soixante-dix ?

— Euh..., fit Linda qui marmonna ensuite si doucement qu'Izzy ne comprit pas.

— Pardon ?

Linda répéta le chiffre dans sa barbe.

— J'ai eu peur, dit Izzy, j'avais compris quatre cents !

Linda leva son regard rougi sur Izzy.

— Ça va être une catastrophe. Le mariage de ma fille unique ! Un vrai désastre ! se lamenta la mercière avant d'éclater en sanglots.

*

À dix-neuf heures trente, alors qu'elles n'en étaient qu'à la seconde fournée, Izzy avait déjà pris conscience qu'elles n'y arriveraient pas. Pearl était une sainte, une héroïne et une vraie battante, elle était restée sans qu'Izzy eût besoin de le lui demander deux fois (bon, ces heures supplémentaires mettaient aussi du beurre dans les épinards, Izzy le savait bien). Elles ne pouvaient pas réutiliser les gâteaux de la journée. Elles devaient tout préparer de A à Z et trouver une solution pour faire tenir les cupcakes en forme de pièce montée.

— J'ai mal au bras, se plaignit Pearl en préparant les ingrédients avant de les verser dans le robot. Et si on prenait notre verre de vin maintenant avant de nous lancer ?

Izzy fit non de la tête.

— Cela finirait mal. Oh là là, si seulement je connaissais quelqu'un qui accepterait... (Elle s'interrompit brusquement et regarda Pearl.) Je pourrais téléphoner à...

Pearl devina aussitôt sa pensée.

— Pas elle. N'importe qui, sauf elle.

— Je ne vois personne d'autre. Absolument personne. J'ai appelé tout le monde.

Pearl soupira, puis considéra son saladier.

— À quelle heure est ce mariage ?

— Dix heures.

— J'ai envie de pleurer.
— Moi aussi. Ou... de téléphoner à une spécialiste de la productivité.

*

Pearl détesta l'admettre, mais Izzy avait eu raison. Cette blonde maigrelette était arrivée dans une veste de cuisinier immaculée (elle l'avait achetée à l'occasion d'un stage de cuisine en Toscane, leur avait-elle raconté, que lui avait offert son ex-mari, qui avait fêté son absence en passant tout son temps avec sa maîtresse). Elle avait immédiatement mis en place un système de travail à la chaîne, avec un temps de production chronométré par la minuterie du four.
Au bout d'un moment, une fois leur cadence trouvée, Pearl alluma la radio et elles se mirent à danser, côte à côte, sur du Katy Perry, tout en ajoutant le sucre et le beurre, en malaxant et en glaçant fournée après fournée, sans perdre le rythme, et la pile de cupcakes devant elles ne cessait de monter. Caroline fabriqua un présentoir à partir de vieux emballages et le recouvrit magnifiquement d'un joli papier blanc qu'elles étaient allées acheter chez le marchand de journaux. Ce faisant, elle ne cessa de leur parler du gâteau à neuf cents livres qu'elle avait commandé pour son mariage chez un pâtissier de Milan. Au final, elle n'avait pas pu y goûter, parce qu'elle avait passé toute la journée à discuter avec une amie de son père qui voulait des informations sur le milieu du marketing pour sa fille, pendant que son ex-mari se saoulait avec ses amis de l'université

(dont son ancienne petite amie), sans prendre la peine de venir à son secours.

— C'était évident que notre mariage était foutu d'avance.

— Pourquoi n'as-tu rien vu ? lui demanda Pearl, assez sèchement.

Caroline la regarda.

— Oh, Pearl. Tu le saurais si tu avais été mariée.

Pearl maugréa doucement en se cachant derrière le réfrigérateur.

Elles nappèrent les cupcakes d'un glaçage crémeux à la vanille, fouetté à la perfection par Izzy, puis disposèrent de petites billes argentées pour former les initiales de Leanne et de son futur époux, Scott. Ce fut l'étape la plus difficile. À vingt-trois heures trente, Pearl avait de plus en plus de mal à dessiner un L et un S. Toutefois, les cupcakes s'amoncelaient pour composer un magnifique gâteau de mariage saupoudré de sucre glace rose.

— Allez, on s'active ! cria Caroline. Donnez-vous à fond.

Pearl jeta un coup d'œil à Izzy.

— Je crois qu'elle considère déjà qu'elle travaille ici.

— C'est peut-être le cas, répondit doucement Izzy.

Caroline afficha un grand sourire et stoppa momentanément sa production.

— Oh ! Merci. C'est… C'est la première chose positive qui m'arrive depuis un moment.

— Oh, tant mieux, lui dit Izzy. Je me faisais un peu de souci pour vous, vous êtes tellement maigre.

— Bon d'accord, la seconde meilleure chose qui me soit arrivée, rectifia Caroline.

Pearl leva les yeux au ciel.

— On pourrait peut-être se tutoyer ? proposa Izzy à Caroline.

— Oui, d'accord.

Quand, enfin, les trois femmes se préparèrent à rentrer chez elles, peu après minuit, Pearl savait qu'elles n'y seraient pas parvenues sans Caroline.

— Merci pour ton aide, lui dit-elle de mauvaise grâce.

— Je t'en prie. Est-ce que tu prends un taxi pour rentrer chez toi ?

Pearl grimaça.

— Les taxis refusent d'aller jusque chez moi.

— Ah bon ? Tu habites à la campagne ? Comme c'est charmant.

Izzy poussa Caroline dehors avant qu'elle n'aggravât son cas et lui demanda si elle pouvait commencer par travailler une heure le midi, pendant sa pause-déjeuner et celle de Pearl. Si tout se passait bien, elle lui confierait alors plus d'heures, pour le bonheur de tout le monde.

— Parfait, répondit Caroline. Je vais demander que les réunions de mon club de lecture se tiennent ici. Et de mon atelier de couture. Et mes réunions Tupperware. Il y a le Rotary Club aussi. Et puis mes cours sur l'art de la Renaissance italienne.

Izzy la prit dans ses bras.

— Tu te sens très seule, non ?

— Oh oui, terriblement seule.

— J'espère que ça va s'arranger.

— Merci.

Caroline accepta le grand sachet de cupcakes qu'Izzy lui tendait avec insistance.

— Ne me regarde pas comme ça, dit Izzy à Pearl, même si celle-ci se trouvait derrière elle. Je te l'accorde, tu as raison la plupart du temps. Mais ça ne veut pas dire « toujours » !

\*

La matinée suivante était splendide ; comme si tout Londres s'était paré de vert pour cette journée de noces. Pearl et Izzy prirent un taxi, terrifiées à l'idée que leur gâteau ne s'effondrât, mais il tint bon. Elles le posèrent au centre d'une gigantesque table décorée d'étoiles et de ballons roses.

Linda et Leanne se précipitèrent à leur rencontre. Lorsque la mariée, jeune et rose dans sa robe bustier, aperçut les centaines de cupcakes pastel délicatement recouverts d'un glaçage immaculé, elle en fut bouche bée, révélant ses dents récemment blanchies.

— Oh ! C'est magnifique ! C'est magnifique ! J'adore ! J'adore ! Merci ! Merci mille fois !

Elle serra Pearl et Izzy dans ses bras.

— Leanne ! la houspilla Linda. Nous allons devoir remaquiller tes yeux encore une fois. On paie cette maquilleuse à l'heure, tu sais.

Leanne se tamponna frénétiquement sous les yeux.

— Pardon, pardon. J'ai passé les quatre dernières heures à fondre en larmes. Tout est... Arf... C'est de la folie. Mais vous, les filles... Vous avez sauvé mon mariage !

Une femme arriva à la hâte et commença à tripoter les cheveux de Leanne.

— La voiture est en route, annonça une autre personne. H moins quarante-cinq minutes.

La bouche de Leanne s'ouvrit dans une crise de panique.

— Oh là là ! hurla-t-elle. Oh, bon Dieu ! (Elle étreignit Pearl et Izzy.) Est-ce que vous voulez rester ? S'il vous plaît, restez.

— Cela nous ferait très plaisir, dit Izzy, mais...

— Je dois retourner auprès de mon fils, répondit fermement Pearl. Tous mes meilleurs vœux.

— Vous allez passer une superbe journée ! ajouta Izzy en déposant une pile de cartes de visite à côté du gâteau.

Linda serra alors dans ses bras ses deux sauveuses. Elles sortirent pour retrouver cette belle journée londonienne, avec des pigeons qui se prélassaient au soleil et des passants qui se dirigeaient vers des cafés, des marchés afin d'acheter du tissu pour confectionner des saris, de la viande pour faire des barbecues, de la bière pour le match de football, du fromage de chèvre pour un dîner, des journaux pour lire au parc, des glaces pour les enfants... Les amis de Leanne affluaient déjà sur les marches de la mairie, jeunes et beaux, bien coiffés et bien habillés ; de hautes sandales à lanières et des épaules nues, un peu ambitieux pour un mariage en mai. Ils criaient d'excitation, se complimentaient sur leur tenue et trituraient nerveusement de petits sacs, une cigarette ou des confettis.

*

Toujours la pâtissière, jamais la mariée, pensa Izzy un peu tristement.

— Bon, assez, affirma gaiement Pearl, en ôtant brusquement son tablier. Je m'en vais faire un câlin à mon fils et lui dire qu'il verra un peu plus sa mère maintenant que la méchante sorcière a rejoint l'équipe.

— Arrête ça ! dit Izzy d'un ton taquin. Elle va faire l'affaire. Allez, file.

Pearl lui fit une bise sur la joue.

— Rentre chez toi te reposer un peu, conseilla-t-elle à Izzy.

Mais Izzy n'avait pas très envie de se reposer ; c'était une magnifique journée et elle se sentait troublée et nerveuse. Elle se demandait si elle n'allait pas monter dans un bus au hasard et flâner, quand elle aperçut une silhouette familière à l'arrêt de bus. Celle-ci était pliée en deux, à tripatouiller les lacets d'un garçonnet maigrichon, avec des cheveux auburn en épi et l'air furieux.

— Mais, moi, j'ai envie qu'ils soient comme ça, protestait le jeune garçon.

— Ces nœuds ne ressemblent à rien et tes lacets te font trébucher tout le temps.

L'homme paraissait exaspéré.

— Mais c'est comme ça que je les veux !

— Dans ce cas, essaie au moins de trébucher sur un pavé pour qu'on fasse un procès à la mairie.

Austin se redressa et fut si surpris d'apercevoir Izzy qu'il recula d'un pas et manqua tomber du trottoir.

— Oh, bonjour !

— Bonjour, dit Izzy qui s'efforça de ne pas rougir. Euh, salut.

— Salut.

Il y eut un silence.

— Vous êtes qui ? demanda le garçonnet, impoliment.

— Bonjour. Euh, je m'appelle Izzy. Et toi, qui es-tu ?

— Hmm. Je suis Darny. Est-ce que vous allez devenir l'une des copines gnangnan d'Austin ?

— Darny ! s'offusqua son grand frère.

— Est-ce que vous allez venir le soir, préparer un repas dégoûtant, prendre une voix idiote et dire : « Oh, c'est si triste que Darny n'ait plus son papa et sa maman, laisse-moi m'occuper de toi », bisou, bisou, bisou, câlin, câlin. N'importe quoi, vous êtes qui pour me dire quand je dois aller me coucher ?

Austin eut envie que le sol s'ouvrît sous ses pieds et l'engloutît. Même si Izzy ne parut pas offensée. Au contraire, elle semblait prête à rire.

— C'est ce qu'elles font ?

Darny acquiesça d'un signe de tête mutin.

— Ça a l'air drôlement ennuyeux ! Non, je ne suis pas comme ça. Je travaille avec ton frère et je vis au bout de cette rue, c'est tout.

— Ça va dans ce cas, j'imagine.

— Oui, j'imagine. (Izzy adressa un sourire à Austin.) Vous allez bien ?

— J'irai mieux une fois que le chirurgien aura retiré de mon corps ce garnement de dix ans.

— Ha, ha, ha, rit Darny. Je ne riais pas vraiment, expliqua-t-il à Izzy. Je faisais semblant pour être sarcastique.

— Oh, fit Izzy. Ça m'arrive aussi de faire pareil.

— Comment allez-vous ? lui demanda Austin.

— En fait, vous serez ravi d'apprendre que j'ai travaillé toute la nuit. Pour un mariage, qui a lieu tout près d'ici. Et aussi, que j'ai engagé une nouvelle personne. Elle est géniale... Pas très commode, mais dans l'ensemble...

— Oh, c'est super, dit Austin, dont le visage se fendit en un large sourire.

Il était sincèrement content pour elle, se rendit compte Izzy. Pas seulement en tant que banquier, mais aussi à titre personnel.

— Qu'est-ce que vous faites maintenant ? l'interrogea Darny. Nous, on va à l'aquarium. Vous voulez venir avec nous ?

Austin haussa les sourcils. C'était du jamais vu. Darny mettait un point d'honneur à détester tous les adultes et à être impoli avec eux pour contrecarrer leur apitoiement. Inviter spontanément quelqu'un quelque part était inédit.

— C'est que, répondit Izzy, je pensais rentrer chez moi me coucher.

— Alors qu'il fait jour ? s'étonna Darny. Est-ce que quelqu'un vous y oblige ?

— Non, pas du tout.

— D'accord. Alors, venez avec nous.

Izzy jeta un coup d'œil à Austin.

— Oh, je devrais probablement...

Austin savait que ce n'était pas professionnel. Elle n'en avait sans doute pas envie, qui plus est. Mais ce fut plus fort que lui. Il l'aimait bien. Il allait lui proposer. Et puis tant pis.

— Venez. Je vous offrirai un café frappé.

— C'est de la corruption, dit Izzy en souriant. C'est tout ce que va me rapporter de passer mon samedi à regarder des poissons.

À cet instant, l'autobus apparut à l'angle de la rue et, une seconde plus tard, ils étaient tous les trois à son bord.

\*

L'aquarium était calme – la première belle journée ensoleillée de l'année avait donné envie aux Londoniens de profiter du plein air. Darny était subjugué par les poissons, aussi bien par les petits bancs vifs que par les énormes cœlacanthes qui semblaient être des reliques de la préhistoire. Austin et Izzy discutaient, à voix basse, les tunnels tièdes et sombres paraissant propices aux murmures, aux petites révélations. C'était plus simple en outre de parler dans la pénombre, en discernant à peine l'autre, à l'exception du contour des boucles d'Izzy rétro-éclairées par les méduses, roses et lumineuses, ou des lunettes d'Austin dans lesquelles se reflétaient des créatures phosphorescentes.

Izzy eut l'impression que les tracas liés au salon de thé, qui pesaient sur elle sans relâche depuis des mois, s'évanouissaient dans cette étrange sérénité sous-marine, tandis qu'Austin la faisait rire avec des anecdotes à propos de Darny ou lorsqu'il évoqua, sans aucun apitoiement, le fait qu'il était difficile d'être père célibataire sans être véritablement père. De son côté, Izzy lui parla de sa mère ; habituellement, quand elle faisait allusion à sa famille, elle n'en avait que pour son formidable grand-père et leur vie à deux qu'elle enjolivait. Mais, puisque Austin avait perdu ses parents, cela semblait en quelque sorte plus facile à Izzy de décrire comment sa mère n'avait cessé d'entrer et de sortir de son existence, pour essayer de trouver le bonheur, mais n'avait réussi qu'à rendre tout le monde malheureux.

— Est-ce que vos parents étaient heureux ? lui demanda-t-elle.

Austin médita un instant.

— Vous savez, je ne me suis jamais posé la question. Les parents, eh bien, ce sont les parents. Tant qu'on n'est pas adulte, cela ne nous vient jamais à l'esprit qu'ils sont tout à fait normaux. Mais oui, je crois qu'ils étaient heureux. Je les voyais se toucher en permanence, et ils étaient proches, toujours proches physiquement, à se tenir la main, à se blottir l'un contre l'autre sur le canapé.

Sans réfléchir, Izzy regarda sa main. Elle se détachait devant un bassin un peu lumineux rempli d'anguilles, tout près de celle d'Austin. Que ressentirait-elle si elle lui prenait la main, là tout de suite ? La repousserait-il ? Ses doigts la picotaient presque d'excitation.

— Et puis, ils ont eu ce bébé à un âge où tous leurs amis devenaient grands-parents... Alors, oui, je pense que ça devait bien aller pour eux. Évidemment, à l'époque, je trouvais cela répugnant...

Izzy sourit.

— Je parie que ce n'est pas entièrement vrai. Je suis sûre que vous avez adoré votre petit frère dès sa naissance.

Austin jeta un coup d'œil à Darny, dont les yeux étaient écarquillés ; son regard suivait le requin dans son bassin, il était complètement hypnotisé.

— Bien sûr que oui, marmonna Austin.

Il s'écarta légèrement, sa main s'éloignant de celle d'Izzy, qui se sentit tout à coup gênée, comme si elle était allée trop loin.

— Je vous demande pardon. Je ne voulais pas être indiscrète.

— Ce n'est pas ça, répondit Austin, d'une voix un peu étouffée. C'est que… J'aurais aimé les connaître, vous comprenez ? En tant qu'adulte, et pas seulement comme un adolescent attardé.

— Vous me donnez envie de téléphoner à ma mère !

— Vous devriez le faire.

Ce fut au tour d'Izzy de détourner le regard.

— Elle a changé de numéro, confia-t-elle doucement.

Et presque sans s'en rendre compte, Austin attrapa la main d'Izzy dans la sienne pour la serrer brièvement, mais il n'eut pas envie de la lâcher.

— Une glace ! s'écria fortement une voix à leurs pieds.

Ils laissèrent aussitôt retomber leur main. *Il fait trop sombre ici*, songea Izzy. *On se croirait dans une discothèque.*

— J'ai parlé au requin, annonça solennellement Darny à son frère. Il a dit que je ferais un excellent biologiste marin, et aussi que je pourrais avoir une glace maintenant. D'après lui, c'est important. Que j'aie une glace. Tout de suite.

Austin regarda Izzy, pour tenter de déchiffrer son expression, mais la pénombre l'en empêchait. La situation devint subitement très embarrassante.

— Hmm, une glace ? proposa Austin à Izzy.

— Oui, volontiers !

Ils s'assirent tous les trois au bord de la Tamise, observant les bateaux passer et la grande roue tourner au-dessus de leur tête. Ils apprécièrent leur compagnie mutuelle, à tel point qu'Izzy perdit la notion de l'heure. Quand Darny revint enfin des jeux pour enfants et attrapa la main d'Izzy avec sa menotte toute collante, cela ne la dérangea pas – elle était même contente en réalité (et Austin stupéfait). Ils décidèrent de s'offrir un taxi pour retourner à Stoke Newington, dans lequel Darny, après avoir appuyé sur tous les boutons, se pelotonna et s'endormit contre l'épaule d'Izzy. Deux minutes plus tard, tandis que le taxi progressait péniblement dans la circulation dense, Austin s'aperçut qu'Izzy aussi s'était assoupie, avec ses joues roses et ses boucles noires emmêlées dans les épis de Darny. Il la contempla durant tout le trajet.

*

Izzy n'en revenait pas d'avoir dormi dans le taxi. Certes, elle ne s'était pas reposée la nuit précédente, mais tout de même. Avait-elle bavé ? Avait-elle ronflé ? La honte ! Austin lui avait seulement souri et dit au revoir poliment… Conclusion : c'était certainement le cas, sinon il lui aurait sans doute… Ne lui aurait-il pas proposé un autre rendez-vous ? Même si cela n'était pas à proprement parler un rendez-vous, n'est-ce pas ? En était-ce un ? Non. Si. Non. Elle repensa au moment où il lui avait pris la main. Pourquoi avait-elle tellement voulu qu'il ne la lâchât pas ? En insérant sa clé dans la serrure, Izzy grommela. Helena saurait quoi faire.

Izzy s'aperçut dans le miroir ouvragé de leur minuscule vestibule, accroché au papier peint rétro aux motifs floraux dont elle était si fière. Elle n'avait pas remarqué qu'elle avait une grande trace blanche de farine dans les cheveux, et ce très certainement depuis le matin.

— Helena ? ! Lena ! J'ai besoin de toi, brailla-t-elle en entrant dans le séjour et en se dirigeant vers le réfrigérateur, où elle savait que deux bouteilles de rosé traînaient.

Elle s'arrêta net et se retourna. Sur le canapé, sans surprise, se trouvait Helena. Et à côté d'elle, quelqu'un qu'Izzy crut reconnaître. Ils étaient dans la position exacte de deux personnes qui se détachent soudain l'une de l'autre, afin de paraître totalement innocentes.

— Oh ! fit Izzy.
— Salut ! dit Helena.

Izzy l'examina attentivement. Se pouvait-il qu'elle… ? Non, c'était impossible. Helena rougissait-elle ?

Ashok était ravi. Faire la rencontre des amis d'Helena était assurément un grand pas en avant. Il se leva aussitôt d'un bond.

— Bonsoir, Isabel. C'est sympa de te revoir, dit-il poliment en lui serrant la main. Je m'appelle…
— Ashok. Oui, je sais.

Il était beaucoup plus beau que dans son souvenir, sans sa petite blouse blanche qui lui donnait des allures de bleu. Izzy agita furieusement les sourcils en direction d'Helena, qui l'ignora délibérément.

— Alors, qu'est-ce que tu voulais me demander ? déclara Helena, pour tenter de changer de sujet.
— Euh, ce n'est pas urgent, répondit Izzy en allant vers le réfrigérateur. Vous voulez du vin ?
— Ton grand-père a appelé, annonça Helena, une fois qu'ils furent tous installés dans le séjour.

Izzy nota qu'Ashok était très avenant et sympathique, remplissant les verres de vin et intervenant dans les conversations à bon escient.

— Oh, super, dit Izzy. Qu'est-ce qu'il raconte ? À part, euh, le fait d'être alité.

— Il voulait savoir si tu avais reçu sa recette de scones à la vanille.

— Ah...

Elle l'avait bien eue. Mais le souci, c'était que cela faisait quatre fois qu'elle la recevait, toujours écrite de la même main tremblante. Elle avait oublié ce détail.

— Et, ajouta Helena, il ne m'a pas reconnue au téléphone.

— Oh...

— Il me connaît assez bien pourtant.

— Je sais.

— C'est inutile que je te dise ce que cela signifie.

— Oui... Pourtant, il semblait bien aller hier.

— C'est fluctuant. Tu le sais.

— Je suis désolé, intervint Ashok. La même chose est arrivée à mon grand-père.

— Est-ce qu'il a guéri ? lui demanda Izzy. Est-ce que tout est rentré dans l'ordre, pour redevenir comme quand tu étais petit ?

— Euh... Non, pas vraiment, répondit Ashok, qui lui proposa un peu plus de vin.

Mais Izzy se sentit soudain assommée de fatigue. Elle leur souhaita bonne nuit et tituba jusqu'à son lit.

\*

— Je vais appeler la maison de retraite, affirma le lendemain matin Izzy, après une longue et précieuse grasse matinée.

— Bonne idée, approuva Helena. Qu'est-ce que tu voulais me demander hier ?

— Ooh… Euh…

Et Izzy lui raconta sa journée avec Austin. Le sourire d'Helena ne cessait de s'élargir.

— Arrête ça ! Pearl fait exactement la même tête dès que le nom d'Austin apparaît dans la conversation. Vous êtes de mèche toutes les deux.

— C'est un homme séduisant…

— Auquel je dois énormément d'argent, précisa Izzy. Ce n'est pas bien, j'en suis certaine.

— Mais vous n'avez rien fait.

— Noonnn…

— Hormis la bave.

— Je n'ai pas bavé.

— Espérons qu'il aime les femmes qui bavent !

— Mais arrête !

— Eh bien, au moins, il t'a vue sous ton profil le plus coulant. Il ne peut être qu'agréablement surpris maintenant.

— La ferme !

Helena afficha une mine réjouie.

— Je parie qu'il va te téléphoner.

Izzy sentit son cœur accélérer légèrement. Rien que parler de lui était très… Enfin, c'était agréable.

— Tu crois ?

— Oui, au moins pour t'envoyer la facture du pressing !

\*

Austin lui téléphona en effet. À la première heure le mardi matin.

Mais ce n'était pas le genre d'appel qu'il avait réellement envie de passer. À qui que ce fût. Ce qu'il devait dire à Izzy lui fit réellement penser qu'une fois pour toutes, peu importait combien cette femme était gentille, combien elle paraissait jolie, combien il la trouvait intéressante, tout cela n'avait pas de sens et il ne devait pas mêler le travail aux sentiments, fin de la discussion. Ce qui était extrêmement fâcheux, puisqu'il devait la contacter. Le fait que Darny ne cessait de demander quand il pourrait la revoir ne facilitait pas non plus la tâche d'Austin.

Mais il devait le faire. Il soupira, puis attrapa son téléphone.

— Bonjour, la salua Austin.

— Bonjour ! répondit-elle chaleureusement.

Elle paraissait sincèrement contente de l'entendre.

— Bonjour ! C'est vous, Austin ? Ça me fait plaisir d'avoir de vos nouvelles ! Comment va Darny ? Pouvez-vous lui dire que je cherche des moules en forme de poisson, mais on dirait que personne n'aime les gâteaux-poissons, je n'arrive pas à en trouver. J'ai vu des assiettes en forme de poisson, mais pas de... Enfin bref, croyez-vous que des dinosaures feraient l'affaire et que...

Izzy s'interrompit, consciente de babiller.

— Euh, bien, il va bien. Hmm, écoutez, Izzy...

Le cœur d'Izzy se serra. Elle connaissait cette intonation. Elle comprit aussitôt que ce qui s'était passé le samedi n'était pas à l'ordre du jour ; qu'il avait reconsidéré la question, si tant est qu'il avait envisagé quoi que ce fût dès le départ. Bon, d'accord. Elle prit une profonde inspiration et rassembla son courage, posa sa spatule et dégagea ses cheveux de son visage. Elle fut surprise par l'immense déception qu'elle éprouva : elle qui pensait ne pas encore être remise de sa rupture avec Graeme se rendit compte que l'attitude d'Austin lui brisait davantage le cœur.

— Oui ? dit-elle sèchement.

Austin s'en voulut, se sentit stupide. Pourquoi ne pouvait-il pas simplement dire : « Cela vous dirait qu'on se voie pour... pour boire un verre ? Dans un endroit sympa. Un soir. » Dans un monde où personne n'était obligé de se lever le matin ni d'être au travail à sept heures, où personne ne mouillait encore ses draps après avoir regardé *Doctor Who* et avait besoin que son lit-mezzanine fût changé à des heures indues ; un monde où ils pourraient boire un verre de vin, et peut-être rire, danser, et puis... Oh là là. Il avait envie de se gifler. *Concentre-toi !*

— Écoutez, parvint-il à articuler. (Il devait être concis et veiller à ne rien dire d'inapproprié.) Madame Prescott m'a téléphoné...

— Et ?

Izzy s'attendait à de bonnes nouvelles. Les recettes augmentaient constamment et elle espérait que l'arrivée de Caroline accentuerait encore la tendance – quand elle ne fondait pas en larmes ou ne réprouvait pas d'un claquement de langue la commande de beurre, elle se révélait déjà être un modèle d'efficacité.

— Elle dit qu'il y a un... D'après elle, elle doit envoyer une facture et vous ne la laissez pas faire.

— J'ai déjà expliqué tout cela à Mme Prescott, répondit froidement Izzy. C'était un cadeau de mariage pour une amie.

— D'après elle, il n'y a jamais été fait allusion. Elle a découvert qu'il manquait une quantité injustifiée d'ingrédients et que cela correspondrait à environ quatre cents gâteaux...

— Mince, elle est douée ! Quatre cent dix pour être exacte. J'en avais prévu quelques-uns de plus, au cas où.

— Ce n'est pas drôle, Izzy ! Cela équivaut à une semaine de bénéfices !

— Mais c'était un cadeau de mariage ! Pour une amie !

— Cela n'empêche pas qu'il faille une facture, même si c'est avec une remise importante. Vous devez au moins facturer les ingrédients.

— Pas pour un cadeau, s'obstina Izzy.

Comment osait-il passer le samedi avec elle en se montrant tout gentil et mielleux, puis trois jours plus tard lui téléphoner et estimer qu'il pouvait l'engueuler ? Ce type ne valait pas mieux que Graeme.

De son côté, Austin était exaspéré.

— Izzy ! Vous ne pouvez pas diriger une entreprise de cette façon ! Ce n'est pas possible ! Vous ne comprenez pas ? Vous ne pouvez tout simplement pas fermer la boutique sans prévenir et gâcher votre stock de cette manière ! Apple ne donne pas des iPod. Ce principe vaut pour vous également. C'est pareil.

— Mais nous avons beaucoup plus de clients ces derniers temps.

— Oui, mais vous avez engagé une autre personne et vous payez des heures supplémentaires. Peu importe que vous ayez un million de clients par jour, si vous dépensez plus d'argent que vous n'en encaissez, vous allez droit dans le mur et ce sera terminé. Vous n'avez même pas ouvert un samedi !

Il était allé trop loin et ils le savaient tous les deux.

— Vous avez raison. De toute évidence, j'ai commis une erreur samedi.

— Ce n'est pas ce que je voulais dire.
— Je crois que si.
Il y eut un blanc. Puis Izzy reprit la parole :
— Vous savez, mon grand-père... À un moment, il dirigeait trois boulangeries-pâtisseries. Il vendait des tonnes de pain à Manchester. Son commerce était florissant et il connaissait tout le monde. Bien sûr, tout son argent a disparu maintenant... Les maisons de retraite, vous savez ce que c'est. Cela coûte une fortune que des gens prennent soin de vous.
— Je le sais, oui.
Izzy perçut une douleur dans la voix d'Austin, mais elle n'avait nulle envie d'être compatissante.
— Enfin bref, il était connu quand j'étais gamine ; tout le monde achetait son pain chez lui. Et si les gens étaient malades ou n'avaient pas de quoi payer un jour, il faisait un geste. Ou si un enfant affamé passait par là, il lui donnait toujours un gâteau. Pareil pour une femme chétive, ou un ancien combattant. Tout le monde le connaissait. Et il avait un énorme succès. Je veux faire comme lui.
— C'est une belle histoire. Votre grand-père a l'air d'être un homme exceptionnel.
— Il l'est, confirma Izzy avec ferveur.
— Le commerce a fonctionné comme ça pendant des centaines d'années, puis de grands pontes ont débarqué et ont construit d'énormes magasins, à la sortie des villes. Ils ont inventé le système de la grande distribution et tout était beaucoup moins cher. Même si les gens aimaient les petits commerces et la proximité avec le vendeur, ils sont tous partis faire leurs courses au supermarché. C'est la triste réalité.

Izzy resta silencieuse. Elle savait qu'Austin avait raison. Les petits commerces avaient presque tous disparu au moment où Grampa avait pris sa retraite ; le centre-ville était quasiment désert. Les gens n'avaient plus envie d'échanger quelques mots en achetant leur pain, pas si cela leur coûtait quelques centimes de plus.

— Alors, si vous voulez être auprès de votre clientèle et tenir une petite boutique avec tous les frais généraux que cela implique, je crains que ce ne soit beaucoup plus difficile pour vous que ça ne l'a été pour votre grand-père.

— Personne ne s'est autant battu que lui dans la vie, affirma Izzy avec un ton de défi.

— C'est tout à son honneur. Je suis content que vous ayez hérité de son état d'esprit. Mais s'il vous plaît, Izzy, je vous en prie, adaptez-vous à notre époque.

— Merci du conseil.

— De rien.

Ils raccrochèrent, tous deux contrariés, tous deux déçus, à des points opposés de Stoke Newington.

*

En se convainquant qu'elle avait été bête de croire qu'il aurait pu se passer quelque chose entre eux durant le week-end, Izzy suivit les recommandations d'Austin au pied de la lettre. Elle se voua totalement au *Cupcake Café*, régla ses factures à temps, se tint à jour de la paperasse, profita de la présence de Caroline pour tout organiser et optimiser. Elle s'exposa même au risque d'arracher un sourire à Mme Prescott. Izzy arrivait tôt pour préparer les cupcakes : ceux qui rencontraient le plus de succès (orange et citron, tout chocolat, fraise et vanille), plus une offre sans cesse renouvelée pour faire revenir les habitués. La plupart des recettes étaient testées par Doti, le facteur, dont les visites devenaient presque embarrassantes pour tous, sauf Pearl, qui lui souriait et le taquinait comme elle le faisait avec tout le monde.

Caroline et Pearl ne cessaient de se quereller.

— Il faut vraiment que je fasse ces fenêtres, murmura un jour Caroline à Izzy alors qu'elle était sur le point de partir.

Pearl leva les yeux au ciel.

— Laisse, je m'en occuperai.

— Non, non. Je viendrai les laver sur mon jour de congé.

Aussi, bien entendu, Pearl nettoya immédiatement les vitres.

— Je pense que nous ferions mieux de dire à Izzy que les roulés à la cannelle sont trop épicés, tu ne crois pas ? faisait remarquer Caroline d'un ton amical. Je vais le lui dire.

De ce fait, Pearl avait toujours le sentiment d'être l'employée subalterne. Un jour, alors qu'elle était seule dans la boutique, Kate entra, accompagnée de ses jumelles.

— Je viens pour une commande.

Seraphina portait un tutu rose, Jane une salopette bleue. Pearl tenta de se concentrer sur ce que disait Kate, mais elle était distraite par Seraphina qui tirait sur la ceinture de son tutu pour que Jane se faufilât à l'intérieur, tandis que cette dernière tentait de passer une bretelle de sa salopette sur l'épaule de sa jumelle.

— De quoi parles-tu ? l'interrogea aimablement Pearl.

— Les gâteaux avec les messages. D'après Caroline, c'est une idée géniale et elle devait vous demander de vous en charger.

— Ah, vraiment ?

Pearl épargna à Kate l'un de ses grognements car, à cet instant, les deux petites filles tombèrent à la renverse.

— Seraphina ! Jane ! Mais qu'est-ce que vous fabriquez ?

Les fillettes étaient toutes emmêlées dans leurs vêtements et se roulaient sur le sol, le rire aux larmes.

— Nous, pas Jane et Serfine ! Nous, Serfijane !

Ces deux têtes blondes identiques éclatèrent à nouveau de rire, tout en se faisant un câlin.

— Debout ! leur cria Kate. Ou c'est chacune dans un coin !

Les jumelles se démêlèrent lentement, la tête basse.

— Non mais franchement, se plaignit Kate, tout en regardant Pearl.

— Elles sont adorables.

Louis manquait à Pearl. Elle n'en revenait pas à quel point une personne pouvait vous manquer, quand bien même on devait la retrouver d'ici quelques heures. Parfois, la nuit, elle allait le regarder, endormi dans son lit, incapable d'attendre jusqu'au lendemain matin.

— Ouais... Alors, c'est possible ?

— De quoi ? demanda Pearl, qui détestait l'idée que Caroline lui fît passer des ordres par l'intermédiaire de Kate.

— Je veux une inscription sur les gâteaux.
— Oh…
Le temps de préparation en serait allongé, mais elles pourraient faire payer un supplément, pensa Pearl. Le jeu en vaudrait-il la chandelle ?
— Je veux que ce soit fait avec professionnalisme, exigea Kate. Pas comme ces amateurs qui font n'importe quoi.
Et cela vaudrait-il la peine de se plier aux critères de Kate ?
— Pouvons-nous avoir du gâteau, Maman ? demanda gentiment Seraphina. On le partagera.
— On aime bien partager, ajouta Jane.
— Non, mes chéries, ce ne sont que des cochonneries, répondit distraitement leur mère.
Pearl soupira. Elle patienta pendant que Kate reçut un bref appel, et maudit Caroline ainsi que toutes ses amies. Puis Kate éteignit son téléphone.
— Bon, reprit-elle vivement. Je veux des cupcakes au citron, avec un glaçage à l'orange et l'inscription « J-O-Y-E-U-X-A-N-N-I-V-E-R-S-A-I-R-E-E-V-A-N-G-E-L-I-N-A-4-A-N-S ».
Pearl nota la commande sur une feuille.
— Je pense que nous y arriverons.
— Parfait. J'espère que Caroline ne s'est pas trompée à votre égard.
Pearl se dit intérieurement que si.
— Au revoir, les jumelles ! s'exclama Pearl avec un geste de la main.
— 'voir ! répondirent en chœur les fillettes.
— En fait, c'est Seraph…
Mais Pearl s'était déjà éclipsée au sous-sol pour annoncer la bonne nouvelle à Izzy.

\*

Pearl et Izzy travaillèrent tard pour tout terminer. Quand Helena passa pour discuter et prendre des nouvelles, elles la taquinèrent sans pitié à propos d'Ashok. Elle refusa de répondre à leurs questions en les retournant à Pearl au sujet de Ben, qui les éluda habilement en se plaignant de Caroline auprès d'Izzy. Mais celle-ci n'était absolument pas d'humeur à écouter. Helena et Pearl se turent peu à peu pour observer Izzy à l'œuvre. Elle faisait tout avec un tel instinct : elle ne mesurait, ni ne pesait rien ; elle versait simplement les ingrédients dans un saladier, presque machinalement ; elle remuait la préparation d'un geste léger et négligent du bras ; elle la versait en un clin d'œil, équitablement, dans les vingt-quatre moules qu'elle avait graissés sans même les regarder ; elle fouettait le glaçage au sucre, l'appliquait sur les cupcakes et lui donnait une forme avec un couteau, pour créer une œuvre d'art miniature parfaite et délicieuse, avant même d'avoir commencé à tracer délicatement les lettres du mot personnalisé. Helena et Pearl échangèrent des regards.

— Joli ! applaudit Helena.

Izzy, totalement absorbée par sa tâche, leva les yeux, surprise.

— Mais je fais ça tous les jours. C'est comme quand tu recouds le bras de quelqu'un.

— C'est vrai que je suis douée pour ça ! Sauf que le résultat n'a pas l'air aussi appétissant.

Les gâteaux, alignés en une seule rangée, étaient magnifiques. Izzy les livrerait sur le chemin en rentrant chez elle.

— Cette bonne femme ne mérite pas quelque chose d'aussi beau, commenta Pearl d'un ton maussade.

— Surveille ton langage, lui dit Izzy en lui tirant la langue.

*

En se précipitant un matin pour faire chauffer le capricieux percolateur avant l'heure de pointe de la matinée, Pearl se rendit compte qu'elle n'avait même pas regardé le courrier de la veille.

— Un ! Deux ! Trois ! Ouais ! s'exclama Louis.

Après avoir installé son fils sur l'un des hauts tabourets qu'elles avaient récemment achetés et disposés devant la cheminée pour que les clients puissent patienter assis quand elles étaient occupées, Pearl lui donna un pain au chocolat et ouvrit la lettre de la crèche. Elle la relut, incrédule.

La clochette de la porte tinta. Comme Izzy était en rendez-vous avec un fournisseur de sucre et devait arriver un peu plus tard, Caroline faisait l'ouverture.

— *Buens deez*, Caline ! s'écria Louis, qui avait appris à dire bonjour dans plusieurs langues à la crèche et trouvait cela épatant.

— Bonjour, Louis, articula clairement Caroline, qui jugeait la diction de Louis très mauvaise et pensait être la seule personne à pouvoir lui épargner un accent prolétaire (elle regrettait que Pearl ne fût pas un tantinet plus reconnaissante et ne dépassât pas ce complexe d'être originaire du sud de Londres). Bonjour, Pearl.

Pearl ne pipa mot. *Bon, génial*, pensa Caroline, qui était cependant habituée aux chamailleries féminines depuis qu'elle avait été envoyée dans cette pension pour jeunes filles extrêmement stressante et compétitive. Elle prévoyait un jour de faire passer l'examen d'entrée de cette école à Hermia. Elle y avait acquis à peu près toutes les compétences nécessaires pour se disputer avec les autres femmes. Elle savait bouder comme personne, donc cela ne lui posait pas de problème. Elle avait déjà un divorce à gérer. Personne ne se souciait d'elle.

Mais quand Caroline se tourna pour suspendre son imperméable Burberry, elle remarqua que Pearl n'avait pas son expression habituelle de chien battu. Elle tenait une lettre dans la main, avait le regard vide et… elle pleurait. Caroline eut la même réaction instinctive que lorsque l'un de ses chiens tombait malade. Elle traversa aussitôt la pièce en direction de Pearl.

— Qu'est-ce qu'il y a, ma chérie ? Quel est le problème ?

— Mama ? dit Louis, inquiet.

Il ne savait pas descendre du tabouret tout seul (l'avantage étant que, perché là, il ne touchait pas à tout).

— Mama ? Bobo ?

Cela demanda un certain effort à Pearl de se ressaisir. D'une voix à peine chevrotante, elle le rassura :

— Oh non, mon chou. Mama n'a pas de bobo.

Caroline la toucha légèrement sur l'épaule, mais Pearl, les mains tremblantes, ne parvint pas à s'exprimer et lui remit la lettre, avant d'aller récupérer Louis sur son tabouret.

— Viens ici, mon bébé, susurra-t-elle en plaquant le visage de son fils contre sa large épaule afin qu'il ne vît pas ses yeux humides. Voilà. Tout va bien.

— Ze vais pas à la crèche, affirma Louis d'un ton résolu. Moi rester avec Mama.

Caroline regarda la lettre. L'en-tête indiquait « Autorité sanitaire stratégique du nord-est de Londres ».

> Chère Mme McGregor,
> Votre fils Louis Kmbota McGregor a récemment passé un test médical à la crèche « Les Petits Oursons » de Stoke Newington, 13 Osbaldeston Road, Londres N16. Les résultats de ce test laissent apparaître que, pour son âge et sa taille, Louis se situe dans la catégorie « Surpoids/Obésité ».
>
> Un enfant en surpoids ou obèse, même dès son plus jeune âge, pourra dans le futur souffrir de sérieux problèmes de santé et de bien-être. Cela peut provoquer maladies cardiaques, cancer, problèmes de fertilité, troubles du sommeil, dépression et mortalité précoce. Quelques mesures simples pour améliorer son alimentation et un programme d'exercices peuvent suffire à garantir que votre enfant, Louis, grandisse et vive en parfaite santé. Nous vous avons fixé un rendez-vous chez la nutritionniste Neda Mahet, à son cabinet de Stoke Newington le 15 juin...

Caroline reposa le document.

— Cette lettre est absolument répugnante, s'indignat-elle en plissant le nez. Ce sont tous de sombres idiots, d'affreux dirigistes gauchistes, paternalistes qui se mêlent des affaires des autres.

Pearl cligna des yeux. Caroline n'aurait pas pu mieux dire pour lui remonter le moral.

— Mais... c'est une lettre officielle.

— Qui est officiellement scandaleuse ! Comment osent-ils ? Regarde ton adorable garçon. Bon, certes, il est trop grassouillet, mais tu le sais déjà. Ce ne sont pas leurs oignons. Est-ce que tu veux que je déchire cette lettre pour toi ?

Pearl regarda Caroline avec un sentiment proche de la stupéfaction.

— Mais c'est un courrier officiel !

Caroline haussa les épaules.

— Et alors ? Ce sont nos impôts. Moins ils emploieront de fouineurs pour faire ce genre de choses, mieux le monde se portera. Je la déchire ?

Outrée, mais également prise d'une envie de rébellion, Pearl acquiesça d'un signe de tête. Habituellement, elle était très attentive à tout ce qui était officiel. Dans son univers, on suivait à la lettre les recommandations des courriers, sinon on le payait d'une manière ou d'une autre. Les allocations étaient supprimées. On se voyait attribuer un autre logement et on n'avait pas d'autre choix que de partir, même s'il s'agissait d'un appartement horrible. Ils venaient tripoter nos enfants et, si l'on protestait, ils pouvaient même, Pearl en était convaincue, nous en retirer la garde. Ils nous demandaient combien de verres on avait bus, combien de cigarettes on avait fumées, combien d'heures on avait travaillé, où était le père du bébé et, si l'on répondait mal ou juste un petit peu à côté, on ne serait plus en mesure d'acheter des chaussures pendant un certain temps. Regarder Caroline déchirer la lettre comme si ce n'était rien – une broutille insignifiante – opéra un changement étonnant en Pearl. Elle en voulait à Caroline de ne pas avoir à se préoccuper de ce genre de choses. Mais curieusement, elle se sentit aussi libérée.

— Merci, dit-elle doucement à Caroline, avec une admiration hésitante.

— Tu sais, déclara Caroline en ramassant élégamment les morceaux de papier, tu n'as pas l'air, comme ça, d'être du style à te laisser marcher sur les pieds.

Pearl reposa Louis sur le tabouret. Était-il grassouillet ? Il avait des joues rondes de bébé, un adorable ventre bombé, des fesses rebondies, des cuisses potelées à croquer et de petits doigts boudinés. Comment pouvait-il être gros ? Il était parfait !

— Tu es magnifique, lança Pearl à son fils en l'admirant.

Le garçonnet hocha la tête. Sa maman le lui répétait très souvent et il savait comment il devait répondre pour obtenir un bonbon.

— Louis être minon, dit-il en souriant joyeusement et en montrant toutes ses dents. Vi ! Louis être minon ! Des bonbons ! (Il tendit sa main potelée.) Miam, ajouta-t-il pour insister, si jamais personne n'avait saisi l'allusion, tout en se léchant les lèvres et en se frottant le ventre. Louis aimer les bonbons.

Caroline était rarement démonstrative, y compris avec ses enfants (en réalité, son comportement avec eux pouvait être généralement qualifié d'irritable), mais elle s'approcha de Louis, qui la considérait avec méfiance du haut de son tabouret. C'était un garçon gentil avec tout le monde, mais cette femme ne lui donnait jamais de friandises, il ne le savait que trop bien.

Caroline chatouilla doucement son gros ventre, Louis rigola et se tortilla.

— Tu es très mignon, Louis. Mais tu ne devrais pas avoir ça.

— Mais ce n'est qu'un ventre de bébé, protesta vivement Pearl.

— Non, il a des bourrelets, rétorqua Caroline, dont la contemplation et la compréhension de la graisse du corps humain, sous toutes ses formes, frisaient l'obsession. Ce n'est pas normal. Et je le vois toujours avec un gâteau dans les mains.

— Il est en pleine croissance. Il faut qu'il mange.

— Oui, répondit pensivement Caroline. Mais tout dépend quoi.

Quelques coups à la porte les avertirent de l'arrivée de leurs premiers clients, des ouvriers qui travaillaient chez Kate, sur Albion Road. Cette dernière reprochait directement à Caroline la lente progression des travaux et leur retard, car elle leur vendait du café et des gâteaux tous les jours et les encourageait à traîner et discuter, plutôt qu'à s'atteler à leur tâche et ne prendre que cinq minutes pour avaler sous les poutres du toit un sandwich au fromage qu'ils se seraient préparé le matin. L'agacement de Kate rendait l'ambiance de l'atelier de couture de plus en plus pesante.

Pendant que Pearl et Caroline géraient l'affluence du matin, Louis saluait joyeusement les habitués – pour lesquels il était difficile de passer devant le garçonnet sans lui pincer ses joues collantes ou lui caresser son crâne rasé tout doux. Pearl ne cessait d'observer son fils à la dérobée dans le vieux miroir terni. Comme d'habitude, elles eurent la visite de la vieille Mme Hanowitz, qui aimait papoter et boire une grande tasse de chocolat chaud, tout en grattant le ventre dodu de Louis, comme s'il était un chien, et en lui fourrant dans la bouche la guimauve qui accompagnait sa boisson. La visite également de Fingus, le plombier, avec son énorme bedaine et sa lune qui dépassait de son pantalon de travail blanc : il tapa dans la main de son petit copain et lui demanda, comme il le faisait tous les jours, s'il avait apporté sa clé à molette, puisqu'il serait son apprenti. Izzy n'arrangea pas les choses lorsqu'elle arriva en courant de son rendez-vous pour se mettre aux fourneaux, sans manquer auparavant d'aller trouver Louis pour son câlin du matin et de s'exclamer : « Bonjour, mon petit joufflu ! » Pearl se rembrunit. Était-ce finalement vrai ? Son fils était-il l'animal grassouillet de tout le monde ? Ce n'était pas un animal. C'était un être humain, avec les mêmes droits que n'importe qui.

Caroline surprit l'expression de Pearl et se mordit la lèvre. Cette dernière avait raison de ne pas avoir envie que son enfant finît comme elle, non ? Le désarroi de Pearl lui donna une idée…

\*

— Bah, elle n'a peut-être pas tort, dit Ben, appuyé contre le bar de la cuisine. Je ne sais pas. Il me paraît normal.

— À moi aussi, dit Pearl.

Ben était « passé » en rentrant chez lui, alors qu'il travaillait à Stratford, c'est-à-dire à l'autre bout de la ville. Pearl fit semblant de le croire, et Ben de ne pas avoir réellement envie de rester dormir, même si rien que les petits plats de Pearl en valaient la peine. (C'était étrange, avait noté Pearl : quand elle n'avait pas d'emploi, elle ne prenait pas la peine de cuisiner et ils ne mangeaient que du poulet et du poisson pané. Désormais, bien qu'elle fût fatiguée le soir, elle aimait installer Louis au bar et préparer un repas ensemble. Elle était bonne cuisinière après tout.) Quant à Louis, il était comblé de bonheur.

Celui-ci passa en titubant à côté de ses parents, enveloppé dans une couverture.

— Hé, Louis, dit son père.

— Moi pas Louis. Moi tortue, répondit une voix étouffée.

Ben haussa les sourcils.

— Il ne faut pas chercher, commenta Pearl. Il a été une tortue toute la journée.

Ben posa sa tasse de thé et haussa la voix.

— Est-ce qu'il y a des tortues dans le coin qui aimeraient aller jouer au foot ?

— Ouaaaaiiis, s'écria la tortue, qui se leva sans retirer sa couverture et se cogna la tête contre la gazinière. Aïe !

Pearl se tourna vers sa mère avec un air stupéfait lorsque Ben emmena son fils à l'extérieur.

— Ne rêve pas, la mit en garde sa mère. Il est là pour un moment et puis, il repartira. Ne laisse pas ton fils trop s'attacher.

Il était peut-être trop tard pour cela, songea Pearl.

\*

### Cupcakes surprise au son et à la carotte

- 200 g de farine de blé complet pour pâtisserie
- 2,5 g de bicarbonate de soude
- 11 g de levure chimique
- 1 g de sel
- 100 g de son d'avoine ou de blé
- Produit de substitution pour 2 œufs
- 225 ml de présure
- 115 ml de sirop de riz
- 60 ml de compote de pommes
- 60 ml d'huile de carthame
- 190 g de carottes râpées
- 110 à 170 g de dattes coupées en petits morceaux
- 100 g de raisins secs
- 60 g de noix ou de noix de pécan coupées en petits morceaux

\*

— J'avais envie de tenter une nouvelle recette, annonça Caroline en s'efforçant de paraître humble et serviable le lendemain matin, quand elle arriva avec une boîte Tupperware. C'est trois fois rien, j'ai simplement mélangé tous les ingrédients.

— Mais c'est quoi du sirop de riz ? demanda Pearl en regardant la recette. Et de l'huile de carthame ?

— C'est très facile de s'en procurer, mentit Caroline.

— Le mot « surprise » ne convient pas, commenta Izzy par-dessus son épaule. Tous les enfants savent que c'est synonyme de « légumes cachés ». Il vaut mieux appeler cela « Douceurs sucrées au caramel et au chocolat ».

— C'est une recette simple et saine, expliqua Caroline, en tentant d'imiter le chef anglais Jamie Oliver.

En réalité, il lui avait fallu trimer cinq heures sur sa table de cuisine rustique, de couleur crème et à la patine artificielle, et lâcher beaucoup de jurons pour que les cupcakes se tiennent et ressemblent à quelque chose. Comment Izzy faisait-elle pour que cela parût si simple, comme s'il lui suffisait de combiner tous les ingrédients pour créer des gâteaux légers et fondants ? Bon, certes, elle utilisait des ingrédients raffinés nocifs qui l'enverraient prématurément dans la tombe... Pendant ses multiples tentatives, Caroline avait eu une image en tête : ses friandises saines se vendraient mieux que ces cochonneries sucrées et deviendraient très tendance, le *Cupcake Café* serait renommé *La cuisine fraîche de Caroline* et elle convertirait les enfants du monde entier aux bienfaits d'un mode de vie plus sain, d'une silhouette longiligne... Elle ne serait plus une employée à temps partiel, ça non...

Pearl et Izzy se regardèrent, tout en portant leur main à la bouche.

— Alors ? s'enquit Caroline, un peu hystérique à cause du manque de sommeil (sa femme de ménage aurait beaucoup à faire ce matin). Donnez-en un à Louis.

— Vi, s'il te plaît !
— Oui, attends un peu, dit Pearl.

Izzy résista à l'envie pressante de recracher les morceaux de carotte crue. Mais quel était cet arrière-goût qui lui faisait penser à du brocoli ?

— Tiens, bonhomme.

Caroline tendit la boîte à Louis.

— Hmm, il n'a pas faim, tenta désespérément Pearl. Je fais en sorte qu'il mange moins, tu sais.

Mais Louis avait déjà joyeusement fourré sa menotte dans la boîte.

— M'ci, Caline.

— Merci, le reprit Caroline, incapable de s'en empêcher. On ne dit pas « m'ci », mais « merci ».

— Je crains qu'il ne dise ni l'un ni l'autre dans un instant, murmura Pearl à Izzy, qui buvait discrètement du café et le faisait tourner dans sa bouche afin de faire disparaître le goût.

Pearl s'était jetée sur quelques cupcakes de la dernière fournée d'Izzy, ce dont elle ne pouvait lui tenir rigueur. Caroline regardait Louis avec impatience.

— C'est bien meilleur que tes stupides gâteaux habituels, mon chou, dit-elle instamment.

Louis croqua, assez confiant, dans l'objet en forme de cupcake, mais peu à peu, alors qu'il commençait à mâcher, son visage revêtit une expression confuse et mécontente, tel un chien mâchouillant un jouet en plastique.

— Et voilà, mon chéri, s'enthousiasma Caroline. C'est succulent, hein ?

Louis jeta un regard désespéré à sa mère, puis sa mâchoire, comme si elle n'était plus rattachée à son corps, s'affaissa pour laisser tomber le contenu de sa bouche sur le sol.

— Louis ! s'écria Pearl en se précipitant vers lui. Arrête ça tout de suite.

— Caca boudin, Maman ! Beurk, beurk, beurk ! (Louis frotta frénétiquement sa langue avec sa main pour en retirer toutes les miettes de gâteau.) Beurk, Maman ! Beurk, Caline ! Beurk ! cria-t-il d'un ton accusateur, pendant que Pearl lui donnait un verre de lait pour le calmer et qu'Izzy allait chercher la pelle et la balayette.

Caroline resta figée sur place, avec une légère rougeur sur ses pommettes très rehaussées.

— Bon, dit-elle une fois que Louis eut repris ses esprits, manifestement, il a le palais complètement gâté par les cochonneries.

— Hmm, fit Pearl, contrariée.

— Caline, affirma Louis sérieusement, en se penchant en avant pour souligner son propos. Gâteau pas bon, Caline.

— Non, gâteau délicieux, Louis, contesta fermement Caroline.

— Non, Caline.

Izzy s'interposa rapidement avant que cela ne se transformât en une dispute entre une femme de quarante ans et un enfant de deux ans.

— C'est une excellente idée, Caroline. Absolument géniale.

Caroline la regarda de ses yeux perçants.

— Les droits de cette recette m'appartiennent.

— Euh, oui... Oui, oui, c'est évident. Bien entendu. Et si nous les appelions les « cupcakes de Caroline » ?

Caroline hésita à tendre le restant des gâteaux à Izzy (qui ne voulait pas qu'elle les refilât discrètement aux clients ; elle faisait entièrement confiance à Caroline en ce qui concernait l'argent, les stocks et les heures de travail, mais pas le moins du monde pour ce qui était des goûts des clients), mais cette dernière insista en expliquant qu'elle en avait besoin pour un essai et, bon, il fallait reconnaître qu'ils ne s'étaient pas aussi bien tenus que Caroline l'avait espéré. La présure n'était pas idéale pour concocter de délicieux gâteaux fermes, comme tous les livres de recettes naturelles le garantissaient. Izzy se demanda même si ces cupcakes n'étaient pas contre-indiqués pour le compost qu'elle avait commencé à alimenter à la ferme de Hackney City, mais elle s'en débarrassa tout de même subrepticement.

Cet événement eut deux conséquences positives immédiates : Caroline avait complètement raison à propos d'une chose, il y avait de la demande pour des cupcakes « sains ».

Les « cupcakes de Caroline », revisités par Izzy – de petits muffins à la compote de pomme, aux raisins secs et aux airelles, entourés d'une caissette en papier et décorés de petites ombrelles roses ou rouges – rencontrèrent un succès immédiat auprès des mamans qui désiraient limiter la dose de glaçage au sucre de leurs enfants. Izzy ajouta un kilo de carottes à leur commande hebdomadaire de marchandises. Caroline croyait sincèrement qu'Izzy les utilisait pour les muffins, mais en réalité celle-ci en rapportait tous les soirs quelques-unes chez elle. Helena et Ashok, qui semblait pratiquement avoir emménagé à l'appartement (Helena expliqua à Izzy que la chambre meublée du médecin laissait beaucoup à désirer et laisserait beaucoup à désirer même pour un chien, un furet ou un rat), mangeaient énormément de soupe.

En revanche, Izzy ne trouva jamais comment écouler la présure.

La seconde conséquence positive fut que Louis se méfiait désormais de tous les gâteaux de la boutique et refusait d'y prendre un deuxième petit-déjeuner. Cela lui fit le plus grand bien et, puisque Caroline faisait davantage d'heures et que Louis repartait tous les jours en sautillant à l'arrêt de bus avec sa maman, son second test médical se passa sans souci. Mais Pearl et Caroline s'en moquèrent et déchirèrent malgré tout allègrement la lettre de l'autorité sanitaire.

*

Trois semaines plus tard, lorsque Pearl arriva au *Cupcake Café*, elle trouva Caroline penchée sur le comptoir, immobile.

— Qu'est-ce qu'il y a ?

Caroline fut incapable de répondre. Elle était raide comme un passe-lacet.

— Quel est le problème, ma belle ?

— Ça... Ça va, bredouilla Caroline.

Pearl la retourna gentiment, mais fermement, pour qu'elle lui fît face.

— Que s'est-il passé ?

Le visage habituellement parfaitement maquillé de Caroline était défait, marbré par les larmes et dégoulinant de mascara.

— Qu'y a-t-il ? demanda Pearl.

Elle savait combien le chagrin d'avoir perdu son amoureux pouvait parfois se raviver aux moments les plus inattendus, quand bien même on n'avait pas pensé à lui depuis des jours. Comme lorsqu'elle était passée en bus devant le parc Clapham Common et s'était rappelé un pique-nique avec Ben. Elle était enceinte de Louis et appréciait sa nouvelle silhouette, même si ses seins étaient devenus énormes (ce qui n'était pas pour déplaire à son compagnon). Assis dans l'herbe, ils avaient mangé du poulet, et Ben évoquait à quoi ressemblerait son futur fils et ce qu'il ferait une fois adulte. Elle avait admiré le ciel bleu au-dessus de leurs têtes et s'était sentie en sécurité et heureuse comme jamais. Elle n'était plus retournée ensuite dans ce parc.

Caroline suffoqua et désigna la fermeture Éclair de son pantalon cigarette très moulant et manifestement très cher. La fermeture, cependant, avait explosé et fait sauter en prime un bouton.

— Regarde ! gémit-elle. Regarde ça !

Pearl plissa les yeux et examina le pantalon.

— Tu as cassé la fermeture Éclair... Est-ce que tu t'enfiles des cookies au gingembre en douce ?

— Non ! s'offusqua Caroline. Non, pas du tout. Je me suis accrochée dans une porte.

— Si tu le dis... (Pearl jugea le déni obsessionnel de Caroline assez amusant.) Alors, quel est le problème ?

— C'est un D & G Cruise 10, répondit Caroline, ce qui ne voulait absolument rien dire pour Pearl. Je... Euh, il m'a coûté des centaines de livres.

Pearl pensa qu'elle pouvait facilement se procurer un pantalon chez *Primark* pour dix livres, mais ne dit rien.

— Et je ne vais pas... Je ne vais plus pouvoir m'en racheter. C'est fini pour moi. Cet enfoiré dit qu'il ne financera pas mon train de vie. (Sa voix fut étranglée par les sanglots.) Je vais devoir me rabattre sur... le prêt-à-porter. (Les pleurs de Caroline s'intensifièrent.) Et me teindre moi-même les cheveux !

Elle laissa tomber sa tête entre ses mains.

Pearl ne comprenait pas le problème.

— Bah, il n'y a rien de mal à cela. Tu sais ce qu'on dit, tant qu'on a un toit au-dessus de sa tête et de quoi manger...

— Je n'ai jamais assez de quoi manger, dit Caroline avec un ton de défi.

— Laisse-moi y jeter un coup d'œil. Ce n'est qu'une fermeture Éclair. Tu ne peux pas la réparer à ton club de couture ?

— Ha, ha ! Non. On n'y va que pour le patchwork et les potins, ce n'est pas de la vraie couture.

— Je peux peut-être le faire pour toi.

Caroline cligna de ses grands yeux bleus.

— Vraiment ? Tu ferais ça pour moi ?

— Quelles sont tes autres options ?

Caroline haussa les épaules.

— Euh... En acheter un nouveau, j'imagine. Comme avant. Et donner celui-là à une œuvre de bienfaisance, bien sûr.

— Bien sûr, répéta Pearl en secouant la tête.

Des centaines de livres dans un pantalon, bazardé à cause d'une fermeture Éclair. Ce monde ne tournait pas rond.

La clochette de la porte tinta et Doti, le facteur, entra, avec son habituel sourire pétillant.

— Bonjour, mesdames, les salua-t-il poliment. Qu'est-ce qui vous arrive ?

— Caroline a craqué son pantalon, s'exclama Pearl, incapable de se taire.

— Oh, tant mieux !
— On peut savoir pourquoi ? bafouilla Caroline.
— Vous n'aviez que la peau sur les os. Les femmes maigres paraissent... tristes. Vous devriez manger un peu de ces délicieux gâteaux.

Caroline leva les yeux au ciel.

— Mais je n'ai pas l'air triste ! Est-ce que Paris Hilton a l'air triste ? Et Jennifer Aniston ?
— Oui, répondit Pearl.
— Je ne sais pas qui c'est, confessa Doti.
— Je suis en forme, c'est tout.
— Eh bien, vous êtes jolie.
— Merci. Même si je ne suis pas sûre que les conseils de mode d'un facteur soient recevables.
— Pourtant, peu de chose nous échappe à nous, les facteurs, déclara Doti, qui ne fut pas du tout froissé par la remarque de Caroline et posa les quelques enveloppes sur le comptoir.

Pearl lui tendit un espresso. Ils échangèrent un sourire.

— Vous, en revanche, poursuivit le postier en buvant d'un trait son café comme pour se donner du courage, vous êtes belle.

Pearl sourit et remercia Doti qui repartit. Caroline en resta bouche bée.

— Quoi ? demanda Pearl, encore suffisamment sous le charme du compliment de Doti pour ne pas se vexer de l'étonnement peu flatteur de Caroline. Tu crois qu'il ne le pensait pas ?

Caroline examina Pearl de la tête aux pieds, en considérant – Pearl le savait – ses hanches rondes, sa poitrine généreuse, la courbe de son dos et de ses hanches.

— Non, répondit-elle, d'une voix plus humble que Pearl ne lui connaissait pas. Non. Tu es belle. C'est ma faute. Je ne l'avais même pas remarqué. Je…, ajouta-t-elle d'un ton plus triste, je ne remarque pas grand-chose en général.

Pearl rapporta le pantalon de Caroline chez elle, changea la fermeture Éclair, recousit le bouton et fit un ourlet. Elle fut légèrement déçue par la qualité des coutures de ce pantalon qui valait des centaines de livres. Caroline lui en fut si sincèrement reconnaissante qu'elle le porta deux fois la même semaine, ce qu'elle ne faisait jamais, et ne reprit pas la prononciation de Louis pendant presque quatre jours entiers, jusqu'à ce qu'il dît « Hein ? » et qu'elle ne pût faire autrement que de le lui faire remarquer.

## Chapitre 14

**Le meilleur gâteau d'anniversaire au monde**

- 110 g de beurre doux breton
- 230 g de sucre en poudre
- 4 gros œufs de plein air battus en omelette
- 170 g de farine avec levure incorporée
- 170 g de farine ordinaire
- 30 cl de lait frais
- 1 c. à c. d'essence de vanille
  *Pour le glaçage*
- 110 g de beurre doux breton
- 450 g de sucre glace
- 1 c. à c. d'essence de vanille
- 55 ml de lait
- 2 c. à c. d'essence de rose

Beurre trois petits moules à gâteau. Bats le beurre jusqu'à ce qu'il soit lisse comme la joue d'un enfant. Ajoute le sucre *très progressivement*. Ne mets pas tout d'un coup, comme tu le fais habituellement, Isabel. Ce doit être mousseux, léger. Tout en fouettant, ajoute une pincée de sucre de temps en temps.

Incorpore les œufs *lentement*, sans jamais cesser de fouetter.

Ajoute les farines tamisées, un peu de lait et de vanille ; puis un peu de farine, un peu de lait et de vanille, et ainsi de suite. Ne te précipite pas. C'est ton gâteau d'anniversaire, et tu es une personne très spéciale. Tu mérites de prendre le temps.

Fais cuire le gâteau 20 minutes à 180 °C (thermostat 6).

Pour le glaçage, mélange la moitié du sucre glace et le beurre. Ajoute le lait, la vanille et l'essence de rose. Mélange bien, en ajoutant le restant de sucre jusqu'à obtenir la consistance désirée.

Découpe le gâteau en plusieurs cercles. Glace le dessus de chaque cercle. Ajoute des bougies. Pas trop. Ajoute des amis. Autant que possible.

Souffle sur les bougies tout en faisant un vœu. Ne révèle à personne ni ton vœu, ni la recette. Certaines choses, comme toi, sont spéciales, ma puce.

Affectueusement,

Grampa

\*

Izzy posa la carte d'anniversaire dans la vitrine. Le soleil inondait tellement la boutique en ce 21 juin qu'Izzy se sentit rosir et se demanda si on pouvait bronzer à travers une fenêtre. Ce serait, sans conteste, le seul moyen pour elle cette année de prendre des couleurs.

— L'été est arrivé sans que je le remarque.

— Hmm, fit Pearl. Je le remarque toujours. Je déteste quand je ne peux pas mettre de collants.

Les parties flasques de mon corps ne comprennent pas ce qui se passe et s'agitent dans tous les sens. J'espère que nous aurons encore un été glacial.

— Oh non, ne dis pas ça, rétorqua Izzy, d'un air consterné. Les gens ont envie de sortir. Comme ça, nos clients traîneront des heures. C'est dommage que nous n'ayons pas de licence de débit de boissons.

— Pour attirer les ivrognes en plus des accros au sucre ! Hmm... Je ne suis pas sûre que ce soit une bonne idée.

Pearl désigna une table près de la vitrine, occupée par quatre hommes âgés.

— Oh, oui ! ricana Izzy.

Une chose très curieuse s'était produite. Un jour, en fin de journée, deux hommes âgés avaient franchi la porte. Ils avaient un peu l'air, il fallait l'admettre, de clochards avinés. Elles avaient déjà un sans-abri du quartier, Berlioz, qui venait presque tous les jours manger quelques bricoles et boire une tasse de thé quand c'était calme (Pearl l'avait aussi laissé vider la tirelire pour la Croix-Rouge placée à côté de la caisse ; Izzy n'était pas au courant et Pearl s'en était confessée auprès de son pasteur – ils étaient convenus de ne rien dire). Mais elles n'avaient encore jamais vu ces deux hommes.

L'un s'était approché du comptoir en traînant des pieds.

— Euh, deux cafés, s'il vous plaît, avait-il demandé d'une voix rauque, abîmée par le tabac.

— Tout de suite, lui avait répondu Izzy. Désirez-vous autre chose ?

L'homme avait sorti un billet neuf de dix livres et la carte d'Austin était tombée en même temps.

— Non. Oh, mais nous devons vous dire que c'est Austin qui nous a envoyés.

Izzy plissa les yeux un instant, puis se souvint. Il s'agissait des ivrognes du pub où Austin l'avait emmenée.

— Oh ! fit-elle avec surprise.

Elle évitait complètement Austin ; elle était toujours embarrassée d'avoir cru qu'il s'intéressait à elle davantage qu'à son commerce. En outre, comme les affaires étaient florissantes, la banque n'avait aucune raison de se plaindre. Elle songeait à lui parfois cependant, en se demandant comment se portait Darny. Elle ne s'était pas encore servie des moules en forme de dinosaure. Et elle ne savait pas trop quoi penser de ces nouveaux clients.

Mais à partir de ce jour, ils vinrent trois fois par semaine, rejoints peu à peu par d'autres personnes au comportement tout aussi discret. Un jour, en nettoyant autour d'eux, Pearl avait compris qu'ils organisaient des réunions informelles semblables à celles des alcooliques anonymes. Izzy s'était demandé, tout en secouant la tête, comment Austin était parvenu à les convaincre. Elle se fit la promesse de ne pas repasser devant ce bar. Le propriétaire ne devait pas être très content. Cela faisait donc cinq commerces qu'elle n'osait plus approcher. En réalité, elle ne le savait pas, mais les gens qui venaient désormais à Stoke Newington pour acheter des cupcakes flânaient aussi souvent dans les autres boutiques et cafés de la rue principale. Et le tenancier était ravi de s'être débarrassé de tous ses vieux piliers de bar ; il avait installé le wifi, retiré les rideaux, et sa formule « thé et petit-déjeuner copieux » pour une livre rencontrait un franc succès. Les parieurs se réjouissaient d'être assis dans une pièce lumineuse, sentant le pain grillé, qui n'était pas hantée dès l'aube par des loques humaines. Izzy se tint toutefois à l'écart de leur route.

— Le jour le plus long... Le jour le plus long de l'année, psalmodiait l'un des vieillards.

Ses camarades rirent de bon cœur et lui dirent de la mettre en sourdine dans des termes un peu cavaliers.

— On est le 21 ? demanda soudain Izzy, en regardant sa montre.

Une fois la date de fin d'exercice financier passée, elle avait légèrement perdu la notion des jours. Enfin, le *Cupcake Café* semblait se maintenir raisonnablement à flot et rentrer dans ses frais. L'argent du prêt mis de côté, il semblait y avoir une possibilité qu'Izzy commençât à toucher un salaire. Ce qui était plutôt ironique, songea-t-elle, étant donné qu'elle était tellement focalisée sur la boutique qu'elle n'avait pas effectué le moindre achat pour elle depuis des mois. Et tout ce qu'elle portait était dissimulé derrière un tablier à longueur de journée, alors quelle importance ? Cependant, il fallait vraiment qu'elle recolore ses racines, pensa-t-elle en entrevoyant son reflet dans la vitrine réfrigérée. Les cheveux de différentes couleurs, un peu ébouriffés comme si l'on rentrait de la plage, c'était sexy et mignon... il y a dix ans ! Aujourd'hui, elle risquait de passer pour une vieille folle. Elle fit une grimace dans le miroir déformant. D'où venait ce sillon entre ses sourcils ? L'avait-elle toujours eu ? Et cette expression qu'elle apercevait parfois, celle d'une femme qui avait beaucoup trop de soucis en tête, avec toujours un train de retard. Elle lissa cette ride du bout des doigts, mais sa trace persistait. Troublée, Izzy observa son visage reprendre exactement la même expression. Elle soupira.

— Qu'est-ce qu'il y a ? l'interrogea Pearl qui découpait des gabarits pour dessiner des motifs sur la mousse de lait.

Elle ne comprenait pas pourquoi les clients aimaient tant les petites fleurs sur leur cappuccino, mais c'était le cas et elle était ravie de leur faire plaisir.

— Hmm. Rien, répondit Izzy. C'est… C'est bientôt mon anniversaire, c'est tout.

— Oh… Un chiffre rond ?

Izzy la regarda. Pensait-elle à trente ans ? Ou à quarante ?

— Tu me donnes quel âge ?

— Ne me demande pas de répondre. Je me trompe toujours sur l'âge des gens. Désolée. Je vais dire une bêtise et tu vas te vexer.

— Sauf si tu me rajeunis de beaucoup !

— Oui, mais ça aussi, ce serait vexant, non ? Si je te disais vingt-huit ans uniquement pour te flatter…

— Donc, ce ne serait pas crédible que j'aie vingt-huit ans ? se désola Izzy.

Pearl leva les bras au ciel.

— Il faut que je te le dise comment que je ne veux pas parler de ça ?

Izzy soupira. Pearl l'observa. Cet abattement ne ressemblait pas à sa patronne.

— Quoi ?

Izzy haussa les épaules.

— Oh, rien. C'est juste que... Eh bien, tu sais... Ça va être mon anniversaire. Jeudi. Je n'avais pas réalisé. D'habitude, je n'oublie jamais mon anniversaire.

Izzy téléphona à Helena.

— Lena ? Tu sais que c'est mon anniversaire jeudi ?

Il y eut un blanc.

— Izzy, mais c'est dans trois jours !
— Oui, je sais. Je... Euh... J'ai oublié.
— Je crois plutôt que tu es dans le déni.
— Ouais, c'est ça... La ferme.
— OK, OK... Tu veux qu'on fasse quelque chose ce week-end ? Je travaille de nuit jeudi et je ne peux pas modifier mon planning, parce que je l'ai déjà fait une fois. Je suis vraiment désolée.
— Ce n'est pas grave, dit Izzy, démoralisée.
— Tu veux faire un truc dimanche ? Ashok ne travaille pas non plus ce jour-là.
— Il ne fera peut-être plus aussi beau dimanche, répondit Izzy, consciente de donner l'impression de se lamenter.

À quoi s'attendait-elle aussi ? Elle avait grandement ignoré ses amis ces derniers mois, trop occupée à faire tourner son salon de thé ; elle était mal placée pour se plaindre qu'ils n'arrêtent pas tout au quart de tour afin de fêter son anniversaire, alors qu'elle oubliait d'envoyer des cartes pour les féliciter de la naissance de leur premier enfant ou de l'achat de leur maison.

Izzy fut un peu plus sèche que d'habitude avec Felipe lorsqu'il lui demanda poliment, comme il le faisait une fois par semaine, s'il pouvait jouer du violon pour ses clients. Elle savait que Stoke Newington était un quartier bohème et un peu exotique, mais elle n'était pas tout à fait convaincue du bien-fondé de laisser un musicien ambulant s'approcher du visage des gens pendant qu'ils savouraient tranquillement une part de gâteau et lisaient le journal. Felipe ne semblait jamais le moins du monde vexé, ni fâché ; il se contentait de jouer quelques notes et de saluer l'assemblée d'un coup de chapeau, avant de partir.

— Je trouve parfois, dit Pearl en le regardant s'éloigner, son petit chien joyeux sur ses talons, que c'est un quartier très spécial. Pourtant, tu devrais voir celui d'où je viens.

*

Le soleil brillait toujours ce jeudi matin-là, c'était une bonne chose. Izzy avait la gorge nouée : elle ne pouvait s'empêcher de repenser à l'année précédente. Ils étaient tous allés au pub après le travail pour fêter son anniversaire et ils s'étaient beaucoup amusés : Graeme et elle n'avaient cessé de faire semblant de sortir fumer une cigarette, alors qu'aucun d'eux n'était fumeur, et ils s'étaient embrassés dans une ruelle comme des adolescents. Ce n'était pas dans le tempérament de Graeme d'être très romantique et démonstratif, pas du tout. Cette soirée avait été fantastique. Izzy avait été si heureuse à l'idée que son patron, avec tous ses projets, lui fît tourner la tête. Elle avait cru... Elle avait cru qu'il y aurait peut-être même une bague d'ici un an. Cela lui paraissait totalement ridicule à présent. Stupide. Il n'y pensait sans doute plus de son côté, c'était certain.

Elle connaissait le jour de l'anniversaire de Graeme : le 17 septembre. Elle avait signé la carte au bureau, comme tout le monde, mais aimait penser avoir accordé un sens particulier au « bisous » qu'elle avait inscrit au-dessus de sa signature ; ou du moins qu'il comprendrait ce que cela sous-entendait. Il était du signe de la Vierge : tatillon, avec une tendance au perfectionnisme ; tout cela paraissait très logique à Izzy. Elle aimait lire l'horoscope de Graeme, elle éprouvait alors un sentiment maternel et possessif. De son côté, il ne s'était évidemment jamais souvenu de l'anniversaire d'Izzy. Il lui avait même dit un jour que, pour lui, les filles étaient idiotes avec leurs histoires de cadeaux et toutes ces choses du même genre. Même s'ils avaient été encore ensemble, il n'y aurait pas prêté attention. Izzy soupira.

Elle regretta soudain d'avoir évoqué son anniversaire, elle aurait dû complètement l'oublier. C'était gênant devant Helena et Ashok, comme s'ils étaient ses seuls amis. Cela constituait en outre un rappel épouvantable que, peu importaient ses efforts, peu importaient les nouvelles crèmes de visage qu'elle achetait, peu importait qu'elle s'habillât toujours chez *Topshop*, le temps ne cessait de s'écouler. Elle se mordit la lèvre. Non. Elle ne devrait pas avoir de telles pensées. Trente-deux ans, ce n'était rien. Rien du tout. Helena ne se préoccupait pas le moins du monde de son âge et cela faisait une éternité qu'elle avait trente-trois ans. Devrait-elle s'en soucier parce que certaines de ses amies s'évertuaient à faire étalage de leur gros ventre ? Parce que toutes ces jolies mamans BCBG de Stoke Newington, avec leurs adorables Olivia et Finn à la main, ne semblaient pas plus âgées qu'elle ? Non. Elle s'en sortait bien dans la vie ; assurément mieux qu'un an plus tôt. Et elle avait un vrai travail. Au moins, le *Cupcake Café* la rendait heureuse. Le téléphone sonna. Pendant une toute petite seconde de flottement, Izzy se demanda si c'était Graeme.

— Allô ? dit une voix âgée, avec un peu de friture sur la ligne. Allô ?

Izzy sourit.

— Grampa !

— As-tu des projets sympas pour cette journée, ma puce ? l'interrogea son grand-père.

La voix de Joe paraissait plus faible ces derniers temps, plus voilée, comme s'il devenait de plus en plus léger, comme s'il se délestait.

Izzy se remémora les anniversaires au-dessus de la boulangerie-pâtisserie. Grampa lui concoctait un très beau gâteau, généralement bien trop gros pour elle et la poignée d'amis qui lui rendaient visite, lui demandaient où était sa mère ou, si elle était présente, pourquoi elle avait des brindilles dans les cheveux et restait assise en silence les jambes croisées. Le jour de ses neuf ans fut extrêmement gênant quand sa mère, à fond dans la méditation transcendantale, avait expliqué à Izzy que si elle s'entraînait suffisamment, elle réussirait à voler.

Mais la plupart de ses souvenirs étaient agréables : le glaçage rose, les bougies, les lumières éteintes, la table foisonnant de petites friandises préparées par Grampa – pas étonnant qu'elle fût une enfant si grassouillette. Tous ceux qui venaient dans la boulangerie passaient la tête par la porte pour lui souhaiter bon anniversaire, prévenus par son grand-père tout fier. Il y avait plein de cadeaux – pas des gros cadeaux, mais des feutres, des carnets et des babioles, ce qui donnait l'impression à Izzy d'être une riche princesse. Si on lui avait dit alors que c'était possible de se sentir seul le jour de son anniversaire, elle ne l'aurait pas cru. Mais c'était bel et bien ce qu'elle ressentait aujourd'hui.

Izzy prit une profonde inspiration.

— Oui, mentit-elle vigoureusement. J'ai prévu une grosse fête avec tous mes amis dans un bon restaurant. D'après ce que j'ai compris, ils se sont tous cotisés et ils vont m'offrir un superbe cadeau.

Elle essaya de maîtriser le tremblement de sa voix. En réalité, elle irait travailler, ouvrirait la boutique, préparerait des gâteaux, servirait les clients, les encaisserait, fermerait la boutique, rentrerait à la maison, mangerait un potage à la carotte, regarderait la télévision et irait se coucher. *Oh non*... Elle entendit frapper à la porte et devina immédiatement qu'il s'agissait d'un livreur, apportant la caisse annuelle de vin californien que lui envoyait sa mère. Bon, ce serait encore pire. Elle boirait du vin, puis irait se coucher, s'offrant en prime une gueule de bois.

— Grampa, il y a quelqu'un à la porte. Il faut que je te laisse. Mais je viendrai te voir dimanche.

— Allô ? Allô ? (On aurait dit que son grand-père avait été mis en ligne avec quelqu'un d'autre.) Allô ? Est-ce que vous m'entendez ? À qui ai-je l'honneur ?

— C'est Izzy, Grampa.

— Hmm. Izzy. Oui. Bien.

Une peur panique empoigna le cœur d'Izzy. On refrappa à la porte, avec plus d'insistance. Si elle n'allait pas ouvrir, le livreur repartirait et elle serait obligée de récupérer le colis au bureau de poste, ce dont elle n'avait absolument pas le temps en ce moment.

— Je dois te laisser. Je t'aime.
— Oui. Hmm. D'accord. Oui.

Izzy resserra la ceinture de sa robe de chambre hideuse, mais douillette, et alla ouvrir la porte. C'était bien le livreur avec une caisse de vin. Elle avait pensé, rien qu'un quart de seconde, rien qu'un tout petit instant, que Graeme aurait pu... Des fleurs peut-être... Non. De toute façon, tout le monde savait qu'elle passait ses journées entières au *Cupcake Café*. Elle signa l'accusé de réception et regarda le colis. Gagné, encore du rouge de Californie. Sa mère devait pourtant savoir qu'Izzy ne buvait que du rosé et du blanc, non ? Que, lorsqu'elles sortaient toutes les deux, elle n'avait absolument jamais commandé de vin rouge car cela lui donnait mal à la tête ? Peut-être était-ce une façon pour sa mère de l'encourager à ne pas trop boire. Peut-être était-ce sa façon à elle de lui montrer son affection.

*

Au même moment, à Édimbourg, Graeme se réveilla dans une chambre de l'hôtel *Malmaison* et prit une décision. Il y réfléchissait depuis un bon bout de temps ; à présent, il était sûr de lui. Il était un homme décidé, dynamique, se dit-il ; il était temps pour lui d'aller chercher ce qu'il voulait.

*

Au *Cupcake Café*, Louis remonta un peu le moral d'Izzy en lui faisant un gros câlin et en lui offrant une carte qu'il avait lui-même confectionnée, tachée de jus d'orange.

— Merci, mon cœur, lui dit-elle, reconnaissante, tout en savourant la sensation de ses petits bras autour de son cou.

Il lui donna un baiser baveux.

— Zoyeux 'versaire, Tata Izzy. Moi, z'ai cinq ans !

— Tu n'as pas cinq ans, rétorqua Pearl d'un ton indulgent. Tu as deux ans.

Louis adressa un regard malicieux à Izzy comme s'ils partageaient un secret.

— Z'ai cinq ans, affirma-t-il, tout en hochant vivement la tête.

— Eh bien moi, j'ai un tout petit peu plus que cinq ans, dit Izzy qui, après avoir admiré la carte, l'accrocha dans la boutique.

— Bon anniversaire, patronne ! déclara Pearl. J'aurais aimé te préparer un gâteau, mais…

— Je sais, je sais, dit Izzy en attachant son tablier.

— Du coup…

Pearl se tourna pour attraper son sac et en sortit une boîte Tupperware. En l'ouvrant, Izzy poussa un petit cri de joie et posa sa main sur sa bouche.

— Il ne faut pas que les gens voient ça, s'amusa Izzy.

— Non, répondit Pearl avec le sourire. En plus, cela disparaîtrait en un clin d'œil.

Dans la boîte, plusieurs éléments avaient été accolés pour former un petit gâteau un peu fragile. Sauf que la pâte avait été remplacée par des chips disposées en hélice, des Curly empilés sur des Tuc, surmontée de bretzels, et un gressin pour couronner le tout.

— On m'a regardée très bizarrement dans le bus, avoua Pearl. Tout tient grâce à du fromage frais.

Izzy jeta ses bras autour de Pearl.

— Merci, dit-elle franchement, en sentant sa voix s'étrangler un peu. Pour tout. Je n'aurais pas... Je ne sais pas comment j'y serais arrivée sans toi.

— Oh, Caroline et toi ouvririez des boutiques à Tokyo à l'heure actuelle, railla Pearl, en donnant à Izzy une tape dans le dos.

— On parle de moi ? fit Caroline en franchissant la porte.

Pearl et Izzy se retournèrent vers elle. Elles ne l'attendaient pas avant l'heure du déjeuner, or Caroline ne se trompait jamais dans ses horaires.

— Oui, oui, je sais, je suis en avance. C'est bien ton anniversaire ? demanda-t-elle à une Izzy sidérée. Alors, voici mon cadeau : je t'offre ta matinée. J'ai réussi à caser mes gosses.

— Tu veux dire qu'ils sont à l'école ? lui rétorqua Izzy.

— Oui. Pearl Harbor et moi pouvons garder la boutique, non ?

Izzy savait que ce surnom se voulait affectueux, mais elle put sentir Pearl se hérisser. Il fallait reconnaître que c'était assez maladroit.

— Vous en êtes sûres ?

— Bien sûr que oui, répondit Pearl. Allez, va-t'en !

— Mais je ne vais pas savoir quoi faire ! Tout ce temps pour moi... Je...

— Tu n'as que jusqu'à treize heures trente, car j'ai ma séance de reiki, précisa Caroline. Donc à ta place, je ne perdrais pas de temps.

\*

Le soleil chauffait déjà le dos d'Izzy lorsqu'elle remonta la rue, se sentant étrangement légère et libre – personne ne savait où elle était ! Elle devrait prendre le bus pour aller à Oxford Street et faire les boutiques ! Hmm, peut-être n'avait-elle pas suffisamment d'argent pour cela ; il fallait qu'elle se renseignât auprès d'Austin. Elle n'avait aucune idée de l'état de ses finances personnelles. Il allait sans doute lui remonter encore les bretelles. Mais pourquoi devrait-elle s'en soucier ? Ils n'entretenaient aucune relation personnelle, elle n'avait pas à s'en préoccuper : elle pouvait lui poser une question d'ordre professionnel. Il lui avait clairement fait comprendre qu'ils devaient s'en tenir à cela et, de toute façon, elle s'en moquait. Cependant, elle s'inquiétait un peu de devoir passer devant les cafés de Stoke Newington High Street. Elle n'avait pas oublié sa mésaventure. Cela avait été épouvantable, même si ces gens n'étaient pas revenus l'importuner depuis.

Qu'ils aillent au diable, eux aussi ! Aujourd'hui, elle se fichait de tout. C'était son anniversaire et, si elle voulait prendre cette route, alors elle le ferait. La tête haute, espérant passer inaperçue, elle arpenta l'artère, tout en veillant à ne pas croiser le regard des gens ; elle se sentait un peu nerveuse, mais aussi rebelle. Que cela leur plût ou non, elle faisait partie de ce quartier et c'était comme ça. Elle avait tout autant sa place qu'eux.

Elle s'assit sur l'une des nouvelles tables extérieures du pub situé en face de la banque. Peut-être pourrait-elle aussi en commander un jour pour son salon de thé : personne ne s'était officiellement plaint que les clients s'asseyaient sous l'arbre, mais cela paraissait impoli, et le quincaillier affichait un air contrarié lorsqu'il passait par là, à la hâte, à des heures étranges. Izzy commanda un café. Il était très mauvais, mais ne coûtait qu'une livre cinquante. Il ne fallait pas trop en demander. À neuf heures dix, Austin apparut, détalant comme d'habitude, avec sa chemise dépassant de son pantalon – sous lequel se cachaient de jolies fesses, comme Izzy ne put s'empêcher de le remarquer. C'était à coup sûr à cause du soleil. Habituellement, elle n'admirait les fesses de personne, d'autant qu'aucune n'était comparable à celles musclées de Graeme – dont il était parfois crânement fier. Enfin, de toute façon, elle n'était pas en train de regarder les fesses d'Austin. Elle devait lui poser une question professionnelle, c'était tout. Elle n'avait pas particulièrement envie de le voir, même si sa chemise bleue s'accordait à merveille avec ses yeux. Aucune envie.

— Austin ! cria-t-elle d'une voix timide, en agitant son journal.

Il se retourna et l'aperçut. Il parut au début très content, puis inquiet le temps d'un instant, ce qui contraria Izzy. Il n'était pas obligé de se comporter comme s'il avait affaire à une foldingue effrayante. Austin traversa la rue. En son for intérieur, il était ennuyé d'être aussi ravi de la voir. Elle devait certainement vouloir l'entretenir de son commerce.

— N'ayez pas l'air aussi terrifié, je viens seulement parler affaires.

Sa remarque se voulait légère, mais Izzy eut l'impression qu'elle avait davantage paru bizarre.

— Super, dit-il en s'asseyant.

Izzy se sentit déçue.

— Est-ce que je peux prendre un café, même s'il s'agit d'un rendez-vous d'affaires ? demanda-t-il.

Izzy observa Austin téléphoner à Janet.

— Oui, j'ai oublié de vous dire… Vraiment ? J'ai deux rendez-vous en même temps ? Oh, s'il vous plaît, excusez-moi auprès d'eux…

Izzy secoua la tête.

— Comment fait Janet pour tenir le coup avec vous ?

— Elle fait cette tête, répondit Austin, en prenant un air sévère et menaçant. Je lui ai dit que les choses allaient changer, mais elle refuse de m'écouter. Personne ne m'écoute jamais.

Le café d'Austin arriva.

— Cet endroit s'est arrangé, remarqua-t-il.

— Vraiment ? fit Izzy en buvant le fond amer de son soi-disant café.

— Oh oui ! C'est le jour et la nuit.

— Si vous le dites.

Elle était contente qu'au moins, il n'y eût pas trop de gêne entre eux, même s'il y en avait probablement. Il ne méritait pas réellement qu'elle fût gentille avec lui, pensa-t-elle. Elle ne demanda pas de nouvelles de Darny. Trop personnel.

— Voilà, j'aimerais savoir… Est-ce que j'ai de l'argent ?

— Eh bien, cela dépend, répondit Austin en mélangeant quatre sucres dans son café.

Quand il s'aperçut qu'Izzy l'observait, il lui tira la langue et en ajouta un cinquième. Parfois, avec elle, il ne pouvait tout simplement pas s'empêcher d'adopter ce genre d'attitude.

— Vous êtes vraiment un conseiller financier étrange.

— Non, c'est faux. Les autres jouent au golf. Vous imaginez ? C'est très bizarre, non ? Du golf !

— Ça dépend de quoi ?

— Pour l'argent ? Ça dépend de ce que vous voulez en faire. Est-ce que vous prévoyez de tout plaquer pour aller vivre en Amérique du Sud ?

— Je peux faire ça ?

— Non. C'était seulement pour dire... Ça, ce n'est pas possible.

— D'accord. En fait, je me demandais... Est-ce que je peux aller faire les magasins ?

Izzy avait transféré ses comptes personnels dans la succursale d'Austin peu de temps après l'ouverture du *Cupcake Café* ; comme elle finançait elle-même une grande partie de son commerce, cela paraissait logique de tout placer au même endroit. Elle fut intriguée qu'Austin fût aussi bien informé de l'état de son compte en banque, alors qu'ils s'étaient mis d'accord pour que leur relation restât strictement professionnelle.

— Pour acheter quoi ?

Izzy se sentit soudain un peu gênée.

— Euh... Le truc, c'est que... C'est mon anniversaire.

Austin parut à moitié étonné, à moitié coupable.

— Super ! Quelle surprise ! Oh non, attendez, cela sonne un peu faux. En fait, je le savais. C'est sur tous vos formulaires, se justifia-t-il, un peu confus. Hmm, il se trouve que je les ai rangés il n'y a pas longtemps.

Donc... Bon... Je le savais. Mais je ne voulais pas en faire toute une histoire, parce que je ne savais pas quelle serait votre réaction. Vous comprenez. Mais apparemment cela ne vous dérange pas, donc : bon anniversaire !

Austin tenta d'esquisser un sourire, sans trop y parvenir.

— J'aurais dû oublier que c'était mon anniversaire, admit Izzy. Franchement. C'est un peu merdique, cette année. Enfin, à part le travail... Tout se passe bien de ce côté-là. Mais cela ne fait que mettre en évidence que j'ai privilégié toute mon existence le travail plutôt que ma vie privée. Ce qui signifie qu'il n'y a que mon boulot qui me procure des émotions et je ne pourrai jamais changer cela...

— Je crois que cela veut dire que vous lisez trop de livres de développement personnel !

— Oh oui, dit Izzy qui se calma un peu. C'est possible aussi.

— Vous devriez être vraiment fière de vous à ce stade de votre vie. Regardez-vous, vous êtes une femme d'affaires qui s'en sort.

— C'est vrai.

— Qu'avez-vous fait l'année dernière pour votre anniversaire ?

— Je suis sortie avec quelques collègues de bureau...

Austin leva les yeux au ciel.

— Vous voyez !

— Et vous, qu'avez-vous fait pour votre dernier anniversaire ?

— Eh bien, Darny et moi sommes allés à un festival de hot-dogs.

— Qui a eu cette idée ?!
— Euh, peut-être Darny.
— Mouais… Et c'était comment ?
Ce souvenir fit grimacer Austin.
— Eh bien, euh, je dirais que nous avons retrouvé plus tard certaines saucisses étalées sur le sol. (Il sourit.) Mais Darny m'a assuré que cela lui avait beaucoup plu. Et j'ai toujours la carte qu'il m'a offerte, regardez.

Austin glissa sa main dans son costume et fouilla sa poche. Il en sortit des reçus de pressing, un petit cow-boy en plastique et un formulaire d'inscription sur les listes électorales.

— Ah, je le cherchais ! se dit-il à lui-même. Il me semblait que j'avais sa carte. C'était génial ! Darny nous a dessinés tous les deux en train de combattre un monstre de caca géant. Et nous avons passé une superbe journée, mis à part le vomi. On a oublié cet épisode en prenant une glace.

— Était-ce raisonnable ? railla Izzy en souriant.

— Cela coupe l'envie de vomir plus qu'on ne le croit, lui répondit Austin. J'ai appris une chose ou deux en prenant le relais de mes parents.

Subitement, Izzy décida quelque chose. Certes, elle avait déjà essuyé un refus. Elle s'était juré de ne pas le faire. Pourtant, ses pieds l'avaient conduite jusque-là… Elle aurait très bien pu appeler Janet pour connaître le solde de ses comptes. Mais elle ne l'avait pas fait, n'est-ce pas ? Elle allait se lancer. Elle allait lui poser la question. Elle déglutit.

— Hmm… Est-ce que vous… et Darny j'imagine, ou peut-être pourriez-vous engager une baby-sitter ?

Ou peut-être pas, de toute évidence non, ce serait une idée stupide. Oubliez, je n'ai rien dit.

— Quoi ? lui demanda Austin, qui sentit ses oreilles le picoter et la nervosité monter en lui.

— Hmm, peu importe.

Izzy savait que ses joues avaient viré à l'écarlate et elle se fit la réflexion qu'elle n'avait pas rougi ainsi depuis longtemps. Était-ce un progrès ?

— Quoi ?

Austin avait envie de savoir ce qu'elle avait voulu dire. Cette tergiversation était atroce. Mais quelle était son intention ? Et que cherchait-elle réellement ? Izzy regardait fixement le sol, comme si elle était torturée.

— Je... J'allais vous proposer de sortir prendre un verre ce soir, mais c'est complètement débile, ne m'écoutez pas. Je me comporte comme une idiote parce que j'aurais dû prévenir mes amis – et j'ai des tas d'amis en réalité...

— Je suis ravi de l'apprendre.

— Enfin bref, peu importe. Oubliez.

Izzy regardait ses genoux, d'un air triste.

— D'accord. À vrai dire, cela m'aurait fait très plaisir. Mais j'ai quelque chose de prévu ce soir.

— Oh, fit Izzy sans lever les yeux.

Ils se turent tous les deux. Izzy était humiliée. Mais à quoi pensait-elle, bon sang ? Venait-elle d'inviter son conseiller financier à boire un verre ? Après qu'il lui eut clairement fait comprendre qu'il n'était pas intéressé ? Et à présent, comme pour remuer le couteau dans la plaie, il venait de décliner sa proposition ; et ils allaient devoir travailler ensemble pendant des années et il la croirait folle de lui. Génial. De mieux en mieux. Le meilleur anniversaire de toute sa vie.

— Bon, je ferais mieux d'y aller, déclara doucement Izzy.

— D'accord.

Ils se levèrent tous les deux d'un air embarrassé et s'apprêtèrent à traverser la rue.

— Euh, au revoir, dit Izzy.

— Au revoir.

D'un geste maladroit, Austin leva les bras comme pour l'embrasser sur la joue ; Izzy s'approcha, tout aussi maladroitement. Puis elle se fit la réflexion que ce n'était peut-être pas du tout l'intention d'Austin et elle voulut se reculer. Mais il était trop tard. Austin avait remarqué qu'Izzy s'était avancée pour ces bises qu'il jugeait absolument gênantes ; il tenta donc de se plier à cette convention qu'elle attendait de lui, se pencha pour l'embrasser sur la joue, au moment même où elle esquiva, et atterrit accidentellement sur la commissure de ses lèvres.

Izzy fit un bond en arrière, arborant un faux sourire pour masquer sa consternation ; quant à Austin, il ne put s'empêcher de porter, brièvement, sa main à la bouche.

— Au revoir ! répéta vivement Izzy, dont le visage était aussi brûlant que le soleil.

Elle perçut, rien qu'un instant, et de manière terriblement séduisante, la sensation des lèvres étonnamment douces d'Austin sur les siennes.

Ce matin-là, Austin fut encore plus distrait qu'à son habitude. Bon sang, cette fille !

*

En fin de compte, Izzy n'alla pas faire les magasins. À la place, elle acheta un magazine, un bagel au fromage frais et au saumon fumé, ainsi qu'une petite bouteille de champagne avec une paille (ce qui était sans doute un peu déraisonnable pour le milieu de la matinée, songea-t-elle, mais elle s'en moquait éperdument), puis elle alla s'asseoir au soleil dans le parc. Elle essaya de profiter des cris des enfants heureux, qui lançaient du pain aux canards, et de la sensation un peu déconcertante qu'elle éprouvait dès qu'elle se remémorait le baiser accidentel d'Austin.

Un grand nombre d'amis lui souhaitèrent son anniversaire sur Facebook, ce qui, même si cela ne valait pas une fête avec tout le monde, était mieux que rien et faisait allégrement sonner son téléphone à chaque nouvelle notification. Après le bagel, elle acheta une glace, s'allongea sur l'herbe, observa les nuages et songea qu'en vérité, pendant l'année qui venait de s'écouler, elle avait parcouru beaucoup de chemin, c'était indéniable. Elle devait donc cesser d'être aussi bougonne, être plus positive et… Non. Ce n'était pas utile. Elle se sentit nauséeuse à cause du champagne et, tout à coup, au milieu du parc animé et des gens bruyants, terriblement seule.

\*

— Courage, ma jolie, lança l'un des artisans de Kate.

Izzy se tourna vers Pearl. Elle était revenue au salon de thé et avait renvoyé Caroline chez elle, après l'avoir entendue raconter à sa collègue une histoire alambiquée, entrecoupée par les commandes des clients, à propos de vacances en République dominicaine. Izzy devina que son intention, complètement insensée, était d'impressionner Pearl et de lui paraître sympathique – ce qui était un échec total.

— Neuf, déclara Izzy.

— Neuf quoi ? demanda l'artisan, qui engloutissait déjà les Smarties de son cupcake à la cannelle. Miam, c'est délicieux.

— Cela fait neuf fois que quelqu'un entre et dit : « Courage, ma jolie. »

— Et trois « Ne vous inquiétez pas », ajouta Pearl.

Izzy balaya du regard la boutique. Il y avait du monde. Elle avait spontanément acheté un bouquet de lys en rentrant du parc pour se faire plaisir, et leur parfum embaumait la pièce. Avec les fenêtres et la porte grandes ouvertes (ce qui allait totalement à l'encontre des règles anti-incendie, avait fait remarquer Pearl, mais tout le monde avait envie de profiter de l'été naissant), le salon dégageait une ambiance estivale, animée par le tintement de la vaisselle et le brouhaha de conversations conviviales. Izzy avait acheté de nouvelles assiettes à fleurs, pour mettre en valeur les gâteaux légers au citron et à l'orange, décorés de zestes confits, qui se vendaient très bien par temps chaud ; le tout était superbe. Les deux étudiants, qui avaient passé le printemps humide à terminer leur thèse en profitant du wifi gratuit, étaient blottis l'un contre l'autre, tantôt tapotant sur leur clavier, tantôt s'embrassant. Ils devaient désormais partager plus que le wifi. C'était agréable qu'au moins quelques personnes ne soient pas seules le jour de leur anniversaire, remarqua mélancoliquement Izzy.

— Quoi de neuf ? s'enquit l'artisan, en buvant lentement une gorgée de son cappuccino.

Izzy se mordit la lèvre. Kate allait l'étriper. Elle avait demandé à Caroline « en tant qu'amie » d'arrêter de leur servir à boire. Caroline lui avait expliqué qu'en termes d'analyse des coûts et des bénéfices, aucun expert en marketing digne de ce nom ne ferait reposer une entreprise sur ce principe. Kate s'était alors fâchée et lui avait rétorqué qu'avant de renoncer à sa vie pour s'occuper de deux enfants « distincts » et ingrats, elle avait eu un master, merci beaucoup, et n'avait pas besoin de recevoir de leçons d'une femme divorcée. Izzy avait dû s'interposer avant que Kate ne décidât de tenir ses ateliers de couture dans un autre salon de thé, ce qui ferait perdre à Izzy des recettes si précieuses. Izzy était d'accord avec le principe de Caroline et servirait toute personne franchissant la porte, même si cela allait contre l'avis d'autrui.

— Vous avez perdu au loto ? insista l'artisan.

— En fait, je viens de perdre toute ma famille, répondit Izzy, d'un ton plus acerbe qu'habituellement, mais ce genre de remarques commençait à l'agacer.

L'homme parut offensé.

— Oh, pardon, je ne le pensais pas, s'excusa Izzy. C'est juste que… C'est mon anniversaire aujourd'hui. Je suis célibataire, mes amis sont loin et je me sens un peu seule, c'est tout.

— Ah bon ? fit l'ouvrier au physique séduisant et insolent, qui devait avoir vingt-huit ans. Si vous voulez, vous pouvez nous accompagner, mes potes et moi. On a prévu d'aller prendre un verre.

Izzy s'empêcha rapidement de commenter « Un jeudi ? Kate serait furieuse » et se contenta de sourire.

— Quoi ? Moi avec des hommes du bâtiment ?

— Certaines femmes ne se feraient pas prier...

— C'est ton jour de chance, dit Pearl. Allez, zou ! Dehors ! Vous salissez mon sol tout propre.

— Ne me chassez pas ! la supplia l'artisan. S'il vous plaît !

Mais Pearl le poussait déjà vers la porte.

— Terminez la maison de cette charmante dame et, ensuite, nous vous servirons des gâteaux. D'accord ?

— Elle n'a rien d'une charmante dame ! rétorqua l'artisan.

Izzy avait envie d'abonder dans son sens : elle avait vu Kate passer très lentement devant le *Cupcake Café* et, si elle estimait que les ouvriers s'y attardaient un peu trop, elle tapait du pied et poussait des soupirs exaspérés.

— Là n'est pas la question, répliqua Pearl. Vous êtes payés pour faire quelque chose, alors faites-le. Et après, vous aurez le droit aux gâteaux. Allez, dehors !

L'homme fit un clin d'œil à Izzy.

— Autant les gâteaux sont bons, autant l'accueil laisse un peu à désirer.

— Allez-vous-en, dit Izzy. Soyez gentil.

— Nous serons au *Fox and Horses* ! cria l'artisan en partant. À partir de seize heures trente !

Pearl secoua la tête et servit la fille de l'agence d'intérim, qui était située un peu plus haut dans la rue.

— Je suis sérieuse, je vais les empêcher d'entrer.

Izzy soupira.

— Je n'en reviens pas que ce soit la meilleure proposition que j'aie eue de la journée. (Elle se tourna vers Pearl.) Mais oui, merci. Je ne voudrais pas perdre le club de Kate.

— Joyeux anniversaire ! lança la femme de l'agence d'intérim (elle semblait toujours n'avoir dormi que deux heures et avoir besoin par conséquent d'une dose supplémentaire de caféine dans tout ce qu'elle avalait, y compris son cupcake au café). Les anniversaires, ça craint. J'ai passé le mien à regarder toutes les saisons de *Chasseurs de fantômes*. Je n'arrivais pas à dormir. Je suis insomniaque.

— Je ne dormirais pas non plus si je regardais *Chasseurs de fantômes*, ironisa Pearl.

— Oh, ma pauvre, dit Izzy, en cherchant désespérément ce qu'elle pourrait faire ce soir plutôt que de regarder la télévision. Un autre café ?

— Oui, s'il vous plaît. Encore, bon anniversaire.

\*

Izzy ne fut même pas très enthousiaste de fermer en fin de journée ; elle ne pressa pas les traînards qui tapotaient sur leur ordinateur portable, ni ne ramassa les journaux pour les jeter. En attendant, elle prépara tout pour le lendemain.

— Il faut que j'aille chercher Louis. Je peux partir ? lui demanda Pearl.

— Oui.

— Est-ce que... Ça te dit de venir manger à la maison ce soir ?

Izzy ne supportait pas que Pearl eût pitié d'elle. Car cela voulait dire par ailleurs qu'elle devrait avoir pitié de Pearl. Mais la vie était ainsi.

— Non, non... Enfin oui, j'aimerais bien, c'est sûr, s'empressa-t-elle d'ajouter. Oui, mais, tu sais... pas ce soir.

Pearl hocha la tête.

— Très bien. Au revoir alors !

La clochette tinta et Pearl s'en alla. L'après-midi était encore beau, les ombres s'allongeaient sur le sol. *Et merde*, pensa Izzy, qui retourna le panonceau du côté « Fermé » et verrouilla la porte. C'était ridicule. Elle n'avait rien fait d'autre de la journée que se morfondre. Elle devait arrêter. Presque sans réfléchir, elle sortit du magasin et se dirigea à nouveau vers la rue principale. Une amie de Caroline venait d'y ouvrir une petite boutique. Même si cette rue la rendait encore un peu nerveuse, elle allait y faire un tour, un point, c'était tout.

La boutique, sobrement baptisée *44*, foisonnait de vêtements et sentait le beau et le cher. Izzy s'efforça de ne pas se laisser intimider par l'élégante vendeuse blonde qui siégeait derrière le comptoir, avec un rouge à lèvres parfait et des lunettes de soleil des années 1950.

— Bonjour. Je cherche... euh, une robe.

— Alors vous êtes au bon endroit, répondit la femme en détaillant Izzy de bas en haut d'un air professionnel. Une robe de soirée ? Ou quelque chose d'élégant qui ne soit pas trop habillé ?

— Oui. La deuxième option. (Izzy jeta un coup d'œil autour d'elle.) Et qui ne soit pas trop cher.

La femme haussa un sourcil parfaitement épilé.

— Vous savez, la qualité a un prix.

Izzy sentit son visage rosir un peu, tandis que la femme partait s'affairer en arrière-boutique.

— Ne bougez pas ! lui cria-t-elle.

Izzy resta clouée sur place, en admirant cette caverne d'Ali Baba : de jolies robes de cocktail en mousseline dans des rose fuchsia et des rouge carmin suspendues au mur, comme si elles attendaient d'être aspergées de parfum et de tournoyer sur la piste de danse ; de petites pochettes avec de gros nœuds vernis, dans lesquelles on pouvait uniquement glisser un carton d'invitation et un rouge à lèvres ; des chaussures ravissantes... Tout était si beau que cela rappela à Izzy qu'elle ne s'était pas habillée pour une grande occasion, ni pour un homme, depuis une éternité.

La vendeuse revint, avec une seule robe à la main.

— Venez. (Elle poussa Izzy dans la minuscule cabine d'essayage.) Avez-vous un soutien-gorge convenable ? Non, je m'en doutais.

— Vous êtes aussi autoritaire que Caroline.

— Caroline ? Mais c'est une chiffe molle ! Penchez-vous en avant.

Izzy obtempéra. Quand elle se redressa, le doux tissu vert mousse et le fond de robe en soie ondulèrent le long de sa silhouette. La robe épousait ses courbes, lui affinait la taille, et le jupon bruissait et voletait à chacun de ses mouvements. Le vert faisait ressortir ses yeux et contrastait à merveille avec ses cheveux bruns ; l'encolure bateau découvrait une once de ses épaules d'albâtre et les manches tombaient parfaitement sur ses coudes. C'était une robe de rêve.

— Oh ! fit Izzy en s'apercevant dans le miroir. (Elle tourna sur elle-même.) Elle est superbe.

— Oui, j'étais sûre qu'elle vous irait, déclara la femme en regardant par-dessus ses lunettes. C'est parfait.

Izzy sourit.

— Elle est à combien ?

La femme donna un chiffre qui dépassait presque – presque seulement – ce qu'Izzy aurait envisagé de mettre dans une robe. Mais elle se tordit pour se voir de dos une nouvelle fois et dut admettre la vérité : cette robe était faite pour elle. Parce qu'elle était magnifique, oui, mais aussi parce que chaque centime qu'elle lui coûterait n'était pas un salaire, ni un relevé de carte bancaire, ni quelque chose d'abstrait ou d'irréel. C'était son argent, gagné à la loyale, à la sueur de son front.

— Je la prends !

\*

Izzy retourna au *Cupcake Café*, consciente d'être partie sans avoir tout terminé, mais extrêmement satisfaite de son achat. Elle remit en route le percolateur, se prépara un grand café crème bien mousseux, le saupoudra de cacao, choisit l'un des rares cupcakes qui restaient (au chocolat et aux épices, peut-être trop avant-gardiste pour sa clientèle, néanmoins un délice), choisit un journal du soir et s'effondra sur le canapé. Elle enfonça sa tête et tourna le dos à la vitrine, de sorte qu'on ne pût la voir derrière l'accoudoir, ni penser que la boutique était encore ouverte. Izzy n'avait rien à faire, ni personne avec qui le faire, donc inutile de se presser. Elle resterait là quelques minutes, c'est tout. Le canapé était très confortable, elle avait été énormément sollicitée dans la journée et beaucoup de tâches l'attendaient encore ce soir : signer le contrat d'assurance, faire l'inventaire, aller voir si elle s'était fait livrer des fleurs chez elle et peut-être boire un peu de cet horrible vin californien en prenant un bain et…

Lorsque Izzy se réveilla, les ombres s'étaient allongées dans la cour, l'arbre projetant la sienne sur le salon de thé. Elle cligna des yeux, ne sachant pas trop où elle était. Elle perçut un bruit vaguement familier… Oui, c'était Felipe qui jouait du violon. Mais pourquoi le ferait-il à cette heure, quand tout était fermé ? Ce n'était pas déjà le lendemain ? Elle consulta sa montre. Non, elle ne s'était assoupie qu'une heure et demie. Alors d'où venait tout ce boucan ? Elle se retourna en s'étirant, à moitié endormie et…

— Surprise !!!

Au début, Izzy crut qu'elle rêvait encore. Cela n'avait aucun sens. À l'extérieur, dans la lumière du jour déclinante, elle aperçut le petit poirier trapu, une guirlande électrique enroulée dans ses branches. Ce décor donna l'impression à Izzy d'être plongée dans un conte. Mais le spectacle autour de l'arbre était encore plus surprenant. Felipe, vêtu d'un smoking un peu élimé et d'un nœud papillon, jouait *Someday* et il était entouré de… tout le monde !

\*

Helena était présente, avec Ashok bien entendu, qui avait son bras autour de ses épaules et l'exhibait comme si elle était la porcelaine la plus délicate au monde. Il était fermement convaincu que son dévouement lui avait permis d'intégrer l'école de médecine et un internat difficile, et lui permettrait, un jour, de mener une grande carrière chirurgicale. Le dévouement était le secret. Il appliquait le même principe avec

Helena et cela semblait porter ses fruits. Il s'efforçait de ne pas sourire comme le chat d'*Alice aux pays des merveilles*, mais, au fond de lui, il avait le sentiment d'être un géant de trois mètres. Zac était accompagné de sa petite amie, Noriko. Pearl et Louis étaient là bien sûr, riant aux éclats, et Hermia et Achille sautaient tout excités à côté de Caroline. Tous les amis d'Izzy étaient également présents – ses vrais amis. Tobes et Trinida, ses anciens camarades d'université, avaient fait le chemin de Brighton. Tom et Carla du Kent. Et Janey, qui semblait extrêmement fatiguée, son amie depuis cette épouvantable semaine de bizutage à la faculté, avait réussi à s'arracher à son nouveau-né. Il y avait en outre Paul et John, toujours aussi amoureux ; Brian et Lana, avec lesquels Izzy s'était résignée à n'avoir qu'une relation par Facebook, et encore ; même François et Ophy, ses anciens collègues... Izzy fut submergée par l'émotion. Elle se hâta pour sortir dans la cour, puis se rendit compte qu'elle avait verrouillé la porte et chercha les clés partout. À l'extérieur, tout le monde rit à gorge déployée et, quand elle put enfin les faire entrer, ils entonnèrent en un chœur enthousiaste *Joyeux Anniversaire*, ce qui fit aussitôt monter les larmes aux yeux d'Izzy, tout comme les cadeaux attentionnés, les accolades et les baisers échangés.

— C'est ta dernière chance, l'avertit Zac avec un sourire pincé. Arrête de négliger tes amis.

— Oui, promis, dit Izzy en hochant vivement la tête.

Tout le monde entra dans le café, et ceux qui ne l'avaient pas encore vu poussèrent des oh ! et ah ! d'admiration. Helena ouvrit les caisses de champagne qu'ils avaient portées depuis l'appartement. (Ils s'étaient tous cachés dans les placards pendant trois quarts d'heure, avant de comprendre qu'Izzy ne rentrerait pas chez elle. Devinant où elle se trouvait, Pearl avait prévenu Helena. Ils s'étaient alors faufilés un à un dans la cour, en riant de bon cœur.) Et maintenant, il était temps de faire la fête ! Izzy avait même une nouvelle robe, parfaitement de circonstance.

Felipe joua à tout rompre tandis que se mélangeaient et discutaient les amis, la famille, les clients et des gens divers (Berlioz vint jouer les pique-assiettes). La soirée était merveilleusement chaude, et le doux éclairage du *Cupcake Café* se mêlait aux lampions de l'arbre et aux quelques bougies qu'Helena avait disposées pour créer une ambiance magique dans tout Pear Tree Court : c'était un lieu enchanté, un paradis privé regorgeant d'amis riants, de verres qui tintaient joyeusement, de gâteaux d'anniversaire, de tartes et de toutes sortes de cupcakes. Louis dansa avec tous ceux qui croisèrent son chemin, et une clameur festive et joyeuse se répandit à travers les maisons de briques. Tous les passants s'interrogèrent à propos de cette petite oasis de lumière sous le ciel qui s'assombrissait.

De son côté, Austin put enfin envisager de partir, après avoir confié Darny à la baby-sitter (il croisa les doigts pour que tout se passât bien ; il avait néanmoins oublié de préciser à la jeune femme qu'à moins qu'elle n'eût un doctorat de paléontologie, elle devrait s'attendre à une soirée difficile). Pearl l'avait invité et avait insisté avec une telle sévérité pour qu'il vînt qu'il ne se risquerait pas à la mettre en colère. Dès son arrivée, Austin remarqua que tous les invités étaient un peu grisés, comme cela se produit souvent quand de vieux amis se retrouvent. Izzy avait le visage rose et paraissait surexcitée, occupée à discuter de bébés, d'autres amis, de vieilles anecdotes et de la boutique avec tous ceux qui s'approchaient d'elle, quel que fût le lien qui les unissait. Austin devrait continuer de jouer les conseillers financiers raisonnables. Il soupira.

— Austin ! s'écria Izzy en l'apercevant.

Elle avait déjà bu une ou deux coupes de champagne de trop. *Bordel*, pensa-t-elle. Il ne l'aimait pas ? Peu importait. Il était là ! Graeme, en revanche, était absent ; personne n'avait même parlé de lui. C'était son anniversaire. Elle était jolie dans sa robe verte et, soudain, elle se sentit absolument merveilleuse ; comblée de bonheur, d'amour et de joie. C'était la fête que son grand-père avait souhaitée pour elle et elle avait envie de la partager avec tous ses amis.

Izzy s'approcha d'Austin en faisant quelques pas de valse.

— Vous étiez au courant ! lui dit-elle d'un ton accusateur.

Comme elle était belle avec ses cheveux bouclés, ses joues et ses lèvres roses d'excitation, songea Austin.

— Vous saviez ! répéta-t-elle.

— Bien entendu que j'étais au courant, avoua-t-il doucement, en acceptant avec une certaine surprise l'accolade d'Izzy.

Il était certain que le manuel de sa banque déconseillait de devenir proche de ses clients. Naturellement, il ne l'avait jamais lu. Il se rappela leur semblant de baiser et jeta un coup d'œil autour de lui. Une femme blonde très maigre le regardait avidement.

— Qui est-ce ? demanda Caroline, en lâchant par réflexe la main d'Achille, qui se mit aussitôt à hurler.

— Bas les pattes, grogna Pearl.

Caroline laissa échapper un petit rire.

— Quoi ? Izzy et lui...

Le regard réprobateur de Pearl la fit taire, mais au fond d'elle, Caroline ne se sentit pas du tout intimidée.

Austin sourit.

— C'est Pearl qui m'en a parlé. Enfin, je dirais plutôt qu'elle m'a ordonné de venir. Et quand Pearl vous ordonne de faire quelque chose...

Izzy acquiesça vigoureusement de la tête.

— Oh que oui ! Il vaut mieux lui obéir.

Pearl discutait de l'autre côté avec des amis d'Izzy qui l'entretenaient des selles de leur nouveau-né plus que ne le nécessitait sa question. Elle observait Izzy du coin de l'œil : la lumière chatoyait sur ses cheveux, alors qu'elle se hissait sur la pointe des pieds pour entendre Austin. Il était si grand et avait l'air si débraillé. Izzy éclata de rire, tout en attrapant Austin par le bras. Pearl se sourit à elle-même : chouette, cela semblait fonctionner !

— Hmm, hmm, fit Helena, qui apparut soudain aux côtés d'Izzy.

Cette dernière se recula d'Austin de manière un peu suspecte.

— Oui ? Oh, Lena. Je n'en reviens pas... Je n'en reviens pas que tu aies fait tout cela. Je suis tellement, tellement, tellement...

— Oui, oui. Tu travaillais si dur et je savais que tu avais envie de voir du monde, donc...

— C'est super sympa.

Helena regardait Austin avec insistance.

— Oh... (Izzy se sentit rougir.) Je te présente...

— C'est vous, Austin ? demanda Helena, dont l'intention était de toute évidence de provoquer un malaise.

*Oh génial*, songea Izzy, comme ça, il saurait qu'elle avait parlé de lui.

— Eh bien, bonjour, dit Helena.

— Bonjour, répondit gravement Austin.

Helena se fit la réflexion qu'Izzy avait trop insisté sur ses cheveux roux et pas assez sur ses superbes yeux gris et ses larges épaules. Ce type était mille fois plus beau que Graeme. Cependant, elle n'avait pas envie qu'Izzy se lançât à corps perdu dans cette relation et connût une nouvelle déception. Deux fois en un an, ce serait vraiment trop.

— Tu devrais parler un peu avec tout le monde, conseilla Helena à une Izzy toute rose. Certains ont fait beaucoup de route. Alors que lui travaille au bout de la rue.

Izzy sourit à Austin pour s'excuser.

— Oh, oui, tu dois avoir raison...

— Va chercher un autre verre pour Izzy, ordonna Helena à Ashok, qui s'empressa d'obéir.

— Tu le contrôles, fit remarquer Izzy d'un ton admiratif. Je croyais que tu voulais un homme autoritaire, une sorte de Hugh Laurie, mais en version canon ?

— Hugh Laurie est canon, rétorqua Helena vexée, en prenant l'expression d'une femme lasse de se répéter. Enfin bref, moi aussi, je le croyais.

De l'autre côté du salon de thé, Ashok contemplait Helena de dos. Il était amoureux de cette femme qui savait ce qu'elle voulait.

— Mais parfois, on ne sait pas ce qui est bien pour nous. (Helena baissa la voix comme pour s'excuser et poursuivit dans un demi-murmure.) Je n'ai jamais été aussi heureuse.

Izzy la serra dans ses bras.

— Merci. Merci, ma copine. C'est génial ! C'est tout simplement fantastique. Je suis si contente que tu sois heureuse.

Puis, Izzy se dépêcha d'aller discuter avec ses amis qui venaient de loin, tandis qu'Austin s'éclipsa dans la pénombre, en compagnie de Desmond, l'agent immobilier, ce qui ne correspondait pas à ses projets pour cette soirée, mais bon, la baby-sitter ne lui avait pas encore téléphoné, ce qui était un record.

À vingt et une heures trente, il y eut un énorme fracas. Helena s'attendait à ce que les voisins se plaignent un peu et s'était préparée à déplacer la fête à l'appartement, mais il s'agissait du bruit familier d'un rideau de fer, celui de la quincaillerie. C'était impossible, pensa Izzy. Il ne pouvait pas être encore là à cette heure de la journée. Pourtant si. Solennellement, d'un pas digne d'un cortège funèbre, le quincaillier sortit de sa boutique, qui était plongée dans l'obscurité la plus totale, et s'avança vers Izzy. Celle-ci, un peu pompette, l'imagina soudain avec un haut-de-forme, comme s'il sortait tout droit d'un roman de Dickens. Il portait en réalité un costume trois-pièces sombre et une montre de gousset. Izzy lui adressa un sourire chaleureux et lui proposa un verre de champagne, qu'il refusa. Il se planta devant elle.

— Joyeux anniversaire, très chère.

Il lui remit un tout petit paquet-cadeau, puis hocha la tête. Il aurait pu lui donner un coup de chapeau, songea Izzy, un peu ivre. Ou lui faire une révérence. Oh, elle devrait arrêter de boire. L'homme disparut ensuite dans l'impasse pour plonger dans la nuit noire.

Tout le monde se rassembla autour d'Izzy lorsqu'elle retira le papier kraft autour du paquet. À l'intérieur se trouvait une petite boîte en carton, qu'Izzy ouvrit de ses doigts surexcités, légèrement tremblants. Devant des soupirs d'admiration, elle en sortit un minuscule porte-clés : un fin filigrane métallique, représentant le logo du *Cupcake Café*, ainsi que le poirier au pied duquel ils se trouvaient actuellement. C'était de toute beauté.

— Oh, fit Izzy, prise soudain de vertige.

— Montre-moi ! Fais-moi voir ! s'exclama Zac, désireux de tenir entre ses mains une représentation en trois dimensions de son œuvre.

C'était absolument ravissant, un vrai travail d'artiste.

— C'est beaucoup trop joli pour un porte-clés, déclara Pearl, ce qu'Izzy approuva d'un signe de tête.

— Je sais. C'est superbe. Je pense que je vais plutôt l'accrocher dans la vitrine.

Même si elle allait conserver précieusement les cadeaux des autres invités (des bougies parfumées, des foulards, des plats à gâteau…), Izzy savait que ce porte-clés était le présent le plus spécial d'entre tous. Notamment parce qu'il était en métal – pas comme les gâteaux, qui ne se gardaient qu'une journée, ou les menus en papier, qui n'avaient une durée de vie que de quelques semaines. Celui-là perdurerait des années, de longues années. Ce qui pourrait aussi être le cas de son *Cupcake Café*.

Il manquait une personne à cette fête. Elle ne pouvait le nier. Elle savait que s'il avait été suffisamment en forme, il aurait été des leurs. Malgré tout ce bonheur, Izzy fut parcouru d'un frisson glacé.

*

Même s'il faisait encore bon, les invités commencèrent à partir : des amis qui avaient fait pas mal de chemin et ne devaient pas manquer le dernier train, ceux qui devaient libérer une baby-sitter, ceux qui devaient effectuer un long trajet le lendemain matin pour aller au travail, et Pearl avec Louis, qui s'était endormi de bonne heure sous l'arbre. Izzy se rendit compte à un moment que la plupart de ses amis étaient partis, il ne restait plus qu'une petite poignée de personnes, légèrement éméchées, éparpillées dans la cour. Felipe jouait une mélodie traînante.

Izzy leva les yeux et s'aperçut que, d'une part, elle se trouvait devant Austin et que, d'autre part, elle était saoule comme une grive. Très saoule et très contente, se dit-elle. Était-ce parce qu'elle était face à Austin ? Y avait-il un lien de cause à effet ? Elle semblait toujours plus joyeuse après l'avoir vu, c'était une certitude. Mais peut-être était-ce parce qu'il lui prêtait de l'argent. Tout cela était très déroutant.

Austin contempla Izzy. Elle était si jolie, et si douce, mais elle était de toute évidence assez ivre, donc il était sans conteste temps pour lui de quitter la fête. Il rencontrait un succès incontestable auprès des femmes, dont certaines étaient intriguées et d'autres effrayées par la pléthore de jouets de Batman qu'elles découvraient chez lui ; soit elles voulaient emménager et jouer au papa et à la maman, soit elles prenaient leurs jambes à leur cou. Austin multipliait les conquêtes lors de ses rares sorties et était inflexible sur son désir de ne pas davantage bouleverser son petit frère tant que celui-ci ne serait pas un peu plus... disons, un peu plus stable. Cependant, cela ne l'empêchait pas d'avoir envie de rencontrer quelqu'un. Il était aisé de trouver des aventures sans lendemain, surtout quand tout le monde avait bu. Mais, parfois, Austin se disait qu'il était peut-être prêt pour quelque chose de plus sérieux ; après tout, il avait passé le cap de la trentaine. En général, il avait le sentiment d'avoir suffisamment de problèmes d'adulte comme ça, aussi jugeait-il inutile de compliquer la situation avec une relation amoureuse. Mais quelquefois, comme en ce moment, il se disait que ce pourrait être sympa.

— Hé ! fit Izzy.

Mais Izzy était..., pensa Austin, en oubliant instantanément de nombreuses autres soirées. Il l'avait dans la peau. Il ne pouvait pas le nier. Son visage enjoué, son expression froissée quand quelqu'un avait des ennuis, l'optimisme de ses petits gâteaux colorés, les heures acharnées qu'elle avait passées à faire tourner sa boutique avec succès... tout cela lui plaisait. Il devait être honnête. Il l'aimait bien. Et elle était là, le visage rose et timide, levé vers lui. Les lampions illuminaient l'arbre, les étoiles scintillaient dans le ciel et, après son « Hé ! », aucun d'eux ne parla : cela ne semblait pas le moins du monde nécessaire. Izzy le fixait du regard, en se mordillant la lèvre. Et Austin, lentement, sans presque même réfléchir, fit doucement, délicatement, glisser sa grande main le long de la joue d'Izzy.

Cela la fit frissonner et Austin aperçut ses yeux s'écarquiller. Il fit remonter sa main pour saisir son visage avec plus de fermeté, tout en plantant son regard dans ses grands yeux verts. Izzy sentit son cœur s'emballer, comme si elle venait de recevoir un coup de défibrillateur. Pour la première fois depuis ce qui lui paraissait des mois, son sang se mit à couler plus vite dans ses veines. Elle laissa sa tête tomber dans cette main chaude, percevant son étreinte sur sa peau, puis elle leva les yeux sur lui, avec un message très clair dans son regard : « Oui. »

*

Graeme descendit du taxi. Son vol en provenance d'Édimbourg était arrivé en retard, mais il s'en moquait. Il n'avait pas de temps à perdre néanmoins. C'était tout à fait possible qu'elle fût encore dans son stupide salon de thé, à glacer des beignets ou Dieu sait quoi ; si elle n'y était pas, il pourrait se rendre à son appartement. Il fit claquer la portière du taxi, sans oublier auparavant de demander un reçu vierge. Il aperçut des gens à l'extérieur du café, mais il était difficile de les distinguer dans la pénombre. Izzy devait se trouver parmi eux. Graeme sortit de l'obscurité pour se mêler au groupe. Ceux qui le connaissaient se turent aussitôt.

Plongée dans le regard d'Austin, Izzy perçut néanmoins le changement d'ambiance. Elle tourna la tête et découvrit Graeme, toujours aussi beau, élégamment habillé, sous les lampadaires.

— Izzy, dit-il doucement.

Elle s'écarta d'un bond d'Austin, comme si une guêpe venait de la piquer.

Austin leva les yeux. Même s'il n'avait jamais rencontré Graeme, il lui jeta un rapide regard, puis décida de s'en aller.

*

Graeme avait beaucoup réfléchi à Édimbourg. Il y avait quelque chose dans l'atmosphère de cette ville. Avec ses luxueux biens immobiliers. C'était comme s'il y avait quelque chose dans l'air, quelque chose de revigorant. Mais cette cité était tellement pittoresque aussi, avec ses petites rues, ses places cachées, ses pavés et ses venelles. Tout le monde en raffolait : les touristes, les étudiants, les gens venant y faire un tour, ou ceux qui décidaient d'y poser leurs valises. Tout était une question de caractère de nos jours. Les gens n'avaient pas envie d'habiter un gratte-ciel, un loft en briques ou un immeuble cubique conceptuel, même si Graeme ne le concevait pas : pour lui, tous ces bâtiments, avec climatisation et portes sécurisées, étaient indéniablement mieux que les anciennes bâtisses. Or, tout le monde n'avait pas la même vision que lui. Les gens désiraient des bâtiments anciens et pittoresques, qui possédaient une « âme ». Aux yeux de Graeme, c'était n'importe quoi : les gens devraient plutôt chercher des appartements confortables, où tout était en état de marche. Toutefois, s'ils étaient prêts à débourser une fortune pour des biens qui avaient du charme – en conclut-il alors qu'il se prélassait dans la chambre luxueuse de son hôtel non moins luxueux –, alors qui était-il pour les en empêcher ?

Ce fut à cet instant que lui vint sa brillante idée. Il s'impressionna lui-même. Tout le monde serait époustouflé. Il devait retourner immédiatement à Londres, c'était tellement ingénieux. La « résidence Pear Tree Court ».

Il savait que « résidence » évoquait uniquement des appartements, mais ce mot en jetait. Des espaces d'habitation et de bureaux dans une vieille cour pittoresque, à quelques pas seulement de Stoke Newington High Street – joli, paisible, à l'écart de la route. Mais son trait de génie, c'était qu'ils auraient l'air ancien, en façade seulement. L'ensemble serait refait à neuf. Toutes ces fenêtres à petits carreaux qui ne laissaient pas passer la lumière et ces vieilles portes en bois qui, elles, laissaient passer les courants d'air, seraient remplacées par de bonnes fenêtres en PVC et des portes métalliques, avec un système de code à empreinte digitale et des caméras de sécurité (les gens de la City adoraient cela). Le cœur de Graeme s'était emballé en songeant à ce détail. Peut-être même une grille pouvait-elle être posée à l'entrée de l'impasse, pour en faire une résidence privée ! Ce serait génial ! Il serait même possible de se garer dans la cour, il suffirait d'abattre l'arbre. Quelle idée fabuleuse ! Le charme de l'ancien, mais avec tous les gadgets dernier cri : climatisation, cave à vin, home cinéma...

Cerise sur le gâteau, il pourrait intéresser Izzy à l'affaire, se félicita Graeme. Après tout, ce n'était que justice : elle méritait une prime pour avoir attiré son attention sur ce quartier. Elle pourrait revenir travailler avec lui – mais fini les comptes rendus, elle pourrait être agent immobilier si elle le souhaitait.

Cela constituerait un sacré coup de pouce pour elle. Et par-dessus le marché, il allait... Il n'en revenait pas de ce qu'il s'apprêtait à faire. Si quelqu'un lui avait dit : « Toi, gros bêta, tu vas finir en homme d'intérieur, à te faire mener à la baguette », il ne l'aurait pas cru.

Mais depuis qu'Izzy et lui s'étaient séparés, il avait fini par comprendre qu'il y avait des choses qu'il appréciait chez elle, quand elle ne se tuait pas à la tâche dans ce stupide salon de thé. Ses qualités de cordon-bleu. L'intérêt qu'elle lui portait. Sa façon de rendre tout dans sa vie plus doux, plus facile et plus agréable, après qu'il eut passé la journée à se battre comme un lion. Il aimait cela. Il avait envie de cette douceur dans sa vie. Il était prêt à faire le plus grand sacrifice qui fût, tout en améliorant considérablement l'existence d'Izzy (fini les embauches à six heures du matin) et, qui plus est, en mettant une importante somme d'argent sur la table. C'était tellement évident. Tout était résolu. Il serait de nouveau le grand manitou dans l'entreprise. Il se ferait vanner par ses copains pour se fixer avec une femme qui, certes, n'était pas tout à fait un mannequin de lingerie suédois avec une taille 38. Il pourrait surmonter leurs railleries. Il savait qu'il en avait envie. Et, bien entendu, elle serait d'accord.

— Izzy, répéta Graeme et elle le regarda.

Elle semblait un peu nerveuse, se rendit-il compte. Elle devait être impatiente et excitée ; elle devait se douter que quelque chose se préparait. Il allait lui en mettre plein la vue, de but en blanc.

— Izzy... Je me suis comporté comme un vrai imbécile. C'était idiot de te laisser partir. Tu m'as vraiment manqué. Ne pourrions-nous pas nous accorder une autre chance ?

\*

L'esprit d'Izzy tourna à la confusion. Helena secouait la tête. Graeme remarqua soudain les piles de cartes et de cadeaux et parvint à la conclusion évidente : génial, c'était encore mieux !
— Bon anniversaire, ma chérie. Est-ce que je t'ai manqué ?

\*

Austin rentra chez lui en courant. Il s'en voulait. Ne retiendrait-il jamais la leçon ? Furieux, il déverrouilla la porte d'entrée, délivra la baby-sitter de la prison de pirates que Darny avait érigée sous la table, lui paya le double de temps comme il le faisait habituellement et lui héla mollement un taxi. *Quelle merde* !

\*

Izzy resta clouée sur place. Elle n'en croyait pas ses yeux. Précisément ce dont elle avait rêvé ; ce qu'elle avait espéré plus que tout autre chose en pleurant : Graeme, lui demandant pardon, la suppliant de lui laisser une autre chance.

Celui-ci fouilla dans son sac et en sortit quelque chose qu'il avait acheté à l'aéroport.
— Euh, tiens.

Graeme ! Qui lui offrait un cadeau ! C'était un miracle ! Izzy sentit dans son dos les yeux d'Helena la transpercer. Toujours incapable de prononcer un mot, elle dégagea le cadeau du sac en plastique. C'était une bouteille de whisky.

— Pur malt, précisa Graeme. En temps normal, cette bouteille vaut cent cinquante livres.

Izzy s'efforça de sourire.

— Je ne bois pas de whisky.

— Je sais. Je pensais que tu aimerais peut-être en mettre dans tes gâteaux ou quelque chose dans le genre. Pour ton commerce très important et très florissant.

Izzy le dévisagea.

— Je suis désolé, répéta-t-il. Je ne t'ai pas prise au sérieux. J'avais tort. Est-ce que tu me laisseras me rattraper ?

Izzy croisa les bras contre sa poitrine. Elle eut la sensation que le vent se levait, que le temps se rafraîchissait. Graeme jeta un coup d'œil à travers les vitres sombres du *Cupcake Café*, puis scruta les propriétés vides alentour. Il examina tout Pear Tree Court, en tapotant pensivement ses doigts contre sa jambe.

— Tu sais, j'ai toujours su que cet endroit avait du potentiel.

— Espèce de gros menteur ! rétorqua aussitôt Izzy. Tu pensais que j'allais crever de faim.

— Hmm... C'était de la psychologie inversée. C'est tout.

— Vraiment ?

— En tout cas, tu en as fait un bel endroit. Bravo !

— Bravo Izzy ! intervint Helena d'une voix forte.

Elle leva son verre, imitée par les quelques invités qui restaient. La fête fut ensuite comme terminée, et Izzy ne sut pas quoi faire. Helena ne lui fut d'aucune utilité : elle se mit en route pour l'appartement en compagnie d'Ashok, ce qui voulait dire qu'elle avait peu envie de s'y trouver avec Graeme, les murs n'étant pas très épais, etc.

— Il faut qu'on parle, déclara Izzy à Graeme, pour tenter de gagner du temps.

— Je suis d'accord, répondit-il d'un ton joyeux.

Il fit signe à un taxi pour qu'ils rentrent tous les deux à Notting Hill et, discrètement, sûr de lui, il glissa une pastille mentholée dans sa bouche.

## Chapitre 15

**Les beignets secrets d'Helena**

Achète du vrai gingembre. Cela ressemble à un tubercule noueux. Demande à quelqu'un si tu ne trouves pas. Pas à ce marchand de primeurs qui te propose toujours des melons. Il est dégoûtant. Ensuite, pique à l'hôpital l'un de ces trucs qui servent à doser les médicaments. Je sais que les centilitres sont les seules mesures que tu comprennes. Donc, sers-toi de ce machin. Bon, maintenant, râpe le gingembre.

Arrête de t'admirer dans la hotte, tu es superbe. Il faut que tu remues la préparation en permanence, sinon elle va durcir et tu obtiendras des biscuits au gingembre.

Et voilà mon secret : de la crème au citron vert. De la marque *Mrs Darlington's*. Tu ne l'aurais jamais deviné, hein ?

- 900 g de farine (plus une poignée pour le plan de travail)
- 4 c. à c. de levure chimique
- 2 c. à c. de bicarbonate de soude
- 1,5 c. à c. de sel
- 1,5 c. à c. de gingembre râpé

- 400 g de sucre
- 60 g de gingembre cristallisé, grossièrement coupé en petits morceaux
- 500 g de babeurre bien secoué (ou, à défaut, de yaourt nature)
- 60 g de beurre doux, fondu et un peu tiédi
- 2 gros œufs
- 1 c. à s. d'huile végétale
- 45 cl de crème au citron vert

Dans un grand saladier, mélange la farine, la levure, le bicarbonate, le sel et les trois quarts d'une cuillère à café de gingembre râpé. Dans une assiette creuse, mélange 300 g de sucre et le reste de gingembre râpé. Verse dans la cuve du mixeur les 100 g restants de sucre avec le gingembre cristallisé et fais-le tourner jusqu'à ce que le gingembre soit finement haché.

Mets cette préparation dans un saladier et, tout en fouettant, incorpore le babeurre (ou le yaourt), le beurre et les œufs jusqu'à ce que tu obtiennes une préparation homogène. Verse ce mélange dans le saladier contenant la farine et remue jusqu'à obtenir une pâte collante. Farine bien ton plan de travail et pétris cette pâte doucement jusqu'à ce qu'elle devienne lisse et forme une boule (tu devras répéter le geste 10 à 12 fois). Saupoudre légèrement de farine le plan de travail et la pâte, puis, avec un rouleau à pâtisserie lui aussi fariné, étale la pâte en un cercle de 30 cm, épais d'environ 1 cm. Découpe des cercles avec un emporte-pièce fariné et dépose-les sur une plaque à pâtisserie recouverte d'un peu de farine. Réunis les chutes en une boule, abaisse la pâte et découpe d'autres cercles (ne fais cela qu'une seule fois).

Fais chauffer l'huile dans une grande casserole jusqu'à ce qu'une éclaboussure provoque une brûlure au troisième degré. En procédant par fournées de sept ou huit beignets, plonge prudemment les cercles, un à un, dans l'huile et laisse-les frire, en les retournant une fois, jusqu'à ce qu'ils soient bien dorés (1 minute 30 à 2 minutes au total). Dépose les beignets sur des feuilles d'essuie-tout pour qu'ils s'égouttent. Laisse-les refroidir un peu, puis saupoudre-les de sucre au gingembre. Découpe délicatement les beignets en deux et tartine la moitié inférieure de crème au citron vert ; remets le chapeau. Sers à peu près trois beignets par assiette, en les décorant de gingembre cristallisé.

*

— Il ne t'a pas fallu plus de cinq secondes, déclara Helena.
— Arrête ça, rétorqua Izzy, en cherchant du soutien auprès de Pearl.
— Ouais, confirma celle-ci. Je dirais quatre secondes même.
— Les hommes ne nous respectent pas si l'on revient vers eux en courant, ajouta pour sa part Caroline. Je n'ai pas parlé à mon enfoiré de mari depuis des mois.
— Comment ça se passe d'ailleurs ? lui demanda Pearl.
— Bien, merci, Pearl. En réalité, les enfants le voient plus maintenant qu'à l'époque où nous vivions ensemble. Deux samedis après-midi par mois. Je suis sûre qu'il déteste ça ; il les a emmenés trois fois au zoo. Bien fait pour lui.

— C'est sympa de savoir à quoi m'attendre, commenta Izzy, qui espérait que son entourage vît la fin de son célibat d'un œil un peu plus positif.

— Et que devient ce beau banquier ? s'enquit Helena.

— C'est purement professionnel, mentit Izzy.

Austin avait disparu à la vitesse de la lumière. Elle savait qu'il ne voulait pas vivre une histoire avec elle et, en outre, il avait Darny. C'était stupide de fantasmer sur des chimères, comme rêver d'une pop star. Tandis que Graeme, lui, était revenu à elle...

— Et puis, je me le réserve, dit Caroline.

— Pour quoi ? Pour jouer les mères d'accueil ? railla Helena.

— Excuse-moi, mais est-ce que tu travailles ici ? Moi, je traîne dans le coin uniquement parce qu'on me paie pour ça.

— Cela me paraît incroyable, reprit Izzy, que Graeme se soit rendu compte de son erreur et qu'il ait rampé à mes pieds. Vous ne trouvez pas ?

Les autres femmes échangèrent des regards.

— Tant que tu es heureuse..., répondit Pearl d'un ton encourageant. Mais il est sympa aussi, ce type de la banque.

— Arrêtez avec lui ! Oh, pardon. Je ne voulais pas crier. Mais c'est que... Je me sens si seule. Même si je sais que vous êtes là, les filles. Mais lancer ce projet et tout régler par moi-même, puis rentrer seule à la maison parce que Helena roule des galoches à un médecin...

— Qui m'adore, précisa Helena.

— ... et maintenant Graeme est revenu et il veut nous accorder une vraie chance, c'est tout ce que j'ai toujours voulu.

Il y eut un blanc.

— Mais cinq secondes ! s'exclama Helena.

Izzy lui tira la langue. Elle savait ce qu'elle faisait. Elle le savait, n'est-ce pas ?

\*

Quelques jours plus tard, Izzy s'assit dans le lit, les genoux contre la poitrine, pendant que Graeme se préparait pour un match de squash matinal.

— Comment tu vas, Izzy ? lui demanda-t-il en souriant.

Elle était toujours stupéfaite devant sa grande beauté : son torse musclé, parsemé de quelques poils bruns, ses épaules larges et son sourire étincelant. Il lui fit un clin d'œil. Depuis qu'elle était rentrée avec lui ce soir-là, il était différent : romantique, attentionné, l'interrogeant sans cesse sur le salon de thé, sur Pear Tree Court, sur ce qu'elle aimait dans cet endroit.

Toutefois, une partie d'elle-même s'en voulait. Elle n'était pas à sa botte. Elle ne se jetait pas dans ses bras uniquement parce qu'il était dans le coin. Elle n'avait même pas téléphoné à Helena, qui lui avait envoyé onze messages pour savoir si elle *a)* reviendrait, *b)* la contacterait, ou *c)* pouvait lui laisser sa chambre. Izzy détestait l'idée que tout ce que Graeme avait à faire était de lever le petit doigt pour qu'elle sautât dans son lit.

Mais cela lui avait tant manqué. Le contact humain, la compagnie, retrouver quelqu'un en rentrant à la maison le soir. Elle s'était sentie si seule qu'elle s'était presque ridiculisée devant son conseiller financier, nom d'un chien ! Quelle honte ! Elle rougissait rien que d'y penser. Elle n'était pas passée loin de devenir une vieille fille hystérique. Et quand elle voyait à quel point étaient heureux Helena et Ashok, Zac et Noriko, Paul et John, ou tous ses amis en couple, tous joyeux à sa fête (ou du moins le semblaient-ils), elle se demandait pourquoi elle aussi ne pouvait pas connaître un peu ce bonheur. Elle regretta qu'ils ne puissent pas la voir à présent, tout énamourée et douce, comme si elle jouait dans une publicité pour du dentifrice. Graeme, médita-t-elle rêveusement, avait le physique pour jouer dans une telle publicité.

— Je vais bien, lui répondit-elle. Mais j'aurais préféré qu'on ne soit pas obligé de se lever aujourd'hui.

Graeme se pencha pour déposer un baiser sur son nez légèrement piqué de taches de rousseur. Tout semblait bien aller. Il était ravi qu'elle fût revenue vers lui, même si cela ne le surprenait pas tellement. Il était sur le point de lancer la phase suivante de son projet. Lorsqu'il aurait réussi à faire renoncer Izzy à son salon de thé, il aurait une petite amie très reconnaissante. Et beaucoup d'argent, et plus de prestige dans son entreprise. Pas étonnant qu'il se sentît d'aussi bonne humeur.

— J'ai une question à te poser.

Izzy sourit gaiement.

— Ah oui ?

— Euh… Bon. Hmm…

Izzy leva les yeux. Graeme était hésitant, ce qui ne lui ressemblait pas. En règle générale, il n'était pas du genre à bafouiller.

\*

Graeme faisait semblant, bien entendu. Il pensait que faire preuve de timidité pourrait jouer en sa faveur.

— Eh bien, je pensais… Je me disais qu'on paraît bien s'entendre, non ?

— Au cours des cinq derniers jours, oui, j'imagine.

— Ce que je veux dire, c'est que j'aime vraiment t'avoir à mes côtés.

— Et j'aime être là, affirma Izzy, une sensation étrange – entre bonheur et nervosité – s'emparant d'elle alors qu'elle essayait de comprendre où Graeme voulait en venir.

— D'accord. Et je voulais te demander si… Je n'ai encore jamais demandé cela à qui que ce soit…

— Oui ?

— Voudrais-tu venir vivre ici avec moi ?

Izzy regarda Graeme, prise au dépourvu. Puis elle fut décontenancée d'éprouver cette sensation. En fin de compte, c'était absolument tout ce qu'elle avait toujours imaginé. Tout ce dont elle avait rêvé. Vivre avec l'homme de ses rêves, dans son bel appartement, partager sa vie, sa cuisine, ses sorties, décompresser le week-end, faire des projets d'avenir. Ils y étaient. Elle cligna des yeux.

— Qu'est-ce que tu as dit ?!

Sa réaction ne paraissait pas juste. Elle devrait être aux anges, à sauter de joie. Pourquoi son cœur ne s'emballait-il pas ? Elle avait trente-deux ans et elle aimait Graeme, bon sang, bien sûr qu'elle l'aimait. Bien sûr que oui. Elle le regarda : son visage était si excité – nerveux aussi. Elle pouvait voir, comme elle en avait rarement eu l'occasion, ce à quoi il avait dû ressembler enfant. Puis, elle put y lire une légère perplexité, comme s'il attendait d'elle (c'était le cas en effet) qu'elle se jetât dans ses bras.

— Hmm, je disais... (Graeme ne feignait plus à présent de bredouiller, car Izzy n'avait pas eu la réaction qu'il escomptait.) Je t'ai demandé si tu aimerais venir vivre ici. Tu pourrais, je ne sais pas, vendre ton appart, le louer, ou ce que tu veux.

Izzy n'avait même pas pensé à cela. Son superbe appartement ! Avec sa cuisine rose ! Certes, elle y passait peu de temps ces jours-ci, mais tout de même. Tous ces instants heureux avec Helena, toutes ces soirées douillettes, les tests de pâtisserie qui étaient une réussite ou non, ses interrogations concernant sa relation avec Graeme et le moindre signe qu'il lui donnait (elle ressentit un autre pincement au cœur en comprenant que, tellement accaparée par le salon de thé, elle ne rendait pas la pareille à Helena pour sa relation avec Ashok), les soirées pizzas, le grand pot à centimes dans l'entrée, qu'Izzy avait envisagé un jour de casser pour payer l'assurance du *Cupcake Café*... Toutes ces choses... Disparues à jamais.

— Ou bien, nous pourrions faire un essai...

Graeme ne s'attendait pas à cette réponse, mais plutôt à une gratitude émue, à des projets enthousiastes. Il avait prévu de devoir lui dire de se calmer et d'arrêter de prendre des mesures pour les rideaux ; de ne pas trop penser mariage pour le moment. Il avait espéré aussi une partie de jambes en l'air pleine de reconnaissance, avant de lui expliquer qu'il ferait d'elle une femme riche et la libérerait du carcan de sa boutique, ce qui lui aurait valu une autre partie de jambes en l'air. Cette expression consternée et affolée ne correspondait pas du tout à ce qu'il avait imaginé. Il décida de jouer la carte de l'homme meurtri.

— Désolé, dit-il en prenant un regard triste. Désolé, mais... Je me suis peut-être trompé, je pensais que ça devenait sérieux entre nous.

Izzy ne put supporter de le voir – lui, son Graeme – triste. *Mais c'est quoi ton problème, Izzy ?* se reprocha-t-elle intérieurement. C'était ridicule. Graeme, l'homme qu'elle aimait, était face à elle ; celui dont elle rêvait depuis si longtemps, celui qui faisait battre son cœur. Il lui offrait tout sur un plateau et elle était là, à être désagréable, à se comporter comme une idiote. Mais pour qui se prenait-elle ? Izzy se précipita à côté de Graeme et l'enlaça.

— Pardon ! Pardon ! J'étais... Tu m'as tellement prise au dépourvu que je ne savais pas quoi penser !

*Attends de voir ce que je te réserve encore comme surprise*, pensa Graeme, ravi que sa stratégie ait fonctionné. Il lui retourna avec plaisir son étreinte.

— Pouvons-nous... ? Et si... ? bredouilla Izzy.

Graeme la fit taire en l'embrassant.

— Je dois aller au squash. On parle de tout cela en détail demain, ajouta-t-il doucement, comme si elle était une cliente indécise.

\*

Ben vint attendre Pearl et Louis à l'arrêt de bus. Le garçonnet courait devant eux, tandis que ses parents riaient. Pearl aperçut quelques poils très bouclés qui dépassaient de la chemise de Ben. Sa mère la sermonnait encore, lui répétant qu'elle irait vivre chez sa sœur tant que Ben serait là, qu'il ne pouvait pas venir quand cela lui chantait... Allait-il se comporter en homme, oui ou non ?

— Que penserais-tu, demanda Pearl à Ben aussi nonchalamment qu'elle le put, de revenir vivre à la maison ?

Ben émit un bruit évasif et changea aussitôt de sujet. Il la raccompagna poliment jusqu'à sa porte et lui planta un rapide baiser sur la joue. Ce n'était pas tout à fait ce qu'elle avait espéré.

\*

— Maman triste, Caline, annonça vigoureusement Louis au salon de thé.

— Les mamans sont tristes parfois, Louis, répondit Caroline.

Elle adressa à Pearl un regard compatissant qui ne fut pas très bien accueilli, mais c'était toujours mieux que rien, se dit Pearl.

— Toi pas être triste, Maman ! Maman triste ! expliqua Louis à Doti, qui venait apporter le courrier.

— Ah bon ? dit Doti, qui s'accroupit pour se mettre à la hauteur de Louis. As-tu essayé de lui faire un bisou spécial ?

Louis hocha sérieusement de la tête, puis lui murmura d'une voix assez forte :

— Z'ai fait bisou de Louis. Mais touzours triste !

— En voilà un mystère ! (Doti se releva.) Je pourrais peut-être redonner le sourire à ta maman en l'emmenant prendre un café un jour.

Pearl maugréa.

— Au cas où vous ne l'auriez pas remarqué, je suis entourée de café.

— Je viendrai avec vous ! s'exclama Caroline, qui porta ensuite sa main à la bouche. Euh, je vais aller travailler en silence par là-bas.

Doti et Pearl l'ignorèrent.
— Un verre peut-être dans ce cas ?
— Peut-être.
— Je finis tôt.
— Pas moi.
— Un déjeuner ? para Doti. Mardi prochain ?

Pearl fit mine de regarder par la fenêtre. Izzy, exaspérée, montra sa tête dans l'escalier.
— Elle accepte ! cria-t-elle.

*

Izzy se rendit directement à son appartement après le travail. Helena était là, ainsi qu'Ashok. Helena envoya aussitôt ce dernier chercher du café. Izzy bougonna.

— Non ! Je n'en peux plus du café. Pourrais-tu me prendre un Fanta ? Et des biscuits apéritifs, s'il te plaît ?

— Pas bien ! fit Helena en allumant la bouilloire. Alors, cette nouvelle vie de couple ? Tu t'éclates ?

Izzy jeta ses bras autour de son amie.
— Merci mille fois pour la fête. C'était... C'était génial ! Je ne pourrai jamais assez te remercier d'avoir organisé ça pour moi.

— Mais si. Tu m'as déjà remerciée quatre cents fois ce soir-là.

— OK, OK. Et sinon, devine ce qui m'est arrivé.

Helena haussa un de ses sourcils à la ligne parfaite. Elle s'attendait à une nouvelle de cet ordre et s'inquiétait qu'Izzy parût si agitée. Après tout le mal qu'elle s'était donné pour qu'Austin vînt à la fête, et puis, manque de chance, Graeme avait fait irruption.

Elle espérait qu'Izzy ne pensait pas que c'était elle qui l'avait invité. Même si ce crétin de Graeme, Helena devait le lui concéder à contrecœur, avait fini par remarquer les qualités d'Izzy.

— Raconte.

— Graeme m'a demandé d'emménager avec lui !

Même Helena fut surprise. Qu'il lui ait dit qu'il l'aimait, lui ait proposé de rencontrer ses parents ou d'être officiellement sa petite amie, peut-être. Mais vivre ensemble était un pas en avant important. Même quand ils étaient restés ensemble quelques mois, leur relation paraissait peu sérieuse, et Helena ne pensait pas que Graeme était du genre naturellement accueillant et chaleureux. Bon, elle avait bien cru qu'Ashok était d'un tempérament timide et réservé, et non l'homme le plus incroyable au monde. Alors, qu'en savait-elle ?

— Eh bien ! s'exclama-t-elle, tout en s'efforçant de ne pas paraître fausse. C'est génial !

Helena observa le visage de son amie. Son ton était enjoué, mais… était-ce sincère ? Était-elle véritablement aux anges ? Trois mois plus tôt, elle aurait été au comble du bonheur, mais elle semblait à présent…

— Et tu es contente ? demanda Helena, qui grimaça quand elle se rendit compte de son ton un peu plus sec que son intention.

— Hmm, je ne devrais pas l'être ? répliqua Izzy, pour éluder la question. Je veux dire, tu sais… C'est Graeme. Graeme ! Dont je suis folle depuis une éternité, et il me propose de venir vivre avec lui.

Helena fit une pause pour verser le thé. Elles attendirent toutes deux un long moment, s'affairant avec leur tasse et leur cuillère, jusqu'à ce qu'Helena reprît la parole.

— Tu sais, rien ne t'y oblige. Si tu n'en as pas envie. Tu as tout le temps.

— Mais j'en ai envie, rétorqua Izzy, qui paraissait troublée, comme si elle cherchait à s'en convaincre. Et je n'ai pas tout le temps, Lena, ne fais pas comme si c'était le cas. J'ai trente-deux ans. Je ne suis plus une gamine. Tous mes amis se rangent, j'ai dû regarder neuf mille photos de bébés l'autre soir. Et c'est de ça que j'ai envie, Lena. C'est ce que je veux. Un homme bien qui m'aime, qui veut passer sa vie avec moi et tout le reste. Avoir envie de cela ne fait pas de moi une mauvaise personne, non ?

— Bien sûr que non.

C'était vrai. Ce mec sympa de la banque n'était pas fiable, il ne mettait même pas ses sous-vêtements à l'endroit, alors s'occuper d'Izzy, en était-il capable ? Et puis, il avait déjà un enfant à charge. Quant à Graeme, il gagnait bien sa vie, il était beau, il n'avait pas de fardeau à porter... Sans conteste, il était un bon parti.

En outre, Izzy avait raison, Helena en avait été témoin un million de fois. Ce n'était pas parce qu'un homme n'était pas absolument parfait qu'on le jetait en attendant qu'un meilleur se présente, ce qui ne se produisait jamais. La vie ne fonctionnait pas de la sorte. Elle connaissait trop d'amies et de collègues qui se sentaient délaissées et terrifiées à quarante, quarante et un ans et qui regrettaient de tout cœur d'avoir quitté à trente et un ans M. Gentil-mais-pas-parfait. D'accord, il avait fallu un petit moment à Graeme pour prendre Izzy au sérieux ; cela ne faisait pas de lui pour autant un mauvais bougre, non ?

— C'est génial, s'enthousiasma Helena. Je proposerais bien qu'on trinque si tu n'avais pas ingurgité autant d'alcool cette semaine.

— Arrête de me materner.

— Nous avons eu une femme aux urgences, plus jeune que toi, elle était toute jaune : insuffisance hépatique.

— Ce n'est pas en buvant une bouteille de vin avec Graeme que je vais avoir une insuffisance hépatique.

— Je dis ça, je dis rien.

Helena préférait éviter qu'elles recommencent à se chamailler. Elles finirent leur thé, en silence. Izzy se sentait un peu gênée et abattue. Elle s'était attendue à ce qu'Helena affichât son empressement habituel et dît : « Ne sois pas ridicule, bien sûr que tu ne peux pas vivre avec Graeme, tu dois rester ici et rien ne changera. Tout ira bien. Et puis, il y a un million de mecs fantastiques et de choses fantastiques qui t'attendent au coin de la rue. » Mais Helena n'avait rien prononcé de tel. Rien du tout. Ce qui signifiait qu'Izzy était une sombre idiote ; bien sûr que c'était la bonne chose à faire. C'était merveilleux. Au fond d'elle, elle était excitée, bien entendu. C'était tout naturel d'être un peu inquiète.

Helena sourit à Izzy, avec optimisme.

— Et tu sais... Écoute, dis-lui tout simplement non si c'est trop rapide ou autre, mais, euh...

— Crache le morceau.

Cette nervosité ne ressemblait pas à Helena.

— Eh bien, je connais peut-être quelqu'un qui serait intéressé pour louer ta chambre.

Izzy haussa les sourcils.

— Ce ne serait pas par hasard un... médecin ?

Les joues d'Helena s'empourprèrent.

— Les chambres des internes sont épouvantables, vraiment horribles. Il cherche un appartement, mais le tien est tellement sympa et…

Izzy l'interrompit d'un geste de la main.

— Mais tu as tout manigancé !
— Pas du tout, je te le jure.

Helena se mordit la lèvre pour s'empêcher de sourire.

— Et tu crois que je vais faire obstacle au grand amour ?
— Tu es sérieuse ? Oh, mon Dieu ! Oh là là ! C'est génial ! Oh là là ! Il faut que je l'appelle tout de suite ! Oh ! Regarde-nous ! On va vivre chacune avec notre copain ! Ouah !

Helena embrassa son ex-colocataire et se jeta sur son téléphone.

Izzy ne put s'empêcher de noter le contraste entre la joie d'Helena et ses propres doutes. C'était comme si quelque chose, presque imperceptiblement, s'immisçait dans leur amitié ; une fissure fine comme du papier s'ouvrait. Izzy savait ce qui était en train de se passer. Quand une amie avait un amoureux, on pouvait sans difficulté discuter de ses qualités et de ses défauts. Mais quand la relation devenait sérieuse, c'était trop tard. On devait alors faire semblant qu'il était absolument parfait, si jamais ils devaient se marier. Même si cela faisait plaisir de voir son amie heureuse, leur relation s'en trouvait inéluctablement différente. Izzy était ravie du bonheur d'Helena, sincèrement. Mais leur relation allait incontestablement évoluer. Elles avançaient toutes les deux dans la vie.

Izzy et Helena convinrent de se retrouver le soir dans un bar, après qu'Izzy eut rassemblé quelques affaires. Elles sortirent, burent quelques verres pour « soigner le mal » et firent comme si rien n'avait changé, mais lorsqu'elles ouvrirent la deuxième bouteille, Helena joua cartes sur table.

— Pourquoi ? Pourquoi es-tu retournée vers lui aussi vite ?

Izzy était en train de jeter discrètement un œil à son téléphone – elle avait envoyé un message à Graeme pour l'avertir qu'elle rentrerait avec un peu de retard, mais il ne lui avait pas répondu. Elle leva les yeux sur Helena et sentit son visage se contracter.

— Eh bien, parce qu'il est génial, qu'il est libre et que je l'aime énormément. Tu le sais très bien.

— Mais il te prend et te laisse tomber dès qu'il en a envie. Et revenir dans ta vie comme ça... Tu ne sais pas ce qu'il mijote.

— Pourquoi devrait-il mijoter quelque chose ? s'offusqua Izzy, dont le visage bouillonnait.

— Tu sais, avec mon Ashok...

— Oh, c'est bon avec ton Ashok, ton parfait Ashok. « Oh, regarde mon beau et mignon médecin que tout le monde aime et qui m'adore, je suis si amoureuse, bla-bla-bla. » Mais dès qu'il est question de Graeme, tu deviens méprisante.

— C'est faux ! Je dis seulement qu'il t'a beaucoup fait souffrir et...

— Et que je ne suis pas assez bien pour qu'un homme m'aime comme Ashok t'aime ; c'est ça que tu es en train de me dire ? Que c'est tellement improbable qu'un homme ait envie de moi qu'il doit forcément avoir une intention cachée ?

Helena n'était pas habituée à voir Izzy autant contrariée.

— Ce n'est pas ce que je voulais dire...
— Vraiment ? Ce n'est pas l'impression que j'ai eue. Ou peut-être que tu penses que cette bonne vieille Izzy n'aura pas de repartie, c'est ça ? Que je suis trop faible ?
— Non !
— Eh bien, tu as raison sur un point. Je ne suis pas faible.

Sur ces mots, Izzy se leva et quitta le bar.

*

De l'autre côté de la ville, Pearl fixait Ben du regard.
— Ce n'est pas juste.
— Quoi ? fit-il, pendant que Louis jouait à ses pieds, tout content, avec un petit train. Je viens d'arriver pour demander à ta mère de me recoudre un bouton.
— Hmm...

Voir Ben assis là, torse nu, éclairé par la lampe de bureau récemment achetée, dont se servait Mme McGregor pour accomplir ce travail de couture que la mère de Ben aurait facilement pu faire, ou Ben lui-même s'il n'était pas aussi paresseux... Elle devinait son petit jeu.

— Pourquoi ne sortiriez-vous pas tous les deux prendre un verre pendant que je termine ça ? suggéra la mère de Pearl, qui réalisait la prouesse de fumer une cigarette tout en recousant une chemise. Je m'occupe de Louis.
— Louis venir boire verre, dit le garçonnet, tout en hochant exagérément la tête.
— Il est l'heure d'aller au lit, contesta Pearl, qui n'aurait jamais admis, même pas en rêve, d'avoir été

décontenancée par la surprise de Caroline lorsqu'elle avait appris que Louis se couchait généralement en même temps que sa mère ; Pearl s'efforçait donc de modifier cette habitude.

— Non, non, non, non. Non, non, non, non. M'ci, ajouta-t-il comme une pensée après coup. Pas au lit, m'ci, Maman.

— Si, au dodo, intervint la grand-mère. Je viendrai te dire bonne nuit.

Louis fit mine de se mettre dans tous ses états : pourquoi ses parents pouvaient sortir tandis que lui devait rester allongé tranquillement dans un coin ?

— J'ai un tee-shirt dans mon sac, déclara Ben. Ou bien j'y vais comme ça !

— Tu ne peux pas toujours souffler le chaud et le froid avec moi. Et j'ai d'autres options, tu sais !

— Je sais. Mets ta robe rouge. Celle qui fait onduler tes hanches.

— Non.

La dernière fois qu'elle avait mis cette robe avec Ben... Eh bien, elle s'était retrouvée avec une bouche de plus à nourrir.

Lorsqu'ils quittèrent le petit appartement, Ben offrit son bras à Pearl. La grand-mère les suivit du regard, tandis que Louis s'époumonait à expliquer pourquoi ses parents ne devaient pas sortir sans lui. Pearl n'y prêta pas attention.

\*

— Quoi de neuf, princesse ? demanda Graeme à Izzy lorsqu'elle arriva à l'appartement.

Izzy avait la tête baissée.

— Oh, des trucs de filles.

— Oh, fit Graeme, qui n'avait pas la moindre idée de la réaction à adopter et qui, à vrai dire, s'en moquait. Ne t'en fais pas. Viens au lit pour des trucs de mecs.

— D'accord, répondit Izzy, même si elle détestait l'idée qu'Helena et elle se soient séparées brouillées.

Graeme caressa les cheveux bruns et bouclés d'Izzy.

— Viens là. Oh, je pensais... Maintenant que l'on va vivre ensemble et tout le reste... Est-ce que tu veux que je te présente à ma mère ?

Ce furent les dernières pensées d'Izzy avant qu'elle ne s'endormît : il l'aimait. Il se souciait d'elle. Elle vivait avec lui, elle allait rencontrer sa famille. Helena avait tort à son sujet.

Graeme resta éveillé un peu plus longtemps. Il avait prévu de lui parler du complexe immobilier ce soir. Il avait présenté le projet au bureau et ils avaient adoré. *A priori*, le propriétaire serait enthousiaste et ne rechignerait pas sur une affaire juteuse, et aucun locataire ne poserait problème... Tout se passerait à la perfection. Très simple.

\*

*C'est trop facile*, songea Pearl, lorsque la main de Ben frôla la sienne lors du court trajet qui les ramenait du pub. *Trop facile*. Et cette attitude lui avait déjà causé bien des ennuis.

— Laisse-moi rester, la supplia Ben d'un ton enjôleur.

— Non. Nous n'avons qu'une seule chambre, et c'est celle de ma mère. Ce n'est pas bien.

— Viens chez moi dans ce cas. Ou nous pourrions aller à l'hôtel.

Pearl le dévisagea. Sous la lumière du réverbère, il était encore plus beau que dans son souvenir. Ses épaules larges, ses magnifiques cheveux bouclés, son joli minois. Louis allait tellement lui ressembler. Il était le père de son enfant ; sa place devrait être au cœur de leur famille. Ben se pencha en avant, très doucement, et embrassa Pearl. Elle ferma les yeux et se laissa faire. Cette sensation était à la fois si familière et si étrange ; un homme ne l'avait pas touchée depuis des lustres.

*

Le lendemain matin, Izzy s'extirpa du lit au lever du soleil et sortit confusément des vêtements de ses sacs.

— Tu es pressée, bébé ? lui demanda Graeme d'un ton endormi.

Izzy le regarda en plissant les yeux.

— Je vais travailler. Ces cupcakes ne se préparent pas tout seuls.

Elle réprima un bâillement.

— Bon, viens au moins me faire un câlin.

Izzy se blottit confortablement contre son torse glabre.

— Mmm, dit-elle, tout en calculant mentalement le temps dont elle disposait, maintenant qu'elle devait traverser tout le nord de Londres pour se rendre au *Cupcake Café*.

— Pourquoi tu ne te ferais pas porter pâle aujourd'hui ? Tu bosses trop.

Izzy sourit.

— C'est l'hôpital qui se moque de la charité !
— Oui, mais tu n'aimerais pas lever un peu le pied ? Travailler un peu moins ? Retourner dans un joli bureau douillet, avec des congés maladie, des pauses-déjeuner, des fêtes de bureau et quelqu'un qui se charge de la paperasse pour toi ?

Izzy roula sur le ventre et joignit les mains sous son menton.

— Tu sais… Tu sais, je ne crois pas que j'en aurais envie. Je crois que, pour tout l'or du monde, je ne retournerais pas travailler pour quelqu'un d'autre. Pas même pour toi !

Graeme la considéra avec consternation. Bon, il lui en parlerait plus tard. Encore une fois.

\*

Pearl franchit le seuil de la porte en fredonnant.
— Qu'est-ce qu'il t'arrive ? lui demanda Caroline, suspicieuse. Tu as l'air toute joyeuse, c'est bizarre.
— Je n'ai pas le droit d'être joyeuse ? s'étonna Pearl tout en attrapant le balai, tandis que Caroline lustrait la capricieuse machine à cappuccino. C'est un privilège réservé à la classe moyenne ?
— C'est plutôt le contraire, répondit Caroline, qui avait reçu ce matin-là une lettre d'un avocat particulièrement désagréable.
— Le contraire de quoi ? demanda Izzy en remontant de la réserve pour saluer Pearl et se servir un café ; ses sourcils étaient recouverts de farine.
— Pearl pense que les gens de la classe moyenne sont joyeux.

— Mais non, rétorqua Pearl, qui plongea un doigt dans le saladier d'Izzy.

— Arrête ça ! Si l'inspecteur du service d'hygiène te voyait, il ferait une crise !

— Mais j'ai mes gants en latex ! répondit Pearl en les agitant sous le nez d'Izzy. Et puis, tous les chefs testent leurs préparations. Comment sauraient-ils, sinon, si c'est bon ?

Pearl goûta la mixture d'Izzy. C'était une pâte pour un gâteau à l'orange et à la noix de coco : doux, moelleux et pas trop sucré.

— Cela me rappelle la piña colada. C'est délicieux. Et surprenant.

Izzy regarda Pearl, puis jeta un coup d'œil à Caroline.

— Caroline a raison. Qu'est-ce qu'il t'arrive ? Hier, tu n'avais pas le moral et, aujourd'hui, tu es toute guillerette.

— Je ne peux pas être heureuse de temps en temps ? Tout ça parce que je ne vis pas dans votre quartier et que je dois prendre le bus pour venir ?

— Ce n'est pas juste, répliqua Izzy. Je suis une spécialiste des bus.

— Et moi, je vais devoir quitter ce quartier, ajouta Caroline.

Sa voix fut si mélancolique que Pearl et Izzy la regardèrent avec stupéfaction, puis Caroline plongea à son tour un doigt dans la pâte.

— Parfait, dit Izzy, exaspérée. Je vais devoir jeter cette fournée et en préparer une nouvelle.

Pearl et Caroline prirent cela pour une invitation à se jeter goulûment sur la pâte. Izzy soupira, posa le saladier et, après avoir attrapé une chaise, se joignit à ses employées.

— Qu'est-ce qui se passe ? s'enquit Pearl.

— Oh, c'est mon salaud d'ex-mari. Il veut que je parte de la maison. Maison qu'au passage, j'ai rénovée quasiment toute seule ; dont j'ai meublé les onze pièces, y compris le bureau de monsieur ; pour laquelle j'ai supervisé la construction de la verrière et le montage d'une cuisine de cinquante mille livres, ce qui n'était pas de la tarte.

— Mais j'imagine qu'à ce prix-là, ils t'ont fait cadeau d'un service à tarte, ironisa Pearl, avant de se rendre compte devant le visage de Caroline que ce n'était pas le moment de plaisanter. Pardon, s'excusa-t-elle, mais sa collègue l'avait à peine entendue.

— Je croyais que si je me dégotais un travail, faisais preuve de volonté… Mais, d'après lui, ça prouve que je peux travailler et que, donc, je peux me débrouiller toute seule ! C'est vraiment injuste ! Avec ce que je gagne ici, je ne pourrai pas garder mes employés de maison, ni la maison, rien ! Mon salaire me permet à peine de payer la pédicure.

Izzy et Pearl se concentrèrent sur la pâte à gâteau.

— Désolée, mais c'est la vérité. Je n'ai pas la moindre idée de ce que je suis censée faire.

— Il ne vous mettrait tout de même pas à la rue, tes enfants et toi ? demanda Izzy.

— Il y a sans doute des logements vacants dans ma cité, intervint Pearl.

Caroline ravala un sanglot à ces mots.

— Pardon. Je ne voulais pas te vexer.

— Oh, pas de souci, dit Pearl. Moi aussi, je préférerais vivre chez toi. Ou peut-être juste dans ta cuisine.

— Dans la lettre, il est écrit : « Des mesures peuvent être prises », expliqua Caroline. Oh là là !

— Mais il voit bien que tu fais des efforts, non ? déclara Izzy. Il devrait le prendre en compte.

— Il s'en fiche que je fasse des efforts. Tout ce qu'il veut, c'est que je disparaisse. Pour toujours. Afin qu'il puisse continuer de baiser cette foutue Annabel Johnston-Smythe.

— Comment font-ils pour inscrire son nom en entier sur sa carte de crédit ? commenta Pearl.

— Enfin, changeons de sujet, dit vivement Caroline. Et toi, Pearl, pourquoi es-tu si heureuse ?

Pearl parut embarrassée, puis déclara qu'une femme ne révélait jamais ses secrets d'alcôve. Izzy et Caroline se mirent à crier comme des adolescentes, ce qui contraria Pearl, en particulier lorsque le facteur Doti passa et la félicita d'être particulièrement belle ce matin. Puis, elles se rendirent compte qu'une file de clients attendait à la porte : ils paraissaient affamés et impatients, mais n'osaient pas interrompre leurs bavardages.

— J'ai du travail qui m'attend, moi ! affirma sèchement Pearl en se levant.

— Du calme, lui lança Izzy, qui se hâta au sous-sol lorsque la première cliente de la journée demanda à goûter le gâteau à l'orange et à la noix de coco qui avait déjà été inscrit sur l'ardoise du jour. Un peu de patience, dit-elle à la cliente.

— Vous ne faites pas de livraison ? s'enquit la femme.

Pearl et Izzy se regardèrent.

— C'est une bonne idée, remarqua Pearl.

— Je vais l'ajouter à la liste, répondit Izzy.

La bonne humeur de Pearl déteignit sur Izzy. Comme elle refusait de dévoiler l'identité de l'homme, Izzy se demandait s'il ne s'agissait pas du père de Louis, mais il ne lui viendrait jamais à l'idée de poser une question aussi personnelle. Elle se fit du souci à propos du divorce de Caroline, pour elle, mais aussi pour des raisons égoïstes – Izzy n'avait pas envie de la perdre. Certes, elle était irritable et snob, mais elle travaillait dur et avait un don pour présenter les gâteaux de la manière la plus alléchante qui fût. Elle avait aussi arrangé le salon de thé par de menus détails : des petites bougies flottantes que l'on allumait quand il faisait sombre, des coussins douillets pour rendre des coins inconfortables accueillants. Elle avait l'œil, c'était indéniable.

Cependant, tout en préparant une nouvelle fournée de gâteaux, en saupoudrant la noix de coco d'une main légère et en remplaçant le sucre blanc par de la cassonade pour intensifier les arômes, Izzy ne put s'empêcher de penser à Helena. Elles ne s'étaient jamais disputées, pas même quand elle l'avait suppliée de sauver ce pigeon unijambiste. Elles s'étaient toujours bien entendues. Izzy ne supportait pas l'idée de ne pas lui raconter les amours de Pearl et tous les autres commérages. Elle envisagea de lui téléphoner, mais Helena n'était pas joignable à l'hôpital : c'était gênant car elle était toujours en train de retirer un objet incongru d'une paire de fesses, de recoudre un petit orteil, ou quelque chose du même acabit. Elle irait la voir. Et lui offrirait un cadeau.

\*

Izzy rencontra Helena en chemin.

— Je venais justement te voir…, dit Helena. Je suis vraiment, vraiment, vraiment…

— Non, c'est moi.

— Je suis contente pour toi. Sincèrement. Je veux simplement que tu sois heureuse.

— Moi aussi ! Je t'en prie, ne nous disputons pas.

— Je suis d'accord.

Les deux jeunes femmes s'étreignirent dans la rue.

— Tiens, dit Izzy en tendant à Helena une feuille de papier qu'elle avait gardée sur elle toute la journée.

— Qu'est-ce que c'est ? (Elle regarda le document et comprit.) La recette ! Je n'y crois pas ! Oh, bon sang !

— Voilà. Ton souhait le plus cher est exaucé.

Helena sourit.

— Viens à la maison. Viens prendre une tasse de thé. Cela reste ton appart.

— Je devrais y aller. Retourner auprès de mon homme, tu comprends.

Helena hocha la tête. Elle comprenait parfaitement. La situation n'en fut cependant pas moins bizarre, lorsqu'elles se serrèrent fort dans les bras, avant de se séparer pour rentrer chez elles… dans des directions opposées.

\*

Helena avait également remis à Izzy son courrier. Son cœur s'était serré. Elle avait reçu de nouvelles recettes, mais soit elle les avait déjà, soit celles-ci n'avaient aucun sens. Izzy s'était entretenue avec Keavie par téléphone : oui, Joe était en forme lors de sa dernière visite, mais dans l'ensemble, il n'allait pas très bien. Elle lui conseilla de venir dès qu'elle le pourrait, ce qu'elle fit le lendemain.

À la surprise d'Izzy, quand elle arriva à la maison de retraite, quelqu'un était déjà dans la chambre : un homme de petite taille, assis sur la chaise à côté du lit, un chapeau posé sur les genoux. Il discutait avec son grand-père. Quand il se tourna, elle se dit qu'elle connaissait ce visage, sans le resituer immédiatement. Puis elle le reconnut : c'était le quincaillier.

— Que faites-vous là ? lui demanda Izzy, tout en se précipitant pour embrasser Grampa – elle était si ravie de le voir.

— Oh, une petite fille chérie ! Je suis presque certain de savoir laquelle. Cet homme charmant me tient compagnie.

Izzy considéra le quincaillier d'un regard intense.

— Eh bien, c'est gentil de votre part.

— Ce n'est rien, répondit l'homme, qui tendit la main. Je me présente, Chester.

— Izzy. Merci pour le porte-clés, dit-elle, soudain timide.

L'homme, tout aussi timide, lui sourit.

— J'ai fait la connaissance de votre grand-père par le biais de votre boutique. Nous sommes devenus de bons amis.

— Grampa ?

Joe esquissa un petit sourire.

— Je lui ai seulement demandé de veiller sur toi.

— Tu lui as demandé de m'espionner, oui !

— Tu utilises un micro-ondes ! Et ce sera quoi ensuite ? De la margarine ?

— Jamais de la vie, répondit vivement Izzy.

— C'est vrai, intervint Chester. Elle ne s'est jamais fait livrer de margarine.

— Arrêtez de m'espionner.

— D'accord. (Il avait un léger accent d'Europe de l'Est qu'elle ne parvenait pas à identifier.) Je vais arrêter.

— Ou... Du moins, si vous êtes obligé de le faire, ajouta Izzy, qui aimait assez bien l'idée que quelqu'un fît attention à elle (cela ne lui était jamais arrivé), venez goûter à mes gâteaux.

L'homme acquiesça d'un signe de tête.

— Mais votre grand-père m'a mis en garde de ne pas écorner vos bénéfices. D'après lui, vous êtes tellement gentille que vous me donneriez à manger gratuitement. Il m'a interdit de vous demander quoi que ce soit.

— Cela reste un commerce, se justifia faiblement Joe depuis son lit.

Keavie passa la tête par la porte.

— Bonjour, Izzy ! Comment vont les amours ?

— Alors, vous aussi, vous êtes au courant de tout ! s'offusqua Izzy.

— Mais non ! Et puis, cet homme fait un bien fou à votre grand-père. Il lui donne la pêche.

— Hmm, fit Izzy.

— Et cela me fait plaisir, déclara le quincaillier. On ne voit pas grand monde quand on vend des tournevis.

— En plus, nous connaissons tous les deux le milieu du commerce, ajouta Joe.

— Très bien, très bien, concéda Izzy.

Elle était depuis si longtemps la seule personne vers laquelle son grand-père se tournait qu'elle ne savait pas quoi penser de cette nouvelle amitié. Joe regarda soudain autour de lui, confus.

— Où suis-je ? Isabel ? Isabel ?

— Je suis là, dit Izzy, alors que Chester les salua et partit.

Elle prit la main de son grand-père.

— Non, répétait-il. Pas toi. Pas Isabel. Je ne parlais pas de toi. Non pas du tout.

Il devint de plus en plus agité et serrait de plus en plus fort la main d'Izzy, jusqu'au moment où Keavie vint avec un infirmier et le persuadèrent de prendre un médicament.

— Cela va le calmer, expliqua Keavie en regardant Izzy droit dans les yeux. Vous comprenez, c'est pour le calmer, qu'il se sente bien... C'est tout ce que nous pouvons faire...

— Vous êtes en train de me dire qu'il n'ira plus jamais mieux, se désola Izzy.

— Ses moments de lucidité vont être moins nombreux et plus espacés. Vous devez vous y préparer.

Elles regardèrent le vieil homme se laisser tomber contre les oreillers.

— Il en est conscient, murmura Keavie. Même les patients souffrant de démence se rendent compte de la situation... Tout le monde adore votre grand-père ici, vous savez. Sincèrement.

Izzy pressa la main de Keavie pour lui exprimer sa gratitude.

\*

Deux semaines plus tard, le samedi, Desmond, l'agent immobilier, passa la tête par la porte. Jamie poussait des cris perçants.

— Désolé, s'excusa-t-il auprès d'Izzy, qui lisait le supplément du week-end du *Guardian*, avant que n'affluent sur les coups de midi les chalands du samedi.

La lumière estivale qui passait à travers les vitres impeccables se reflétait sur son porte-clés du *Cupcake Café*.

— Oh, ce n'est pas grave, dit Izzy qui se leva d'un bond. Je profitais d'un moment de répit. Que puis-je pour vous ?

— Je me demandais si vous aviez vu Mira.

Izzy jeta un coup d'œil vers le canapé.

— Oh, normalement, elle vient vers cette heure. Elle devrait arriver d'une minute à l'autre. Elle a un vrai appartement maintenant, un travail aussi.

— Super !

— Absolument ! J'essaie de la convaincre de mettre Elise dans la même crèche que Louis, mais pour l'instant, elle préfère la laisser dans sa crèche roumaine.

— Je ne savais même pas que ça existait.

— Il y a de tout à Stoke Newington... Ah tiens, déclara Izzy lorsque Mira et Elise arrivèrent. Quand on parle du loup...

Mira prit aussitôt Jamie des bras de Desmond et, comme de coutume, le bébé cessa de brailler pour la regarder de ses grands yeux ronds.

— Emily m'a jeté dehors... pour quelques heures, s'empressa d'ajouter Desmond, afin que Mira et Izzy ne s'imaginent pas qu'elle l'avait définitivement mis à la porte.

C'était assez triste, songea Izzy, qu'une personne se sentît ainsi obligée de corriger l'impression des autres à propos de son mariage.

— Il se porte comme un charme, Mira, depuis cette colique, poursuivit Desmond. Un magnifique… Un merveilleux petit gars. (Sa voix devint un peu chevrotante tandis qu'il admirait son fils.) Oui, enfin bref. Le souci, c'est que ces derniers jours ont été horribles, épouvantables.

Mira haussa les sourcils.

— Le pédiatre dit que ce n'est rien, qu'il fait ses dents.

— Du coup, vous l'avez emmené à la femme qui murmurait à l'oreille des bébés ! s'exclama joyeusement Izzy, en déposant sur le comptoir un thé, un chocolat chaud et un grand cappuccino avec beaucoup de copeaux de chocolat.

Jamie, qui paraissait jusque-là content, ouvrit la bouche en prévision d'un énorme hurlement. Mira posa alors ses doigts sur ses gencives. Desmond parut déconcerté.

— Euh, oui, on peut dire ça.

Mira lui adressa un regard sévère lorsque Jamie hurla.

— Dans ce pays, vous trouvez très drôle que personne n'y connaisse rien en bébés. Et les grands-mères, elles disent : « Oh, je ne me mêle pas des histoires de bébé », et les tantes, elles disent : « Oh, je suis trop occupée pour t'aider ». Tout le monde ignore les bébés, mais vous achetez des livres stupides et regardez des émissions idiotes sur les bébés. Alors qu'ils sont tous pareils. Les adultes, pas tant que ça. Donnez-moi un couteau.

Izzy et Desmond se regardèrent, interdits.

— Euh, quoi ? demanda Izzy.

— Couteau. J'ai besoin de couteau.

Desmond agita ses mains devant lui.

— Franchement, nous ne pouvons plus supporter ses pleurs à la maison. Ma femme dort chez sa mère en ce moment. Je deviens dingue. J'ai l'impression parfois de voir des fantômes.

— Je ne vais pas vous donner de couteau, s'opposa Izzy.

Un peu nerveusement, elle tendit toutefois à Mira un couteau à dents. En un clin d'œil, Mira étendit Jamie sur le canapé, lui bloqua les bras et fit deux minuscules incisions sur ses gencives. Le bébé hurla comme un damné.

— Qu'est-ce... Qu'est-ce que vous avez fait ? demanda Desmond, en récupérant Jamie et en le berçant dans ses bras.

Mira haussa les épaules. Desmond lui lança un regard furieux, mais il remarqua que Jamie, une fois la surprise et la douleur passées, se calmait peu à peu. Ses grandes goulées d'air se ralentissaient, et son petit corps tendu, furieux se détendait. Il blottit sa tête tendrement contre le torse de son père et, sans doute extrêmement fatigué de ses courtes nuits douloureuses, il commença à fermer les paupières.

— C'est bon, le rassura Desmond. Tout va bien.

Izzy secoua la tête.

— Mira, qu'avez-vous fait ? Comment avez-vous fait cela ?

Mira haussa de nouveau les épaules.

— Pour sortir, ses dents doivent percer les gencives. C'est très douloureux. Du coup, j'ai légèrement entaillé la gencive. Maintenant, elles passeront à travers. Sans douleur. C'est pas sorcier.

— Je n'ai jamais entendu parler de ça, dit doucement Desmond, afin de ne pas troubler le sommeil de son bébé.

— Personne dans ce pays n'a entendu parler de rien, déplora Mira.

— Vous devriez écrire un livre sur les bébés, lui suggéra Izzy, admirative.

— Tout tient en une page. Ça dirait : « Demandez à votre grand-mère. Ne lisez pas ces stupides bouquins sur les bébés. Merci. »

Mira accepta le thé, et Elise, qui était restée assise très sagement avec un livre, murmura un petit merci pour le chocolat chaud. Desmond s'empressa de régler la note.

— Vous me sauvez la vie, Mira, affirma-t-il. En fait, Izzy, pourrais-je avoir mon cappuccino dans une tasse à emporter, s'il vous plaît ? Je vais rentrer directement chez moi et essayer de faire une sieste.

— Bien sûr.

Desmond regarda autour de lui.

— Je... Euh... Il y a des rumeurs qui courent.

— À propos de quoi ? demanda plaisamment Izzy, tout en encaissant la monnaie.

— De cet endroit... Mais ce doit être faux.

— Ah bon ?

— J'ai entendu dire que vous alliez partir... J'ai pensé que vous aviez trouvé plus grand. (Desmond balaya la boutique du regard.) Vous avez vraiment fait du bon boulot, c'est incontestable.

Izzy lui rendit sa monnaie.

— Eh bien, ce que vous avez entendu est entièrement faux. Nous n'allons nulle part !

— Génial ! J'ai dû mal comprendre. Avec le manque de sommeil, vous savez... OK, bon, encore merci.

Soudain, il y eut un énorme bruit de métal raclant le sol à l'extérieur. Izzy sortit à la hâte ; Desmond préféra rester à l'intérieur pour éviter de réveiller Jamie. Dans la lumière vive de l'été, le quincaillier tirait deux chaises en fer forgé sous le poirier. À côté se trouvait une superbe table, récemment peinte de couleur crème. Izzy resta clouée sur place.

— C'est magnifique !

Doti arriva au coin de l'impasse, la mine toujours abattue car Pearl avait annulé leur déjeuner (Ben étant toujours indécis, elle ne voulait pas compliquer la situation, s'était-elle justifiée auprès d'Izzy). Izzy accourut pour aider Chester à placer le mobilier – deux tables, chacune accompagnée de trois chaises, ainsi que de deux énormes chaînes antivol. C'était de toute beauté.

— C'est votre grand-père qui a commandé tout cela, expliqua Chester, qui stoppa Izzy d'un geste de la main lorsqu'elle voulut le serrer dans ses bras. Il a tout payé, ne vous faites pas de souci. Il s'est dit que vous en auriez besoin.

— C'est vrai, admit Izzy en hochant la tête. Quelle chance de vous avoir ! Vous êtes un peu notre ange gardien !

Chester sourit.

— Il faut veiller les uns sur les autres dans cette grande ville. Je sais que votre grand-père me l'a interdit, mais...

— Vous voulez un café et une part de gâteau ?

— Avec plaisir.

Pearl sortit avec un plateau tout prêt. Elle sourit timidement à Doti, puis s'assit pour admirer le nouveau décor.

— Parfait, approuva-t-elle.

Louis gambada entre ses jambes.

— Moi être lion dans cage, grogna-t-il. Grrrrr !

— Nous avons aussi un lion de garde pour chasser les gens que nous n'aimons pas, déclara Izzy.

— Moi aimer tout le monde, s'écria le lion sous la table.

— C'est bien mon problème, ajouta Pearl en rapportant les tasses vides à l'intérieur.

*

D'un jour à l'autre, songea Izzy. Sous peu, elle n'aurait plus l'impression d'être une invitée. Elle parviendrait à ne plus marcher dans l'appartement sur la pointe des pieds, de peur de mettre du désordre. Elle ne s'était jamais rendu compte que le goût de Graeme pour le minimalisme était si… immodéré.

Certes, l'appartement était joli, mais tous les angles y étaient aigus. Les canapés n'étaient pas confortables ; le système télévision/Blu-ray/stéréo était abominablement complexe à utiliser ; le four devait avoir été ajouté après coup, dissimulé dans une garçonnière ultramoderne, qui de toute évidence n'était pas conçue pour y faire la cuisine, même si le robinet d'eau bouillante instantanée était pratique, une fois les premières brûlures passées. C'étaient davantage toutes les habitudes qui posaient problème à Izzy : enlever ses chaussures ; ne jamais rien poser, pas même un manteau, pas même une seconde ; ne pas laisser traîner de magazines ; aligner les télécommandes ; essayer de trouver un tout petit espace pour une commode afin qu'elle pût ranger ses vêtements, alors que ceux de Graeme étaient tous suspendus, encore sous plastique depuis leur retour du pressing. Le placard de sa salle de bains regorgeait d'une multitude de produits pour la peau, les cheveux…, tous parfaitement rangés.

La femme de ménage venait deux fois par semaine et récurait l'appartement de fond en comble ; si jamais Izzy était présente à ce moment-là, elle n'osait plus toucher à rien. Le pain grillé n'était plus qu'un agréable souvenir : cela faisait trop de miettes sur les surfaces en verre étincelantes de la cuisine. Ils mangeaient beaucoup de woks, car c'était peu salissant. Izzy s'agaçait de constater qu'une cuisine fût équipée d'un robinet d'eau bouillante, d'un brûleur spécial wok et d'une cave à vins, mais pas d'un four digne de ce nom. Se sentirait-elle un jour chez elle ?

Graeme, en revanche, avait déjà le sentiment qu'il pourrait s'y habituer. Il suffisait de jeter un regard un peu sévère à Izzy dès qu'elle laissait traîner des affaires par terre. Pourquoi les femmes étaient-elles aussi désordonnées ? Pourquoi avaient-elles besoin de sacs pour y fourrer plein de choses ? Il lui avait donné une commode, mais il avait remarqué que ses shampooings et soins pour les cheveux – des marques de mauvaise qualité, pensa-t-il, de l'argent jeté par les fenêtres pour la majorité – traînaient tout de même dans sa salle de bains toute faïencée de noir. Il devrait lui en toucher un mot.

À part cela, c'était agréable de trouver quelqu'un à la maison le soir (elle finissait beaucoup plus tôt que lui). C'était agréable que quelqu'un lui demandât comment s'était passée sa journée, lui préparât un vrai dîner au lieu des plats tout prêts auxquels il était habitué, lui servît un verre de vin et écoutât la litanie de sa journée. Très agréable même en réalité, à tel point qu'il était surpris de ne pas y avoir pensé plus tôt. Elle lui avait demandé si elle pouvait apporter ses livres et il avait dû refuser ; il n'avait pas d'étagères et cela déparerait la décoration de son séjour haut de plafond. Il n'avait pas du tout envie non plus de ses accessoires de cuisine kitsch dans son appartement. Mais cela ne semblait pas la déranger. C'était parfait.

Quelque chose toutefois tourmentait Graeme. Le bureau de Londres était tout feu, tout flamme pour qu'il se lançât à fond dans son projet de Pear Tree Court. Pour ses supérieurs, il s'agissait d'une véritable avancée : ils ne loueraient plus simplement des bureaux, mais vendraient un mode de vie et, si tout se passait bien, Graeme était promis à un grand avenir dans ce secteur. C'était un projet d'envergure. Mais il devenait évident pour Graeme qu'en vérité, Izzy – elle devait être cinglée – aimait diriger cette stupide petite boutique, se lever aux aurores et jouer en permanence les bonniches. Plus elle vendait de gâteaux, plus elle devait travailler et plus elle semblait heureuse. Et tout ça pour des clopinettes. Elle reviendrait à la raison quand il lui présenterait son idée...

Graeme se fit une grimace dans le miroir et s'assura que sa peau lisse était parfaitement rasée. Il se tourna pour admirer son reflet sous tous les angles : il était satisfait. Mais il n'était pas sûr à cent pour cent que le « problème Izzy » se résoudrait aussi facilement qu'il le croyait.

*

À mesure que l'été avançait, le salon de thé ne montrait aucun signe de ralentissement ; en réalité, ce fut même le contraire. Izzy nota dans un coin de sa tête de prévoir des glaces maison pour l'année suivante ; elles partiraient comme des petits pains. Peut-être pourrait-elle installer un petit stand au bout de l'impasse pour attirer les passants. Peut-être Felipe pourrait-il s'en charger, et jouer du violon quand ce serait plus calme. Cela signifiait, bien entendu, plus de formulaires auprès de la mairie, pour avoir l'autorisation de vendre dans la rue, mais elle était prête à le faire. C'était surprenant, pensa-t-elle, que la paperasse, qui l'intimidait tellement autrefois, lui parût dorénavant être une simple formalité. Elle se rendit compte également en sursaut qu'à part le soir où Graeme était arrivé alors qu'elle était avec Austin (elle avait décidé de ne plus repenser à cette soirée et de ne plus jamais retourner à la banque – enfin, de toute évidence, elle devrait y retourner un jour ou l'autre, mais tant que sa présence n'était pas indispensable, c'était Pearl qui se chargerait d'y aller), elle rougissait moins. Conséquence surprenante de faire de la pâtisserie son métier !

En rentrant d'une brève pause au square (avec glace), Izzy entendit Pearl et Caroline se quereller. Oh oh... Elles avaient pourtant semblé assez bien s'entendre ces derniers temps. Pearl était très souvent d'humeur joyeuse et rien que le fait de venir travailler tous les jours plutôt que rester chez elle lui avait fait perdre quelques tailles de vêtement.

Dorénavant, aux yeux d'Izzy, elle avait retrouvé son poids de forme et était parfaitement bien proportionnée. Quant à Caroline, elle s'était mise à porter de tout petits débardeurs, qui auraient été seyants sur une personne avec vingt ans de moins, mais qui, chez elle, faisaient ressortir ses clavicules décharnées et ses bras à la Madonna. Les artisans tenaient des remarques désobligeantes sur Pearl et Caroline ; Izzy en était consciente, mais elle les ignorait.

— Ses tantes seront là et tout le monde apportera une bouteille, ça fera l'affaire, s'entêtait à dire Pearl.

— Une seule bouteille ? Pour les trois ans d'un enfant ? Non, cela ne suffira pas, argumentait de son côté Caroline. Il mérite une vraie fête, comme tout le monde.

Pearl se mordit la lèvre. Louis, en raison de son caractère très affable, mais aussi de la volonté des mamans de la crèche de ne pas avoir de préjugés afin de n'exclure personne, avait été convié une ou deux fois à des anniversaires. Chaque fois, Pearl avait étudié les invitations avant de toutes les décliner, inquiète. Les fêtes semblaient toujours être organisées dans des endroits très chers, comme le zoo ou le musée d'histoire naturelle, et elle n'était pas certaine de pouvoir se le permettre financièrement. Maintenant que la boutique marchait mieux, Izzy avait augmenté les salaires (contre l'avis de Mme Prescott), et Pearl se servait de cet argent pour acheter des choses dont elle avait réellement besoin (un vrai lit pour Louis, de nouveaux draps et serviettes de bain…), et non pour des cadeaux onéreux et des fêtes luxueuses. Elle ne se doutait pas que c'étaient les parents organisateurs qui payaient l'entrée pour tous les invités ; cela l'aurait encore plus choquée si elle l'avait su. Elle était parvenue à détourner l'attention de Louis, mais il grandissait ; un jour ou l'autre, il commencerait à comprendre et se rendrait compte qu'il était différent, or elle ne voulait pas que cela arrivât avant l'heure.

De toute façon, quand il irait à l'école dans un an ou deux, il ne serait plus différent. Pearl frissonnait parfois quand elle pensait à l'école primaire de la cité. Même si la municipalité faisait de son mieux, elle était toujours recouverte de graffitis et des fils barbelés coiffaient son immense portail. Depuis le changement de gouvernement, la situation avait sensiblement empiré. Ses amies du quartier parlaient de harcèlement et d'instituteurs démissionnaires, tout en reconnaissant de mauvaise grâce que l'école faisait de grands efforts. Pearl doutait que cet établissement convînt à Louis. La crèche la mettait peut-être mal à l'aise, mais son fils s'y épanouissait, incontestablement. Il pouvait compter jusqu'à vingt, réussir des puzzles, chanter des chansons qui n'étaient pas tirées de publicités, faire du tricycle. Il réclamait aussi à emprunter toujours plus de livres à la bibliothèque, à tel point qu'elle n'arrivait plus à suivre le rythme. Pearl imaginait parfois avec horreur qu'il fût terrorisé par les petits caïds de l'école. Elle n'avait pas non plus envie d'une poule mouillée qui organisait des fêtes d'anniversaire à thème et avait des amis chic, ce qui lui vaudrait également des brimades.

— Ce sera une vraie fête, déclara Pearl qui, par-dessus tout, n'aimait pas que Caroline ait raison à propos de quoi que ce soit. Il y aura beaucoup de cadeaux.

— Pourquoi n'inviterions-nous pas ses amis ? insista Caroline avec son entêtement habituel si agaçant. Rien qu'une petite dizaine.

Pearl essaya d'imaginer dix Harry, Liddy, Alice et Arthur sauter sur le canapé-lit de sa mère et rejeta cette perspective.

— De quoi s'agit-il ? demanda gaiement Izzy, qui tenait dans ses mains le pressing de Graeme (c'était plus logique que ce fût elle qui s'en occupât, quand bien même Graeme se déplaçait en voiture).

— Nous préparons l'anniversaire de Louis, répondit vivement Caroline.

Pearl la fusilla du regard.

— Ou pas.

— Eh bien, je vais lui demander s'il veut une vraie fête pour son anniversaire.

Pearl lança à Izzy un regard désespéré. Izzy eut soudain une idée.

— J'y pense depuis un certain temps. Vous savez que c'est calme ici, le samedi ? Du coup, j'envisageais de fermer, mais Mme Prescott nous tuerait, et Austin aussi... Donc, je me suis dit que nous pourrions... organiser des goûters d'anniversaire sur le thème des cupcakes. Principalement pour les petites filles, bien sûr. Le principe serait que les enfants préparent et décorent leurs propres gâteaux. Nous leur fournirions de petits tabliers et de petits saladiers et nous ferions payer la location du salon de thé. Cela pourrait être assez lucratif. Et instructif, car plus personne n'apprend aux enfants à faire des gâteaux.

Izzy ne s'aperçut pas qu'elle s'exprimait comme son grand-père.

— C'est génial ! s'enthousiasma Caroline. Je vais en parler à mes copines et je vais insister pour qu'elles viennent. Nous pourrons servir du thé aux adultes. Même si personnellement, je n'ai jamais survécu à l'un de ces pitoyables goûters d'enfants sans un ou deux verres d'alcool. C'est à cause du bruit, vous savez.

— Hors de question que nous demandions une licence, rétorqua Pearl. Je l'ai promis à mon pasteur.

— Non, non, bien sûr que non, dit Caroline d'un air contrit.

— Tu peux toujours faire comme le prince Charles et cacher une flasque dans ta veste, plaisanta Izzy. Pearl, si tu veux, nous pourrions faire un test avec Louis et ses amis et voir comment ça se passe. On prendrait quelques jolies photos d'eux recouverts de farine, pour s'en servir comme publicité, ce genre de choses.

— Du coup, ce serait un jour comme les autres, mais avec plus de boulot, commenta Pearl.

— Oh, Seigneur ! Tous les anniversaires d'enfants sont comme ça, ajouta Caroline. Un cauchemar ambulant !

\*

Graeme tenta d'être aussi sûr de lui que l'image qu'il renvoyait. Il se regarda dans le miroir de courtoisie de sa BMW juste avant d'en sortir, sans prêter attention aux moqueries d'un enfant qui passait par là. Néanmoins, même si, habituellement, il avait l'impression d'être fort comme un lion lors de ses rendez-vous, agressif, avec la certitude d'être le meilleur, aujourd'hui il était nerveux. Extrêmement nerveux. Cela en devenait ridicule. Il était Graeme Denton, bon sang. Jamais une femme ne lui avait fait perdre ses moyens, jamais. Il n'avait toujours pas mentionné son projet à Izzy, mais tous les jours, les dirigeants de Kalinga Deniki s'enquéraient de ses progrès, l'interrogeaient sur les demandes de permis de construire afin de pouvoir lancer les travaux. Ils avaient déjà reçu les rapports préliminaires du géomètre. Graeme avait rendez-vous à présent avec M. Barstow, le propriétaire d'une grande partie des bâtiments de Pear Tree Court.

Monsieur Barstow ne s'embarrassa pas avec les bonnes manières à son arrivée. Il tendit sa petite main potelée et grommela. Graeme fit un signe de tête à son nouvel assistant, Dermot, pour qu'il démarrât le PowerPoint. Dermot, le cadet de Graeme de neuf ans, un vrai crétin qui s'habillait comme un mafieux et essayait de se tenir informé de tous les projets de son chef, lui rappelait Graeme lui-même à ses débuts. Graeme commença sa présentation, en expliquant qu'un rachat massif des espaces occupés et vacants serait une très bonne chose pour Barstow, avec un rabais conséquent pour KD. Au troisième schéma, le regard de M. Barstow s'éteignit complètement. Il leur fit un signe de la main.

— OK, OK. Notez votre chiffre sur un bout de papier.

Graeme s'interrompit et décida d'obtempérer. Monsieur Barstow y jeta un coup d'œil avec dédain et secoua la tête.

— Non. De toute façon, j'ai une locataire au numéro quatre. Elle tient un petit café. Elle s'en sort pas mal d'ailleurs. Elle fait monter les prix dans le quartier.

Graeme fut exaspéré, mais tenta de ne rien laisser paraître. Il ne manquait plus que cela ; Izzy lui compliquait la tâche.

— Mais le terme de son bail de six mois est proche. Nous ferons en sorte que vous ne le regrettiez pas.

Graeme fut tiraillé un instant : il n'était pas censé savoir quand se terminait le bail d'Izzy. Monsieur Barstow haussa les sourcils.

— Alors comme ça, vous lui en avez parlé ? Eh bien, j'imagine que si elle est d'accord...

Graeme s'efforça de rester impassible : surtout, ne pas révéler qu'il n'avait pas parlé à Izzy. Cela ne regardait pas du tout M. Barstow.

— Je ne sais pas cependant comment faire partir ce quincaillier. Il est là depuis plus longtemps que moi. (Monsieur Barstow gratta son double menton.) D'ailleurs, je ne comprends pas comment il fait son beurre.

Graeme s'en moquait, ce n'était pas son problème.

— Je suis sûr que nous sommes en mesure de lui faire une offre qu'il ne pourra pas refuser.

Monsieur Barstow parut à nouveau dubitatif.

— Je crois, mon petit, que vous feriez mieux de continuer à écrire sur cette enveloppe.

## Chapitre 16

**Des scones. Des scones, Izzy. Encore des scones**

- 7,4 kg de farine ordinaire
- 115 g de farine
- Une pincée de farine
- 1,4 kg de sucre blanc
- 170 g de cassonade
- 170 g de sel

\*

Izzy posa la lettre et soupira. C'était déchirant. Atroce. Elle était en chemin vers la maison de retraite, avec des gâteaux dans les mains ; peut-être que cela ferait du bien à Grampa. Izzy était consciente que le transport dans le bus serait difficile, mais elle s'en moquait. Il y avait quarante-sept résidents (ce nombre changeait souvent malheureusement) et trente employés ; elle avait préparé un cupcake pour chacun d'eux. Elle avait songé à proposer à Graeme de l'y conduire pour qu'il fît la connaissance de son grand-père, mais quand elle l'avait rejoint dans le séjour, il s'était empressé de fermer la fenêtre ouverte sur son ordinateur et avait été si sec avec elle qu'elle s'était aussitôt ravisée. Une fois de plus, pensa-t-elle contrariée, elle était comme une étrangère dans ce qui était censé être dorénavant sa maison. Si Graeme n'était pas aussi bougon en permanence, elle lui aurait suggéré qu'ils commencent à chercher un autre appartement. Malheureusement, ce n'était pas comme si elle avait une fortune qui leur permettrait d'acheter quelque chose de beaucoup plus grand. Par ailleurs, elle n'était pas certaine d'être prête à vendre son appartement, même si elle soupçonnait que quand elle le serait, Helena l'achèterait sans hésitation.

Lorsque Izzy considérait tous ces problèmes, elle avait un peu l'impression qu'il s'agissait de la vie d'une autre personne, tant cela lui paraissait sans lien avec la sienne – vendre son appartement, acheter ailleurs. D'un autre côté, elle avait changé. Izzy repensa au dimanche précédent, lorsqu'elle avait enfin rencontré la mère de Graeme. Ses parents s'étaient séparés quand il était petit (il était fils unique). Izzy était impatiente de faire sa connaissance, surtout après le coup de fil qu'elle avait reçu de sa propre mère.

— Izzy ! avait hurlé Marian, comme si elle s'adressait à elle depuis la Floride sans utiliser de téléphone. Isabel ! Écoute-moi ! Je crois que ton grand-père ne va pas bien. Pourrais-tu aller lui rendre visite ?

Izzy avait ravalé tout ce qu'elle avait eu envie de lui répondre : elle passait tous ses dimanches là-bas et elle lui envoyait des e-mails depuis des semaines pour l'informer de la dégradation de la santé de Grampa.

— Je vais souvent le voir, Maman, choisit-elle de dire.

— Oh, d'accord. Bien. C'est bien.

— Je crois que... Je crois qu'il aimerait vraiment te voir. Est-ce que tu vas rentrer ? Bientôt ?

Izzy s'efforça de ne pas être sarcastique, mais c'était peine perdue de toute façon avec sa mère.

— Oh, je ne sais pas, ma chérie. Brick a tellement de travail... (La voix de Marian faiblit.) Et toi, comment vas-tu, ma puce ?

— Je vais bien. J'ai emménagé avec Graeme.

Marian n'avait jamais rencontré Graeme. Izzy aimerait que cela n'arrivât pas avant le plus longtemps possible.

— Oh, c'est merveilleux, ma chérie ! Fais attention à toi ! Au revoir !

Aussi, était-ce peu étonnant qu'Izzy fût impatiente de rencontrer son éventuelle future belle-mère. Elle imaginait une femme gentille, un peu enrobée, toujours prête à faire plaisir, avec de beaux cheveux bruns et le regard pétillant de Graeme ; elle imaginait qu'elles pourraient échanger des recettes et devenir proches. Peut-être aurait-elle souhaité avoir une fille. En tout cas, ce fut avec une certaine excitation qu'Izzy passa une jolie robe d'été et prépara une génoise fourrée d'une crème légère.

Madame Denton habitait une maison de ville contemporaine et impeccable dans le quartier londonien de Canary Wharf, où toutes les rues étaient identiques. Sa maison était minuscule, avec des plafonds bas, mais avait tout le confort moderne. C'était Graeme qui la lui avait trouvée sur plan.

— Bonjour, dit chaleureusement Izzy.

Elle aperçut le vestibule immaculé. Les murs étaient nus, à l'exception d'une gigantesque photographie de Graeme en tenue d'écolier ; aucun objet ne traînait.

— Oohh, je comprends de qui votre fils tient son sens du rangement !

La mère de Graeme sourit, apparemment perdue dans ses pensées le temps d'un instant.

— Je vous ai apporté un gâteau, poursuivit Izzy d'un ton joyeux. Graeme vous a peut-être dit que je suis pâtissière ?

Carole se sentit clouée sur place. Elle avait été si excitée, c'était la première femme que Graeme ramenait à la maison depuis quatre ou cinq ans. Elle était si fière de lui, de sa réussite : il était une figure de l'immobilier à Londres, comme elle aimait le raconter à tous ses amis. Sans l'avouer véritablement, elle sous-entendait qu'il lui avait acheté sa maison. Les deux dernières petites amies de Graeme étaient charmantes, extrêmement belles, surtout la blonde avec des cheveux longs jusqu'aux fesses. Elles ne pouvaient être que superbes, il suffisait de regarder son fils. Mais Carole avait su que ce ne serait pas sérieux. Graeme avait une grande carrière à asseoir d'abord, il n'avait pas le temps pour ces histoires de mariage et de vie de famille.

Seulement depuis quelque temps, Carole avait perdu le droit de fanfaronner devant ses amis, qui évoquaient le mariage de leurs enfants, avec la taille de la tente, le nombre d'invités, la multitude de cadeaux... Pire encore, elle avait dû assister à ces mariages, afficher un grand sourire et complimenter ses amis pour leur bon goût, même si le saumon n'avait aucune saveur et que le DJ passait des chansons disco à plein volume. Enfin, l'inimaginable se produisit : elle s'était fait souffler la vedette par Lilian Johnson, cette coincée pathétique, dont la fille Shelley, une mijaurée, était partie à l'université et avait fini assistante sociale – métier minable, c'était de notoriété publique. Eh bien, Shelley s'était mariée. Le poulet de la noce fut décevant aux yeux de Carole, mais ce genre de plat devait plaire à ces gens simples. Lilian avait été ravissante dans sa robe mauve. Et, à présent, Shelley était enceinte. Lilian allait être grand-mère. Carole ne pouvait le supporter. Aussi commençait-elle à s'impatienter au sujet de Graeme.

Elle avait rêvé de l'une de ces délicates et jolies filles : un sosie de Gwyneth Paltrow, très intelligente et tout et tout, mais entièrement disposée à renoncer à sa carrière pour s'occuper de son mari. Une femme qui rechercherait auprès de sa belle-mère des informations sur ce qu'aimait et détestait Graeme, des conseils pour lui cuisiner ses plats préférés, ainsi que des leçons de bon goût. Elle s'était imaginée se rendre toutes les deux dans les grands magasins : la jeune femme aurait dit : « Oh, Carole, vous le connaissez si bien », et un jour peut-être, elles auraient choisi des affaires pour bébé et sa belle-fille lui aurait confié : « Carole, je n'y connais rien sur la maternité, il faut que vous m'appreniez tout. » Et Graeme aurait remarqué pour sa part : « Il n'y en a pas deux comme toi, Maman ; j'ai dû me rabattre sur la femme qui te ressemblait le plus. » Ce n'était pas le genre de phrases que Graeme fut susceptible de prononcer, mais Carole aimait imaginer qu'il le pensât.

Ainsi, voilà ce à quoi elle s'attendait après le coup de fil de Graeme lui annonçant, plutôt brusquement, qu'il viendrait avec « Izzy » pour le thé. Isabel, cela avait l'air d'être un prénom assez chic, rien de commun. Bien entendu, son Graeme ne choisirait jamais une femme banale. Il avait bon goût – comme elle.

Quel ne fut pas son choc quand Carole ouvrit la porte et découvrit cette brune toute petite, rondelette, aux joues roses, qui devait avoir, au moins, quoi ? Trente-quatre ans ? Trente-cinq ? Était-elle encore en âge d'avoir des enfants ? Où Graeme avait-il la tête, bon Dieu ? Pas cette fille, c'était impossible. Graeme était si beau, tout le monde en convenait. Depuis son plus jeune âge. Son ex-mari était peut-être un parfait enfoiré, mais c'était indéniablement un enfoiré séduisant, et leur fils avait hérité de sa beauté. Et si élégant de surcroît, avec sa belle voiture, ses beaux costumes, son bel appartement. Il était absolument hors de question... Peut-être ne s'agissait-il pas de sa petite amie ? Peut-être était-elle... Carole se raccrocha au moindre espoir. Peut-être était-ce une femme qui avait besoin d'un visa pour rester en Angleterre ? Peut-être était-ce l'amie d'un ami qui était de passage à Londres et que Graeme avait la gentillesse d'héberger ? Mais dans ce cas... pourquoi la ferait-il venir ici ?

— Un gâteau ! répéta Izzy. Euh, je ne savais pas si vous aimiez les gâteaux.

Izzy sentit ses joues s'empourprer (encore...). Elle commença à avoir chaud et à s'en vouloir. Elle eut, tristement, bêtement, l'impression de ne pas correspondre aux attentes de Carole. Elle se retourna aussitôt vers Graeme, qui d'ordinaire ignorait son imbécile de mère, mais même lui avait remarqué son comportement assez impoli. Il étreignit brièvement la main d'Izzy.

— Izzy est ma petite amie, déclara-t-il (Izzy lui fut reconnaissante d'être intervenu). Maman, est-ce que nous pouvons entrer ?

— Bien sûr, répondit faiblement Carole, qui s'effaça et les laissa fouler les bouclettes de la moquette beige.

Sans réfléchir, Izzy entra directement, puis se figea lorsqu'elle s'aperçut que Graeme s'était baissé pour ôter ses chaussures. *Naturellement !*

— Oups, fit Izzy, qui retira ses sandales et se rendit compte qu'une pédicure ne lui ferait pas de mal – mais franchement, quand trouverait-elle le temps de caser un rendez-vous dans son agenda ?

Elle se rendit compte que Carole regardait aussi ses pieds.

— Puis-je mettre le gâteau dans votre cuisine ? demanda vivement Izzy.

Carole lui fit signe d'avancer. La cuisine était d'une propreté absolue. Attendaient sur un côté trois petites assiettes de salade prélavée, une petite pile de sandwichs triangulaires au jambon parfaitement tranchés et un pichet de limonade.

Izzy posa le gâteau en soupirant. L'après-midi s'annonçait très long.

\*

— Est-ce que vous travaillez ? demanda poliment Izzy quand ils prirent place pour déjeuner autour de la table ronde, qui de toute évidence servait rarement.

C'était une journée splendide. Izzy avait lorgné sur le jardin impeccablement entretenu, mais Carole avait clamé haut et fort qu'elle avait une peur bleue des guêpes et des insectes volants et qu'elle ne s'installait de ce fait jamais à l'extérieur. Izzy l'avait complimentée sur sa peau, Carole avait fait comme si elle ne l'avait pas entendue. Aussi étaient-ils tous les trois assis dans la salle à manger, avec les fenêtres fermées et la télévision allumée pour que Graeme pût regarder le football.

Carole parut surprise par la question d'Izzy, mais celle-ci avait rarement interrogé Graeme à propos de sa mère (autrefois, leur relation n'avait pas été assez sérieuse pour que ce fût opportun et, plus récemment, elle avait eu le sentiment qu'il évitait le sujet). Carole n'en revenait pas que son fils n'eût pas parlé d'elle à cette fille... Enfin, « femme », « fille » était un peu exagéré. Peut-être cette relation n'était-elle pas très sérieuse, après tout.

— Eh bien, Graeme a sans doute mentionné mes activités de bienfaisance ? Et bien sûr, l'Association des rosiéristes me prend pas mal de temps. Même si je m'occupe surtout des papiers. Les rats. Ils ne sont jamais très reconnaissants.

— Les rats ?

— Les rosiéristes, répondit Carole avec mépris. Je travaille dur sur ces comptes rendus.

— Ah, je sais ce que c'est, dit Izzy d'un ton compatissant, mais Carole ne sembla pas l'entendre.

— Sont-ils toujours fous de toi au bureau, mon chéri ? demanda-t-elle à Graeme en roucoulant.

Graeme grommela pour faire savoir qu'il essayait de regarder la télévision.

— Il est tellement populaire là-bas, précisa-t-elle à Izzy.

— Je sais. C'est là que nous nous sommes rencontrés.

Carole haussa les sourcils.

— Je croyais que vous travailliez dans une boutique.

— Oui, je tiens un commerce. Je suis pâtissière. Je fais des gâteaux, entre autres.

— Je ne peux pas manger de gâteaux. Cela perturbe mon transit.

Izzy pensa avec regret à son gâteau qui patientait dans la cuisine. Ils avaient déjà mangé les sandwichs au jambon – avalés en deux minutes – et, à présent, elle se sentait piégée, dépitée, toujours assise à table, à attendre que le thé refroidît un peu.

— Donc, euh..., reprit Izzy, tentant désespérément de relancer la conversation.

Graeme poussa un cri de joie quand un but fut marqué ; Izzy n'avait pas la moindre idée de quelles équipes s'affrontaient. Mais en face d'elle, se trouvait potentiellement sa future belle-mère. Potentiellement, la grand-mère de... Izzy s'empêcha de poursuivre cette réflexion. C'était bien trop tôt, et bien trop incertain, pour s'aventurer dans cette voie. Elle décida de rester sur un terrain plus sûr.

— En effet, Graeme avait beaucoup de succès au travail. Il s'en sort toujours à merveille, je crois. Vous devez être très fière de lui.

Carole s'adoucit presque le temps d'une seconde, avant de se souvenir que cette harpie rondelette et vieillissante assise face à elle avait eu l'audace de venir avec un dessert, insinuant qu'elle, Carole, n'était pas capable de faire des gâteaux pour son fils, et qu'elle s'était baladée avec ses chaussures aux pieds comme si cette maison lui appartenait déjà.

— Oui, mon fils veut toujours le meilleur, déclara-t-elle, en tentant d'accorder le plus de double sens à sa remarque.

Izzy en resta interdite. Il y eut un autre long silence embarrassant, entrecoupé par les encouragements ou les soupirs de Graeme, absorbé par son match de football.

— Elle me déteste, avait déploré Izzy dans la voiture sur le trajet du retour.

— Mais non, avait protesté Graeme, qui était ronchon car son équipe avait encore perdu.

En réalité, Carole l'avait fait venir dans la cuisine pour lui faire part sans ambages de son mécontentement. Izzy n'était-elle pas extrêmement vieille ? Et elle n'était que pâtissière ? Graeme, peu accoutumé à ce que sa mère remît en question son jugement sur quoi que ce fût, avait fait la sourde oreille. Il n'avait pas besoin en outre des critiques d'Izzy.

Izzy n'avait pas cherché à écouter leur conversation dans la cuisine, mais le fait que Carole ait voulu s'entretenir en privé avec son fils avait été suffisamment éloquent.

— Elle pense seulement que tu es un peu vieille.

Graeme alluma la radio. Izzy regarda par la vitre ; une pluie torrentielle arrivait de l'est, pour s'abattre sur Canary Wharf. Les gouttes épaisses et lourdes se mirent à cingler la vitre.

— C'est ce qu'elle a dit ? demanda doucement Izzy.

— Hmm.

— Et toi, tu me trouves un peu vieille ?

— Vieille pour quoi ?

Graeme n'avait aucune envie de participer à cette conversation, mais il était coincé dans cette voiture, il ne pouvait y échapper.

Izzy ferma les paupières. Si près du but, pensa-t-elle. Si près. Elle pouvait lui poser la question. Était-ce cela son « Ils vécurent heureux et eurent beaucoup d'enfants » ? Elle pourrait régler la question. En avoir le cœur net. Et si la réponse était non ? Et si la réponse était oui ? Si aucune de ces réponses ne la satisfaisait, que fallait-il en déduire ? Que fallait-il penser d'elle ? Soudain, elle entrevit son avenir... Graeme, progressant dans sa carrière, se servant peut-être d'Izzy pour passer sa colère, faisant d'elle le plus souvent son esclave... Il l'ignorerait et préférerait regarder la télévision, comme il l'avait fait avec sa mère. Izzy serait une carpette docile, peu exigeante.

À vrai dire, elle s'était peut-être un peu comportée ainsi – Helena en conviendrait, se dit Izzy. Mais elle avait changé. Le salon de thé l'avait changée. En mieux. Cette fois, il n'y aurait pas de cris, pas de scène, ni d'option « Je disparais et je reviens dès que j'ai envie d'un repas chaud ». Elle allait faire cela dans les règles.

— Graeme..., commença-t-elle, en se tournant vers lui dans la voiture qui filait sous l'averse.

\*

— Qu'est-ce que tu veux dire ?

Graeme avait été plus bouleversé que ne l'aurait cru Izzy, mais, bien entendu, elle ne soupçonnait pas les répercussions professionnelles pour lui.

— Je crois que... Je crois que cela ne va pas marcher, tu n'es pas d'accord ? avait-elle déclaré, aussi calmement que possible, sans détacher son regard du profil délicat et de la mâchoire serrée de Graeme, qui doublait une voiture dans un rond-point.

Après avoir juré à plusieurs reprises, Graeme s'était fermé comme une huître, refusant d'adresser la parole à Izzy. Dès que la route le permit, il arrêta la voiture et fit descendre Izzy. Tout cela paraissait curieusement approprié, lui accorder cette petite victoire insignifiante, songea-t-elle, en regardant la voiture de sport s'éloigner rapidement. En réalité, il ne faisait pas froid sous la pluie, d'ailleurs Izzy s'en préoccupait peu. Malgré tout, quand un taxi passa devant elle, avec sa lumière jaune indiquant qu'il était libre, tel un phare bienveillant, elle lui fit signe pour qu'il la reconduisît chez elle.

Lorsque Izzy rentra, Helena poussa un cri et réclama tous les détails de sa visite catastrophique chez la mère de Graeme.

— C'était devenu une évidence que, peu importe ce qui allait se passer, lui expliqua Izzy, cela ne me satisfaisait pas. Même si, ajouta-t-elle un peu chevrotante, j'aurais aimé avoir un bébé.

— Mais tu auras un bébé, la rassura Helena. Congèle juste quelques ovules au cas où !

— Merci, Lena.

Helena prit Izzy dans ses bras pour lui donner une longue et réconfortante accolade.

\*

Izzy se sentait beaucoup mieux après une bonne nuit de sommeil. Une fois les cupcakes distribués aux résidents (ils rencontrèrent bien plus de succès que son gâteau de la veille), elle se laissa tomber sur le lit de son grand-père comme si elle avait davantage besoin de repos que lui.

— Bonjour, Grampa.

Son grand-père portait ses petites lunettes en demi-lune qui lui servaient à lire. Elles étaient dans le même style que celles qu'il avait quand Izzy était enfant. Elle se demanda s'il s'agissait de la même paire. Il était de cette génération qui ne se débarrassait pas des objets uniquement car on en était las ou qu'ils étaient passés de mode. On achetait quelque chose, on épousait quelqu'un, et c'était pour la vie.

— Je suis en train d'écrire une recette pour ma petite-fille à Londres, annonça-t-il. Il faut qu'elle l'ait, celle-là.

— Super ! Grampa, c'est moi ! Je suis là ! De quoi s'agit-il ?

Joe cligna plusieurs fois des yeux, puis sa vue s'éclaircit et il la reconnut.

— Izzy ! Ma puce.

Izzy l'étreignit.

— Ne me donne pas la lettre. Tu n'imagines pas combien ça me fait plaisir quand je les trouve dans ma boîte. Mais j'ai encore changé d'adresse ; je la transmettrai à l'infirmière.

Joe insista pour la noter. Il sortit de sa table de chevet un vieux carnet d'adresses en cuir tout racorni. Izzy se souvint qu'il était posé à côté de leur téléphone à cadran vert sur la console du vestibule. Elle observa son grand-père tourner les pages. Chacune était remplie de noms, de vieilles adresses barrées, encore et encore ; de numéros courts avec l'ancienne numérotation (Sheffield 4439, Lancaster 1133) et qui devenaient de plus en plus longs et compliqués. C'était un cahier lourd de mélancolie, et Joe se mit à marmonner :

— Lui est parti. Et eux... Tous les deux : morts à un mois d'écart... Et celui-là, je ne me souviens même pas de qui il s'agit.

Joe secoua sa tête clairsemée.

— Grampa, intervint rapidement Izzy pour lui changer les idées, parle-moi encore de ma grand-mère.

Enfant, elle avait toujours adoré entendre des histoires à propos de la belle femme qu'avait été sa grand-mère, mais comme cela faisait beaucoup souffrir Marian, Joe attendait qu'ils ne soient que tous les deux.

— Eh bien, dit le vieil homme, dont le visage contracté se détendit légèrement alors qu'il se lançait dans ce récit familier, je travaillais à la boulangerie et, un jour, elle est venue acheter un cornet à la crème.

Il marqua une pause pour laisser le temps à Izzy de rire, ce qu'elle ne manqua pas de faire. Une infirmière qui passait par là resta écouter Joe.

— Je la connaissais, bien sûr. Tu sais, à cette époque, tout le monde se connaissait. Elle était la fille cadette du maréchal-ferrant, donc assez chic, tu vois. Elle ne pouvait pas s'intéresser à un petit boulanger comme moi.

— Hmm.

— Mais j'ai remarqué qu'elle venait de plus en plus souvent. Presque tous les jours en fait. Alors que sa famille avait une employée qui était chargée en principe d'acheter le pain. J'ai commencé à lui glisser un petit plus dans son sac. Une tartelette qui me restait, ou un beignet. Et peu à peu, je me suis aperçu que c'était un joli brin de fille. À cette époque, les femmes étaient de petites choses délicates, pas comme ces chevaux de trait qui tambourinent des pieds dans le couloir jour et nuit, raconta-t-il d'un ton féroce.

Izzy lui fit signe de se taire, et l'infirmière, aux formes généreuses, secoua la tête en riant.

— Puis, elle a commencé à grossir un peu – juste un petit peu, là où il fallait, tu sais, à la poitrine, aux fesses. Je me suis dit que c'était à cause de mes gâteaux. Elle prenait du poids pour moi. C'est comme ça que j'ai su que je lui plaisais. Si elle avait eu le béguin pour un autre type, elle aurait fait attention à son poids.

Il arbora un sourire satisfait.

— Alors, je lui ai dit : « Vous m'avez tapé dans l'œil. » Elle a regardé derrière elle, espiègle à souhait, et m'a répondu : « Eh bien, cela me paraît pas mal, non ? » Puis, elle a quitté la boutique en roulant des hanches comme Rita Hayworth. C'est là que j'ai su que c'était la femme de ma vie. Le samedi suivant, je l'ai vue au bal des Anciens combattants, habillée sur son trente et un… Mes amis et moi y étions allés pour danser avec les nouvelles vendeuses de la boulangerie, tu sais, mais j'ai aperçu ta grand-mère avec ses amies chic, qui riaient et tournaient autour de garçons tout aussi chic. J'ai dit à mes copains : « Je m'en fiche, je vais quand même l'inviter à danser. » Elle ne fréquentait pas les bals où nous allions. Oh, non. Ce fut un coup de chance ce soir-là. Et donc, je suis allé la trouver et elle m'a dit…

— « Je croyais que vous aviez les cheveux blancs », récita Izzy, qui avait entendu cette histoire des centaines de fois.

— Oui, et elle a tendu sa main pour la passer dans mes cheveux. J'ai compris que c'était elle.

Izzy avait vu les photographies du mariage de ses grands-parents. Joe était bel homme, grand, avec des cheveux épais et bouclés, et un sourire timide. Quant à sa grand-mère, elle était d'une beauté renversante.

— Je lui ai demandé ensuite : « Comment tu t'appelles ? », même si je connaissais parfaitement son prénom. Et elle a répondu...

— Isabel.

— Isabel, répéta Joe.

\*

Izzy joua avec sa jupe à la manière d'une petite fille.

— Mais est-ce que tu le savais ? demanda-t-elle énergiquement. Je veux dire, est-ce que tu l'as tout de suite su ? Que vous alliez tomber amoureux, vous marier, avoir des enfants, et que tu l'aimerais toute ta vie et que tout serait parfait ? Enfin, tu sais, jusqu'à ce que...

— Nous avons vécu vingt ans ensemble, déclara Joe en tapotant la main d'Izzy.

Izzy n'avait jamais connu celle dont elle portait le prénom ; elle était morte quand Marian n'avait que quinze ans.

— Ce furent des années merveilleuses, très heureuses, poursuivit Joe. Beaucoup de résidents ici ont été mariés soixante ans à une personne qu'ils ne supportaient pas. Je connais des gens qui ont été soulagés de perdre leur conjoint. Tu imagines ?

Izzy ne dit rien. Elle ne voulait pas imaginer.

— C'était une femme fantastique. Elle était toujours impertinente. Et sûre d'elle. Alors que moi, j'étais un peu timide. Sauf ce soir-là. Je ne sais toujours pas comment j'ai eu le courage d'aller la trouver. Et oui, je l'ai su immédiatement. (Ce souvenir fit ricaner Joe.) Il m'a fallu un moment en revanche pour convaincre son vieux père. Oh, ce n'était pas un marrant ! Il s'est déridé un peu quand j'ai ouvert la troisième boulangerie, je m'en souviens bien. (Joe caressa la joue d'Izzy.) Elle t'aurait adorée.

Izzy plaqua la main parcheminée de son grand-père sur son visage.

— Merci, Grampa.
— Donne-moi du gâteau maintenant.

Izzy se tourna vers l'infirmière ; ce n'était pas Keavie aujourd'hui. Celle-ci la raccompagna à la sortie.

— Mais où sont passés de nos jours tous ces hommes romantiques ? déclara l'infirmière d'un air songeur. Ça n'existe plus de telles histoires. Aujourd'hui, il la baiserait un soir et ne la rappellerait pas. Je ne parle pas de votre grand-père, s'empressa-t-elle de préciser. Je voulais dire les mecs en général. Je ne crois pas qu'un homme viendrait me voir en boîte de nuit et penserait directement à m'épouser et à me faire des enfants. Ou s'il existe, il ferait mieux de rappliquer dare-dare !

Izzy lui adressa un sourire solidaire.

— Bonne chance. Vous voulez un autre gâteau ?
— Ce n'est pas de refus !

## Chapitre 17

Graeme regarda le courrier et soupira. Il n'avait même pas envie de l'ouvrir. Il avait déjà vécu cela ; c'était une grande enveloppe, contenant de multiples brochures et documents d'information. Avec le service d'urbanisme, une grande enveloppe était toujours bon signe. Contrairement à une petite qui était synonyme de refus. Une grande enveloppe signifiait : « Veuillez compléter tous ces formulaires pour passer à l'étape suivante. » Cela impliquait de poser des affiches sur les lampadaires autour de Pear Tree Court. Il n'avait même pas besoin de l'ouvrir. Il soupira.

Une tête blonde passa par la porte. Il s'agissait de Marcus Boekhoorn, le propriétaire hollandais de Kalinga Deniki et d'une bonne centaine d'autres entreprises ; il faisait actuellement la tournée de ses succursales anglaises.

— Notre étoile montante ! s'exclama-t-il en entrant dans le bureau d'un pas résolu.

Marcus faisait tout en vitesse. Il était en permanence en mouvement, tel un requin. Graeme se leva aussitôt d'un bond.

— Oui, monsieur.

Il était content d'avoir mis son costume ajusté Ralph Lauren. Marcus avait une excellente condition physique et le bruit courait qu'il aimait que ses lieutenants soient sveltes et paraissent affamés.

— J'aime ce projet de quartier, annonça Marcus, en faisant tapoter son stylo Montblanc contre ses dents. C'est exactement la direction que doit prendre notre entreprise, à mon avis. Des projets locaux, des clients locaux, des financements locaux, des entrepreneurs locaux. Tout le monde est satisfait. Vous comprenez ?

Graeme acquiesça.

— Si tout se passe bien, je pense que vous avez devant vous un brillant avenir. Toutes les portes vous seront ouvertes. L'immobilier local. C'est à la mode. Je suis très content.

Marcus jeta un coup d'œil au bureau de Graeme. Même à l'envers et dans une autre langue que la sienne, il reconnut immédiatement l'enveloppe. Peu de chose lui échappait.

— Vous l'avez ? s'enthousiasma-t-il.

Graeme essaya de dissimuler qu'il avait remis à plus tard l'ouverture du pli.

— On dirait bien, dit-il en tâchant de paraître détaché et décontracté.

— *Business, business*, commenta Marcus, en lui donnant une tape sur l'épaule. Bravo, Graeme.

Billy, le commercial arriviste, se précipita dans le bureau de Graeme après le départ du P-DG pour l'héliport de Battersea.

— Tu es dans ses petits papiers, déclara-t-il, pas vraiment enchanté.

Kalinga Deniki n'était pas une entreprise favorisant de bonnes relations entre collègues. Dans ce jeu, on était soit un gagnant, soit un perdant.

Graeme se sentit contrarié quand il leva les yeux et aperçut les mocassins tape-à-l'œil de Billy, sa chevalière en or et sa barbe de trois jours soigneusement entretenue sur son menton proéminent.

— Hmm, fit Graeme, réticent à révéler la moindre information à cette petite enflure qui ne se gênerait pas pour l'exploiter à son avantage.

— C'est sympa, ajouta Billy d'un air songeur. Ce projet de quartier. Tant mieux pour toi. Tu vas devoir négocier le prêt avec la banque du coin. C'est une vraie pagaille, leurs contrats.

— Je suis au courant, dit Graeme, feignant la nonchalance, même s'il enrageait de ne pas pouvoir traiter avec les grandes banques d'affaires comme il le faisait habituellement.

— Parfait. C'est juste que... Je ne sais pas... J'ai l'impression que tu n'es pas très emballé par ce projet. Tu n'y mets pas beaucoup d'enthousiasme. Je me disais que c'était peut-être à cause de toute la paperasse. Bref, si tu veux que quelqu'un d'autre s'en charge... Je sais que tu es vraiment débordé.

Graeme plissa les yeux.

— Garde tes sales pattes loin de mon projet, mon vieux.

Il avait voulu paraître jovial, mais sa phrase était sortie plus sèchement qu'il n'en avait eu l'intention.

— Ooh, susceptible, réagit Billy en levant les mains. Très bien. Je voulais seulement m'assurer que tu n'avais pas eu les yeux plus grands que le ventre.

— Je te remercie de t'en soucier, lui dit Graeme en lui lançant un regard noir.

Graeme attendit que Billy eût quitté la pièce et refermé la porte derrière lui pour jeter rageusement l'enveloppe contre le mur.

## Chapitre 18

**Cupcakes pour un atelier de pâtisserie avec des enfants**

- 150 g de beurre mou
- 150 g de sucre semoule
- 175 g de farine avec levure incorporée
- 3 œufs
- 1 c. à c. d'extrait de vanille

Glaçage, guimauves, billes de chocolat, perles multicolores, étoiles en sucre, colorant alimentaire (toutes les couleurs), bonbons en forme de ballon, feuilles d'or et d'argent alimentaires, fleurs en sucre, bonbons à la réglisse, amandes effilées, coulis de chocolat ou de caramel, vers de terre gélifiés…

Préchauffez le four à 180 °C (thermostat 6).

Disposez des caissettes en papier dans un moule pour 12 cupcakes.

Cassez les œufs dans un bol et battez-les légèrement avec une fourchette.

Mettez tous les ingrédients dans un grand saladier et mélangez au fouet électrique pendant deux minutes, jusqu'à ce que la préparation soit légère et onctueuse. Répartissez uniformément la pâte entre toutes les caissettes.

Enfournez pendant 18 à 20 minutes jusqu'à ce que les gâteaux lèvent et soient fermes au toucher. Laissez-les tiédir quelques minutes, puis démoulez-les délicatement sur une grille. Amusez-vous à les décorer !

\*

Alors qu'Izzy se jetait corps et âme dans le travail pour oublier ses sentiments contradictoires de tristesse et de soulagement après avoir rompu avec Graeme, que Graeme réfléchissait à une stratégie pour regagner la confiance d'Izzy (du moins jusqu'à ce que l'affaire fût conclue), que Pearl attendait une réponse claire de Ben au sujet de ses intentions et qu'Helena cherchait un appartement à acheter, Austin se morfondait. Il relut encore et encore la proposition. Cela ne faisait aucun doute : Kalinga Deniki voulait clarifier la situation financière complexe du pâté de maisons, souscrire un autre prêt et tout reconstruire. *Bye-bye* le quincaillier, *bye-bye* le marchand de journaux. Austin repensa au cadeau d'anniversaire que le voisin d'Izzy, ce drôle de petit homme, lui avait offert. Elle avait paru si sincèrement contente, si émue et enchantée d'être acceptée dans le quartier. Alors pour quoi ? Elle jouait un double jeu ; c'était cela qui le stupéfiait. Elle semblait être une personne directe et honnête. Et ce ne fut que lorsqu'il comprit qu'elle n'était pas celle qu'il croyait qu'il prit conscience combien il l'appréciait. Mais c'était une illusion.

*

L'anniversaire de Louis arriva enfin.

— Tu es toute guillerette ce matin, observa Pearl en pliant des serviettes Buzz l'Éclair.

— Bien sûr, répondit Izzy. C'est l'anniversaire du beau Louis, non ?

— Z'est mon 'versaire, approuva Louis, qui, assis sur le sol, jouait avec deux nouvelles figurines de dessins animés (des cadeaux d'Izzy) en les faisant s'embrasser et préparer des cupcakes imaginaires. Z'aime avoir cinq ans.

— Mais tu n'as pas… (Izzy s'interrompit : personne ne devrait voir ses illusions brisées aujourd'hui.) Cinq ans est un âge merveilleux. Ce que j'aime en particulier, c'est le nombre de câlins et de bisous que tu fais à tout le monde quand tu es un grand garçon de cinq ans.

Louis comprit qu'il s'était fait avoir, mais il était si gentil que cela lui importait peu.

— Ze te fais bisou et câlin, Izzy.

— Merci, Louis, lui dit-elle en le serrant dans ses bras.

Izzy avait décidé que, si Louis était le seul enfant qu'elle devait avoir dans sa vie, elle en profiterait au maximum.

— Est-ce que tu fais une fête pour ton anniversaire aujourd'hui ?

— Wi ! Tous les amis à moi viendent à la fête de Louis.

Izzy jeta un coup d'œil à Pearl, qui hocha la tête.

— Eh oui, ils ont tous répondu présents, confirma-t-elle, en paraissant un peu surprise.

— Pourquoi est-ce qu'ils ne viendraient pas ?

Pearl haussa les épaules. Elle se sentait toujours contrainte d'organiser cette fête. C'était une chose d'inviter les enfants de la crèche dans la boutique de cupcakes de leur quartier, que leurs parents connaissaient et où ils les savaient en sécurité. Cela aurait été une tout autre histoire si la fête s'était tenue chez elle. Il y aurait eu des excuses et des bafouillis prétextant un cours de natation ou une visite des grands-parents prévue de longue date. Participer au premier atelier de pâtisserie proposé et assister à cette fête pour Louis étaient deux choses différentes.

— Qui d'autre sera là ? demanda Izzy, plutôt enchantée à l'idée de devenir la reine des fêtes pour enfants.

— Ma mère. Mon pasteur. Quelques amis de l'église.

Pearl ne précisa pas qu'elle n'avait quasiment pas invité d'amies. Non pas qu'elle eût honte de l'endroit où elle travaillait, ou du fait que Louis fût intégré à un nouveau groupe. Beaucoup de ses amies ne pouvaient pas travailler de toute façon : elles avaient plusieurs enfants à charge, ou personne pour les aider comme elle avec sa mère. Pearl n'avait tout simplement pas envie qu'elles pensent qu'elle crânait en donnant une grande fête dispendieuse pour Louis, comme si elle estimait que le *McDonald's* du coin n'était pas assez bien pour son fils (ce qui était faux). Elle ne voulait pas qu'on imaginât qu'elle prenait la grosse tête. Louis irait à l'école bientôt, après tout. La vie dans leur quartier était suffisamment dure comme cela.

Par-dessus tout, Pearl n'évoqua pas Ben. Elle en était incapable. Il était si gentil cependant. Si agréable.

Elle le voyait très souvent. En réalité, elle commençait à… Et puis, il gravissait les échelons dans son entreprise. Il gagnait sa vie. Sa mère pouvait rester dans le logement social, mais rien ne pourrait les empêcher… eh bien, peut-être de louer un appartement. Un petit appartement vers Stoke Newington. Pas trop loin du travail de Ben, mais assez près pour que Louis ne fût pas obligé de changer de crèche… Et puis, l'année suivante peut-être, il irait dans l'une des merveilleuses écoles de ce quartier, regorgeant d'œuvres d'art et d'enfants joyeux vêtus d'un uniforme élégant. Elle les voyait passer. Aux yeux de Pearl, cette perspective ne relevait pas d'un rêve utopique. Elle n'aurait jamais pu envisager une telle chose un an plus tôt. Elle craignait de tout compromettre… Ben savait où avait lieu la fête. Il lui avait promis qu'il viendrait.

— Ça va être super, déclara Izzy en disposant les différents ingrédients dans des ramequins.

Izzy avait aussi investi dans une dizaine de petits tabliers, devant lesquels elle s'extasiait. Pearl la regarda en plissant les yeux. Quelque chose n'allait pas, c'était certain.

— C'est mon 'versaire, annonça Louis d'une voix forte, car personne n'y avait fait allusion au cours des trois dernières minutes.

— Ah oui, petit gars ? fit Doti en franchissant la porte. Tant mieux car j'ai du courrier pour toi.

Doti ouvrit sa sacoche et révéla une demi-douzaine d'enveloppes de couleur vive. Louis, Pearl et Izzy s'avancèrent. Certaines lettres étaient adressées à Louis, d'autres au « petit garçon du *Cupcake Café* ». Pearl fronça les sourcils et Izzy prit Louis dans ses bras.

— Est-ce que tu as raconté à tout le monde que c'était ton anniversaire ? lui demanda-t-elle solennellement.

Louis hocha la tête.

— Samedi. Mon 'niversaire samedi. Ze dis « Venez à mon 'niversaire samedi. Y a une fête ici ! »

Pearl et Izzy échangèrent des regards un peu inquiets.

— Mais je ferme la boutique pour accueillir une dizaine de bouts de chou, rétorqua Izzy.

Pearl approcha sa tête de Louis.

— Qui as-tu invité, mon chéri ?

— Eh bien, moi pour commencer, affirma Doti. Je pensais venir après ma tournée. J'ai un cadeau pour toi, bonhomme.

— Ouais ! s'exclama Louis en se jetant sur le facteur pour enrouler ses petits bras autour de ses genoux. Moi, z'aime les cadeaux, M'sieur le fa'teur.

— Tant mieux. (Doti fouilla dans son sac.) Oh, et en voilà encore quelques-unes.

— Oh là là ! (Pearl leva les yeux au ciel.) Mais il a invité la moitié de la ville !

— Quel carnet d'adresses, Louis ! s'exclama Izzy en lui frottant le nez.

— Wi, canet d'adwesses ! répéta gaiement Louis, en hochant la tête.

Pearl observa attentivement Izzy et Louis, remarquant à peine le facteur qui se penchait vers elle.

— Mon sac est lourd ce matin. Je devrais peut-être prendre un café. Et l'un de vos délicieux gâteaux.

Pearl lui adressa son habituel regard amusé.

— Et que pensez-vous d'un thé vert ? Je pourrais peut-être même venir en boire un avec vous. Étant donné que vous semblez être un très bon ami de mon fils.

Le visage du postier s'illumina et il laissa immédiatement tomber sa sacoche.

— Avec plaisir ! répondit-il, au moment même où une chanson d'Owl City passa à la radio.

C'était une très belle matinée. Pearl et Doti s'assirent et Izzy dansa avec Louis dans ses bras, tout en sentant son petit cœur contre le sien. Elle le serra si fort qu'elle lui coupa pratiquement le souffle.

— Hip hip hip 'ra ! cria Louis.

*

— Merde ! Ouille ! Aïe, aïe, aïe ! Darny !
Austin s'effondra sur le sol.

— Tu as bougé aussi ! protesta une petite voix furieuse.

— Mais non ! pesta Austin, qui retira sa main de son front : comme il s'y attendait, il saignait. On n'est plus des hommes de Cro-Magnon !

— Je ne deviendrai jamais Robin des Bois si tu ne me laisses pas m'entraîner. Et la Grande Ourse ne veut plus que je fasse de tir à l'arc.

— Et pourquoi à ton avis ? lui demanda Austin, tout en montant à la salle de bains.

— Euh, parce que... ça fait très mal, admit Darny en baissant la voix.

— Tout juste, Auguste !

Austin se regarda dans le miroir de la salle de bains – qui, remarqua-t-il au bout d'un moment, était très sale. Il avait tout juste assez d'argent pour engager une femme de ménage, mais pas suffisamment pour engager une bonne femme de ménage. Il soupira et essuya le miroir avec une serviette. Comme il le craignait, il avait un trou parfaitement rond dans le front ; la plaie saignait peu, mais elle était assez profonde pour laisser une marque. Il maugréa. De toute évidence, il n'aurait jamais dû laisser Darny le viser avec cette flèche, mais c'était censé être un jouet, et puis Darny s'était montré tellement convaincant... Austin frotta la plaie. Parfois, cette aventure de parent de substitution était exigeante et intensive. Il se tamponna avec un mouchoir en papier et retourna au rez-de-chaussée. Il avait rapporté la veille une montagne de courrier de la banque. Il devait absolument y jeter un œil, ce n'allait pas se régler tout seul – comme il le répétait à ses clients à découvert.

— D'accord, dit Austin en ouvrant la porte du séjour. (Une flèche lui frôla la tête.) Tu peux regarder ce truc japonais que tu aimes à la télé. J'ai du travail.

— Et on a cette fête cet après-midi, ajouta laconiquement Darny.

Austin le considéra avec méfiance. Darny était rarement invité à des fêtes. Il lui avait expliqué que c'était à cause de ses baskets moches, mais qu'il s'en moquait parce que c'était une excuse absurde pour ne pas aimer quelqu'un. En réalité, ils recevaient quelques invitations, et Austin s'était rapidement rendu compte qu'elles provenaient toutes de mères célibataires – il arrivait même parfois que leur enfant fût une fille ou dans une autre classe que celle de Darny. Son petit frère s'en plaignait à grands cris et détestait « jouer les macs », comme il disait. Le problème, ainsi que l'avait constaté Mme Khan, son institutrice, était que Darny avait un vocabulaire très avancé pour son âge. Ce qui était à la fois un point positif et négatif.

— La fête de qui ? demanda Austin, dubitatif. Et arrête de lancer des flèches dans la maison.

— Ce n'est pas toi qui commandes !

— Pour la millième fois, Darny, c'est moi qui commande. Si tu n'es pas content, je ne t'emmène pas à cette fête. C'est la fête de qui ?

— De Louis, répondit Darny en décochant une flèche dans le luminaire.

Elle y resta fichée. Austin et Darny l'observèrent avec intérêt.

— Hmm, fit Darny.

— Je n'irai pas la chercher. C'est qui ce Louis ?

— Le petit garçon du *Cupcake Café*.

Austin fronça les sourcils.

— Quoi, le petit Louis ? Le bébé ?

— Tu as tellement de préjugés. Je détesterais n'avoir que des amis de mon âge.

— C'est son anniversaire aujourd'hui ? Et il t'a invité à sa fête ?

— Oui. Quand tu y es allé avec les sacs de la banque.

Austin s'était rendu en effet au *Cupcake Café* la semaine précédente. Après la fête d'Izzy, il avait eu envie de la voir, même si c'était uniquement pour s'assurer que tout allait bien entre eux, qu'il n'y avait pas de malaise. En outre, bien que ce fût difficile pour lui de l'admettre, elle lui manquait. Dès qu'il longeait le pub des vieux ivrognes – qui était à présent florissant –, il pensait à elle, soit avec tristesse, ou tout enthousiaste, ou tout simplement ému. Il aimait passer du temps avec elle, il n'y avait pas à dire. Enfin, il avait aimé passer du temps avec elle. C'était terminé à présent, se dit-il ; elle ne reviendrait certainement plus prendre un café à ce pub.

De toute façon, le jour où il était allé au salon de thé après l'école, Izzy ne s'y trouvait pas ; il n'y avait que Pearl et cette femme effrayante à la mâchoire saillante, qui avait pris une drôle de voix suave pour le servir et l'avait regardé droit dans les yeux – il n'aurait pas su dire si cette attitude se voulait charmeuse ou si c'était la faim qui parlait. Sans surprise, Darny et Louis avaient joué ensemble par terre. Louis avait déclaré avoir vu une souris, et Pearl fut mortifiée. Apparemment, il avait entendu une histoire de souris à la crèche, mais crier « Une souris, une souris ! » dans un établissement de restauration était franchement mauvais pour les affaires. Darny avait hurlé « Une souris, une souris ! » les cinq fois suivantes où Austin et lui avaient fréquenté un café ou un restaurant ; bien entendu, personne n'avait apprécié la plaisanterie.

— Hmm, fit Austin. (C'était une belle journée de juillet et ils n'avaient rien prévu de particulier cet après-midi-là.) Je devrais t'emmener chez le coiffeur.

— Hors de question, répondit Darny, qui chassait sans cesse une mèche de ses yeux.

Austin soupira.

— Je vais bosser dans le salon, d'accord ? Ne mets pas le son trop fort.

— Une souris, une souris ! dit Darny d'un air boudeur.

\*

Austin, qui s'inquiétait de manquer de temps pour acheter un cadeau d'anniversaire à Louis, ouvrit une lettre de son courrier parmi celles qu'il avait rassemblées à la hâte la veille. Il dut la regarder plusieurs minutes avant de comprendre. C'était une demande de prêt pour un projet immobilier lancé par Kalinga Deniki. Tout était correctement renseigné, tout était à jour. Il remarqua l'adresse. Il y regarda à deux fois. C'était impossible. Il devait y avoir une erreur. *Pear Tree Court*. Mais aucun numéro : toute l'impasse. « Un nouveau modèle de style de vie et de travail, idéalement situé au cœur du quartier trépidant de Stoke Newington », disait la description.

Austin secoua la tête. Cela paraissait affreux. Puis il jeta un coup d'œil au nom en bas de la page et ferma les yeux, consterné. C'était impossible. Non. Pourtant, c'était bien ce qui était écrit. *Graeme Denton*. Il reposa le document, abasourdi. Ce n'était pas possible ? Pas le Graeme d'Izzy ? Mais si, c'était bien lui. Graeme. Ce qui signifiait, comme il l'avait clairement constaté à la fête d'anniversaire, Izzy et Graeme. Ensemble.

Ils avaient certainement tout planifié. Ils avaient dû tout manigancer. Redonner un coup de jeune au quartier avec une petite boutique de cupcakes, puis tirer les marrons du feu. Il devait l'admettre, c'était très astucieux. Le cachet accroîtrait sans aucun doute la valeur des propriétés. Ils empocheraient tous les deux les bénéfices, passeraient à autre chose et recommenceraient ailleurs. Incroyable ! Austin était presque impressionné. Il jeta un coup d'œil aux plans d'architecte joints aux formulaires. Et voilà : un gigantesque portail à l'entrée de Pear Tree Court. Pour en faire une impasse privée. Fermer à tous l'accès à cette jolie courette avec son arbre. Austin se souvint de cette soirée quelques semaines plus tôt, avec les lampions dans le poirier et Felipe qui jouait du violon. Ce lieu lui avait paru si joyeux. Il se demanda comment Graeme et Izzy avaient persuadé le quincaillier de partir. Enfin, des gens aussi impitoyables que ces... Il supposa qu'ils ne reculaient devant rien.

Toutefois, Austin ne put s'empêcher de se rappeler l'enthousiasme d'Izzy, sa ferveur pour son salon de thé ; combien elle y avait travaillé dur, combien elle avait été convaincante. Il y avait entièrement cru. Elle devait le prendre pour un parfait imbécile.

Austin se rendit compte qu'il faisait les cent pas. C'était absurde. Absurde. Elle avait eu besoin d'un prêt, elle était en bonne voie pour le rembourser, et ils avaient à présent besoin d'un autre prêt pour lequel ils avaient de solides garanties. C'était une simple proposition d'affaires, qu'il approuverait d'un point de vue technique. L'entreprise de Graeme était respectable, et demander de l'argent à une banque de quartier plutôt qu'à un géant de la City semblait logique pour tout le monde et ferait sans doute bon effet auprès de la commission d'urbanisme.

Il n'en revenait pas d'avoir pu se tromper à ce point sur Izzy. Cela le faisait complètement douter de lui. Elle n'était pas du tout ce qu'il avait cru, pas le moins du monde. Stupéfiant.

*

— Bon, alors, voici Amelia, Celia, Ophelia, Jack numéro 1, Jack numéro 2, Jack numéro 3, Jacob, Joshua numéro 1, Joshua numéro 2, Oliver numéro 1 et Oliver numéro 2, déclara Izzy en suivant sa liste. Harry n'a pas pu venir.

— Harry a la va'celle, intervint Louis.

Pearl leva les yeux au ciel : ils l'auraient tous certainement d'ici une semaine.

— Glache quand va'celle, s'adressa Louis à Izzy d'un ton important.

— Oui, quand tu auras la varicelle, tu auras le droit à du yaourt glacé, affirma Izzy en déposant un baiser sur sa tête.

— Du yourt glaché.

C'était une magnifique journée ; Izzy et Louis avaient déjà beaucoup joué en courant autour de l'arbre. Pearl les avaient observés. Izzy avait fini par lui raconter tout ce qui s'était passé. C'était mieux ainsi, pensa-t-elle. Graeme semblait être un homme vraiment irascible. Et s'ils avaient eu un bébé, Izzy aurait eu deux enfants à gérer.

Pearl laissa ses pensées divaguer brièvement jusqu'à Ben. Les gens pouvaient changer. Elle en était convaincue. Bien sûr que c'était possible. Les garçons grandissaient pour devenir des hommes. Et ils se comportaient comme tels. Mais tout de même, c'était sans doute mieux ainsi pour Izzy.

Pearl serra les dents. Même sans Ben (elle jeta un coup d'œil à Izzy qui chatouillait le ventre de Louis), elle pourrait s'occuper de sa famille. Mais bon… Elle poussa un soupir. Elle repensa à Austin, ce banquier mignon et débraillé. Certes, il était un peu loufoque, mais c'était un homme, un vrai, qui savait comment s'occuper de sa famille.

— Les voilà ! déclara Izzy en apercevant le premier 4x4 s'arrêter dans Albion Road.

Une jeune mère un peu nerveuse, très soignée, en sortit, avec un enfant impeccable qui portait une chemise et un chino et qui tenait entre ses mains un gros paquet-cadeau. Louis se précipita à leur rencontre.

— Jack ! B'jour Jack !

— Bonzour Louis ! cria Jack.

Louis lorgna le paquet.

— Donne le cadeau à Louis, dit vivement la mère à son fils.

Jack regarda le présent. Tout comme Louis.

— Donne-le-lui maintenant, Jack, répéta la mère, la mâchoire un peu tendue. C'est l'anniversaire de Louis, tu te souviens ?

— Mon anni'saire, contesta Jack, en enfouissant sa tête dans le cadeau.

— Ce n'est pas ton anniversaire, Jack. Donne-le-lui, s'il te plaît.

— Mon anni'saire.

— C'est mon 'versaire, reprit Louis.

La lèvre de Jack tremblota. Izzy et Pearl se hâtèrent de les rejoindre à l'extérieur.

— Bonjour ! lança Pearl. Merci beaucoup d'être venus.

— Regardez ce que j'ai pour vous, dit Izzy en se penchant à côté de Jack et Louis avec deux petits tabliers. Est-ce que vous avez envie de jouer les cuisiniers et de faire des gâteaux ?

— On va manger des gâteaux ? demanda Jack avec méfiance.

— Oui ! On va préparer des gâteaux et, après, on les mangera.

Jack se laissa à contrecœur prendre par la main, tandis que d'autres enfants commencèrent à arriver. Mais pas seulement des enfants : il y avait aussi Mme Hanowitz, coiffée d'un élégant chapeau violet ; trois artisans, accompagnés de leurs enfants ; Mira et Elise, bien sûr ; Desmond et Jamie ; les jeunes étudiants qui, au lieu de travailler sur leur thèse, se bécotaient ; deux pompiers ; Zac ; Helena et Ashok.

— C'est Louis qui vous a invités ? s'enquit Izzy, ravie de les voir.

Les amoureux étaient dans les bras l'un de l'autre.

— Tout à fait, répondit Helena. Nous lui avons pris un kit de médecin à l'hôpital. Un vrai ! Mais on a retiré tous les objets tranchants.

— Et le trou de la Sécurité sociale alors ? plaisanta Izzy, en allumant le percolateur.

Izzy et Pearl avaient rassemblé les tables pour former un seul grand plan de travail. Une fois tout le monde arrivé et dès qu'Oliver eut cessé de pleurer dans un coin et sa mère de le disputer parce qu'il pleurait dans un coin, l'atelier de pâtisserie débuta.

*

Graeme s'était réveillé à cinq heures ce matin-là, se redressant d'un coup, avant de se rallonger pour regarder fixement le plafond. Il sentait son cœur battre à toute allure. À quoi pensait-il ? Qu'avait-il fait ? C'était un désastre. Une vraie catastrophe. Comment avait-il pu laisser Izzy le quitter ? Elle pourrait faire tout ce qui lui plaisait une fois le contrat signé.

Il annula son match de squash ; il ne supportait pas l'idée de devoir plaisanter avec Rob à propos des filles canon ou laides qui passaient dans la salle. Peut-être pourrait-il aller courir à la place, histoire d'évacuer.

Il regagna son appartement en sueur – à cause de son footing, mais aussi de sa nervosité. Il avait un nouveau message dans sa boîte e-mail. C'était la banque auprès de laquelle ils avaient fait la demande de prêt : on lui proposait un rendez-vous le lundi suivant. Merde. Merde, merde et merde, la banque aussi allait dire oui. Bien sûr. On passe la moitié de sa vie à essayer de faire avancer des projets et rien ne bouge, tout est foutrement lent, mais la seule chose qu'on ne veut pas voir se concrétiser se réalise en un clin d'œil. Graeme s'apprêtait à aller prendre sa douche quand il aperçut un détail qui lui glaça le sang. En bas de l'e-mail... D'où connaissait-il ce nom ?

*Austin Tyler.*

Il secoua la tête. Merde. C'était ce grand dadais, l'ami d'Izzy. En personne. Bordel, tout cela était censé être confidentiel, mais... il était à sa fête d'anniversaire, il avait vu Graeme. Si Izzy et lui étaient amis... Si Austin avait lu la demande de prêt, il en parlerait certainement à Izzy. Il s'occupait de ses comptes, non ? Ce serait surprenant s'il ne lui en touchait pas un mot. Et si elle l'apprenait de la bouche de quelqu'un d'autre... Le sang de Graeme se figea. Elle n'apprécierait pas. Pas du tout. Et si Izzy en prenait ombrage, les conséquences pour lui, pour eux, pour son travail...

Graeme se doucha en vitesse, puis se jeta sur les premiers vêtements qu'il trouva – ce qu'il ne faisait jamais –, avant de courir jusqu'à sa voiture.

\*

— Bien ! dit Izzy, une fois que tout le monde eut enfin un café.

Des gens étaient tassés contre le mur du fond. C'était ridicule. Même les puéricultrices de la crèche de Louis étaient présentes ; Izzy fut surprise qu'après avoir gardé ces enfants pendant cinq jours d'affilée, elles viennent encore les retrouver avec plaisir un samedi. C'était gentil quand on y pensait. Cette crèche était vraiment bien. Les autres mères avaient remarqué également leur présence et se demandaient pourquoi elles n'avaient jamais songé à les inviter. Cela sentait le favoritisme, médisaient-elles.

Pearl les toisa en retour : bien sûr que c'était du favoritisme. Qui ne préférerait pas son rayonnant petit Louis à Oliver, qui avait à présent mouillé son pantalon – et le sol – et dont la mère frôlait autant la crise de nerfs que lui ? Pearl regarda autour d'elle. Il manquait une personne.

— Très bien, fit Izzy, et tout le monde se tut.

Elle baissa même le volume assourdissant de la compilation des chansons festives préférées de Louis, qui incluait *Cotton-Eye Joe* neuf fois d'affilée.

— Bon, avant tout, est-ce que vous vous êtes tous lavé les mains ?

— Ouiii ! répondirent en chœur les enfants, même si la quantité de morve visible laissait penser que les gâteaux auraient amplement leur dose d'ingrédients humides.

— Alors, on commence par prendre la farine…

\*

*Espèce de branleur*, se dit Graeme, lorsqu'une camionnette blanche l'empêcha de faire une queue-de-poisson pour bifurquer sur la quatre-voies. C'était totalement ridicule de traverser Londres ainsi tous les jours, il fallait être fou pour le faire. La circulation était atroce et, en raison du temps ensoleillé, tout le monde était de sortie, à flâner sur les passages piétons, les trottoirs, encombrant davantage les rues. Il était pressé, bon sang !

*

— Austin !
— Non.
— Je veux aller à la fête !
— J'ai dit non.
— J'ai été très sage.
— Tu m'as visé avec une flèche.
— J'y vais tout seul. Tu ne peux pas m'en empêcher. J'ai dix ans.

Darny s'assit et commença à lacer ses chaussures. Cela pouvait prendre un certain temps. Austin ne savait pas quelle attitude adopter si Darny insistait. Il n'avait jamais puni physiquement son petit frère, pas une seule fois, pas même quand Darny avait agité son portefeuille au-dessus des toilettes et l'avait lentement vidé de son contenu, carte par carte, tout en regardant Austin droit dans les yeux. Par ailleurs, Darny avait raison : il avait été sage, en tout cas pas moins que d'habitude, il ne méritait donc pas de punition. Mais Austin n'avait pas envie de voir Izzy pour le moment. Il était fâché ; il se sentait déçu et berné, même s'il estimait n'avoir aucune raison légitime d'éprouver ces sentiments. Elle ne lui avait jamais rien promis. Mais elle s'était emparée d'un petit coin du quartier où il avait grandi, un endroit qu'il adorait, et elle l'avait rendu très charmant, avec les fleurs dans la courette, de petites bannes colorées au-dessus des fenêtres et les jolies petites tables. C'était un lieu agréable où profiter d'un moment de répit, où retrouver des amis, où discuter, avec une part de clafoutis absolument divin. Et maintenant, elle allait fermer cette boutique ; tout faire fermer, au nom de quelques misérables billets. Il n'était pas du tout d'humeur pour une fête d'enfants. Darny et lui n'iraient pas.

Il fut arraché à ses pensées par le claquement d'une porte.

\*

— Maintenant, dit Izzy, c'est la partie difficile. Est-ce que les mamans pourraient donner un coup de main pour les œufs, s'il vous plaît ?
— Noon ! s'écrièrent simultanément une dizaine de petites voix. On fait tout seuls !

Les mères échangèrent des regards étonnés. Izzy haussa les sourcils.

— Ce n'est pas grave, j'ai prévu des œufs supplémentaires. Et que diriez-vous si une autre maman vous aidait ? Que toutes les mamans se décalent d'un cran.

Et en effet, les enfants furent ravis d'être assistés par une autre personne que leur mère. Izzy en prit note : elle devrait se resservir de cette idée. Un rayon de soleil darda à travers les fenêtres et éclaira une scène joyeuse : en arrière-plan, les adultes, discutant et sympathisant et, alignés devant eux, les garçonnets et les fillettes, très concentrés sur leur cuillère en bois et leur saladier. En bout de table, coiffé d'un chapeau d'anniversaire, trônait Louis, qui tapait allègrement du poing et commentait le travail de tout le monde (« Très bien, Alice. Bon gâteau »), comme s'il était le maître des lieux – ce qu'il était bel et bien, songea Izzy.

Les jumelles de Kate s'évertuaient à confectionner des gâteaux identiques en mélangeant leur préparation en même temps ; Kate ne cessait de les séparer, tout en répétant d'une voix stridente :

— Bien sûr, à l'heure actuelle, nous ferions des gâteaux dans notre cuisine si nous n'avions pas des ouvriers aussi paresseux et incompétents.

— Parlez pour vous, ma jolie, déclara l'entrepreneur, dont le fils de trois ans fouettait sa pâte de toutes ses forces à côté des jumelles.

Seraphina se pencha pour donner un baiser au petit garçon. Kate en resta bouche bée. Si ses sourcils n'avaient pas été figés, ils auraient jailli de son visage. Puis Jane vint de l'autre côté du petit garçon et l'embrassa sur la joue.

— Moi aussi, ze t'aime, Ned, dit-elle, et le maçon sourit avec suffisance tandis que Kate fit semblant de regarder au dehors, comme s'il s'y déroulait un événement intéressant.

— Achille, chéri, prononça une voix roucoulante derrière le comptoir. Redresse-toi ! Une bonne posture est le secret d'une parfaite santé.

Les épaules du petit Achille se raidirent, mais il ne se retourna pas. Izzy lui donna une petite tape affectueuse sur la tête en passant. Hermia se tenait timidement dans un coin.

— Bonjour, ma puce, lui dit Izzy en s'accroupissant. Comment ça va à l'école ?

— Elle s'en sort à merveille ! intervint la voix retentissante de Caroline. Ils envisagent de l'intégrer dans une classe de surdoués. Et elle joue fabuleusement bien de la flûte !

— Vraiment, commenta Izzy. J'étais très mauvaise en musique. Bravo, Hermia !

La petite fille fit signe à Izzy de s'approcher et lui murmura à l'oreille :

— Moi aussi, je suis très mauvaise.

— Ce n'est pas grave. Tu pourras faire plein d'autres choses. Ne t'en fais pas pour ça. Est-ce que tu as envie de préparer un gâteau ? Je parie que tu te débrouillerais très bien.

Hermia sourit joyeusement et se plaça à côté d'Elise, avant de relever ses manches.

\*

Izzy s'assura que tout le monde avait à boire. Au fond d'elle, en écoutant le tintement des tasses, le brouhaha de la conversation, les petits cris et les reniflements des enfants, elle éprouva soudain une grande sérénité, un sentiment d'accomplissement – d'avoir créé *ex nihilo* quelque chose de ses mains nues. *C'est moi qui ai fait cela*, pensa-t-elle. Elle eut presque envie de pleurer de joie ; elle avait envie de serrer dans ses bras Pearl, Helena et tous ceux qui l'avaient aidée à faire de son rêve une réalité, lui avaient offert la chance de gagner sa vie en se couvrant de farine pour l'anniversaire d'un enfant de trois ans.

— Très bon coup de fouet tout le monde, déclara Izzy en se mordant la lèvre. C'est parfait.

\*

Darny entra brusquement dans la boutique, le visage rose après avoir couru et traversé la rue sans attendre Austin, qui allait sérieusement piquer une crise. Darny espérait qu'il ne se fâcherait pas devant tout le monde.

Son frère pourrait lui passer un savon plus tard, mais bon, avec Austin, on pouvait aussi s'attendre à ce qu'il oubliât toute cette histoire. Le risque valait le coup d'être pris.

— Bonjour Louis, lança gaiement Darny.

— Damyyy ! s'exclama Louis avec adoration, qui, sans prendre la peine de s'essuyer les mains, se jeta sur Darny et recouvrit de farine son tee-shirt déjà sale.

— Joyeux anniversaire ! Je t'ai apporté mon meilleur arc et mes meilleures flèches.

Il les lui offrit solennellement.

— Chouette !

Pearl et Izzy échangèrent un regard.

— Je vais les ranger dans un endroit sûr, déclara Pearl, qui les retira habilement des mains de Louis et les posa sur l'étagère des infusions, hors de portée des enfants.

— Bonjour Darny, dit Izzy d'un ton accueillant. Est-ce que ça te dit de faire des gâteaux ?

— Oui, d'accord.

— Super. Et où est ton frère ?

Darny baissa les yeux.

— Euh, il arrive...

Au moment où Izzy allait l'interroger davantage, la clochette de la porte tinta. Austin entra, le rose aux joues.

— Qu'est-ce que je t'ai dit ?!

De manière théâtrale, Darny se retourna et indiqua la pièce remplie de personnes. En entendant le ton fâché d'Austin, Oliver se mit en boule et pleura de nouveau.

— OK, dehors, ordonna Austin, qui paraissait tendu.

— Oh, il ne peut pas rester ? intervint Izzy, sans réfléchir. Nous préparons simplement des gâteaux...

Austin l'observa. Cela paraissait impossible. Elle était là, avec un tablier à fleurs, les joues colorées, le regard pétillant, en compagnie d'une ribambelle de marmots qui confectionnaient des cupcakes. Elle n'avait rien d'un promoteur immobilier sans vergogne. Austin détourna le regard.

— Je lui ai dit qu'il ne pouvait pas venir, marmonna-t-il, mécontent, en sentant le regard des gens rivés sur lui.

— Z'ai invité mon copain Damy à ma fête, dit une petite voix à ses pieds.

Austin baissa le regard. Oh génial, il ne manquait plus que cela. On ne pouvait rien refuser à Louis.

— C'est mon 'versaire. Z'ai trois ans, pas cinq ! Non, pas cinq, répéta-t-il songeur, comme s'il n'y croyait pas tout à fait lui-même. Puis il ajouta : Damy donner à moi arc.

Austin cligna des yeux pendant qu'il interprétait le charabia du garçonnet. Puis il se tourna vers Darny avec un certain étonnement.

— Tu lui as donné ton arc et tes flèches ?

Darny haussa les épaules.

— Bah, c'est mon copain.

— Ne dis pas « bah », rétorqua machinalement Austin. Bien joué. Bien. C'est malin.

— Est-ce que cela veut dire qu'il peut rester ? demanda Caroline depuis le comptoir. Tant mieux. Bonjour, mon cher Austin, puis-je vous offrir quelque chose ?

Darny alla se réfugier au bout de la table, où Pearl aidait les enfants à verser leur pâte dans les caissettes.

— Maintenant, les enfants, vous allez jouer au facteur autour de l'arbre, leur expliquait-elle, et quand vous reviendrez à la fin de la partie, vos gâteaux seront cuits.

— Ouais ! s'écrièrent les enfants.

— Non merci, dit Austin à Caroline avant de se raviser. Enfin si, donnez-moi un café crème. Dernier café correct avant un bon moment.

Izzy fut décontenancée par la remarque d'Austin, mais aussi par sa propre réaction.

— Pourquoi ? lui demanda-t-elle. Vous vous en allez ?

Austin la fixa du regard.

— Non. C'est vous qui partez.

— Que voulez-vous dire ? (Izzy s'aperçut que l'un des enfants avait fait tomber sa pâte par terre et qu'Oliver la léchait comme un chien. Elle eut de la peine pour sa mère. Elle se recentra sur Austin.) Vous n'allez nulle part alors ?

C'était un tel soulagement. Pourquoi éprouvait-elle du soulagement ? Et pourquoi Austin la dévisageait de la sorte ? C'était un regard étrange, plein d'incompréhension, mais il y avait aussi comme du mépris. Elle soutint son regard. C'était curieux, pensa-t-elle, qu'elle l'ait à peine remarqué quand ils s'étaient rencontrés : elle n'avait vu que son côté débraillé, mais elle s'y était plutôt habituée. À présent, avec son petit air féroce, elle comprit à côté de quoi elle était passée : il était beau. Pas beau comme un mannequin de publicité pour une mousse à raser, tel Graeme, avec des traits anguleux, une mâchoire carrée et des cheveux parfaitement gominés. Mais une beauté ouverte, honnête, gentille et souriante, avec un large front, ces yeux gris espiègles toujours plissés comme s'il songeait à une plaisanterie ; ce grand sourire qui faisait apparaître une fossette ; ces cheveux d'écolier ébouriffés. C'était étrange comme on ne remarquait pas toujours ces choses, du moins pas du premier coup. Et puis, un jour, il y avait un déclic. Pas étonnant qu'elle voulut – ait voulu, se reprit-elle fermement – l'embrasser le jour de son anniversaire.

— Incroyable. Oubliez le café, euh…, fit Austin en cherchant le prénom de la serveuse.

— Caroline ! compléta celle-ci d'une voix enjôleuse.

— Ouais, peu importe. Darny, je reviens te chercher dans une heure. Je t'attendrai dehors.

Darny lui adressa un vague signe de la main, aussi excité que les enfants de trois ans par l'énorme four vers lequel Pearl les conduisait. Elle les avertit des malheurs qui pourraient leur arriver s'ils n'agitaient ne serait-ce qu'un doigt à proximité de l'appareil.

— Cet homme, murmura Caroline à l'oreille d'Izzy, lorsque Austin se dirigea vers la porte, est drôlement sexy. Grave sexy.

— Grave sexy ?! Tu regardes encore ces émissions sur les cougars ? Tu sais que ça n'existe pas en vrai ?

— Mais je ne suis pas une cougar, s'offusqua Caroline. Je suis une femme moderne qui sait ce qu'elle veut. Et lui, en plus, il est banquier. Cela peut être utile pour rencontrer du monde.

— Eh bien, tu sembles avoir pensé à tout, dit Izzy d'un air distrait.

Elle essayait de comprendre ce qui contrariait autant Austin. Était-ce parce qu'il l'avait vue avec Graeme ? Son ego ne pouvait s'empêcher d'être flatté par cette idée : il l'aimait bien en réalité, ce n'était pas un simple flirt au cours d'une soirée alcoolisée. Mais si c'était vrai, que devait-elle faire ? Elle ne pouvait pas l'éviter éternellement.

Pendant qu'elle réfléchissait à tout cela, la porte de la boutique s'ouvrit brusquement, pratiquement au visage d'Austin. Il dut faire un bond en arrière. Graeme lui prêta à peine attention lorsqu'il entra en furie dans le salon de thé.

*

Graeme balaya la pièce du regard, consterné. Qui étaient tous ces gens ? Habituellement, la boutique était déserte le samedi après-midi. Il regarda Izzy, qui parut horrifiée de le voir. Austin se trouva piégé entre la porte et un cortège de jeunes enfants en tablier, escortés vers la cour ensoleillée par Pearl et Doti, afin d'aller jouer au facteur autour de l'arbre. Cette image d'Izzy avec des enfants rappela à Graeme sa mission. Puis il aperçut Austin.

— Vous !

Austin poussa la porte pour la fermer.

— Notre rendez-vous n'est pas avant lundi, lui dit-il doucement.

— Quel rendez-vous ? demanda Izzy. De quoi parlez-vous ?

Austin se tourna vers Izzy. Toute la salle observait attentivement la scène.

— Vous savez, reprit Austin. Ce rendez-vous, lundi. Votre demande de prêt pour le projet immobilier.

— Quel projet ? Mais de quoi parlez-vous à la fin ?

Austin regarda Izzy un long moment. Elle se sentit paniquée et confuse.

— C'est quoi cette histoire ?

— Vous voulez dire que vous n'êtes pas au courant ?

— Je ne sais pas ! Est-ce que je dois commencer à lancer des gâteaux à la figure des gens pour qu'on me réponde ?

Austin se tourna vers Graeme. Cet homme était vraiment une belle ordure. Pas croyable. Il secoua la tête.

— Vous ne lui avez rien dit ?
— Il aurait dû me dire quoi ?

Le silence s'abattit sur le salon de thé.

— Hmm, fit Graeme, est-ce que nous pourrions aller dans un endroit tranquille pour discuter ?
— Discuter de quoi ?

Izzy se surprit à trembler. Graeme avait l'air si étrange. Austin aussi à vrai dire.

— Explique-moi ici. Maintenant. De quoi s'agit-il ?

Graeme frotta nerveusement l'arrière de son crâne, ce qui lui fit un épi. Il avait toujours un épi à cet endroit, à moins d'appliquer une grande quantité de gel. Il ne savait pas qu'Izzy préférait ses cheveux au naturel.

— Euh, Izzy... En fait, c'est une très bonne nouvelle. Pour nous. On nous a accordé un permis pour construire des appartements à Pear Tree Court !
— Que veux-tu dire par « nous » ? le questionna Izzy, dont le sang ne fit qu'un tour. Il n'y a pas de « nous ».
— Eh bien, toi, moi, Kalinga Deniki, tu sais. (Les mots se bousculèrent dans la bouche de Graeme.) Tout cet espace va être transformé en un projet phare extraordinaire pour Stoke Newington.
— Mais on n'a pas envie d'un projet phare, intervint quelqu'un dans le fond de la salle. Ce qu'on veut, c'est un salon de thé.

Izzy s'approcha de Graeme.

— Tu es en train de me dire que tu pensais faire quelque chose qui implique de… fermer ma boutique ? Sans même m'en parler ?!

— Écoute, chaton, dit Graeme en s'avançant et en adressant à Izzy son regard spécial, intense et ténébreux, qui faisait toujours plier les intérimaires à faire des heures supplémentaires. (Il s'exprimait doucement pour que les autres n'entendent pas, même si Austin saisit les grandes lignes de son propos.) Écoute. Je pensais que nous pourrions nous occuper de ce contrat tous les deux. Nous formions une si bonne équipe, on pourrait recommencer. Nous pouvons gagner beaucoup d'argent dans l'histoire. Nous pourrions nous acheter une plus grande maison. Et tu n'aurais plus à te lever à six heures du matin, à passer toute la soirée à faire des papiers, à négocier avec les fournisseurs, ou encore à te faire crier dessus par cette comptable. Qu'en penses-tu ?

Izzy le fixa du regard.

— Mais… Mais…

— Tu as fait un excellent boulot ici, ça va nous offrir une réelle indépendance financière. Nous permettre de nous lancer. Et puis tu pourras travailler sur quelque chose de beaucoup plus simple. Tu en penses quoi ?

Izzy le toisa, à moitié incrédule, à moitié furieuse. Pas contre Graeme – c'était un requin ; c'était son tempérament. Mais furieuse contre elle. Pour être restée avec lui aussi longtemps ; pour avoir laissé cette raclure entrer dans sa vie ; pour avoir bêtement cru qu'il pouvait changer, que l'homme vif, égoïste, séduisant, qui refusait de s'engager se transformerait subitement en l'homme de ses rêves, uniquement parce qu'elle le désirait aveuglément. Après tout, comment était-ce possible ? C'était ridicule. Elle était une sombre idiote. Une vraie gourde.

— Mais tu ne peux pas faire ça ! s'exclama-t-elle soudain. J'ai un bail ! Je suis locataire.

Graeme prit une expression pleine de regrets.

— Monsieur Barstow... Il est plus que ravi de tout nous vendre. J'ai déjà discuté avec lui. Tu arrives à la fin de tes six mois.

— Et il faut que la commission d'urbanisme...

— C'est en cours. Ça devrait aller vite, ce quartier n'est pas d'une beauté exceptionnelle.

— Mais bien sûr que si !

Izzy sentit les larmes lui monter aux yeux et une énorme boule lui serrer la gorge. À l'extérieur, les enfants riaient et jouaient autour du poirier disgracieux, tortueux, trapu, mais tant aimé.

— Mais tu ne comprends pas, dit Graeme, désespéré. C'est pour nous ! J'ai fait tout ça pour nous, ma chérie ! On peut encore recoller les morceaux.

Izzy le fusilla du regard.

— Mais... Mais c'est toi qui ne comprends pas ! J'adore me lever à six heures. J'adore faire la paperasse. J'adore même cette vieille peau de vache de Mme Prescott. Et pourquoi ? Parce que c'est à moi, voilà pourquoi. Pas à toi, pas à quelqu'un d'autre, encore moins à cette foutue boîte de Kalinga Deniki.

— Ce n'est pas à toi, rétorqua doucement Graeme. C'est à la banque.

À ces mots, Izzy se tourna vers Austin. Celui-ci tendit les mains vers elle et fut choqué par la colère qu'il put lire sur son visage.

— Vous étiez au courant ? lui cria-t-elle. Vous saviez et vous ne m'avez rien dit ?

— Je pensais que vous le saviez ! protesta Austin, désarmé par la rage d'Izzy. Je pensais que c'était votre projet depuis le début ! Retaper cet endroit, puis le revendre à des tocards de la City !

À ces paroles, Izzy sentit quelque chose se briser en elle. Elle ne savait pas combien de temps elle pourrait encore contenir le flot de larmes.

— Vous pensiez que je ferais ça ? (Toute sa colère s'évanouit pour laisser place à la tristesse.) Vous m'en pensiez capable...

Ce fut au tour d'Austin de se sentir affreusement mal. Il aurait dû se fier à son instinct en fin de compte. Il fit un pas vers elle.

— Ne vous approchez pas, hurla Izzy. Restez loin de moi. Tous les deux. Partez. Allez-vous-en. Fichez le camp !

Austin et Graeme se lancèrent un regard d'aversion mutuelle. Austin attendit un peu pour laisser cet homme plus petit partir en premier.

— Attends ! cria soudain Izzy. Combien... Combien de temps il me reste ?

Graeme haussa les épaules. Mais merde, comment cette fille boulotte et écarlate qu'il avait sortie de ce foutu service de dactylos avait-elle osé dire qu'il n'était pas assez bien pour elle ? Quelle conne ! Comment avait-elle osé le plaquer ? Comment avait-elle osé se mettre en travers de ses projets ? Il se sentit soudain furieux qu'elle contrecarrât ses projets de la sorte.

— Le permis part demain. Tu as un mois.

Le silence retomba sur le salon de thé. Le four sonna : les gâteaux des enfants étaient prêts.

*

Après avoir fait rentrer les petits dans la boutique, Pearl observa les larmes ruisseler sur le visage d'Izzy et les parents qui s'amassaient autour d'elle pour la réconforter. Elle décréta qu'il était temps de sortir le vin blanc, licence ou pas. Deux des mamans, excitées d'assister à un tel mélodrame, s'occupèrent des gâteaux des enfants ; ils pourraient les décorer dès qu'ils auraient tiédi, avec du glaçage bleu ou rose, des perles multicolores ou des billes argentées. Il y avait également des ramequins de petits morceaux de fruits, de graines de sésame, de bâtonnets de carotte et de houmous. C'était Caroline qui s'était chargée de cette partie ; c'était son « cadeau pour son Louis adoré ». Louis lui avait adressé un regard sévère quand il avait aperçu ces ramequins. Ils les mirent de côté sur un coin de la table.

Pearl et Helena poussèrent Izzy à descendre à la réserve.

— Comment te sens-tu ? lui demanda Pearl, inquiète.

— Quelle enflure ! s'écria Izzy. Je vais le tuer. Je vais le lui faire payer. On va se battre contre lui, avec une cagnotte, des tracts ! Je vais l'anéantir ! Tu m'aideras, Helena, d'accord ? Tu vas te joindre à nous ?

Izzy se tourna vers Helena, qui paraissait distraite, comme si elle attendait Ashok, resté au rez-de-chaussée. Izzy lui réexpliqua tout et se remit à pleurer, en particulier lorsqu'elle évoqua le fait qu'Austin pensait qu'elle avait tout manigancé. Pearl secouait la tête.

— Ils n'ont pas le droit de faire ça, s'insurgea Izzy. Ils ne peuvent pas venir ici comme ça, non ? Est-ce qu'il a le droit ?

Pearl haussa les épaules.

— Cela appartient à M. Barstow…

— Tu trouveras un autre local, la réconforta Helena.

— Pas comme celui-là. (Izzy regarda la réserve impeccable, la vue sur les pavés de l'impasse, son magnifique four parfait.) Ce ne sera jamais pareil.

— Ce sera peut-être mieux. Tu trouveras quelque chose de plus grand. Je suis sûre que tu t'en sortirais très bien. Il est peut-être temps de t'agrandir. Les gens font la queue dehors maintenant.

Izzy fit la moue.

— Mais je suis heureuse ici. Et c'est tout ce qui compte.

Helena grommela.

— Si tu m'avais écoutée aussi quand je te disais que Graeme était un salaud.

— Je sais, je sais. Pourquoi est-ce que je ne t'écoute jamais ?

— Bonne question !

— Elle ne m'écoute pas non plus, intervint Pearl.

Helena souleva son menton d'un air qui en disait long.

— Je vais lui prouver, reprit Izzy. Je vais lui prouver qu'on ne peut pas tout simplement acheter et vendre des gens comme ça nous chante. On ne peut pas leur demander de ficher le camp du jour au lendemain. Oh, Lena… Tu es sûre que cela ne t'ennuie pas si nous vivons tous les trois un peu plus longtemps ? Je vais peut-être avoir besoin d'un peu de temps pour rebondir.

— En fait, dit Helena, anormalement nerveuse, je pense que nous allons devoir déménager.

— Pourquoi ?

Helena semblait à la fois tendue, excitée et impatiente. Elle jeta un coup d'œil vers la cage d'escalier, cherchant Ashok du regard.

— Eh bien... C'est un peu plus rapide que ce que nous avions imaginé, mais...

Izzy la regarda, complètement perdue. Pearl qui devina aussitôt exulta.

— Un bébé !

Helena acquiesça d'un signe de tête. Elle était réservée pour la première fois de sa vie. Il faudrait un peu de temps pour s'y habituer, pensait-elle.

Izzy puisa dans ses réserves tout le courage qui lui restait. Elle y parvint presque. Ses lèvres formèrent pratiquement le sourire qu'elle voulait tant afficher, qu'Helena méritait tant. Mais sa force l'avait quittée. Sa gorge se noua et ses yeux la piquèrent.

— Féli..., balbutia-t-elle, avant d'éclater en sanglots.

Elle n'avait rien et Helena avait tout. Cela semblait si dur, si injuste.

— Oh Izzy... Qu'est-ce qu'il y a ? Je suis vraiment désolée, je pensais que tu serais contente, dit Helena en se précipitant vers son amie. Oh, ma belle. Pardon. Oui, nous allons devoir trouver un autre appart, mais tu ne seras pas seule pour autant... C'était un accident, mais nous sommes tous les deux ravis et...

— Oh, ma Lena ! Tu sais, je suis vraiment très contente pour vous.

Elles se serrèrent à nouveau dans les bras.

— Je le sais, oui. Tu vas être la meilleure marraine du monde. Tu lui apprendras à faire des gâteaux.

— Et puis, tous les deux, vous allez pouvoir donner naissance au bébé ! Oh, un mouchoir, s'il vous plaît !

Une mère apparut en haut des marches.

— Hmm hmm, ne serait-il pas temps de chanter *Joyeux Anniversaire* ?

— Mon bébé ! s'exclama Pearl. J'arrive tout de suite.

Izzy quitta la réserve pour rejoindre le chœur tonitruant qui chantait en l'honneur de Louis. Rayonnant, il regarda ses trois bougies et déclara « z'veux cinq bouzies ». Quant à Pearl, elle irradiait de fierté devant son petit garçon, qui n'avait que trois ans, mais savait compter. Izzy était entourée d'une marée humaine compatissante, qui lui offrait son soutien et menaçait d'écrire au service d'urbanisme, d'organiser un sit-in ou de boycotter les agents immobiliers (Izzy avait des doutes sur l'efficacité de cette dernière solution). Tout cela était accablant.

— Merci tout le monde, commença Pearl devant toute l'assemblée. Nous allons... Enfin, nous ne savons pas ce qui est possible, mais nous tenterons tout, je vous le promets, pour que le *Cupcake Café* reste ouvert. Et maintenant, fêtons l'anniversaire de Louis !

Elle remit de la musique et admira les enfants danser, avec leurs visages poisseux innocents, débordant de bonheur – Louis au centre de tous. Elle non plus n'avait pas envie que cela disparaisse. C'était plus qu'un travail. C'était leur vie à présent. Elle en avait besoin.

*

Ce fut une véritable torture pour Izzy de tenir jusqu'à ce que le dernier enfant reparte chez lui avec une balle rebondissante et un cupcake supplémentaire ; de dire poliment au revoir aux clients et aux amis et de les remercier pour leur sollicitude ; de ramasser les déchets et de ranger la boutique ; d'emballer pour Berlioz tout ce qui restait de la nourriture préparée par Caroline. Elle savait à peine comment surmonter cette épreuve. Mais ce qu'elle devait faire ensuite serait encore pire. Pearl aperçut le visage d'Izzy.

— Tu veux vraiment y aller maintenant ? Ma belle, ça ne va rien changer si tu récupères tes affaires plus tard.

— Oui, répondit Izzy, qui avait l'impression d'avoir un énorme trou dans l'estomac, tellement elle était tendue et angoissée. Il le faut. Si je ne vais pas récupérer mes affaires chez Graeme maintenant, je remettrai tout le temps ça à plus tard. Je dois le faire rapidement. Ce sera vite fait de toute façon, car je n'ai presque rien là-bas. Il rechignait toujours à m'accorder un peu de place dans les placards. Il a besoin de beaucoup d'espace pour son gel coiffant.

— Quelle grandeur d'âme !

Izzy et Pearl regardèrent Louis, qui étudiait tout joyeux ses cadeaux sur le sol.

— Tu sais, poursuivit Pearl, si j'en avais la possibilité, je ne changerais rien à ma vie, pas une seule chose. Mais parfois… Eh bien, j'aurais envie de dire que c'est plus facile de rompre avant. Plutôt qu'après. Si tu vois ce que je veux dire...

Izzy hocha lentement la tête.

— Mais, Pearl... J'ai trente-deux ans. Trente-deux. Et si c'était là ma dernière chance d'avoir un bébé ? Et si je devais aller travailler ailleurs maintenant... Comment aurais-je l'occasion de rencontrer quelqu'un ? Si je suis coincée dans les cuisines d'une grande chaîne... Je ne peux pas tout reconstruire, Pearl. C'est impossible. J'ai mis tout ce que j'avais dans cette boutique.

— Tu y arriveras, l'encouragea Pearl. Tu as fait le plus dur. Tu as commis toutes les erreurs. La prochaine boutique, ce sera du gâteau. Et trente-deux ans, ce n'est rien aujourd'hui. Tu rencontreras quelqu'un, c'est certain. Que penses-tu de ce beau banquier ? Je suis sûre que ça collerait bien entre vous deux.

— Austin ? (Le visage d'Izzy se contracta subitement.) Je n'en reviens toujours pas ! Il a cru que j'étais derrière tout cela, que je n'hésiterais pas une seconde à tout lâcher. Je pensais qu'il m'aimait bien.

— Tu lui plais, c'est certain. Tu vois, tu finiras par retrouver quelqu'un. Je sais que tout te paraît un peu morne pour le moment...

Elles se regardèrent. Puis, bêtement, elles éclatèrent de rire. Un peu hystérique, Izzy en eut les larmes aux yeux.

— Oui, hoqueta-t-elle en reprenant son souffle. Tu peux dire ça, « un peu » morne.

— Tu vois très bien ce que je veux dire.

— Oui, c'est seulement une journée « un peu » nulle.

Pearl rit plus fort.

— On a connu des jours meilleurs.
— Oui ! À côté, mon dernier frottis était une partie de rigolade !

Louis s'approcha d'elles d'un pas titubant, désireux de savoir pourquoi elles riaient. Izzy le regarda d'un air contrit.

— Coucou, mon lapin.

Louis tendit les bras vers sa mère.

— Meilleur 'versaire, dit-il fièrement. Meilleur 'versaire Louis. (Puis il se calma un peu.) Maman, où Papa ?

Ben n'était pas venu en fin de compte. Le visage de Pearl demeura complètement impassible.

*

L'appartement de Graeme n'ayant pas de fenêtre donnant sur la rue, Izzy n'avait pas la possibilité de voir s'il était chez lui ou non, à moins de sonner à l'interphone ; or, elle n'avait pas du tout l'intention de lui parler, sauf cas de force majeure. Elle n'avait aucune envie de descendre du taxi.

— Tout va bien, madame ? lui demanda le chauffeur, auquel elle faillit raconter tout ce qu'elle avait sur le cœur.

— Oui, répondit-elle avant de sortir de la voiture, en se faisant la réflexion que c'était la dernière fois qu'elle venait ici.

La chaleur de la journée s'était pratiquement dissipée, mais il faisait encore assez doux pour ne supporter qu'un gilet.

Il était sans doute absent. On était samedi soir après tout. Il devait être sorti avec ses copains, pour boire quelques bières, essayer de draguer des filles en boîte de nuit... Il devait rire de toute cette histoire, se vanter d'être enfin libre et de l'argent qu'il amasserait grâce à son nouveau contrat. Izzy avait la gorge serrée. Il n'en avait rien eu à faire d'elle. Il ne s'était jamais soucié d'elle. Avec lui, c'était toujours une question d'argent... toujours. Il l'avait menée en bateau et elle était complètement tombée dans le panneau, comme une idiote.

Quand elle entra dans le vestibule faiblement éclairé, Izzy était tellement convaincue qu'à cet instant précis, Graeme passait du bon temps dans un bar à cocktail, à lever une blondinette, qu'elle ne s'attendait pas du tout à le trouver chez lui. En réalité, elle avait failli ne pas le voir. Il était assis dans son fauteuil d'imitation du Corbusier, en robe de chambre (Izzy ignorait qu'il en avait une), un verre à la main, à regarder par la fenêtre le jardin minimaliste où jamais personne n'allait. Il sursauta quand Izzy arriva, mais ne tourna pas la tête. Le cœur d'Izzy cognait douloureusement dans sa poitrine.

— Je suis venue récupérer mes affaires, annonça-t-elle d'une voix forte.

Après le tumulte de la journée, il régnait dans cet appartement un silence de mort. La main de Graeme se crispa autour de son verre. Encore maintenant, se rendit compte Izzy, elle attendait un signe de lui, quelque chose qui montrerait qu'il avait été fou d'elle, que ce qu'il y avait eu entre eux n'était pas insignifiant, qu'il l'avait appréciée. Quelque chose qui laisserait penser qu'elle n'avait pas été simplement cette collègue bien pratique. Quelqu'un dont il avait profité, afin de servir ses propres intérêts.

— Ça m'est égal, dit Graeme sans la regarder.

Izzy empaqueta ses affaires dans une petite valise. Il n'y avait pas grand-chose. Graeme ne bougea pas d'un cil durant tout ce temps. Puis elle alla dans la cuisine, dont elle avait rempli les placards. Elle prit une demi-livre de farine, cinq œufs, un pot entier de miel et un petit pot de perles multicolores, et mélangea le tout avec une cuillère en bois.

Elle emmena sa préparation dans le séjour et, d'un geste expert du poignet, la versa sur la tête de Graeme.

\*

Son appartement lui parut différent. Izzy ne parvenait pas à définir exactement ce qui avait changé. Ce n'était pas seulement la sensation qu'elle avait depuis quelques semaines avec l'arrivée d'Ashok (qui était d'ailleurs un homme intéressant, sérieux et tout à fait charmant), mais celle d'une dynamique changeante. Traînaient des piles de brochures immobilières et un exemplaire du livre *Ce qui vous attend si vous attendez un enfant*.

C'était comme si le monde entier avançait, à l'exception d'Izzy. De plus, elle se sentait moins à l'aise de flâner dans sa cuisine rose ou de s'effondrer sur l'énorme canapé moelleux – comme si elle était une étrangère dans sa propre maison. Ce qui était ridicule, elle le savait bien. Mais par-dessus tout, elle avait honte que sa première – et unique – expérience de cohabitation avec un homme se terminât aussi vite et aussi mal.

Helena était consciente que souligner que Graeme avait toujours été un sale type n'était pas particulièrement utile, contrairement à sa présence. Par conséquent, elle faisait de son mieux pour être là pour Izzy, même si elle avait tendance à s'assoupir toutes les cinq minutes.

— Qu'est-ce que tu vas faire ? lui demanda Helena, toujours pragmatique.

Izzy s'assit devant la télévision sans la regarder véritablement.

— Eh bien, je vais ouvrir lundi matin et... Après, je ne sais pas trop.

— Tu as déjà réussi une fois. Tu peux recommencer.

— Je me sens si fatiguée. Épuisée.

Helena mit Izzy au lit, bien que celle-ci se sentît incapable de fermer l'œil. Cependant, elle dormit jusqu'au dimanche midi. Le soleil qui pointait à travers ses rideaux lui donna un peu d'espoir. Un petit peu seulement.

— Je pourrais essayer de trouver un travail dans une pâtisserie. Le souci, c'est que les horaires sont pires que ceux que j'ai aujourd'hui. Et puis, il y a un million d'excellents pâtissiers à Londres et...

— Chut, lui dit Helena.

— Peut-être que tout le monde avait raison depuis le début. Peut-être que j'aurais dû me reconvertir en pédicure.

*

Le lundi matin, Izzy ramassa une enveloppe sur le paillasson. On y était. C'était l'avis de congé à la fin du bail, de la part de M. Barstow. Des descriptions plastifiées de la demande de permis étaient accrochées avec de la ficelle blanche aux lampadaires, à proximité de l'impasse. Izzy fut incapable de les lire. Elle avait commencé la préparation de ses gâteaux du jour en mode pilote automatique et s'était servi une première tasse de café, en répétant machinalement ses gestes habituels dans l'espoir que cela réprimerait sa panique grandissante. Tout irait bien. Elle trouverait quelque chose. Elle en parlerait à Desmond, il aurait une solution. Dans sa confusion, elle lui téléphona avant de s'apercevoir qu'il n'était que sept heures du matin. Il répondit immédiatement.

— Oh, pardon, s'excusa Izzy.

— Ce n'est pas grave. Les dents... Je suis debout depuis des heures.

— Oh, mon pauvre ! Avez-vous appelé un dentiste ?

— Euh, je parlais des dents de Jamie. Il fait une autre poussée.

— Ah oui, oui, bien sûr. (Izzy secoua la tête.) Euh...

— Je suis désolé, déclara aussitôt Desmond. Je suis désolé. Vous m'appelez pour me crier dessus ?

— Pourquoi je vous crierais dessus ?

— Parce que nous allons peut-être gérer la vente des appartements. Navré. Ce n'est pas moi qui ai décidé, mais ce sont...

Izzy n'avait même pas pensé à cela ; elle le contactait uniquement pour lui demander s'il avait des locaux à louer. Mais cela semblait évident.

— ... les affaires, compléta-t-elle d'un ton maussade.

— Oui. Je pensais que vous étiez au courant.

— Non. Je ne savais pas.

— Je suis désolé, répéta Desmond qui paraissait sincère. Cherchez-vous un autre local ? Voudriez-vous que je passe quelques coups de fil ? J'appellerai tous mes contacts, d'accord ? Pour essayer de vous trouver un endroit parfait. C'est le moins que je puisse faire. C'est juste que... Souvent, ces projets spéculatifs ne mènent à rien... Je ne voulais pas vous faire peur inutilement. Je suis vraiment navré. (Jamie commença à hurler à l'autre bout du fil.) Jamie aussi est désolé.

— Ce n'est pas grave. Vous pouvez arrêter de vous excuser, ce n'est pas votre faute. Et oui, si vous entendez parler de quelque chose... je veux bien, merci.

— D'accord. OK. Désolé. Bon. Oui.

Il s'excusait encore quand Izzy raccrocha.

\*

Pearl avait l'air triste.

— Courage, l'exhorta Caroline. Une occasion se présentera.

— Cela n'a rien à voir.

Elle n'avait pas vu Ben pendant deux jours. Il était sorti avec des amis et une chose en avait entraîné une autre, il s'était amusé ; il ne voyait pas où était le problème, Louis aurait beaucoup d'autres anniversaires et il lui avait acheté un cadeau (un énorme circuit de voitures qui ne rentrait pas dans l'appartement). Pearl l'avait laissé s'expliquer, avant de lui claquer la porte au nez.

— Je n'en reviens pas qu'il ait raté l'anniversaire de son fils, confia-t-elle à Caroline, qui désapprouva d'un raclement de gorge.

— Ce n'est rien. Mon ex n'a jamais été présent pour un seul anniversaire, concert de Noël, spectacle de l'école ou match de foot... Pas un seul. « Le travail » soi-disant. Mon cul, oui.

— Oui. C'est pour ça que c'est ton ex.
— Non, cela n'a rien à voir. Aucun des pères ici ne fait ce genre de choses. Ils sont trop occupés à travailler pour rembourser ces grandes maisons huppées. Aucun des enfants ne sait à quoi ressemble son père. J'ai largué mon mari parce qu'il couchait avec cette horrible pouffiasse. Il m'a prouvé qu'il ne pouvait pas avoir plus mauvais goût. Ah, si on quittait un homme parce qu'il néglige ses enfants...

La clochette de la porte tinta. C'était l'entrepreneur, celui qui avait accompagné son fils à la fête de Louis.

— Courage, mes jolies, lança-t-il – ce qui était sa façon habituelle de les saluer.

Caroline le jaugea du regard, en le détaillant de la tête aux pieds, et remarqua son torse joliment musclé, son sourire malicieux et l'absence manifeste d'alliance.

— Vous me donnez bel et bien du courage, dit-elle en se penchant sur le comptoir, ce qui aurait laissé apparaître sa poitrine, si tant est qu'elle en eût une. Une dose de courage une fois par jour... Ça me plaît bien.

— Ces nanas BCBG, marmonna l'artisan dans sa barbe, avant de sourire gaiement. Donnez-moi un petit noir, ma jolie.

Pearl leva les yeux au ciel. Mais réflexion faite, beaucoup de grands-mères et quelques mamans bien habillées étaient venues à l'anniversaire de Louis, ainsi qu'Austin bien entendu, mais pas de papas, pas vraiment. Elle soupira.

— Est-ce qu'il couche avec l'une de tes amies ? demanda Caroline à Pearl, une fois l'artisan reparti avec un clin d'œil et un numéro de téléphone en poche.

— Pas encore.

— Eh bien, voilà. À ta place, je ne renoncerais pas à lui, pas encore. (Caroline brandit une lettre.) Tu ne devineras jamais ce que j'ai reçu ce matin.

— Quoi ?

— De la part de ses avocats. Apparemment, si j'avais pu garantir mon emploi ici, il m'aurait laissé la maison, parce que la proximité permettait d'économiser une nourrice pour récupérer les enfants ! (Caroline secoua la tête.) Mais maintenant, retour à la case départ. Plus de boulot, mais j'ai démontré que j'étais capable de travailler, donc je dois travailler. Du coup, je vais être obligée de déménager. Oh, bordel ! Pas étonnant que j'aie besoin de flirter un peu !

Elle soupira.

— Hmm, maugréa Pearl, qui se replongea dans ses papiers.

— Qu'est-ce que tu fais ? lui demanda Izzy en remontant de la réserve.

— J'écris au service d'urbanisme !

— Oh…

— Tu ne crois pas que c'est une bonne idée ?

— Non, pas trop. Et puis, je connais Kalinga Deniki. Ils ne se lancent jamais dans ce genre de projet avant d'être sûrs que l'affaire soit pliée.

— OK, ne fais rien dans ce cas, dit Pearl qui se remit à écrire.

C'était le moment calme de la matinée, après la première affluence, mais avant le passage des mamans aux alentours de dix heures.

Izzy regarda fixement au dehors et laissa échapper un soupir.

— Et arrête de soupirer, ça me rend dingue, lui reprocha Pearl.

— Parce que c'est mieux d'entendre tes grognements toutes les cinq minutes ?

— Mais je ne grogne pas !

Izzy haussa les sourcils, prit sa tasse de café et sortit dans la cour, en considérant sa boutique d'un œil critique. Depuis l'arrivée des beaux jours, elles avaient apporté quelques améliorations : elles avaient installé un store à rayures rouges et blanches, qui s'accordait bien avec les tables et les chaises de Grampa. L'ombre du store était incroyablement accueillante, le porte-clés scintillait au soleil et les plantes que Pearl avait disposées de chaque côté de la porte embellissaient le tout. Izzy cligna des yeux pour chasser ses larmes. Elle ne pouvait plus pleurer. Mais elle ne pouvait pas non plus imaginer recréer sa petite oasis ailleurs ; c'était son coin à elle, son petit royaume. Il serait à nouveau fermé, puis réduit en miettes et transformé en garages ringards affectés à des appartements absurdes et hors de prix pour cadres supérieurs.

Izzy flâna jusqu'à la quincaillerie. Que devenait Chester dans tout cela ? S'étaient-ils aussi débarrassés de lui, ou avait-il réussi à passer entre les gouttes ? Elle ne savait même pas si M. Barstow était son propriétaire.

Le rideau de fer était encore fermé, à dix heures. Izzy fit la grimace et essaya de voir au travers. Qu'y avait-il à l'intérieur ? Le rideau était percé de petits trous, mais la lumière vive du soleil empêchait Izzy de bien voir. Elle attendit que sa vue s'adaptât. Elle commença à discerner des formes sombres de l'autre côté de la vitre. Soudain, une silhouette pâle bougea.

Izzy poussa un petit cri et fit un bond en arrière. Dans un bruit assourdissant, le rideau s'ouvrit automatiquement. Quelqu'un devait se trouver à l'intérieur – quelqu'un, sans doute, qu'elle avait déjà vu. Elle avait la gorge nouée.

Une fois le rideau entièrement remonté, la porte fut déverrouillée de l'intérieur et pivota vers Izzy. Le quincaillier était là. En pyjama. Izzy était sans voix. Il lui fallut une seconde pour retrouver ses esprits.

— Vous... Vous vivez ici ? lui demanda-t-elle, stupéfaite.

Chester fit oui de la tête dans le style si solennel qui le caractérisait. Il convia Izzy à entrer. Celle-ci pénétra dans la boutique pour la première fois. Et ce qu'elle vit la décontenança totalement. À l'entrée, étaient exposés des casseroles et des poêles, des serpillières et des tournevis. Mais au fond, le sol était recouvert d'un superbe tapis persan, surmonté d'un lit à deux places en bois sculpté, d'une petite table de chevet, avec une pile de livres et une lampe Tiffany, et d'une grande armoire à glace. Izzy cilla des paupières à plusieurs reprises.

— Mais... Vous... Vous vivez ici, répéta-t-elle.

Chester parut gêné.

— Euh, oui. Je vis ici. Normalement, je suspends un petit rideau la journée... Ou je ferme la boutique dès qu'une personne semble vouloir acheter quelque chose. Un café ?

Izzy aperçut encore plus au fond une petite cuisine en longueur, immaculée. Une onéreuse cafetière Gaggia chauffait sur la gazinière. L'odeur était délicieuse.

— Euh, oui, répondit Izzy, même si elle avait déjà absorbé bien trop de caféine ce matin.

Cette petite caverne d'Ali Baba paraissait surnaturelle. Chester invita Izzy à s'installer dans un fauteuil aux motifs floraux.

— Je vous en prie, asseyez-vous. Vous m'avez considérablement compliqué la vie, vous savez.

Izzy secoua la tête, perplexe.

— Mais je passe devant cette impasse depuis des années et j'ai toujours vu cette boutique.

— Oh oui. Oh que oui. J'habite ici depuis vingt-neuf ans.

— Vous habitez ici depuis vingt-neuf ans ?

— Personne ne m'a jamais dérangé. C'est ce qu'il y a de génial dans la vie à Londres. (Pendant qu'il parlait, Izzy remarqua à nouveau son accent.) Personne ne sait ce que vous faites. Cela me plaît bien. Jusqu'à ce que vous arriviez... Avec vos allées et venues, vos gâteaux que vous me déposiez, vos questions. Et vos clients ! Vous êtes la première personne à faire venir des gens dans cette impasse.

— Et maintenant...

— Maintenant, nous devons partir, oui. (L'homme regarda l'avis de congé dans sa main.) De toute façon, cela aurait bien fini par arriver. Comment se porte votre grand-père ?

— En réalité, j'avais prévu de lui rendre visite et de lui demander son avis.

— Bien... Est-ce qu'il est en état d'avoir une conversation ?

— Pas vraiment. Mais cela me fait me sentir mieux. Je sais que c'est égoïste.

— Non, non, pas du tout.

— Je suis vraiment désolée. C'est moi qui ai fait venir les promoteurs ici. Ce n'était pas mon intention, mais c'est ma faute.

Chester secoua la tête.

— Non. Stoke Newington... Vous savez, autrefois, on considérait que c'était à une demi-journée de trajet de Londres. Un joli village, loin de la ville. Et même quand je suis arrivé, le quartier était toujours un peu malfamé et délabré, mais on pouvait y faire ce qu'on voulait. On était libre de ses choix. Être un peu différent, sortir des sentiers battus...

Chester servit le café avec de la crème dans deux ravissantes tasses en porcelaine posées sur une soucoupe.

— Désormais, tout est aseptisé, embourgeoisé. Surtout les quartiers qui ont du caractère, comme celui-ci. Il ne reste pas grand-chose du vieux Londres en réalité.

Izzy baissa les yeux.

— Ne soyez pas triste, ma mignonne. Le nouveau Londres a aussi beaucoup d'avantages. Vous irez loin dans la vie, regardez-vous.

— Sauf que je ne sais pas où.

— Eh bien, on est deux dans ce cas.

— Attendez, est-ce que vous squattez ici ? lui demanda Izzy. Est-ce que vous ne pouvez pas faire valoir que vous vivez ici ?

— Non. Je dois avoir un bail... quelque part.

Ils restèrent assis, à siroter leur café.

— Je suis sûre qu'il existe une solution.

— On n'arrête pas le progrès, rétorqua Chester en posant sa cuillère avec un léger tintement. Croyez-moi, je sais de quoi je parle.

\*

Austin était en avance pour une fois. Et élégamment habillé, ou du moins aussi élégant qu'il le pouvait en faisant tout pour que Darny ne vît pas où il rangeait le fer à repasser. Il passa nerveusement ses mains dans ses cheveux épais. Il n'en revenait pas de ce qu'il s'apprêtait à faire. Il pouvait tout perdre. Et pour quoi ? Pour un commerce stupide qui finirait sans doute par déménager. Pour une fille qui ne lui prêtait pas attention.

Janet était là bien entendu, vive et efficace comme toujours. Elle aussi était venue à l'anniversaire de Louis, elle savait par conséquent ce qui attendait Austin. Elle lui jeta un coup d'œil.

— C'est affreux, affirma-t-elle, avec une férocité inhabituelle. C'est affreux ce que cet homme a l'intention de faire. (Austin la regarda.) À cette gentille fille et à sa jolie boutique, pour y construire un immeuble sans intérêt pour des cadres idiots. C'est épouvantable. C'est tout ce que je voulais dire.

La bouche d'Austin se contracta nerveusement.

— Merci, Janet. Cela m'aide, vous savez.
— Et vous êtes beau.
— Vous n'êtes pas ma mère, Janet.
— Vous devriez appeler cette fille.
— Non, je ne vais pas l'appeler.

Izzy n'avait certainement plus envie d'avoir affaire à lui et c'était justifié, pensa-t-il en soupirant.

— Vous devriez le faire.

Austin y réfléchit, tout en buvant le café que Janet était allée lui chercher jusqu'au *Cupcake Café*.

Il était froid, mais Austin aimait pouvoir sentir le doux parfum d'Izzy qui s'y accrochait encore. Après s'être assuré que personne ne pouvait l'apercevoir dans son bureau, il le huma profondément et ferma très brièvement les paupières.

Janet frappa à la porte.

— Il est arrivé, annonça-t-elle, puis elle fit entrer Graeme dans le bureau avec une attitude glaciale qui ne lui ressemblait pas.

*

Graeme ne remarqua pas l'accueil froid qui lui fut réservé. Il voulait seulement en finir au plus vite. Microfinancement local à la noix… Il détestait, plus que tout dans son métier, les petites banques et les chinoiseries pour des prêts dérisoires.

Bon. Il devait faire approuver ce crédit, appeler M. Boekhoorn et tourner la page de toute cette histoire. Il prendrait peut-être des vacances. Une virée entre mecs, c'est ce dont il avait besoin. Ses copains n'avaient pas été très compatissants quand il leur avait annoncé qu'il était de nouveau célibataire. En fait, beaucoup d'entre eux semblaient se ranger avec leur petite amie et devenir ennuyeux et pépères. Qu'ils aillent au diable. Il avait envie de s'évader quelque part, où il y aurait des cocktails et des filles en bikini qui savaient respecter un homme d'affaires.

— Bonjour, dit-il d'un ton maussade, tout en serrant la main d'Austin.

— Bonjour.

— Pouvons-nous faire court ? C'est vous qui détenez les prêts sur les propriétés existantes, or nous voudrions les fusionner et connaître le nouveau taux pour le prêt global. Dites-moi ce que vous pouvez faire, vous voulez bien ?

Austin parcourut rapidement les documents. Il se cala dans sa chaise et poussa un gros soupir. Bon, advienne que pourra. Sa carrière serait sans doute compromise si ses supérieurs se penchaient sur le dossier. Cela devrait peu lui importer que son petit univers se transforme de jour en jour en un monde d'affaires, homogène et lisse. Mais c'était bel et bien le cas. Il aimait que Darny eût beaucoup d'amis différents, pas uniquement des petits bobos prénommés « Felix ». Il aimait pouvoir acheter des cupcakes, des falafels, du houmous, des bonbons indiens ou des bagels dès qu'il en avait envie. Il aimait le mélange de bars à chicha, de coiffeurs afros, de vendeurs de jouets en bois et de fumées de moteurs Diesel qui composaient son quartier. Il ne voulait pas que celui-ci fût conquis par les m'as-tu-vu cupides, les Graeme de cette planète.

Par-dessus tout, Austin ne parvenait pas à chasser de son esprit le visage d'Izzy, rayonnant, écarlate et joyeux à la lumière des lampions. Quand il avait cru qu'elle faisait partie de ces rapaces, qu'elle ne pensait qu'à son intérêt, il en avait été bouleversé. À présent qu'il savait qu'elle ressentait la même chose que lui, qu'elle partageait les mêmes convictions que lui… À présent qu'il avait enfin compris que mêler affaires et plaisir était précisément ce dont il avait envie, il découvrait que c'était trop tard.

*Et puis merde*, pensa Austin. Il y avait une chose qu'il pouvait faire pour elle. Il se pencha en avant sur son bureau.

— Je suis désolé, M. Denton, dit-il, en essayant de ne pas paraître trop pompeux. Nous avons un programme d'orientation pour les investissements locaux (ce qui était vrai, même si aucun employé de la banque ne l'avait jamais lu) et j'ai peur que votre projet n'entre pas dans le cadre de ce programme. Je crains que nous ne puissions pas fusionner les prêts.

Graeme regarda Austin comme s'il n'en croyait pas ses oreilles.

— Mais nous avons le permis, contesta-t-il d'un ton maussade. Donc c'est manifestement dans l'intérêt du quartier.

— La banque ne le voit pas de cet œil. (Austin croisa mentalement les doigts pour que la banque n'apprît pas qu'il avait refusé un investissement parfaitement sûr.) Je suis désolé. Nous allons conserver les prêts en l'état actuel.

Graeme le fixa du regard un long moment.

— Mais qu'est-ce que ça veut dire, bordel ? éclata-t-il soudain. Est-ce que vous vous fichez de moi ? Vous en pincez pour ma copine ou un truc dans le genre ?

Austin s'efforça de paraître étonné.

— Pas du tout, répondit-il, comme s'il était offensé. C'est la politique de la banque, c'est tout. Je suis désolé, mais vous devez nous comprendre. Étant donné la conjoncture financière actuelle...

Graeme se pencha vers Austin.

— Ne... me..., articula-t-il très lentement, parlez... pas... de... conjoncture financière actuelle.

— Bien sûr, monsieur.

Il y eut un silence. Austin ne voulut pas le rompre. Graeme leva les bras au ciel.

— Donc, vous êtes en train de me dire que vous ne m'accorderez pas de prêt ?
— C'est exact, monsieur.
— Que je dois faire une demande auprès d'une autre banque et lui verser une commission pour qu'elle reprenne et fusionne tous vos foutus prêts ? Alors qu'ils ont très probablement été regroupés avec d'autres merdes et vendus sous forme de lot intraçable ?
— C'est ça.

Graeme bondit de sa chaise.

— C'est des conneries. Des conneries !
— Par ailleurs, j'ai entendu dire que le permis était fortement contesté. Suffisamment pour que la mairie revienne peut-être sur sa décision.
— Ils n'ont pas le droit de faire ça.
— Les urbanistes ont tous les droits.

Graeme rougissait de rage.

— Je trouverai l'argent, vous savez. Vous verrez. Vous aurez alors l'air d'un pauvre idiot devant vos patrons.

Austin se dit que c'était déjà le cas et fut surpris de penser que cela lui était plutôt égal. Peut-être que l'avis de la hiérarchie n'importait pas toujours, songea-t-il. Il se demanda qui avait pu lui apprendre cette leçon.

Graeme toisa Austin une dernière fois avant de partir.

— Elle ne sortira jamais avec vous, vous savez, dit-il avec mépris. Vous n'êtes pas son genre.

*Eh bien, vous non plus*, pensa Austin, tout en jetant le dossier à la poubelle. Mais un sentiment de tristesse lui tiraillia le cœur.

Cependant, il n'avait pas le temps de s'en préoccuper. Il attrapa son téléphone et composa le numéro posé devant lui sur le bureau. Il énonça ses instructions dès qu'il fut en ligne. Une avalanche de jurons déferla sur lui. S'ensuivirent un blanc, un soupir, puis un ordre aboyé : il avait un quart d'heure pour arrêter de déconner et se remettre à bosser sur des dossiers sérieux.

Austin dut ensuite passer un autre appel. Il se servit de son téléphone professionnel pour joindre le portable d'Izzy. Il croisa les doigts pour qu'elle décrochât. Le cœur battant à toute allure, il tapa le numéro – il se rendit compte qu'il l'avait mémorisé. Mais quel crétin ! Izzy répondit immédiatement.

— Allô ? dit-elle, hésitante et nerveuse.

— Izzy ! fit Austin d'une voix étranglée. Hmm, ne raccrochez pas, s'il vous plaît. Écoutez, je sais que vous êtes en colère et tout et tout. Et je pense que j'ai un peu merdé, mais je crois que... Je crois que j'ai peut-être une solution. Pour votre salon de thé, je veux dire, pas pour nous. Naturellement. Mais je crois que... Argh. Je n'ai pas le temps de tout vous expliquer. Écoutez. Vous devez tout de suite sortir dans la rue.

— Mais je ne peux pas, dit Izzy, avec un sentiment de panique dans la voix.

\*

Elle avait à peine reconnu le vieil homme sur le lit ; c'était un spectre. Son grand-père adoré. Lui qui était si fort, avec ses énormes mains malaxant, pétrissant, façonnant d'énormes boules de pâte ; lui qui était si délicat et consciencieux pour créer une rose en sucre ou un gâteau en damier. Il avait été, véritablement, un père et une mère pour elle ; toujours là quand elle avait besoin de lui ; son refuge, son roc.

Et pourtant à présent, alors qu'Izzy avait le moral au plus bas, que ses rêves lui filaient entre les doigts, il était impuissant. Pendant qu'elle lui expliquait son histoire, il restait allongé sur le lit, les yeux écarquillés. Izzy ressentit un sentiment effroyable de culpabilité lorsqu'il tenta de se redresser.

— Non, Grampa, ne fais pas ça, avait-elle insisté, angoissée. S'il te plaît. Je t'en prie, ne bouge pas. Ça va aller.

— Tu peux y arriver, ma puce, disait son grand-père, mais sa respiration était irrégulière et douloureuse, ses yeux chassieux et injectés de sang, son visage d'un gris atroce.

— S'il te plaît, Grampa.

Izzy sonna une infirmière, en tenant son grand-père de toutes ses forces et en essayant de le calmer. Keavie entra dans la chambre et regarda Joe ; son visage habituellement impassible changea d'expression et elle appela immédiatement du renfort. Deux hommes arrivèrent avec une bouteille d'oxygène et peinèrent à poser le masque sur le visage de Joe.

— Je suis sincèrement désolée, pardon, disait Izzy, tandis qu'ils prirent le relais.

Ce fut à cet instant que son portable retentit, et Keavie lui demanda de sortir le temps qu'ils stabilisent son grand-père.

*

Izzy retourna dans la chambre après l'appel d'Austin : l'effroi s'empara d'elle, mais Grampa était là, avec le masque, sa respiration bien plus calme.

— Je suis vraiment désolée, déclara aussitôt Izzy. Vraiment, vraiment désolée.

— Chut, fit Keavie. Ce n'était pas votre faute. Il a des crises parfois. (Elle serra fort le bras d'Izzy pour qu'elle se tournât face à elle.) Vous devez comprendre, Izzy, s'exprima-t-elle gentiment, mais fermement. (Izzy connaissait ce ton chez Helena : c'était celui qu'elle employait pour annoncer une mauvaise nouvelle.) C'est normal. Cela fait partie du processus.

Izzy réprima un sanglot, puis alla prendre la main de Grampa. La couleur était revenue sur ses joues et il parvenait désormais à respirer sans le masque.

— Qui était-ce au téléphone ? Était-ce ta mère ?

— Euh, non. C'était… C'était la banque. Ils pensent qu'il y a une solution pour sauver mon café, mais il faut le faire tout de suite, et je suis sûre que…

Izzy sentit l'étreinte de son grand-père autour de sa main se resserrer fortement.

— Vas-y ! lui dit-il d'un ton sévère. Vas-y et sauve ta boutique ! Tout de suite ! Je suis sérieux, Isabel ! Vas-y et bats-toi pour ton commerce.

— Je reste avec toi.

— Mais non. Keavie, dites-lui. (Puis Joe lâcha la main d'Izzy et tourna son visage vers le mur.) Vas-y !

— Cela permettrait vraiment de sauver votre boutique ? demanda Keavie. Avec tous vos jolis gâteaux ?

Izzy haussa les épaules.

— Je n'en sais rien. C'est sans doute trop tard.

— Allez-y ! s'écria Keavie. Filez !

\*

Izzy dévala la route jusqu'à la gare et, pour une fois, pour cette fois seulement, l'univers et les transports londoniens semblaient de son côté : le train qui l'emmènerait à Blackhorse Road était là, à l'attendre. Elle s'empressa de monter à bord, puis téléphona à Austin.

— Je cherche à gagner du temps, lui expliqua le banquier d'un ton grave, ne voulant pas lui avouer à quel point il venait de se mettre en danger. Faites au plus vite.

— C'est ce que je fais.

— Comment... Comment se porte votre grand-père ?

— Suffisamment bien pour être en colère contre moi.

— C'est déjà ça.

— J'arrive à la gare.

— Courez comme un lièvre ! Peu importe ce qu'il vous propose, acceptez ! Un an, deux ans, peu importe !

\*

Izzy suivit en courant le bel autobus à impériale flambant neuf qui descendait Albion Road. Elle aperçut Linda assise à l'étage. Elle lui fit un signe de la main, et Linda la salua en retour avec enthousiasme. Puis, juste devant Izzy, une énorme voiture noire s'arrêta. Elle la scruta. Était-ce ce à quoi avait fait allusion Austin ? Les vitres teintées ne permettaient pas de voir à l'intérieur, mais très lentement, la fenêtre arrière se baissa. Izzy se pencha, en plissant les yeux à cause de la lumière vive du soleil.

— Vous ! La pâtissière ! Donnez-moi un gâteau ! ordonna une voix bourrue.

Izzy tendit machinalement la part de gâteau au miel saupoudrée de sucre glace qu'elle tenait. Monsieur Barstow s'en empara de sa grosse main et, durant quelques secondes, tout ce qu'Izzy put entendre fut une mastication comblée. Puis il la regarda, derrière ses grandes lunettes de soleil.

— J'ai entendu dire que les promoteurs ont des difficultés pour obtenir les fonds. Je ne veux pas entendre parler de ça. Ce que je veux, c'est mon argent. Tenez. Signez là.

Monsieur Barstow remit un document à Izzy. Il augmentait le loyer, mais ce n'était pas insurmontable. Et le bail était repoussé de dix-huit mois. Dix-huit mois ! Le cœur d'Izzy bondit. La boutique ne lui appartenait pas certes, mais cela lui laissait sans conteste suffisamment de temps pour s'assurer une situation stable. Et si les filles et elle se débrouillaient bien… peut-être qu'à la fin des dix-huit mois, elle pourrait chercher un local plus grand. Sauf si…

— Attendez un instant.

Izzy se précipita dans la cour, son tablier volant au vent, et tambourina à la porte du quincaillier. Elle le traîna jusqu'à la voiture de M. Barstow.

— Lui aussi, dit-elle, en poussant Chester devant elle. Je vais signer pour lui aussi. Ou il peut signer pour moi.

Monsieur Barstow soupira et alluma une cigarette.

— Je ne peux pas rester ici, protesta Chester. C'est terminé pour moi.

— Non. Vous ne comprenez pas ? Je peux reprendre la quincaillerie. Nous avons besoin de plus d'espace. Regardez.

Izzy indiqua le *Cupcake Café* d'un geste de la main : dans la courette, serpentait une longue file de clients affamés et rieurs, tous impatients de faire le plein de douceurs d'Izzy, si jamais la boutique venait à disparaître.

— J'ai déjà quatre réservations pour des goûters d'enfants. Et je pourrais accepter davantage de commandes personnalisées si j'avais plus d'espace. Si nous prenons les deux locaux… (Elle baissa d'un ton.) J'imagine que nous aurions besoin d'un veilleur de nuit. Étant donné que nous n'avons pas de portail sécurisé. Il faudrait quelqu'un pour surveiller la nuit. Bien entendu, cela ne serait pas très bien payé…

Aussitôt, Chester griffonna sa signature sur le contrat, tout excité. Et dix secondes plus tard, Izzy et lui observaient depuis le trottoir l'élégante voiture noire s'élancer dans la circulation qui se densifiait, puis se regardèrent, incrédules.

— Plus besoin de vous cacher maintenant, dit Izzy. Qu'en pensez-vous ?

— Que votre grand-père avait raison à votre sujet !

\*

— Aaah ! cria soudain Izzy, en prenant la mesure de ce qui venait de se produire. (Elle se précipita dans le salon de thé.) Pearl ! Nous sommes sauvées ! Nous sommes sauvées !

Les yeux de Pearl s'écarquillèrent.

— Qu'est-ce que tu veux dire ?

Izzy brandit les contrats.

— Notre bail est prolongé ! Graeme n'a pas obtenu son prêt.

Pearl arrêta ce qu'elle était en train de faire, bouche bée.

— Tu plaisantes ?

Izzy fit non de la tête.

— Dix-huit mois. Nous avons dix-huit mois.

Pearl s'était tellement efforcée de cacher à Izzy ce que signifiait ce travail à ses yeux. Combien il lui serait difficile de trouver un autre emploi ; combien elle n'avait pas envie de retirer Louis de cette crèche où il était si heureux – et même populaire, devait-elle admettre à contrecœur. Elle avait nourri toute cette inquiétude pendant si longtemps qu'elle s'assit simplement sur le tabouret derrière le comptoir et fondit en larmes.

— Et nous allons nous agrandir ! ajouta Izzy. Nous récupérons la quincaillerie ! Tu dirigeras l'autre partie du *Cupcake Café*, qui sera consacrée aux commandes spéciales, aux cadeaux, etc. C'est une promotion en quelque sorte.

Pearl s'essuya les yeux avec l'un des torchons à rayures rouges et blanches.

— Je n'en reviens pas de m'être autant attachée à un job, reconnut-elle en secouant la tête.

Izzy regarda autour d'elle les clients un peu perplexes. Caroline s'approcha.

— Je savais que tu y arriverais. Et je peux rester ! Je peux rester ! Dieu soit loué, je ne sais pas comment j'aurais fait avec seulement trois salles de bains. Merci, mon Dieu !

Les trois femmes s'étreignirent. Izzy leva le regard au bout de quelques instants.

— Excusez-nous. On croyait que nous allions devoir fermer. Mais en fait, non !

Des sourires radieux se dessinèrent dans la file d'attente.

— Je pense que cela veut dire... Oh, j'ai toujours eu envie de dire ça ! déclara Izzy en prenant une profonde inspiration, avec les bras de Pearl et Caroline autour d'elle. C'est la maison qui régale !

*

Cela en valait presque la peine, pensa Austin, rien que pour l'expression admirative de Janet. Presque.

— Je lui ai damé le pion. Mais ce n'est que temporaire. Il va regrouper les prêts ailleurs et reviendra plus fort que jamais. C'est toujours comme ça avec les cafards.

— C'est bien ce que vous avez fait, le complimenta Janet. (Elle fronça les sourcils.) Donnez-moi le dossier. Je vais essayer d'arrondir les angles auprès de la direction. Et maintenant, trouvez cinq cents super investissements pour détourner leur attention.

— Pas tout de suite. Avec cette montée d'adrénaline, je me sens très viril. Je vais aller chercher Darny à l'école pour le déjeuner et nous irons rugir au parc !

— J'explique ça à votre rendez-vous de midi ? lui dit Janet avec tendresse.
— Et comment !

*

Austin fut surpris qu'Izzy ne le rappelât pas, puis il se fit une raison. Elle venait de sortir d'une relation amoureuse et avait failli perdre son commerce. Elle était sûrement en train de fêter cela, ou de régler les choses ou... De toute façon, elle lui avait clairement fait comprendre qu'elle ne voulait pas avoir affaire à lui. Donc bon... Tant pis. Il acheta des sandwichs et des chips à l'épicerie du coin et alla récupérer son petit frère à l'école.

Parfois, pensa-t-il, tous les ennuis, les cris, les négociations, les restrictions pesant sur sa vie sociale et amoureuse, la forte odeur de renfermé de ses projets... parfois, tout cela était largement contrebalancé par le visage rayonnant du garçonnet de dix ans lorsque son grand frère lui faisait une surprise en l'emmenant pique-niquer dans le parc. Le sourire de Darny se fendit jusqu'à ses oreilles décollées.

— Auuussstttttiiiiinnnn !
— Viens, petit morveux. Pour information, ton frangin est un vrai héros.
— Tu es un gentil ?
— Oui.
— Monsieur Tyler, puis-je vous parler ? lança la directrice au moment où les deux frères partaient.
— Non, pas trop pour le moment, répondit Austin. Une autre fois ?

En l'apercevant, Kirsty avait décidé de prendre son courage à deux mains et de le lui demander une bonne fois pour toutes. Mais il semblait si crispé et distrait qu'elle se dit qu'elle ferait mieux d'attendre un autre moment.

— Après le déjeuner ?

— Très bien, approuva Austin, en remarquant qu'en plus d'être enseignante, cette femme était en réalité assez séduisante.

Peut-être était-il temps pour lui de chercher une femme gentille qui l'appréciait et qui ne fréquentait pas des connards. Peut-être, s'il ne pouvait pas avoir celle dont il avait réellement envie, pouvait-il recommencer à voir d'autres femmes. Un jour. Peut-être.

— Mais là, on doit aller tuer des lions ! On va les poignarder dans le cœur, puis on sortira leur cœur de leur poitrine, on le fera griller au feu de bois et on mangera le…

— Viens, Darny. On y va.

Kirsty suivit Austin des yeux pendant qu'il s'éloignait dans la cour de récréation.

*

Austin retira sa veste et desserra sa cravate déjà mal nouée sous le soleil brûlant. C'était une magnifique journée. À Clissold Park, des marchands de glaces étaient stationnés aux entrées, telles des sentinelles ; des familles bavardaient ; des travailleurs prenaient un bain de soleil ; des personnes âgées heureuses se réchauffaient un peu les os. Darny et Austin vinrent gonfler le flux de personnes franchissant le portail.

Ce fut à cet instant précis qu'Austin entendit quelqu'un crier son nom.

— Austin ! Austin !

Il se retourna. C'était Izzy, le visage tout rose, une grande boîte dans les bras.

\*

— Vous êtes écarlate, lui fit remarquer Austin.

Izzy ferma les yeux. C'était vraiment une idée absurde. Et bien sûr qu'elle rougissait de nouveau. Elle était sans doute aussi en sueur. C'était on ne peut plus stupide. Elle les suivit dans le parc. Darny s'était jeté sur elle et lui avait pris la main. Elle la serra, en quête de réconfort.

— J'aime bien, ajouta Austin. Le rouge vous va bien.

Il eut envie de se taper pour avoir prononcé une phrase aussi idiote. Austin et Izzy se regardèrent un instant. Nerveux, Austin baissa les yeux sur la boîte.

— C'est pour moi ? Parce que, vous savez, je ne peux pas accepter…

— Taisez-vous. Je voulais seulement vous remercier. Merci. Merci pour tout. Je ne peux pas… De toute façon, ce n'est pas pour vous, mais pour Darny. Et puis, ils ne ressemblent à rien, c'est un échec et…

Sans même y réfléchir, sans même regarder les gâteaux, Austin s'empara de la boîte et la jeta de toutes ses forces. Elle atterrit dans un taillis à proximité. Le ruban rose contrastait avec le bleu vif du ciel et le vert des arbres. Le carton ne s'ouvrit pas.

— Darny, dit Austin, c'est une grosse boîte de cupcakes. Va les chercher et ils sont tout à toi.

Darny partit au quart de tour. Izzy regarda Austin, consternée.

— Mes gâteaux ! Il y avait un message dessus !

Soudain, Austin prit les mains d'Izzy, car il eut le sentiment d'avoir peu de temps devant lui.

— Vous pourrez en faire d'autres. Mais Izzy, si vous voulez m'adresser un message… S'il vous plaît, je vous en prie, dites-le-moi simplement.

Izzy sentit l'étreinte chaude et ferme des mains d'Austin autour des siennes et admira son beau visage. Et subitement, tout à coup, pour la première fois de sa vie ou presque, sa nervosité la déserta. Elle éprouva un sentiment de calme et de paix. Elle ne se préoccupait pas de ce qu'il pouvait penser, de ce dont elle avait l'air, de comment elle allait, ou de ce que les gens pouvaient bien se dire. Elle n'était consciente de rien, si ce n'était son désir absolu et présent d'être dans les bras de cet homme. Elle prit une profonde inspiration et ferma les yeux, alors qu'Austin soulevait son menton. Elle s'abandonna entièrement à son baiser parfait et langoureux, au milieu d'un parc animé, au milieu d'une journée animée, au milieu d'une des villes les plus animées du monde.

\*

— « J'aime bosser » ? s'exprima une voix en colère quelque part au loin. Ou « tu aimes bosser » ? Je ne comprends pas.

À contrecœur, Austin et Izzy, un peu plus rouges et moites, s'écartèrent l'un de l'autre en sursaut. Darny était à côté d'eux, l'air perplexe.

— C'est le message sur les gâteaux.

Il souleva la boîte toute cabossée, avec les restants de dix gâteaux à l'intérieur (il en manquait un). Il avait disposé les lettres pour écrire « AIME BOSSER », au lieu d'« EMBRASSE-MOI ».

— C'est le message que vous vouliez me faire passer ? s'étonna Austin.

— Euh, pas exactement, répondit Izzy, qui se sentit prise de vertige, comme si elle allait s'évanouir.

— D'accord. (Austin afficha un grand sourire.) Darny, on va déjeuner, puis cinq minutes de lions, et puis Izzy et moi devrons régler quelques trucs, d'accord ?

— Tu viens déjeuner ? demanda Darny à Izzy, avant de pourchasser des pigeons. Chouette !

Austin et Izzy le regardèrent s'éloigner, le sourire aux lèvres. Puis elle se tourna vers lui, les yeux écarquillés.

— Ouah, quel baiser !

— Euh, merci, dit Austin, mal à l'aise. (Puis il planta ses yeux dans ceux d'Izzy.) Bon sang, approche. J'ai l'impression de t'attendre depuis une éternité.

Il l'embrassa avec passion, puis la regarda si intensément qu'elle eut la sensation que son cœur allait exploser.

— Ne change pas, lui ordonna-t-il farouchement. Je t'en prie, reste toujours cette femme douce.

## Chapitre 19

### Gâteau de Pâques

- 170 g de beurre
- 170 g de cassonade
- 3 œufs battus en omelette
- 170 g de farine
- 1 pincée de sel
- 1 c. à c. d'un mélange quatre-épices (facultatif)
- 350 g d'un mélange de raisins secs bruns et dorés
- 60 g de zestes d'agrumes confits, coupés en petits morceaux
- Le zeste d'un citron

Achète de la pâte d'amandes au supermarché. Tu peux la faire toi-même, mais nous ne sommes pas fous.
Pétris la pâte durant une minute jusqu'à ce qu'elle soit lisse et malléable. Abaisse-la pour obtenir un cercle de 18 cm de diamètre.
Préchauffe le four à 140 °C (thermostat 4-5). Beurre un moule de 18 cm et tapisse-le de papier cuisson.
Mélange le beurre et le sucre jusqu'à ce que la préparation blanchisse et devienne mousseuse. Incorpore

progressivement les œufs et mélange bien. Ajoute ensuite peu à peu la farine tamisée, le sel et, si tu le souhaites, les épices. Enfin, ajoute les raisins secs, les zestes d'agrumes et le zeste de citron râpé et mélange bien.

Verse la moitié de la préparation dans le moule. Lisse la surface et dépose le cercle de pâte d'amandes. Verse le restant de la pâte et égalise le dessus, en laissant un petit creux au centre (cela permet au gâteau de lever). Enfourne et laisse cuire 1 h 45. Vérifie la cuisson en enfonçant la lame d'un couteau au centre du gâteau : il est prêt quand elle ressort sèche. Une fois le gâteau cuit, sors-le du four et laisse-le refroidir sur une grille. Recouvre le dessus d'une autre fine couche de pâte d'amandes.

*

— Son état s'est dégradé, murmura l'infirmière.

Mais Izzy le savait déjà, elle n'avait reçu ni lettre, ni recette. Aucune depuis des semaines.

— C'est bon, dit Izzy, même si, non, ce n'était pas bon.

Ce n'était pas juste. Son grand-père avait vécu si longtemps, il était tout pour elle, et il n'aurait pas la chance de la voir heureuse.

La chambre était silencieuse ; on n'entendait que le bruit d'une ou deux machines dans un coin. Joe avait encore maigri, si tant est que ce fût possible. Il n'était plus que l'ombre de lui-même, il n'était plus qu'une fine peau recouvrant un squelette pâle. Austin avait demandé à venir, bien entendu. Au cours de l'une de leurs longues soirées à boire du vin, à échanger sur leurs expériences et à avoir une conversation qui ne semblait jamais pouvoir s'achever, il avait évoqué ses parents, l'accident qui avait mis un terme à sa vie insouciante et indolente d'étudiant, qui avait fait de lui le tuteur d'un enfant de quatre ans prétentieux, mais non moins adorable, et qui l'avait contraint à mettre une chemise et une cravate avant de s'en sentir prêt.

Izzy lutta pour ne pas dire cette phrase qui lui trottait dans la tête. Plus elle apprenait à connaître Austin, plus elle... Eh bien, elle n'allait pas encore prononcer ces trois petits mots. Ce n'était pas du tout approprié. Mais à côté d'Austin, tous les autres hommes qu'elle avait connus devenaient insignifiants. Tous sans exception. Et maintenant qu'elle en était sûre, elle avait envie de l'exprimer, de le crier sur les toits. Pas avant toutefois que ce fût le bon moment. Mais elle doutait à présent d'en avoir le temps.

— Grampa, chuchota Izzy. Grampa ! C'est moi ! Isabel.

Pas de réaction.

— J'ai apporté un gâteau !

Elle retira le papier d'emballage. Pour une fois, elle avait cuisiné le gâteau préféré de Grampa plutôt que le sien : ce gâteau de Pâques dense et plat que la mère de Joe lui préparait quand il était enfant, il y avait des dizaines d'années de cela.

Izzy serra son grand-père dans ses bras, lui parla, lui raconta toutes ses merveilleuses nouvelles, mais il ne réagit pas à sa voix, ni à ses caresses, ni à sa présence. Il respirait, semblait-il, mais tout juste.

Keavie posa sa main sur le bras d'Izzy.

— Ce ne devrait plus être très long maintenant.

— Je voulais... Cela va vous paraître idiot, mais j'avais tellement envie qu'il fasse la connaissance de mon petit ami. Je crois qu'il l'aurait apprécié.

L'infirmière rit.

— C'est drôle que vous disiez cela, parce que j'avais aussi envie qu'il rencontre mon petit ami. Il lui aurait plu.

— À quoi ressemble-t-il ?

— Eh bien, il est costaud... Et gentil, mais il ne se laisse pas marcher sur les pieds... Il est très drôle, et il est carrément canon et, ouah ! il est tout simplement génial. Chaque fois que son nom s'affiche sur mon téléphone, je ne me sens plus, je suis excitée comme une puce. Oh, pardon. Excusez-moi. C'était totalement déplacé.

— Non, non, la rassura Izzy. Enfin, enfin dans ma vie, j'ai rencontré quelqu'un qui me fait ressentir la même chose.

Les deux femmes échangèrent un sourire.

— Cela valait le coup d'attendre, non ? dit Keavie.

Izzy se mordit la lèvre.

— Oh que oui !

L'infirmière jeta un coup d'œil à Joe.

— Je suis sûre qu'il a compris... Ne lui dites pas que mon copain est boucher.

— Et le mien est conseiller financier. Encore pire !

— En effet, c'est pire ! plaisanta l'infirmière, qui partit à la hâte lorsque son bipeur se déclencha.

Izzy arrangea le bouquet de fleurs qu'elle avait apporté et s'assit, ne sachant que faire. Soudain, elle entendit la porte s'ouvrir. Elle leva le regard : elle aperçut une femme à la fois extraordinairement familière et presque inconnue. Elle avait de longs cheveux gris, qui auraient pu paraître étranges, mais qui lui donnaient en réalité des airs de Joni Mitchell. Elle portait une longue cape. Sur son visage serein, Izzy remarqua des rides profondes, des sillons qui évoquaient le soleil, mais aussi de longues épreuves. Ce visage semblait aussi bienveillant.

— Maman..., dit Izzy doucement dans ce qui fut quasiment un soupir.

\*

Tous les trois restèrent assis, pratiquement sans parler, même si Marian tenait la main de son père et lui disait qu'elle l'avait toujours aimé et qu'elle était désolée, ce à quoi Izzy répondit que, franchement, elle n'avait pas à être désolée, que tout s'était bien passé en fin de compte. Mère et fille furent certaines d'avoir senti alors Joe leur serrer la main. La gorge d'Izzy se nouait à chaque intervalle atrocement long entre deux respirations de son grand-père.

— Qu'est-ce que c'est ? lui demanda à voix basse sa mère, en attrapant le sac contenant un gâteau mince et tout simple. (Elle fourra son nez dedans.) Oh, Izzy ! Ma grand-mère me préparait ce gâteau quand j'étais gamine. Il a exactement la même odeur. Il sent pareil ! Ton grand-père l'adorait, il en mangeait des tonnes. C'était son préféré.

Izzy le savait déjà. Mais elle ignorait que sa mère le savait aussi.

— Oh là là, ça me rappelle tant de souvenirs.

Marian sanglotait à présent, des larmes ruisselant sur son visage parcheminé. Elle s'assit sur le lit, puis ouvrit le sac. Elle le plaça sous le nez de Joe, afin qu'il sentît le parfum épicé. Izzy avait entendu dire que, de tous les sens, l'odorat était le dernier à disparaître – un chemin direct vers le cœur de la conscience, vers l'émotion, l'enfance, la mémoire. Mais que restait-il encore de son grand-père ?

Les deux femmes entendirent Joe prendre une profonde inspiration rauque. Puis soudain, elles sursautèrent lorsque ses yeux s'ouvrirent, faibles et humides, avec un voile sur la pupille. Il inspira à nouveau, pour humer le gâteau. Il recommença une nouvelle fois, plus profondément, comme s'il cherchait à respirer son essence. Puis il cligna plusieurs fois des paupières et tenta, en vain, de fixer son regard. Tout à coup, il y parvint : son regard était fermement rivé sur quelque chose, invisible aux yeux d'Izzy.

— Elle est là, dit Joe, d'un ton doux, enfantin, songeur. Elle est là !

Il esquissa un petit sourire et referma les yeux. Elles comprirent qu'il s'en était allé.

# Épilogue

## Février

— Je n'aurais jamais cru que tes seins auraient pu être encore plus gros, disait Pearl à Helena. Quand tu es à côté de la fenêtre, pas moyen de voir dehors ! Ils sont mieux que les miens maintenant.

La faible lumière de l'après-midi passait à travers les vitrines du *Cupcake Café* (elles avaient retiré le store à l'automne, quand le temps était devenu venteux et froid) et se répandait par doux faisceaux sur les tables et les présentoirs foisonnant de mini-cupcakes roses et bleus, ainsi que sur les cartes et les cadeaux pour bébé qui jonchaient le sol. Helena était assise, tel un gigantesque et impérieux navire toutes voiles dehors. Sa robe marron moulait impudemment son énorme ventre, ses magnifiques seins débordaient de son décolleté et sa chevelure rousse tombait en cascade sur ses épaules. Ashok, qui paraissait minuscule à côté d'elle, était bouffi de fierté. Izzy trouvait que son amie n'avait jamais été aussi belle.

Dans la cour, Ben courait avec Louis. On n'avait jamais tout ce qu'on voulait dans la vie, songea Pearl. Mais un garçon qui aimait son père... Ben n'était pas présent en permanence. Lorsqu'il était là toutefois, Louis rayonnait, et elle ne ferait rien, jamais rien qui irait à l'encontre de son bonheur. Cela ne lui ressemblerait pas. Elle aperçut Doti à l'entrée de l'impasse. Ils se dévisagèrent un long moment, avant de détourner tous deux le regard.

Helena tapota sur son ventre avec suffisance.

— Mon petit bébé, je t'aime, tu sais. Mais tu peux sortir maintenant. Je n'arrive plus à me lever.

— Tu n'as pas besoin de te lever, vint à son secours Izzy. Dis-moi ce que tu veux.

— Faire pipi. Encore.

— Ah. OK. Je ne peux rien pour toi dans ce cas.

Izzy lui offrit tout de même son bras, qu'Helena attrapa avec gratitude.

Pearl traversa la cour avec un plateau de gâteaux. Elles avaient transformé la quincaillerie en un rien de temps, et la boutique de Pearl rencontrait un franc succès. Elle était secondée par Felipe, qui se révéla assez doué pour la pâtisserie, quand il ne jouait pas du violon dans la cour. Même Marian avait prêté main-forte les week-ends, avant que l'appel du large ne redevînt trop fort et qu'elle partît retrouver Brick – mais pas avant d'avoir longuement discuté avec sa fille et que celle-ci lui apprît à écrire un e-mail.

Izzy avait engagé deux jeunes Australiennes pleines d'entrain, qui s'en sortaient à merveille avec Caroline. Le commerce dans son ensemble semblait fonctionner pratiquement tout seul. Ces derniers temps, Izzy s'était demandé, sans le formuler directement néanmoins, s'il n'y aurait pas de la place pour un autre salon de thé ailleurs... Un petit local un peu reculé dans le quartier d'Archway, par exemple. C'était une idée qui lui avait traversé l'esprit...

Emily, l'épouse de Desmond, une femme au visage tendu et aux jupes serrées, encourageait Jamie à se tenir seul debout, en s'aidant du canapé, et ne cessait de prodiguer des conseils à Helena. Cette dernière, qui avait eu davantage affaire à des bébés qu'Emily n'avait avalé de repas chauds de toute sa vie (d'après sa silhouette, elle n'avait même jamais dû en manger un seul), hochait évasivement la tête. Louis était entre les jambes d'Helena, entretenant une conversation murmurée entre le ventre de celle-ci, un petit dinosaure en plastique qu'il agrippait fermement et lui-même.

— C'est un zentil dinosaure, expliquait-il. Lui, il manze pas les bébés.

— Ze veux manzer bébé ! rétorqua le dinosaure.

— Non, le houspilla Louis. Meyant dinosaure.

Pearl l'observa tendrement quand elle entra dans la boutique. Elle avait préféré ne pas en parler à Izzy et elle n'aurait certainement pas supporté les regards « Je te l'avais bien dit » de Caroline, mais elles finiraient bien par l'apprendre tôt ou tard, se dit-elle.

— Donc... Euh... J'ai fait une demande, annonça Pearl. Il semblerait que nous allons déménager.

— Où ça ? demanda Izzy, ravie.

Pearl haussa les épaules.

— Eh bien, maintenant que je suis responsable de l'autre boutique, je peux me permettre de quitter la cité et... nous pensions... Euh, Ben et moi pensions peut-être...

— Alors, c'est officiel ? jubila Caroline.

— On dirait bien, répondit lentement Pearl. On dirait bien.

— Mais quoi ? l'interrogea Izzy. De quoi parles-tu ?

Caroline, le teint rose comme d'habitude après avoir passé une nouvelle nuit entre les mains expertes d'un artisan tout aussi expert (son ex-mari était fortement contrarié de se savoir remplacé dans sa propre maison, ainsi que le racontait la rumeur circulant au portail de l'école), devina immédiatement.

— Vous venez vivre ici. Enfin, non... Non, dit-elle, en posant sa main sur son front à la manière d'un devin. Vous vous installez Dynevor Road. Ou dans ce coin-là.

Pearl afficha une expression exaspérée.

— Eh bien... En fait...

— Quoi !? Qu'est-ce qu'il y a dans cette rue ? demanda Izzy, qui s'impatientait.

— Oh, seulement *William Patten*, « la » meilleure école de Stoke Newington, répondit Caroline d'un ton suffisant. Les mères se battent bec et ongles pour y placer leurs enfants. Il y a un atelier de poterie et un centre culturel. (Caroline jeta un coup d'œil à Louis, dont le dinosaure embrassait à présent affectueusement le ventre d'Helena.) Il réussira sans doute l'entretien d'admission.

— Mais c'est génial ! s'enthousiasma Izzy. Qu'est-ce qu'il y a ? Ce n'est pas parce que tu mets ton enfant dans une bonne école que tu trahis tes origines.

— Je sais, rétorqua Pearl, qui ne semblait pas convaincue. Le problème, c'est que je pense que Louis est peut-être surdoué et aurait besoin de... d'une attention particulière, ce que ne proposent pas toujours les autres écoles...

Caroline passa son bras autour de l'épaule de Pearl.

— Écoutez-la ! dit-elle en souriant avec fierté. Elle parle déjà comme une mère de Stoke Newington !

Helena demanda à cet instant à tout le monde de venir autour d'elle.

— Je ne peux pas attendre Austin. Il est toujours en retard. Je vous remercie pour tous ces magnifiques cadeaux, nous sommes ravis. Et merci mille fois, Izzy, pour nous avoir permis d'organiser cette petite fête ici.

Izzy agita un torchon avec modestie.

— Nous avons quelque chose pour toi, poursuivit Helena. Cela a pris un temps fou, mais Zac croulait sous les commandes.

— Grâce à toi, Izzy, précisa Zac, en lissant pudiquement sa crête iroquoise actuellement vert fluo. Nous avons un petit cadeau pour toi.

Izzy s'approcha d'Helena qui lui tendait un grand paquet tout fin. Elle l'ouvrit et en resta bouche bée. Il s'agissait d'un livre : sur la couverture aux couleurs du *Cupcake Café*, figuraient le poirier et le titre tout simple *Recettes*. À l'intérieur, sur chaque page, étaient reproduits les bouts de papier, les lettres, les notes dactylographiées et les enveloppes chiffonnées... tout ce que Grampa avait envoyé à Izzy (enfin, du moins, tout ce qui correspondait à une recette). Des conseils accompagnaient chaque gâteau du menu du *Cupcake Café*, avec, dans la marge, les jolis rameaux fleuris dessinés par Zac.

— Tu n'as plus d'excuse pour les laisser traîner dans l'appartement, plaisanta Helena en lui remettant également les originaux.

— Oh ! dit Izzy, trop émue pour s'exprimer. Il aurait adoré. Et moi aussi, j'adore !

*

La fête se prolongea dans la soirée. Austin lui manquait, pensa Izzy avec impatience. Il lui manquait à la fin de chaque journée, dès la seconde qu'il partait le matin. Elle avait envie de lui montrer son magnifique livre de recettes. Il arriva en retard (Janet avait prévenu Izzy quand elle lui avait dressé la liste des défauts d'Austin : c'était son devoir de secrétaire, avait-elle expliqué à Izzy, qui eut davantage l'impression d'une petite discussion de belle-mère à belle-fille). Austin et Izzy avaient acheté un joli porte-bébé pour Helena et Ashok qu'ils tenaient à leur offrir ensemble. Izzy avait éprouvé une sensation d'imposture lorsqu'ils avaient cherché ce cadeau dans un grand magasin : les gens lui avaient demandé : « Ce n'est pas votre fils qui grimpe là-bas ? » et elle avait apprécié de se faire passer pour la mère de Darny. Peu importait où elle était, le fait d'être au bras d'Austin rendait la chose agréable. Ils s'étaient même plutôt amusés lorsqu'ils avaient emmené Darny faire son rappel du tétanos.

Lorsque la lune se leva derrière les maisons, elle aperçut enfin sa grande silhouette négligée, et son cœur chavira, comme il le faisait toujours devant cet homme.

— Austin ! cria-t-elle en se précipitant à l'extérieur.

Darny apparut derrière lui, hurla un bonjour à Izzy, puis courut retrouver Louis.

— Ma chérie, dit Austin, un peu distraitement, en serrant Izzy contre lui et en embrassant ses cheveux.

— Où étais-tu passé ? Il faut que tu voies quelque chose.

— Ah, d'accord. J'ai une nouvelle à t'annoncer. (Il souleva le porte-bébé, qu'il avait manifestement emballé dans le noir.) Est-ce qu'on offre d'abord notre cadeau ?

— Non ! dit Izzy, en oubliant son propre cadeau. Ta nouvelle d'abord !

Le programmateur qu'Austin avait installé pour les lampions se déclencha. Chester se leva pour abaisser son rideau de fer et leur fit un signe de la main. Ils le saluèrent en retour. Le petit poirier trapu brillait et resplendissait de beauté.

— C'est par rapport à mon travail, se lança Austin. Ils... Eh bien, apparemment, j'ai fait du bon boulot ces derniers temps...

C'était vrai. Parfois, c'était comme si la façon dont il s'était occupé de Graeme et avait mis le grappin sur la fille de ses rêves avait été un déclic pour Austin : il devait cesser de se comporter comme un somnambule le jour, il devait aller de l'avant et réaliser ses projets avant qu'il ne fût trop tard. Il fallait ajouter à cela une réorganisation subtile – ou pas – de ses affaires par Izzy, qui préférait un intérieur ordonné et douillet et avait officieusement emménagé chez lui. Depuis tous ces changements, Austin marchait d'un pas sautillant et s'était découvert un appétit dévorant pour les nouveaux contrats et projets.

— Bref... Voilà. Ils m'ont proposé d'aller... hmm... à l'étranger. De partir.

— Partir ? dit Izzy, une peur glaçante lui saisissant le ventre. Où ça ?

Austin haussa les épaules.

— Je n'en sais rien. Ils m'ont seulement parlé d'un « poste à l'étranger ». Quelque part à proximité d'une bonne école pour Darny.

— Et des urgences ! plaisanta Izzy. Mince alors ! Ouah !

— Tu sais, je n'ai pas beaucoup voyagé.

Austin la regardait, expectatif. Le joli visage d'Izzy était grave, les sourcils un peu froncés.

— Eh bien, j'imagine que..., finit par déclarer Izzy, ce pourrait être le moment d'étendre mon empire... à l'international !

Le cœur d'Austin bondit.

— Tu en es sûre ? dit-il d'un air ravi. Mon Dieu, Izzy !

— Seulement si c'est un pays où les banquiers acceptent les pots-de-vin.

Ils échangèrent un sourire. Les yeux d'Izzy pétillaient.

— Mais ouah, Austin. C'est énorme ! Flippant, mais énorme.

— Est-ce que cela t'aiderait si je te disais que je t'aime ?

— Est-ce que tu pourrais le redire tout en m'embrassant sous les lampions ? murmura Izzy. Si oui, je crois que je pourrais te suivre n'importe où. Mais, s'il te plaît, fais que ce ne soit pas le Yémen.

— J'adore Stoke Newington. Mais tu sais quoi ? Peut-être que chez moi, c'est tout simplement là où vous êtes, Darny et toi.

Puis, Austin l'embrassa langoureusement, sous les branches illuminées du petit poirier rabougri, qui rêvait déjà du printemps.

# Quelques conseils pour réussir vos premiers cupcakes
## (par la blogueuse *The Caked Crusader*)

Ce roman vous a donné envie de faire des cupcakes ? Vous êtes prêt à vous lancer ? Félicitations ! Vous vous embarquez dans une aventure qui vous procurera du plaisir... et de délicieux gâteaux !

Pour commencer, je vais vous confier un petit secret qu'aucun vendeur de cupcakes n'aimerait que je révèle : faire des cupcakes est facile, rapide et coûte trois fois rien. Les cupcakes maison – que vous réussirez dès votre premier essai, je vous le garantis – sont plus savoureux et plus jolis que ceux du commerce.

L'un des avantages des cupcakes est le peu de matériel nécessaire à leur préparation. Vous possédez peut-être déjà un moule pour douze cupcakes ou muffins. Sinon, vous pouvez en acheter un au supermarché pour quelques euros. Dernier accessoire indispensable : un lot de caissettes en papier (vous en trouverez également au supermarché).

Avant toute chose, je tiens à vous présenter ce que sont, d'après moi, les quatre principes fondamentaux de la pâtisserie (cela peut paraître un peu pompeux, mais c'est très simple).

— *Placer les ingrédients (en particulier, le beurre) à température ambiante avant de commencer.* Non seulement les cupcakes en seront meilleurs, mais vous pourrez aussi travailler beaucoup plus facilement les ingrédients. Alors pourquoi ne pas vous simplifier la vie ?

— *Préchauffer le four.* Cela implique de l'allumer 20 à 30 minutes avant d'enfourner la préparation. De la sorte, la pâte sera directement à la température adéquate et tous les processus chimiques s'initieront, permettant d'obtenir un gâteau moelleux et léger. Heureusement, il n'est pas nécessaire de connaître tous ces processus chimiques pour concocter de bons cupcakes !

— *Peser rigoureusement les ingrédients et vérifier de ne rien avoir oublié.* La pâtisserie est différente des autres types de cuisine : on ne peut pas s'attendre à réussir une recette si l'on estime les proportions à vue de nez ou que l'on effectue des substitutions. Si vous préparez un ragoût et qu'au lieu de deux carottes, vous décidez d'en mettre trois, il y a de fortes chances pour que le résultat soit tout aussi bon (avec un goût de carotte plus prononcé). En revanche, si vous mettez trois œufs dans votre pâte à gâteau au lieu de deux, vous obtiendrez un gâteau dense, et non aérien. Cela peut paraître contraignant, mais en réalité, c'est génial : tout a déjà été pensé pour vous dans la recette !

— *Choisir des ingrédients de qualité.* Vous tartinez bien votre pain de beurre, alors pourquoi mettre de la margarine dans un gâteau ? Vous mangez un bon carré de chocolat, alors pourquoi utiliser du chocolat moins fin en pâtisserie ? Le goût d'un gâteau dépend de la qualité des ingrédients qui le composent.

Voici ma recette infaillible de cupcakes à la vanille avec une crème au beurre également à la vanille.

## INGRÉDIENTS
## POUR 12 CUPCAKES :

- 125 g de beurre doux, à température ambiante
- 125 g de sucre semoule
- 2 gros œufs, à température ambiante
- 125 g de farine avec levure incorporée, tamisée
- 2 c. à c. d'extrait de vanille
- 2 c. à s. de lait (entier ou demi-écrémé)
  *Pour la crème au beurre :*
- 125 g de beurre doux, à température ambiante
- 250 g de sucre glace, tamisé
- 1 c. à c. d'extrait de vanille
- Un peu de lait (commencez par incorporer une cuillère à soupe ; si votre crème n'a pas la texture désirée, ajoutez une autre cuillère à soupe, et ainsi de suite)

## PRÉPARATION

**Préchauffez le four à 190 °C** (thermostat 6-7, ou 170 °C pour un four à chaleur tournante). Disposez des caissettes en papier dans un moule pour 12 cupcakes.

**Fouettez le beurre et le sucre** jusqu'à obtenir un mélange homogène, clair et mousseux. Plusieurs minutes seront nécessaires, même si votre beurre est mou. Ne négligez pas cette étape, car c'est à ce moment que se forment les bulles d'air dans la pâte. Libre à vous de choisir votre méthode pour fouetter les ingrédients. Quand j'ai commencé la pâtisserie, j'utilisais une cuillère en bois, puis je suis passée à un batteur électrique et je me sers désormais d'un robot. Le résultat sera identique ; toutefois, si vous optez pour la cuillère en bois, vous musclerez par la même occasion votre bras... Qui a dit que les gâteaux n'étaient pas bons pour la santé ?

**Ajoutez les œufs, la farine, la vanille et le lait,** et mélangez jusqu'à ce que ce soit homogène. Certaines recettes conseillent d'incorporer ces ingrédients séparément, mais ce n'est pas nécessaire ici. Vous devez obtenir une pâte lisse et fluide : pour tester la consistance, prenez une cuillerée de pâte et penchez doucement la cuillère, la pâte doit s'écouler. Sinon, continuez de mélanger. Si la pâte n'est toujours pas fluide, ajoutez une cuillère à soupe de lait.

**Versez la pâte dans les caissettes.** Nul besoin d'égaliser la surface, la chaleur du four s'en chargera pour vous. Placez le moule dans la partie supérieure du four. N'ouvrez pas la porte pendant 12 minutes, puis vérifiez la cuisson en enfonçant la lame d'un couteau au centre d'un cupcake : elle doit ressortir sèche. Vous pouvez alors ôter les gâteaux du four. Si de la pâte crue apparaît sur la lame, laissez cuire encore quelques minutes. En raison de la petite taille des cupcakes, ils peuvent très vite passer du stade « pas assez cuits » à « trop cuits », restez donc vigilant. Ne vous inquiétez pas si la cuisson est plus longue que ce qui est indiqué sur la recette ; cela peut varier d'un four à l'autre.

**À leur sortie du four, retirez les cupcakes du moule** et placez-les sur une grille. Autrement, ils continueront à cuire, car le moule est très chaud, et la caissette pourrait se détacher du gâteau, ce qui n'est pas très joli. Les cupcakes refroidiront rapidement sur la grille (environ une demi-heure).

**Occupez-vous à présent de la crème au beurre.** Dans un saladier, fouettez le beurre jusqu'à ce qu'il soit mousseux. Il aura un peu l'aspect d'une chantilly. C'est cette étape de la recette qui rend la crème légère et délicieuse.

**Ajoutez le sucre glace et fouettez** jusqu'à obtenir une préparation aérienne et mousseuse. Commencez doucement pour ne pas faire voler le sucre glace dans toute votre cuisine ! Continuez de mélanger jusqu'à ce que le mélange soit bien homogène. Pour vous en assurer, déposez une petite quantité de glaçage sur votre langue et appuyez-la contre votre palais. Si c'est granuleux, la préparation a encore besoin d'être fouettée. Si elle est lisse, vous pouvez passer à l'étape suivante.

**Incorporez la vanille et le lait.** Si la crème au beurre n'est pas aussi onctueuse que vous le souhaitez, ajoutez un peu de lait, mais attention à ce que votre crème ne devienne pas liquide.

**Déposez la crème sur les cupcakes,** avec une cuillère ou une poche à douille. Si vous désirez de jolis cupcakes dignes d'un pâtissier professionnel, cela peut valoir la peine d'investir dans une poche et une douille en forme d'étoile. Il existe des poches jetables, ce qui réduit la quantité de vaisselle.

**Ajoutez de petits décors si vous le souhaitez** – laissez libre cours à votre créativité : fleurs en sucre, perles multicolores, billes de chocolat, paillettes alimentaires, vermicelles, noix, noisettes, copeaux de chocolat… les possibilités sont infinies.

Savourez le plaisir d'avoir réalisé vous-même ces petites merveilles. Et dégustez !

# Remerciements

Je tiens à remercier tout particulièrement Ali Gunn et Jo Dickinson. Ainsi que Ursula Mackenzie, David Shelley, Manpreet Grewal, Tamsin Kitson, Kate Webster, Rob Manser, Frances Doyle, Adrian Foxman, Andy Coles, Fabia Ma, Sara Talbot, Robert Mackenzie, Gill Midgley, Alan Scollan, Nick Hammick, Andrew Hally, Alison Emery, Richard Barker, Nigel Andrews et toute l'équipe formidable de Little Brown, « éditeur de l'année » en 2010. Merci à Deborah Adams pour sa relecture.

Je souhaite également remercier : la merveilleuse Caked Crusader, dont la véritable identité ne doit *jamais* être révélée (www.thecakedcrusader.blogspot.com) ; la pâtisserie Zambetti, dont je me suis délectée de toutes les spécialités et qui n'est jamais avare, les matinées pluvieuses, d'un sourire chaleureux, d'une tasse de café et d'un gâteau à la crème pâtissière (pardon, d'un millefeuille !) ; Geri et Marina, pour ce fantastique déjeuner ; Lise, la meilleure collègue au monde ; le groupe des Waring, Dingle, Lee-Elliott et McCarthy pour leur gentillesse et leur amitié. Merci aussi à M. B et à mes trois petits B : je vous aime plus que tout. Vous êtes absolument formidables. Mais non, vous ne pouvez pas reprendre du gâteau ; vous n'allez plus rien manger ce soir sinon. Toi non plus, gros bêta !

Composition et mise en pages
Nord Compo à Villeneuve-d'Ascq

Imprimé à Barcelone par:
BLACK PRINT
en septembre 2018

S28116/03